Claudia Carroll

Roter Teppich für die Liebe

Claudia Carroll

Roter Teppich für die Liebe

Roman

Aus dem Englischen von
Karin Dufner

Knaur

Die englische Originalausgabe erschien 2004
unter dem Titel *He loves me not … he loves me*
bei Bantam Press, London

Besuchen Sie uns im Internet:
www.knaur.de

Umschlaggestaltung: ZERO Werbeagentur, München
Umschlagabbildung: Corinna Hein / Ella Tjader
Satz: Adobe InDesign im Verlag
Druck und Bindung: GGP Media GmbH, Pößneck
Printed in Germany
ISBN-13: 978-3-426-66235-9
ISBN-10: 3-426-66235-3

2 4 5 3 1

Für Anne und Claude,
die ganz und gar nicht so sind wie die
Eltern in diesem Buch.

1

Gut, es war kein Freitag, aber immerhin der dreizehnte. Eigentlich war Portia nie abergläubisch gewesen, doch das hatte sich heute schlagartig geändert. Während sie im eisig kalten Salon des uralten Familiensitzes stand und dem Gejammer ihrer Mutter im Hintergrund lauschte, ertappte sie sich – wie so viele Menschen in Krisensituationen – bei der Frage, ob das alles wirklich geschah.

»Das kann nicht wahr sein, mein Kind. Das ist einfach unmöglich«, schluchzte Lucasta zum wohl tausendsten Mal an diesem Morgen. »Wie kann er sich einfach in Luft auflösen, ohne sich auch nur zu verabschieden? Wir waren sechsunddreißig Jahre lang verheiratet. Unvorstellbar, dass dein Vater mich verlassen haben soll. *Mich!* 1966 war ich Debütantin des Jahres! Alle sagten damals, dein Vater hätte ein Riesenglück gehabt, mich abzukriegen ...« Der Gedanke an ihre verflossene Jugend und Schönheit löste eine weitere tränenreiche Tirade aus. »Ich weiß, ich habe gesagt, er solle doch abhauen, aber wie konnte ich denn wissen, dass mich der Dreckskerl beim Wort nimmt? Es ist das erste Mal in seinem verpfuschten Leben, dass er tatsächlich tut, was ich ihm sage!«

Mit einem tiefen Seufzer machte sich Portia wieder daran, ihre Mutter zu trösten.

Die für März unzeitgemäßen Sonnenstrahlen strömten durch das gewaltige Panoramafenster herein, das den Raum beherrschte, und tauchten Mutter und Tochter in eine Wärme, die sie beide nicht wirklich empfanden. Für einen Außenstehenden gaben sie ein merkwürdiges Bild ab. Lucasta, Lady Davenport, war zwar erst Mitte fünfzig, wirkte aber um einiges älter, was wohl das Ergebnis ihres Faibles für Gin Tonic war. Ihr taillenlanges Haar, Objekt der Bewunderung im Jahr ihres gesellschaftlichen Debüts, war inzwischen grau und verfilzt und hatte vermutlich seit der Mondlandung keinen Frisiersalon mehr von innen gesehen. Wie immer trug sie Gummistiefel, eine von Motten zerfressene dunkelblaue Jacke und mehrere Schichten dicker Wollpullover, mit denen sie aussah, als hätte sie gerade einen Obdachlosen überfallen und ihm die Kleider vom Leibe gerissen. Doch trotz ihres vom Weinen verquollenen Gesichts merkte man noch, dass sie in ihrer Jugend als attraktiv gegolten haben musste.

Portia, ihre ältere Tochter, war optisch das genaue Gegenteil. Sie war hoch gewachsen, mager und blass und trug ihr hellbraunes Haar ordentlich im Nacken zusammengebunden. Heute war sie bleich wie ein Gespenst, nicht so sehr vor Schreck, sondern aus schierer Sorge. Während sie ihrer Mutter eine weitere Hand voll Kosmetiktücher reichte, blickte sie sich müde im Zimmer um. Sie betrachtete die schmutzigen Fenster mit den gesprungenen Scheiben, die hohe Rosettendecke im georgianischen Stil, die schon seit Jahrzehnten nicht mehr mit Farbe in Berührung gekommen war und inzwischen von Spinnweben strotzte, den abgewetzten Perserteppich auf dem Boden, der dank der Generationen von Katzen, die ihre Mutter dort nächtigen ließ, bestialisch stank, und die großen hellen Flecken an der Wand, an der einst die Gemäldesammlung der Familie Davenport geprangt hatte.

Zu Lebzeiten von Portias Großvater war die Kunstsammlung der Familie sehr berühmt und eine der bedeutendsten des Landes gewesen. Werke von keinen Geringeren als Gainsborough und Reynolds hatten in diesem Raum gehangen. Portia konnte sich noch erinnern, die Bilder in ihrer Kindheit gesehen zu haben. Sie hatte nicht einmal gewusst, wie bekannt sie waren, bis sie in die Schule kam und eines von ihnen auf dem Einband eines Kunstgeschichtsbuchs entdeckte. Na so was, das hängt in unserem Haus, hatte sie damals gedacht. Inzwischen waren die Gemälde alle fort, samt und sonders weit unter Marktpreis verkauft, um die Spielschulden ihres Vaters zu bezahlen. Portia seufzte tief auf. Es hatte keinen Zweck, jetzt darüber nachzugrübeln. Die Vergangenheit ließ sich nicht ungeschehen machen. Als sie nun aus dem Panoramafenster blickte, sah sie in der Ferne ihre jüngere Schwester Daisy auftauchen, die wie eine Wilde auf ihrer Lieblingsstute durch den Park galoppierte.

Für sie ist es noch schlimmer, die Arme, dachte Portia, während sie sanft ihre Mutter beruhigte. Sie hat ihn schließlich wirklich gemocht.

Jack, Lord Davenport, wegen seiner Sucht nach besagtem Spiel auch als »Black Jack« bekannt, befand sich nach Portias Berechnungen im Moment schon fast in Las Vegas. Und da er nie halbe Sachen machte, hatte es ihm nicht genügt, Frau und Töchtern das letzte bisschen Bargeld abzunehmen und sie dann sitzen zu lassen. Damit das Vergnügen dabei nicht zu kurz kam, hatte er außerdem Sarah Kelly mitgenommen. Sarah Kelly war Pferdepflegerin bei den Davenports und neunzehn Jahre alt.

Es ist alles nur mein gottverdammter Fehler, genau wie immer, dachte Daisy, während sie am Rosengarten vorbeipreschte und sich den wilden Märzwind ins Gesicht wehen ließ. Schließlich habe ich die dumme kleine Pute eingestellt. Allerdings musste sie sich zugute halten, dass die Idee damals gar nicht so abwegig erschienen war. Sie hatte Sarah im letzten Sommer als Aushilfe während der Feriensaison beschäftigt. Was die Arbeitsplatzbeschreibung anging, hatte Daisy keine Zweifel aufkommen lassen. Sarah sollte dabei helfen, die Ställe zu säubern und den Pferdemist wegzukarren. Davon, dass sie mit Papa durchbrennen soll, war nie die Rede, schluchzte Daisy in sich hinein, während ihr die Tränen ungebremst übers Gesicht strömten. Wie konnte er ihnen das antun? Wie konnte er einfach mit einer Scheißeschauflerin abhauen, die überdies noch Beine hatte wie ein Brauereigaul? Sie galoppierte an den alten Tennisplätzen vorbei, wo die Netze vor sich hin moderten, vorbei am Obstgarten und auf die umliegenden Hügel zu, die noch zu den Ländereien der Davenports gehörten. Wenn Daisy so erschüttert war wie heute, war das der einzige Ort, an dem sie es aushielt.
Unweit von Davenport Hall befand sich ein Reitstall, der der Familie früher einmal das dringend benötigte Einkommen gesichert hatte. Touristen hatten die Möglichkeit, den Tag in Davenport Hall zu verbringen. (»Ein atemberaubendes Beispiel georgianischer Architektur im Herzen von County Kildare«, wie es in der Tourismusbroschüre stolz, aber irreführend

hieß.) Wer Lust dazu hatte, konnte auf Ponys einen Ausritt durch die idyllischen Wälder rings um das Haus unternehmen, vorbei am River Kilcullen mit seiner Lachsfalle, und sogar bis zum Mausoleum, einem prachtvollen neoklassischen Monument, wo neun Generationen von Davenports begraben lagen.

Einem Fremden konnte man beim ersten Anblick des Hauses und der Ländereien leicht verzeihen, wenn er auf den Gedanken verfiel, diese Familie müsse wohl unglaublich reich sein. Und was das Haus selbst anging ... Von außen wirkte Davenport Hall so majestätisch, als residiere die königliche Familie persönlich darin. Es war Mitte des achtzehnten Jahrhunderts erbaut worden und galt damals als das stattlichste Anwesen in der Provinz Leinster. Von James Gandon für seinen alten Saufkumpan, den ersten Lord Davenport, geplant, war es mit acht gewaltigen Empfangsräumen, einem Ballsaal, einer Bibliothek, einer Porträtgalerie (wo der Legende zufolge Edward VII. und seine irische Geliebte ein Vermögen am Kartentisch verloren hatten) und sage und schreibe sechzehn Schlafzimmern ausgestattet. Auf den ersten Blick mochte es scheinen, als müsse man im Lotto gewinnen, um es sich leisten zu können, hier zu wohnen – bis man die Eingangstür öffnete und sah, in welch beklagenswertem Zustand sich Davenport Hall inzwischen befand.

Ein Tourist, der das Pech hatte – oder so leichtsinnig war –, sich hierher zu verirren, nahm beim Überschreiten der Schwelle zuerst die eisige Kälte wahr. Im Haus war es so frostig, dass selbst im tiefsten Winter draußen oft höhere Temperaturen herrschten. Häufig warf Daisy sich eine Decke um und verkündete: »Ich geh mal kurz raus, mich aufwärmen.«

Doch die Kosten, die es verursacht hätte, die veraltete Heizanlage von Davenport Hall zu modernisieren, überstiegen bei weitem die Mittel der Familie. Falls es dem bedauernswerten Besucher dennoch gelang, sich zu akklimatisieren, stieg ihm als Nächstes ein sonderbarer Geruch in die Nase. Es war eine wahrhaft abstoßende Mischung aus Katzenpisse und Moder, die weniger heldenmutige Zeitgenossen umgehend in die Flucht schlug. Hatte der Besucher besonderes Pech und wurde zu allem Überfluss auch noch vom Regen überrascht, musste er aufgrund der Pfützen unter den klaffenden Löchern im Dach einen wahren Hindernisparcours überwinden. Portia hatte das Haus schon einige Male beliehen, um das Dach reparieren zu lassen. Doch Black Jack hatte sich, typisch für ihn, das Geld von der Bank sofort unter den Nagel gerissen und war damit zur Rennbahn in Curragh gefahren … wo es nach etwa einer Stunde ausgegeben war.

Der gelbe Salon, in dem Lady Davenport und Portia nun saßen, war vermutlich das einzig bewohnbare Zimmer im Haus; zumindest brannte dort immer ein Feuer, und wenn man sich oben auf den gewaltigen steinernen Kaminsims setzte, bekam man sogar ein wenig Wärme ab. Genau das war Portia gerade im Begriff zu tun, als die Tür aufgerissen wurde.

»Mein Gott, Mrs. Flanagan, können Sie sich nicht endlich daran gewöhnen anzuklopfen?«, rief Lucasta aus, die, umgeben von nass geschnäuzten Kosmetiktüchern, auf dem Sofa thronte.

»Ach, Liebes, nur mal locker«, entgegnete Mrs. Flanagan in ihrem dicken Nord-Dublin-Akzent. »Ich dachte, Sie hätten vielleicht gern ein Tässchen Tee«, fügte sie, eine Zigarette mit absturzbedrohter Aschensäule im Mundwinkel, hinzu.

»Danke, Mrs. Flanagan, das ist sehr nett von Ihnen«, sagte Portia. »Komm schon, Mummy, Tee mit viel Zucker ist gut gegen Schock.«
»Blödsinn. Mrs. Flanagan, bringen Sie mir einen starken Gin Tonic, bitte, und zwar mit wenig Tonic«, erwiderte Mylady.
»Finden Sie nicht, dass das sogar für Sie ein bisschen früh ist, meine Liebe?«, gab Mrs. Flanagan zurück und watschelte zur Hausbar am anderen Ende des Raums. Die Gute, dachte Portia. Sie ist die Einzige, die sich von alldem nicht beirren lässt.
»Wissen Sie was? Sie sind ohne den alten Kerl sowieso viel besser dran«, fuhr Mrs. Flanagan fort, während sie großzügig Tonic in den Gin von Mylady kippte.
»Black Jack war ein wundervoller Ehemann«, antwortete Lucasta gestelzt. »Und ich sagte doch, mit *wenig* Tonic.« Trotz ihrer tränenreichen Szene war sie noch in der Lage, mit Argusaugen zu beobachten, wie Mrs. Flanagan ihren Drink mixte. Eine verlassene Ehefrau zu sein hieß schließlich nicht, dass man es nötig hatte, sich mit verwässertem Gin zu begnügen.
»Tja, wenn Sie meinen, Liebes«, entgegnete Mrs. Flanagan, »aber ich konnte den Guten nicht ausstehen. Ein mieser kleiner Wicht. Er konnte nicht aufs richtige Pferd setzen, und wenn es um sein Leben ging. Haben Sie Sarah Kelly denn nicht erklärt, dass sie die Scheiße in einen Eimer schaufeln soll? Davon, dass sie gleich damit nach Las Vegas abhaut, war nie die Rede. Ah, verflixt!«, rief sie aus, als sie über eine von Lucastas besonders räudigen Katzen stolperte. »Irgendwann ersäufe ich alle diese Viecher, das schwöre ich Ihnen. Was genug ist, ist genug.«
»Oh, Mrs. Flanagan, Sie müssen etwas zartfühlender mit dem

kleinen Schnappi umgehen«, sagte Mylady. »In seinem letzten Leben war er nämlich der Schah von Persien.«

Mrs. Flanagan, die keine große Anhängerin des Wiedergeburtsglaubens war, murmelte nur etwas Unverständliches vor sich hin. Sie war nicht der Mensch, der sich von seinen blaublütigen Arbeitgebern einschüchtern ließ, und nahm Lucasta gegenüber für gewöhnlich kein Blatt vor den Mund. Aber heute war alles anders. Sie reichte Portia ihren Tee und meinte sanft und in verändertem Tonfall: »Und wie fühlen Sie sich, Schätzchen?«

»Offen gestanden mache ich mir um Daisy die meisten Sorgen, Mrs. Flanagan. Sie war immer eine Vatertochter«, sagte Portia und hielt Ausschau nach toten Spinnen, bevor sie vorsichtig ihren Tee in der angeschlagenen Porzellantasse umrührte. Ausnahmsweise hatte Mrs. Flanagan das gute Porzellan hervorgeholt – der Bruch in der Familie war für sie offenbar ein Anlass, der nach dem Royal Dulton verlangte.

»Sie wissen ja, wie emotional sie schon unter normalen Umständen ist.«

»Ach, erzählen Sie mir nichts. Erinnern Sie sich noch an den Tag, als eines ihrer Pferde eingeschläfert werden musste? Ich dachte schon, wir müssten sie zum Psychiater schicken, so aufgelöst war sie. Und nach der Trennung von diesem Burschen … wie hieß er noch mal?«

»Sean Murphy«, antwortete Portia. Sean war der Tierarzt am Ort und der einzige verfügbare Junggeselle in der näheren Umgebung. Daisy war ein paar Monate lang mit ihm gegangen.

»Ja, ein ganz nett aussehender Junge, aber ich habe nie jemanden so verzweifelt gesehen wie Daisy, als es vorbei war.

Mein Gott, man hätte glauben können, die beiden wären jahrelang verheiratet gewesen, und dabei war sie nur ein paar Wochen mit ihm zusammen.«

»Tja, diesmal ist es eindeutig schlimmer«, erwiderte Portia ruhig.

»Ich würde Sarah Kelly, diese kleine Schlampe, an die Wand nageln, wenn ich sie in die Finger kriegen würde …«, fuhr Mrs. Flanagan mit schneidender Stimme fort. »Ich konnte sie noch nie leiden. Einem Menschen, der einen Ohrring, einen Nasenring und dazwischen eine Kette trägt, kann man eben nicht trauen. Hat sie etwa Angst, jemand könnte ihr die Nase klauen?«

»Wissen Sie was, Mrs. Flanagan? Ich denke, ich gehe jetzt am besten und suche Daisy«, unterbrach Portia. Sie wollte zwar nicht unhöflich sein, aber im Dorf würde ohnehin genug über den Vorfall geklatscht werden, und da musste sie nicht auch noch daran teilhaben.

»Ach ja, natürlich, Schätzchen«, erwiderte Mrs. Flanagan ein wenig verlegen. Portia war wirklich der letzte Mensch, den sie verärgern wollte, denn sie war immer so nett zu ihr und eine so angenehme Arbeitgeberin.

»Wir sehen uns beim Abendessen«, sagte Portia und küsste ihre Mutter auf die Wange. »Ich glaube, wir alle können uns denken, wo Daisy steckt.«

Mit diesen Worten machte sie sich auf den Weg. Mrs. Flanagan blickte ihr nach, wie sie durch die morschen Terrassentüren und über den südlichen Rasen in Richtung Hügel ging, ruhig, gefasst und hoch erhobenen Hauptes.

Und der Anblick brach ihr das Herz.

Portia hatte gedacht, dass der Spaziergang ihr gut tun würde, aber das war ein Irrtum. Vor lauter Sorgen pochte ihr der Schädel. Der Grund war nicht, dass sie ihren Vater vermutlich nie wiedersehen würde. Doch was sollten sie jetzt tun? Wovon sollten sie leben? Black Jack hatte sich redlich Mühe gegeben und sich jeden Penny unter den Nagel gerissen, den Portia im Laufe der Jahre zusammengekratzt und gespart hatte. Und da stand sie nun, fünfunddreißig Jahre alt, und versuchte, dieses gewaltige Mausoleum von einem Haus und die riesigen Ländereien vor dem Ruin zu bewahren. Dennoch flossen keine Tränen. Als Portia weiterging, atmete sie schwer, aber sie hatte ihr Ziel fast erreicht. Sie war oben auf dem Hügel, von dem aus man die südliche Fassade des Hauses sah, und konnte die neoklassischen Säulen des Davenportschen Mausoleums erkennen. Und da stand auch die wunderschöne weiße Stute ihrer Schwester und graste neben der Treppe aus Sandstein.

»Daisy?«, keuchte Portia. »Bist du da, Schwesterherz?« Sie ging weiter und stieg die vier Stufen zu dem kopfsteingepflasterten runden Platz hinauf, wo ringsherum in regelmäßigen Abständen kunstvoll verzierte, von Moos überwachsene griechische Steinbänke standen. Hier, wo ihre Vorfahren begraben lagen, war der Lieblingsplatz von Daisy und Portia. In sorgloseren Tagen waren sie häufig zusammen hier hinaufgeritten, hatten sich gesetzt und die schöne Aussicht genossen – drei Countys sah man von dort, die sich in die Ferne erstreckten. Früher hatten die beiden Schwestern oft dagesessen, ihre belegten Brote verspeist und sich gefragt, was wohl aus ihnen werden sollte. Trotz des Altersunterschieds von vierzehn Jahren hatten sich die Mädchen immer nah gestanden, und eigentlich war Portia mehr Mutter für Daisy gewesen als Lucasta.

»Oh, Portia!«, rief Daisy aus und warf ihre Schwester fast um, als sie sich ihr in die Arme stürzte. »Ich werde nie wieder einem Mann vertrauen, solange ich lebe! Mrs. Flanagan hat Recht, Männer sind alle nur Wichser und Schwachköpfe.«

»Aber, aber, Liebes, jetzt wein dich mal richtig aus«, tröstete Portia und drückte ihr einen dicken Packen Kleenex in die Hand.

»Weißt du, dass wir eigentlich noch jede Menge dagegen unternehmen könnten?«, meinte Daisy und putzte sich die Nase. »Wir könnten ihm erzählen, dass wir auf einem der Felder eine Hunderennbahn einrichten wollen. Vielleicht lockt ihn das zurück. Oder wir tun so, als hätten wir im Lotto gewonnen, oder wir bitten Mummy, einen ihrer Liebeszauber anzuwenden ...« Ihre Stimme erstarb, als sie Portias versteinerte und missbilligende Miene bemerkte.

»Daisy, ich weiß, wie sehr du ihn geliebt hast, aber glaubst du wirklich, dass er wegen so etwas wieder zurückkommen würde? Er ist schließlich freiwillig gegangen und wurde nicht entführt.«

Portia erkannte Black Jacks Brief, inzwischen voller Tränenflecken, in der verkrampften Hand ihrer Schwester. Den ersten Satz konnte sie noch entziffern: *Meine lieben Mädchen, das ist der schwerste Brief, den ich je schreiben musste.* Usw., usw.

Typisch für ihn, dachte sie, den Brief an uns zu richten. So hat er sich die Mühe gespart, an Mummy zu schreiben, und wir nehmen ihm die schmutzige Arbeit ab. Und das nicht zum ersten Mal. Aber sie behielt ihre Überlegungen lieber für sich.

»Ich kann einfach nicht glauben, dass ich Daddy nie wiedersehen werde!«, schluchzte Daisy, einem hysterischen Anfall nahe.

Portia betrachtete sie ruhig, als sähe sie sie zum ersten Mal. Obwohl Daisy nicht geschlafen, seit einer Ewigkeit nichts mehr gegessen und dazu geheult hatte wie ein Schlosshund, war sie immer noch atemberaubend schön. Sie war gerade einundzwanzig geworden, schlank wie ein Fotomodell und hatte hellblonde Locken und dunkelblaue Augen. Eine Davenport, wie sie im Buche stand. Portia erinnerte sich an die alten, prachtvollen Familienporträts, die früher die große Galerie geziert hatten: Generationen von blonden, blauäugigen Lords und die verschiedenen Erbinnen aus der näheren Umgebung, die ihre Frauen geworden waren. Damals waren die Davenports für ihr gutes Aussehen berühmt gewesen, und Daisy setzte diese Tradition eindeutig fort.

Zum Glück wenigstens eine von uns. Die Familiengene haben mich offenbar übersprungen, dachte Portia, allerdings ohne sich selbst zu bemitleiden. Sie war noch nie mit ihrem Aussehen, ihrer formlosen Figur, dem mausbraunen Haar und der blassen sommersprossigen Haut zufrieden gewesen.

Allerdings spielte ihr Aussehen sowieso keine Rolle, denn schließlich war Davenport Hall kein Amüsierschuppen, in dem es von heiratswilligen Junggesellen wimmelte. Falls sich doch einmal ein attraktiver Mann hierher verirrt hätte, hätte sie ihn vermutlich für einen Einbrecher gehalten – nur dass er leider der dämlichste Verbrecher der Welt gewesen wäre, denn alle Wertgegenstände waren schon vor Jahren verhökert worden.

»Liebes, wein nicht mehr, sonst kriegst du scheußliche Kopfschmerzen«, sagte Portia, als ihre Schwester weiterschluchzte. Doch da Daisy nah am Wasser gebaut und emotional war, wusste Portia, dass es keinen Sinn hatte, ihr in diesem Zustand mit vernünftigen Einwänden zu kommen. Stattdessen legte sie, ganz die fürsorgliche große Schwester, den Arm um sie und zog sie an sich. »Wir schaffen das schon, Liebes, ganz bestimmt schaffen wir es. Ich bitte Steve, morgen vorbeizukommen. Er weiß sicher einen Rat.«

Der Steve, den Portia meinte, war Anwalt in dem Städtchen Ballyroan und schon seit vielen Jahren ein Freund der Familie, seit er als junger Absolvent der juristischen Fakultät in dieses verschlafene Nest gezogen war. Damals hatte er gerade erst seinen Abschluss gemacht und suchte dringend eine Stelle, als ein Freund seines Vaters, Tom MacLaverty, ihm den Vorschlag unterbreitete, sich doch bei seiner Kanzlei, NolanMacLaverty in Ballyroan, County Kildare, zu bewerben.

Als Großstadtjunge war Steve anfangs davor zurückgeschreckt, in die entlegene Provinz umzuziehen; schließlich hätte er mit seinem guten Abschluss auch einen Posten in einer renommierten Dubliner Kanzlei ergattern können. Doch er erinnerte sich bis heute an seine erste Fahrt nach Ballyroan. Der sonnige Sommertag, an dem sich das Städtchen von seiner besten Seite zeigte, stand ihm noch deutlich vor Augen: die breiten Straßen, der Brunnen in der Mitte der Hauptstraße, das Kino, in dem immer noch die *Rocky Horror Picture Show* lief (am Freitagabend immer ausverkauft), und mehr Pubs, als er je gesehen hatte.

»Wie können die alle bloß überleben?«, hatte er sich in seiner Naivität gefragt. Aber er hätte sich keine Sorgen zu machen brauchen. Ballyroan hatte es sogar einmal ins *Guinness-Buch der Rekorde* geschafft, und zwar wegen der höchsten Anzahl an Pubs pro Kopf der Bevölkerung in ganz Europa. Er erinnerte sich an das üppige Grün, das sich rings um die Stadt erstreckte, der schönste und friedlichste Anblick, der ihm je untergekommen war. Und er hatte sofort beschlossen, hier den Rest seines Lebens zu verbringen.

Auch zwanzig Jahre später bereute Steve seine Entscheidung nicht. Ihm gefiel es hier. Er mochte die Freundlichkeit der Menschen, die stets auf der Straße stehen blieben, um ein ausgedehntes Schwätzchen mit einem zu halten. (Manchmal spielte er mit dem Gedanken, seinen Schreibtisch einfach mitten auf die Main Street zu stellen, da er ohnehin viel mehr Gespräche dort führte als in seinem Büro.)

Und die Kanzlei florierte. Steve konnte gut mit Menschen umgehen und hatte eine freundliche Art, die Vertrauen weckte. Niemals hätte er auch nur im Traum daran gedacht, die mit seinen Mandanten verbrachte Zeit mitzustoppen und ihnen die Stunden anschließend in Rechnung zu stellen, wie viele Anwälte es taten. So etwas war einfach nicht seine Art. Stattdessen plauderte er mit den Leuten und beriet sie in Vermögens- und Erbschaftsangelegenheiten, wie es bei einem Anwalt auf dem Lande üblich war. Aber er nahm sich die Zeit, seinen Mandanten alles gründlich zu erklären, und er setzte sie nie unter Druck, etwas zu unterschreiben oder einer Entscheidung zuzustimmen, wenn sie sich unwohl dabei fühlten. Bald war er bei NolanMacLaverty deshalb sehr beliebt. Und nach einer Weile verlangten die Leute, die in der Kanzlei anriefen, direkt den jungen Steve Sullivan zu sprechen anstatt Sean Nolan, der ein wenig einschüchternd wirken konnte – oder Tom MacLaverty, den man zwar schon seit Jahren kannte, der nachmittags aber selten nüchtern genug war, um noch eine vernünftige Beratung hinzubekommen.

Als Tom MacLavertys alkoholgeschwängerte Mittagspausen schließlich ihren Tribut forderten und er einige Jahre später verstarb, wurde Steve selbstverständlich zum Teilhaber, und man benannte die Kanzlei in NolanSullivan um. Obwohl seine Studienkollegen von früher durch ihre Tätigkeit bei verschiedenen Gerichten in Dublin Castle ein Vermögen machten und ihn zu überzeugen suchten, dass er verrückt sei, weil er in der Hauptstadt das Zehnfache verdienen könnte, ließ er sich nicht beirren. Kurz zusammengefasst, Steve liebte seinen Beruf und die Ruhe und den Frieden des Landlebens.

Außerdem liebte er die Davenports. Ihre erste Begegnung hatte vor über zwanzig Jahren stattgefunden, als Steve, der Neuling, nach Davenport Hall geschickt worden war, um eine »heikle Angelegenheit« für die Familie zu regeln. Er erinnerte sich noch deutlich daran, wie er durch das Tor und vorbei am Pförtnerhaus zum drei Kilometer entfernten Haupthaus gefahren war. Er wusste genau, wie nervös er gewesen war, als er an das riesige Eichenportal klopfte. Die fünfzehnjährige Portia hatte ihn hereingebeten, ernst, blass und gerade alt genug, um die Situation als ausgesprochen peinlich zu empfinden.

Ihr Vater, Lord Davenport, hatte in einem Anfall von Spielsucht bei den Rennen im nahe gelegenen Naas mehr verwettet, als er bei sich trug. Der Buchmacher, offenbar beeindruckt vom Adelstitel seines Kunden, hatte ihn gewähren lassen. Allerdings fand die Großzügigkeit des Mannes ein rasches Ende, als Seine Lordschaft über zehntausend Pfund bei einem einzigen Rennen verlor, obwohl er keinen Penny in der Tasche hatte. Die Polizei wurde verständigt, und man steckte Black Jack ohne viel Federlesen für eine Nacht in eine Gefängniszelle in Kildare Town, bis eine Kaution hinterlegt werden würde. Das Problem war nur, dass die Familie Seiner Lordschaft keinen Penny besaß, um ihn auszulösen.

Man zog einen Anwalt zu Rate, und so kam es, dass der zwanzigjährige Steve im gelben Salon stand, vor Scham am liebsten im Erdboden versunken wäre und sich fragte, wie um alles in der Welt er die Situation nur Black Jacks halbwüchsiger Tochter erklären sollte.

Doch diese Sorge hätte er sich sparen können. Portia hatte sich wacker geschlagen. Nachdem sie Steve ruhig die Hand geschüttelt hatte, sagte sie, ihre Mutter müsse sich um ihre neugeborene Schwester kümmern und könne deshalb nicht nach unten kommen. Dann erkundigte sie sich, wie viel ihr Vater denn diesmal verloren habe. Als Steve ihr die Summe nannte, zuckte sie nicht einmal mit der Wimper und erwiderte nur, man werde sich um die Angelegenheit kümmern. Außerdem könnten ein paar Nächte in Polizeigewahrsam ihrem Vater nicht schaden.

Erst mehrere Tage später fand Steve heraus, dass sie ein kostbares Fabergé-Ei hatte verkaufen müssen, das sich schon seit hundert Jahren in Familienbesitz befand, um das Geld flüssig zu machen. Die Begegnung mit Portia an jenem Tag hatte er nie vergessen, und er empfand tiefes Mitgefühl für dieses junge Mädchen, das, umgeben von Wertgegenständen, nicht über einen Penny Bargeld verfügte.

Seitdem waren sie gute Freunde. Mein Gott, wenn er nur daran dachte, wie oft er den Davenports im Laufe der Jahre schon aus der Patsche geholfen hatte … Zum Beispiel, als Lucasta in einem ihrer irregeleiteten Versuche, Geld aufzutreiben, beschlossen hatte, Schülergruppen durch das Anwesen zu führen – ein Vorhaben, das die Gesundheits- und Gewerbeaufsichtsbehörden noch in derselben Woche durchkreuzten. Mylady hatte einfach keinen Gedanken an so banale Details wie ausreichende Toiletten für die Busladungen von Schulkindern verschwendet. Ein kleiner Junge fand einen Fingernagel in der Davenport-Marmelade, die Lucasta alle Besucher zu kaufen zwang, und zu guter Letzt stürzte eine knapp einen Meter große Steinfratze von der Decke des Ballsaals auf ein besonders bedauernswertes Kind herab, das anschließend mehrere Wochen lang in Lebensgefahr schwebte. Gerüchten zufolge verpassten die Ärzte in der Notaufnahme des Krankenhauses in Kildare sicherheitshalber der ganzen Schulklasse Tetanusspritzen, als sie hörten, dass die Kinder gerade von einer Besichtigung von Davenport Hall kamen.

Dann war da auch noch der Tag, an dem Daisy, damals sechzehn, den Einfall gehabt hatte, mit Führungen durch Davenport Hall als Spukschloss Geld zu verdienen. Sie erfand den geköpften Geist irgendeines entfernten Urahns, schilderte den Gästen dessen Ableben in sämtlichen grausigen Details und jagte ihnen damit einen solchen Schrecken ein, dass in der folgenden Nacht keiner von ihnen ein Auge zutat. Am nächsten Morgen verabschiedeten sich die Besucher mit verquollenen Augen nach einer schlaflos verbrachten Nacht, in der sie dem gewöhnlichen Knarzen des Hauses gelauscht und sich dabei das Schlimmste ausgemalt hatten. Sie verlangten ihr Geld zurück und schworen, die Davenports beim Fremdenverkehrsamt zu melden. Ein Gast versuchte sogar, eine Klage wegen psychischer Misshandlung anzustrengen. Es war ein ganzes Stück Arbeit für Steve gewesen, dieses Problem aus der Welt zu schaffen. Selbstverständlich hatte kein Mitglied dieser Familie es je für nötig gehalten, sich gegen derartige Missgeschicke zu versichern – selbst wenn das nötige Geld dafür vorhanden gewesen wäre.

Auf diese Weise hatte Steve die Davenports im Laufe der Jahre recht gut kennen gelernt. Sie waren Freunde. (Natürlich waren sie auch Mandanten, allerdings welche, die selten bezahlten, aber er hatte ein zu weiches Herz, um die Schulden einzutreiben. Außerdem war bei ihnen sowieso nichts zu holen.) Es gab nichts, was er nicht für sie getan hätte. Als Portia ihn also später an diesem Tag anrief und ihn bat zu kommen, warf er einen Blick in seinen Terminkalender und versprach, gleich am nächsten Morgen da zu sein.

»Genau genommen«, fügte er – ziemlich theatralisch, wie Portia fand – hinzu, »wollte ich sowieso zu euch. Ich habe nämlich Neuigkeiten, die für euch alle von großem Interesse sein dürften.«

2

Am nächsten Morgen hatte Portia gerade die letzten Tropfen ihres lauwarmen Kaffees getrunken, als sie draußen auf dem Kies die Reifen von Steves Auto knirschen hörte. Beim Blick aus dem Gutsbüro (ein hochtrabender Name für das ehemalige Spielzimmer, das inzwischen nicht mehr benutzt wurde) sah sie ihn aus seinem großen schwarzen Jeep steigen. In der Hand hatte er einen Aktenkoffer und einen dicken Papierstapel. Mit seinem zerzausten dunkelbraunen Haar und seiner stets etwas ungepflegten, beinahe fadenscheinigen Kleidung war er keine Schönheit. Er erinnerte Portia eher an einen gemütlichen Teddybären, groß und breit, ein sanfter Riese von einem Mann und ein Junggeselle, wie er im Buche stand.

Oft dachte Portia, dass er sicher ganz anders aussehen würde, wenn er je geheiratet hätte. Eine Frau hätte seinem Äußeren schon auf die Sprünge geholfen, ihm zuallererst einmal die Haare gewaschen und ihn dann gezwungen, die Kordhosen und die Streifenhemden im Stil der achtziger Jahre mit etwas Modischerem zu vertauschen. Er gehörte eindeutig zu der Sorte von Männern, die sich durch den Einfluss einer Frau oder Freundin zum Positiven oder zum Negativen verändern. Die Frau, die ihn einmal abbekam, konnte sich wirklich glücklich schätzen. Auch wenn er kein Colin Farrell war, hatte er ein Herz aus purem Gold.

Jetzt allerdings ist nicht der richtige Zeitpunkt für solch müßige Gedanken, sagte sie sich, als sie die große Eichentreppe hinuntereilte und ihm über den schwarz-weiß gemusterten Marmorboden der gewaltigen, von einer Kuppel überspannten Vorhalle entgegenlief.

»Gott sei Dank, dass du hier bist, Steve«, sagte sie und stellte sich auf die Zehenspitzen, um ihn zu umarmen. Als er die Umarmung erwiderte, stellte er fest, dass sie noch magerer und blasser war als sonst. Nach ihrem Aussehen zu urteilen, hatte sie seit Tagen nicht geschlafen. Portia musste sich richtiggehend überwinden, ihn loszulassen. In den letzten Tagen hatte sie so viel durchgemacht, dass sie es als Erleichterung empfand, die starken Arme eines Mannes um sich zu spüren. Steve würde eine Lösung finden. Das hatte er doch immer getan.

»Es gibt kein Problem, dem sich nicht abhelfen ließe, Portia. Wo ist denn deine Mum?«, fragte er und löste sich behutsam von ihr.

»Sie vertreibt die negative Energie aus allem, was Daddy je in der Hand gehabt hat«, erwiderte Portia.

Lucasta war bekanntermaßen eine begeisterte Anhängerin des Vertreibens negativer Energien durch Gesänge, das Abbrennen von Räucherstäbchen und das Läuten von Glöckchen. »Möge die Göttin der Reinheit und Schönheit alles säubern, was durch den negativen Geist dieses Schweinekerls von einem Ex-Ehemann beschmutzt worden ist!«, konnte man sie laut aus der Bibiliothek verkünden hören.

»Das macht sie schon den ganzen Vormittag«, erklärte Portia, obwohl das eigentlich überflüssig war. Steve war so sehr an Lucastas exzentrische Anwandlungen gewöhnt, dass er nicht einmal mehr mit der Wimper zuckte.
»Und Daisy?«, fragte Steve. »Ich muss mit euch dreien gemeinsam sprechen.«
»Ich glaube, sie ist ausgeritten. Es hat sie sehr mitgenommen, Steve. Du weißt ja, wie nah sie ihm gestanden hat.«
»Würdest du sie bitte suchen gehen? Ich hole mir inzwischen etwas von Mrs. Flanagans berühmtem Instant-Kaffee und treffe euch in der Bibliothek. Natürlich nur, falls deine Mutter keine negative Aura an mir wahrnimmt und mich wieder vor die Tür setzt«, fügte er mit einem spöttischen Lächeln hinzu.

Das war kein Scherz, denn Lucasta war dafür bekannt, dass sie Leute aus den fadenscheinigsten Gründen aus dem Haus warf: Das Sternzeichen des Betreffenden passe nicht zu ihrem; seine Kommunikationsfähigkeit sei blockiert; ihr gefiele die Farbe seiner Aura nicht; er habe sie in einem vergangenen Leben auf irgendeine Weise verärgert, von der er selbst nichts ahnte. Einmal hatte sie einem zu Tode erschrockenen Gerichtsvollzieher, der gekommen war, um den Fernseher zu pfänden, vorgeworfen, sein Geist habe sie im achtzehnten Jahrhundert grausam misshandelt. Es klappte, und Lucasta durfte den Fernseher behalten, ohne weiter Raten dafür zu bezahlen.
»Gib mir fünf Minuten, Steve«, erwiderte Portia.
Als sie hinausging, um Daisy zu suchen, fühlte sie sich schon ein wenig besser. Mein Gott, welche Wohltat, mit einem geistig zurechnungsfähigen Erwachsenen zu sprechen!

Die arme Portia hatte es nicht leicht, Daisy zurück ins Haus zu schleppen, nachdem sie sie endlich im Gartenhaus aufgespürt hatte, wo sie sich immer noch die Augen ausweinte.

»Verdammt, Portia, muss ich denn unbedingt dabei sein?«, hatte sie gejammert. »Er ist so langweilig und öde, und ich kann es nicht leiden, wie er mich immer anstarrt.« Es war ein alter Familienscherz, dass Steve offenbar ein Auge auf Daisy geworfen hatte. Jedenfalls lief er immer rot an, wenn sie, was selten geschah, das Wort an ihn richtete.

»Um Himmels willen, Portia, er ist ein alter Mann. Mindestens vierzig. Hat er eigentlich noch eigene Zähne?«, meckerte Daisy weiter, als sie in Richtung Haus marschierte. Ihre goldenen Locken schimmerten im Sonnenlicht. »Warum kann er sich niemanden in seinem Alter zum Anglotzen suchen? Glaubt er, ich hätte es so bitter nötig? Hält der mich für eine Art Lolita, oder was?«

»Liebes, er ist hier, um uns zu helfen, also versuch ein bisschen höflich zu sein. Mehr verlange ich doch gar nicht«, meinte Portia beschwichtigend, als sie in die Bibliothek kamen.

Steve wartete geduldig in dem großen grünen Lehnsessel aus Leder, der neben einem der Bücherregale stand. Währenddessen tänzelte Lucasta singend zwischen den Regalen herum und versprühte dabei WC-Reiniger, ohne sich darum zu kümmern, wo die Flüssigkeit landete.

»Möge die Göttin aller Dinge, die rein sind, diesen Raum von aller Negativität befreien und … Ach, hallo, Kinder.« Als ihre Töchter hereinkamen, hielt sie in ihrem Gesang inne. »Ich beseitige nur die letzten Überreste des Geistes eures Vaters«, sagte sie, als sei es das Normalste von der Welt. »Zuerst kommen die Gesänge, dann versprüht man etwas Desinfektionsmittel, und anschließend zündet man Räucherstäbchen mit Bergamotteduft an, um die Negativität zu vertreiben. Das funktioniert immer.« Sie fuhr fort, WC-Reiniger auf den Regalen zu verteilen.

»Mummy, hältst du es für ratsam, etwas anzuzünden, nachdem du gerade Putzmittel versprüht hast?«, erkundigte Portia sich ängstlich.

»Sei nicht albern, Schätzchen. Immer musst du dir Sorgen machen. Typisch Steinbock«, gab ihre Mutter zurück.

»Äh, ich habe später noch einen Termin in der Stadt, wenn es euch also nichts ausmacht …«, sagte Steve und nahm einen riesigen mit Papieren voll gestopften Ordner aus seinem Aktenkoffer, wobei ihm ein Stapel versehentlich zu Boden fiel. Daisy drehte, genervt von seiner Ungeschicklichkeit, die Augen zur Decke, ohne einen Hehl daraus zu machen.

»Also los, bringen wir es hinter uns«, meinte sie brüsk. Portia warf ihr einen warnenden Blick zu, verkniff sich aber eine Bemerkung.

»Gut, dann kommen wir gleich auf den Punkt«, fuhr Steve fort, wobei es ihn mehr als nervös machte, allerseits mit Blicken fixiert zu werden. »Während wir uns hier unterhalten, amüsiert sich Black Jack vermutlich mit seiner neunzehnjährigen Freundin in Las Vegas. Und natürlich mit den zehntausend Euro, die er aus dem Safe hat mitgehen lassen.«

»Oh, Steve, muss das sein?«, schrie Daisy auf, und ihre riesigen blauen Augen füllten sich mit salzigen Tränen.

»Entschuldige, Daisy, tut mir schrecklich Leid«, entschuldigte sich Steve und errötete. »Ich wollte dich wirklich nicht noch mehr aufregen. Es ist nur …« Er hielt inne. Ballyroan war eine kleine Stadt, in der Black Jack schon seit Jahren ausreichend

Stoff für Gerüchte lieferte. Dass er ein Schwerenöter war, war allgemein bekannt. Außerdem war Sarah Kelly nicht seine erste Geliebte und würde sicherlich auch nicht die letzte sein. Man konnte Steve also keinen Vorwurf machen, wenn er sachlich an diese Angelegenheit heranging.

Portia seufzte trotzdem auf. Zehntausend Euro hatte er mitgenommen.

Zehntausend! Wenn sie sich diese Summe vor Augen hielt, krampfte sich alles in ihr zusammen. Sie brauchte nur daran zu denken, wie sie sich abgeschuftet hatte, um das Geld zu verdienen! Die kleinen fröstelnden Touristengruppen, die sie durch das Haus geführt hatte, immer bemüht zu ignorieren, wie die Leute angesichts des Zustands des Anwesens die Nase rümpften. (Nach einer Weile war sie überzeugt, dass noch kein Mensch auf der Welt öfter als sie den Satz »Das war wirklich Geldverschwendung!« auf Japanisch gehört hatte.) Die Ponyausritte, mit denen Daisy und sie während der Sommermonate ein paar Hundert Euro zusammengekratzt hatten; das klägliche Sümmchen aus dem Verkauf von Rhabarber, Pilzen und selbst gezüchteten Kräutern an den Bio-Gemüsehändler in Kildare. Leider schaffte sie es ohne fremde Hilfe nicht, noch mehr anzubauen, und Mitarbeiter für ihre heimische Gärtnerei konnte sie sich nicht leisten.

Aber es hatte keinen Sinn, über Vergangenes nachzugrübeln. Sie musste in die Zukunft blicken.

»Tut mir Leid, Daisy«, wiederholte Steve und betrachtete sie mitleidig. »Es ist nur, dass ich vielleicht einen Ausweg für euch weiß.«

Endlich hatte er sich die allgemeine Aufmerksamkeit gesichert. Die drei Frauen drehen sich neugierig zu ihm um.

Selbst Lucasta ließ für einen Moment von Räucherstäbchen und Putzmittel ab.
»Vor einer Weile hatte ich einen Anruf von einer Filmproduktionsfirma namens Romance Pictures«, sprach Steve weiter und zog dabei seine Notizen zu Rate. »Sie wollen einen Film in Irland drehen und ziehen Kildare dabei als möglichen Schauplatz in Erwägung. Offenbar sind eine Menge Außenaufnahmen im Spiel, Verfolgungsjagden zu Pferde zum Beispiel, und sie wollen etwas Landestypisches. Deshalb habe ich vorgeschlagen, dass sie ihre Motivsucher einen Blick auf dieses Haus werfen lassen; die Landschaft hier ist so wunderschön, dass sie sich ausgezeichnet eignen würde. Gestern habe ich dann einen Anruf von der Produktionsfirma erhalten und, kurz gesagt …«
»Erzähl weiter«, forderte Daisy ihn begeistert auf und starrte ihn aus blauen Augen an.
»Tja«, erwiderte er, »offenbar findet die Produktionsfirma, dass Davenport Hall ein prima Drehort für den gesamten Film wäre. Sie bieten Daisy sogar einen Job als Pferdetrainerin an …«
»Pferdetrainerin?«, unterbrach Daisy. »Was zum Teufel soll das denn sein?«
»Sie wollen all eure Pferde in dem Film einsetzen, und nicht nur das. Du sollst den Schauspielern das Reiten beibringen und wärst für alle Pferde, die in dem Film vorkommen, verantwortlich.«
»Soll das heißen, dass ich für das, was ich jetzt umsonst tue, auch noch Geld bekommen würde?«, fragte Daisy sichtlich erfreut.
»Du hast es erfasst«, entgegnete Steve.

»Aber was ist mit dem Haus?«, erkundigte sich Portia ein wenig besorgt. »Die werden doch nicht hier drin filmen wollen.«

»Doch, genau das wollen sie«, entgegnete Steve. »Der für die Drehorte zuständige Mensch hat sich das Haus in der Tourismusbroschüre angesehen und findet es optimal. Da es ein Kostümfilm ist, passt das Alter des Hauses genau ins Drehbuch, und sie sparen sich die Mühe, irgendwo in einem Studio teure Kulissen aufzubauen. Es ist viel einfacher, alles hier zu drehen.«

»Steve, du weißt genau, dass ich nicht das Alter des Hauses gemeint habe«, wandte Portia ein.

»Tja, was denn dann?«, fragte er, als er ihren zweifelnden Tonfall bemerkte.

»Schau dich doch mal um«, sprach sie weiter. »Wir müssen realistisch bleiben. Sieh nur, in welchem Zustand das Haus ist! Hier wurde seit dem Krieg nicht mehr gestrichen. Die Vorhänge werden nur noch von Staub und Spinnweben zusammengehalten, und von der Decke fallen ständig Putzbrocken auf uns runter. Bei schönem Wetter jedenfalls. Bei Regen muss ich im Haus einen Schirm aufspannen, so undicht ist das Dach. Und von der Kälte ganz zu schweigen. Selbst an heißen Julitagen, wenn alle Leute in der Sonne liegen, müssen wir mindestens drei Wollpullover übereinander tragen, damit wir uns keine Erfrierungen holen. Im Winter muss ich den Raureif innen von den Fenstern abkratzen, um nach draußen schauen zu können. Also erwarte von mir nicht, dass ich auch nur einen Moment glaube, jemand will in diesem Haus einen Film drehen. Das könnte ich beim besten Willen nicht verstehen.«

Steve holte tief Luft; er wusste, dass er nun taktvoll sein musste. »Tja, weißt du, Portia«, begann er, ganz Anwalt und die Diplomatie in Person. »Tatsache ist, dass sie das Haus genau so wollen, wie es ist.«

»Kurz bevor es wegen Einsturzgefahr gesperrt wird?«, wunderte sich Portia.

»Vielleicht wird es ja ein Horrorfilm«, kicherte Daisy.

»Nein, es wird kein Horrorfilm«, erwiderte Steve.

»Was dann?«, fragten die beiden Schwestern im Chor.

»Der Titel lautet *Die Geschichte einer Südstaatenschönheit: Brents Rückkehr.* Sie haben mir gesagt, es ist eine Fortsetzung, und es geht darum, dass die Heldin … Ich kann mir ihren Namen einfach nicht merken … äh …« Er brach ab und kramte in seinen Unterlagen.

»Magnolia O'Mara«, sagte Daisy, plötzlich atemlos vor Aufregung. *Die Geschichte einer Südstaatenschönheit* war einer ihrer Lieblingsfilme.

»Ja, genau«, fuhr Steve fort. »Jedenfalls kommt die Heldin nach Irland, um bei ihren irischen Vorfahren zu leben. Aber sie gerät in finanzielle Schwierigkeiten und vermietet deshalb … äh … ich les mal einfach die Inhaltsangabe vor, die die Filmfirma mir geschickt hat … Ja, da hab ich es. ›Magnolia O'Mara, vor kurzem nach Irland zurückgekehrt, vermietet ihr verfallenes, heruntergekommenes Gutshaus in der Einöde. Sie möchte weitab vom amerikanischen Süden, der immer noch vom Bürgerkrieg verwüstet ist, ein neues Leben anfangen und auch Abstand zu Brent Charleston gewinnen, dem einzigen Mann, den sie je wirklich geliebt hat.‹«

»Jetzt verstehe ich dich«, meinte Portia und lehnte sich in ihrem Stuhl zurück. Das Geheimnis war gelüftet.

»Überleg mal, Mummy«, sagte Daisy, der die Idee großartig gefiel. »Im Haus wird es von Filmstars wimmeln. Wir werden sie kennen lernen, und vielleicht werden wir ja zur Premiere in Hollywood eingeladen.«

»Ach, wie aufregend, mein Kind!«, erwiderte Lucasta. Ihr Reinigungsritual war vergessen, als sie sich von der Vorstellung mitreißen ließ, mit Hollywood auf Du und Du zu stehen. »Vielleicht kommt ja auch Shirley MacLaine. In einem vergangenen Leben waren wir dicke Freundinnen, wisst ihr? Und auf Marlon Brando stand ich ja schon immer, wenn er nur einen Zentner abnehmen würde …«, plapperte sie weiter, felsenfest davon überzeugt, dass jede Hollywoodgröße, ganz gleich ob übergewichtig oder auch verstorben, sich magisch von ihr angezogen fühlen würde.

»Steve, weißt du, wer die Hauptrolle in dem Film spielt?«, fragte Daisy außer sich vor Begeisterung. Ihre Tränen waren längst vergessen.

»Oh ja«, antwortete Steve geistesabwesend. »Ich habe den Namen irgendwo aufgeschrieben.« Er blätterte einen anderen Papierstoß durch.

»Ja, da haben wir es«, meinte er schließlich und setzte die Brille auf, um die winzige Schrift auf der zu Tage geförderten Seite entziffern zu können. »Ich fürchte, das ist niemand, von dem man je gehört hat. Irgendein Schauspieler namens Guy van der Post.«

»Guy van der Post! Aber das ist doch der Mann mit dem größten Sex-Appeal der Welt!«, keuchte Daisy, die vor Schreck fast vom Stuhl fiel. »Hast du ihn denn nicht in *Unsägliche Grausamkeit Zwei* gesehen? Er war einfach wunderbar – und er kann unglaublich gut spielen«, fügte sie träumerisch hinzu, wobei das Talent eindeutig nichts mit ihrem Interesse an Guy van der Post zu tun hatte.

»Ich fürchte, den Film habe ich verpasst, Daisy«, meinte Steve. Anscheinend merkte nur Portia, dass er seine sanften braunen Augen nie von ihrem Gesicht abwandte.

»Stell dir nur vor, mein Liebes«, meinte Lucasta, »und er wird hier mit uns einen Film drehen! Oh, wie aufregend! Wahrscheinlich weißt du nicht, was er für ein Sternzeichen hat, Steve?«, fragte sie.

»Äh .. nein, dieses Thema kam nicht zur Sprache«, entgegnete er taktvoll. »Was hältst du davon, Portia? Du bist so still«, sagte er, als er ihr nachblickte, wie sie langsam zum Fenster ging und geistesabwesend ein wenig verklebten Staub von den Läden wischte.

Ruhig wie immer sah Portia ihn an. Die Fähigkeit ihrer Mutter und ihrer Schwester, auch nur im Entferntesten unangenehme Dinge einfach zu verdrängen, erstaunte sie immer wieder. Vor zehn Minuten hatte Daisy sich noch wegen ihres Vaters die Augen ausgeweint, und nun hatte sie nur noch irgendeinen Schauspieler mit einem albernen Namen im Kopf.

»Wie viel?«, war alles, was sie sagte.

»Am besten setzt du dich vorher wieder hin«, erwiderte er.

»Meinetwegen«, gab Portia zurück und gehorchte.

»Schau dir das an«, fuhr er fort. »Und das ist nur das erste Angebot. Bestimmt können wir noch viel mehr herausschlagen.« Damit reichte er ihr ein Stück Papier, auf dem eine Zahl stand. Lucasta und Daisy beobachteten sie aufmerksam, weil sie wussten, dass die letztendliche Entscheidung bei ihr lag. Nun, nachdem Black Jack sie verlassen hatte, gab es nichts mehr daran zu rütteln: Portia war die Herrin im Haus.

Nach einem Blick auf die angebotene Summe wurde Portia noch blasser als gewöhnlich. Es war zwar kein Vermögen, aber mehr Entschädigung als genug für das Geld, um das Black Jack sie erleichtert hatte. Tausende von Gedanken rasten ihr durch den Kopf und kämpften darum, sich Gehör zu verschaffen.

Ihr ganzes Leben lang träumte Portia schon davon, das Haus in seinen früheren prächtigen Zustand zurückzuversetzen und es in ein luxuriöses Fünf-Sterne-Hotel zu verwandeln. Nach der Schule hatte sie sogar in Dublin die Hotelfachschule besucht, was vermutlich die glücklichste und sorgloseste Zeit ihres Lebens gewesen war. Die Ausbildung dauerte vier Jahre, und im dritten war sie die beste Schülerin ihres Jahrgangs gewesen. Sie hatte vor Ideen für die Renovierung ihres Familienwohnsitzes förmlich gestrotzt … und dann hatte das Schicksal zugeschlagen. Black Jack hatte sie beiläufig davon in Kenntnis gesetzt, dass er bei dem Versuch, ihr Schulgeld auf der Rennbahn zu verdoppeln, alles verloren hatte. Und so war ihr nichts anderes übrig geblieben, als nach Hause zurückzukehren. Zwar genügte das von Romance Pictures angebotene Geld nicht annähernd, um sämtliche Renovierungsarbeiten, die Portia für nötig hielt, ausführen zu lassen, doch zumindest konnte ein Teil der Dachreparatur damit finanziert werden. Vielleicht würde sie sogar die Gärtnerei vergrößern, ein paar Mitarbeiter einstellen und so ein vernünftiges Einkommen erwirtschaften können. Es war nicht gerade ein Lottogewinn, aber eine sehr willkommene Finanzspritze, und zwar gerade zum richtigen Zeitpunkt.

»Wo muss ich unterschreiben?«, brachte sie nur heraus. Ihre Stimme klang, als käme sie aus dem Nebenzimmer. »Schnell, bevor sie es sich anders überlegen!«

Steves Antwort verstand sie nicht mehr, denn Lucasta und Daisy begannen zu kreischen und zu jubeln wie zwei Schulmädchen beim Konzert einer Boygroup.

»Meine Damen, meine Damen, einen Moment bitte. Ich bin noch nicht ganz fertig.« Steve musste die Stimme erheben, um sich Gehör zu verschaffen. »Ich fürchte, das war noch nicht alles.«

»Was meinst du damit?«, fragte Daisy ungeduldig. »Genügt es nicht, wenn wir einfach auf der gestrichelten Linie unterschreiben?«

»Wenn das Leben nur so unkompliziert wäre«, erwiderte er und lächelte sie schüchtern an. »Nein, Daisy, leider stellt die Filmfirma eine Bedingung, an der es nichts zu rütteln gibt, damit der Vertrag auch zustande kommt. Und zwar eine sehr wichtige Bedingung.«

3

Die nächsten Monate verschwammen für Portia in einem Nebel.

Sie konnte kaum fassen, wie schnell alles ging, nachdem Steve eine Vereinbarung mit Romance Pictures getroffen hatte. Bald fuhren gewaltige Lastwagen der Produktionsfirma vor Davenport Hall vor und luden kilometerlange Kabelrollen, elektrische Geräte, Kameras und Scheinwerfer aus. Es waren so viele Lampen, dass Daisy gefragt hatte, ob man den Film bei Flutlicht drehen würde. Johnny Maguire, der erste Regieassistent, hatte sie ausgelacht.

»Auf keinen Fall, Schätzchen«, erwiderte er in seinem monotonen Dublin-Akzent und zog an einer Zigarette. »In dunklen Räumen wie diesen braucht man etwa sechzig Scheinwerfer, damit die Beleuchtung normal aussieht. Wann sind hier übrigens zum letzten Mal die Elektroleitungen erneuert worden?«

Zu Portias Erleichterung erschien in diesem Moment ihre Mutter, und man wechselte das Thema. An den Leitungen im Haus war gewiss seit dem Elektrifizierungsprogramm für ländliche Gebiete im Jahr 1936 nichts mehr getan worden.

»Wann können wir mit Guy van der Posts Ankunft rechnen?«, fragte Lucasta, atemlos vor Aufregung. »Ich glaube, wir bringen ihn im malvenfarbenen Zimmer unter, wenn er hier ist, Portia, mein Kind. Das ist das einzige Schlafzimmer, in dem kein Geist umgeht.«

Wie sich herausgestellt hatte, bestand die einzige unverrückbar feststehende Bedingung, die Romance Pictures an Dreharbeiten in Davenport Hall knüpfte, darin, dass die Hauptdarsteller auch dort wohnen mussten. Offenbar war der Produzent, ein gewisser Harvey Brocklehurst Goldberg, ein eingefleischter Anhänger des Method-Acting; danach musste das Ensemble am Drehort leben, damit die Darstellung im Film auch wirklich glaubwürdig wirkte. (Wie die verwöhnte Hollywood-Elite auf die spartanischen Bedingungen in Davenport Hall reagieren würde, hatte er allerdings nicht in Betracht gezogen, denn selbst die US-Marines hätten wohl Schwierigkeiten gehabt, sich an den Gestank nach Katzenpisse zu gewöhnen, und dabei gab es bei den Streitkräften wenigstens Gasmasken.)

»Tja«, fuhr Lucasta fort und hielt nur inne, um sich eine Zigarette anzuzünden. »Im malvenfarbenen Zimmer geht zwar auch ein Geist um, aber nur der von Tiddums dem Vierten, also ein sehr freundlicher Geist.« Tiddums IV. war der orangefarbene Lieblingskater von Lady Davenport gewesen. Im vergangenen Jahr war er auf tragische Weise bei einem Unfall ums Leben gekommen, da er im gewaltigen Backrohr des Küchenherdes eingeschlafen war.

Offenbar hatte Johnny Routine im Umgang mit überspannten Zeitgenossen, dachte Portia, denn er zuckte nicht einmal mit der Wimper. »Ach, Guy van der Post kommt erst in ein paar

Wochen, meine Liebe«, erwiderte er. »Er dreht gerade in Thailand die letzten Szenen des neuen James-Bond-Films. Ich glaube, er spielt den Bösewicht, wissen Sie, den, der einen Frack trägt und sagen muss: ›Nicht so schnell, Mr. Bond.‹«

»Ach, wir sind einfach nur so aufgeregt, einen Hollywoodstar hier zu haben!«, plapperte Mylady weiter, ohne sich darum zu kümmern, dass Johnny und seine Mannschaft eigentlich zu tun hatten. »Es wird sicher sehr nett. Ich werde eine große Party für Sie alle veranstalten, damit Sie unsere reizenden Nachbarn kennen lernen. Einige von ihnen gehören auch der Arbeiterschicht an, also haben Sie viel gemeinsam …«

Und so hätte sie immer weitergeredet, wenn Portia sie nicht sanft, aber mit Nachdruck in Richtung Haus geschoben hätte.

Und dann waren da noch die Wohnmobile. Dutzende von ihnen tuckerten die Auffahrt von Davenport Hall hinauf und parkten auf dem Vorplatz vor dem Haupteingang. Portia und Daisy konnten sich nicht vorstellen, wozu sie alle dienten, so viele waren es. Johnny hatte sie netterweise herumgeführt und ihnen geduldig erklärt, welchen Zweck jedes von ihnen erfüllte. Ein ganzer Doppeldeckerbus beherbergte allein die Kantine. In einem Wohnmobil residierte die Maske, in einem anderen die Kostüme. Der ganze Rasen vor dem Haus sah aus, als hätte sich dort ein Zirkus niedergelassen. Und dann waren da noch die drei Winnebagos, die gleich neben dem Rosengarten standen.

»Gibt es da mexikanisches Essen?«, hatte Lucasta ahnungslos gefragt, als man sie ihr zeigte.

»Weit gefehlt«, erwiderte Johnny. »Hier halten sich die Stars auf, wenn sie auf ihren Auftritt warten.«

»So etwas wie Garderoben, Johnny?«, erkundigte sich Daisy, die Augen groß wie Untertassen.
»Na ja, solche Garderoben haben Sie noch nie gesehen. Schauen Sie mal hier hinein!«, antwortete Johnny und öffnete mit großer Geste die Tür des ersten Wohnmobils. Auf der Tür stand in ordentlichen Buchstaben »Ms. Montana Jones«.
»Den Namen kenne ich«, sagte Portia und zermarterte sich das Hirn, wo sie ihn schon einmal gehört hatte.
»Oh! Montana Jones!«, rief Daisy erstaunt aus. »Ich finde sie große Klasse! Sie hat in dem Film *Diener in Seattle* mit Hugh Grant mitgespielt.«
Daisy verschlang Zeitschriften mit Titeln wie *Tratsch und Klatsch, Der Spion* und *Die dunklen Geheimnisse der Stars* und war deshalb gut über die neuesten Hollywood-Gerüchte informiert.
»War sie nicht vor kurzer Zeit in einen Riesenskandal verwickelt?«, fuhr sie stirnrunzelnd fort und versuchte sich zu erinnern.
»Oh ja«, entgegnete Johnny ernst. »Sie hat sich von Tiffany's Schmuck im Wert von fünf Millionen Dollar für die Oscarverleihung im letzten Jahr geliehen und … äh … am nächsten Tag versäumt, die Sachen zurückzugeben. Zumindest hat sie das vor Gericht behauptet.«
»Nein, Johnny, jetzt weiß ich es wieder«, widersprach Daisy. »In der Verhandlung hat sie ausgesagt, sie sei nach der Oscarverleihung so sternhagelvoll gewesen, dass sie gar nicht mehr daran gedacht hätte, den Schmuck zurückzugeben. Und dabei hatte sie nur zwei Gläser Weißwein.«
»Zwei mickrige Gläser *vino?* Die trinke ich doch schon zum Frühstück«, sagte Lucasta. Sie scherzte nicht.

»In Hollywood bedeuten zwei Gläser Weißwein, dass man ein gefährlicher und unzurechnungsfähiger Alkoholiker ist«, meinte Johnny mit einem traurigen Kopfschütteln. »Die Arme hat danach sechs Monate in der Betty-Ford-Klinik verbracht, und ihre Karriere hat sich nie wieder davon erholt. Niemand wollte sie mehr beschäftigen. Deshalb dreht sie ja diesen Film. Um sich wieder ganz nach oben hochzukämpfen. Aber jetzt schauen Sie sich das an.«

Mit einer ausladenden Geste riss er die Tür von Montana Jones' Winnebago auf. Die Davenport-Damen folgten ihm auf dem Fuße. Und es war wirklich ein erstaunlicher Anblick.

»Das ist ja eher eine Hotelsuite als eine Garderobe«, japste Daisy, womit sie Recht hatte. Das Wohnmobil war mehr als zehn Meter lang und mit einem riesigen Doppelbett auf der einen und einem voll möblierten Esszimmer auf der anderen Seite ausgestattet. Links befand sich ein Fitnessraum mit allen Schikanen einschließlich Laufband und Rudermaschine. Eine Tür führte zu Dampfbad und Sauna. Im Wohnbereich stand ein elegantes Ledersofa vor einem Flachbildschirm-Fernseher mit DVD-Spieler.

»Wow!«, rief Daisy aus. Ihre Mutter und ihre Schwester waren sprachlos und brachten nur ein »Oh« und ein »Ah« heraus.

»Ja, Montana hat es eindeutig gern bequem zu Hause«, erklärte Johnny. »Und warten Sie nur, bis sie sich das Kantinenpersonal vorknöpft. Sie ist Vegetarierin, Veganerin und gleichzeitig allergisch gegen Weizen und noch irgendwas ... Offen gestanden glaube ich, dass sie sich ausschließlich von Grashalmen ernährt.«

»So hält sie also ihre tolle Figur«, meinte Daisy nachdenklich. Es war wirklich erstaunlich, wie die Stars so lebten. Wie Götter und Göttinnen aus einer anderen Welt, dachte sie. Der Himmel stehe ihnen bei, wenn sie erst das Innere des Hauses sahen.

Einige Tage später läutete in all dem Durcheinander das Telefon. In ihrer Eile brach Portia sich fast den Hals, weil sie über die Stromkabel stolperte, die das Filmteam achtlos auf dem Boden des Büros verteilt hatte. (Einen Luxus wie einen Anrufbeantworter gab es in Davenport Hall nicht.)

»Hallo? Wer spricht da?«, erkundigte sich eine elitär klingende Frau mit Süddubliner Akzent, der sich anhörte, als würde sie beim Sprechen die Lippen spitzen.

»Ach, hallo, ich bin es, Portia. Äh … kann ich Ihnen helfen?«

»Ja, bitte verbinden Sie mich mit einem Mitglied der Familie.«

»Meinen Sie die Familie Davenport?«, wollte Portia wissen und fragte sich, ob es sich wohl um einen Scherz handelte.

»Selbstverständlich meine ich die Davenports«, lautete die barsche Antwort. »Wen denn sonst? In wenigen Minuten kommt der Buffetservice und später noch ein Florist, der kurz vor einem Nervenzusammenbruch steht. Außerdem habe ich nicht den ganzen Tag Zeit. Wenn Sie also so freundlich wären, jemanden an den Apparat zu holen, wäre ich Ihnen sehr dankbar.«

»Tja, hier spricht Portia Davenport. Ich nehme an, ich kann als Familienmitglied durchgehen«, erwiderte Portia höflich und wusste nicht, was sie von dem seltsamen Benehmen der Fremden halten sollte.

»Warum haben Sie das nicht gleich gesagt? Und ich dachte schon, ich würde meine Zeit mit irgendeiner Bediensteten verschwenden. Hier spricht Mrs. de Courcey. Susan de Courcey.«

»Ach, hallo!«, entgegnete Portia, ohne zu wissen, wer diese unangenehme Frau bloß sein mochte. Kurz überlegte sie, ob sie ihr Geld schuldeten. Eine neue Filialleiterin der Bank vielleicht?

»Mein Partyveranstalter legt gerade letzte Hand an die Gästeliste für heute Abend, und wir haben zu unserem Erstaunen festgestellt, dass Sie nicht auf unsere Einladung geantwortet haben. Wir haben sie Ihnen schon vor Wochen geschickt.«

Portia überlegte angestrengt. Eine Einladung? Wozu? Nein, es war eindeutig keine gekommen. Zumindest hatte sie sie nicht gesehen, was jedoch nicht viel heißen musste, weil Lucasta häufig die Post abfing, um damit ihre Katzentoiletten auszulegen. Portia hatte sich dann damit herumzuschlagen, dass immer wieder Telefon-, Gas- und Stromrechnungen auf geheimnisvolle Weise verschwanden und sie ohne Vorwarnung von der Versorgung abgeschnitten wurden.

»Und ich sagte zu meinem Partyveranstalter«, fuhr Mrs. de Courcey in unfreundlichem Ton fort, »dass so etwas eben typisch für den Landadel ist. Wahrscheinlich zu beschäftigt mit Jagen, Schießen und Fischen, um auf eine einfache Einladung zu antworten.«

»Nun, ich kann Ihnen versichern, dass hier keine Einladung eingetroffen ist«, entgegnete Portia patzig, die diese Frau langsam extrem unsympathisch fand. »Darf ich fragen, worum es sich überhaupt handelt?«

»Unsere Haus-Einweihungsparty natürlich«, gab Mrs. de Courcey zurück. »Ich habe zweihundert engste Freunde eingeladen, hauptsächlich Juristen, deshalb werden Sie vermutlich niemanden kennen. Aber mein Partyveranstalter hat mir versichert, dass es korrekt ist, auch die Nachbarn zu einem solchen Anlass zu bitten. Und ich würde es sehr bedauern, wenn wir uns in ein schlechtes Licht rücken würden.«

Portia schwieg. Diese grässliche Frau und ihr Partyveranstalter hatten das mit dem schlechten Licht bereits geschafft.

»Sagen wir dann heute Abend um acht?«, fragte Mrs. de Courcey, ohne sich die Mühe zu machen, ihren ungeduldigen Tonfall zu verhehlen.

»Äh … tja, ich glaube, wir sind zurzeit sehr beschäftigt«, erwiderte Portia, die nicht wusste, wie sie das Filmteam erklären sollte, das über sie hereingebrochen war. »Aber ich werde mein Bestes tun, um zu kommen. Bitte entschuldigen Sie, dass wir auf Ihre Einladung nicht geantwortet haben …« Portia beendete den Satz nicht. Warum sage ich das eigentlich?, dachte sie.

»Tja, falls Sie beschließen, uns mit Ihrer Anwesenheit zu beehren, die Adresse ist Greenoge Stud Farm in der Dublin Road. Sie können es nicht verfehlen«, lautete Mrs. de Courceys barsche Reaktion. Dann legte sie auf.

Man konnte es wirklich nicht verfehlen. Portia und Daisy waren auf dem Weg in die Stadt und zurück schon oft dort vorbeigefahren und hatten die hektische Bautätigkeit beobachtet, die seit einigen Monaten dort herrschte. Sie waren an Städter gewöhnt, die auf der Suche nach einem ruhigeren Leben aufs Land zogen, Rentnerehepaare, die ihr Haus in Dublin für viel Geld verkauften und sich im friedlichen und geruhsamen Ballyroan etwas Kleineres suchten, das leichter zu pflegen war. Aber mit Greenoge Stud war es etwas anderes. Nach Davenport Hall verfügte das Anwesen über mehr Grund als alle anderen Häuser in der Umgegend. Portia hatte durch die Gerüste nur einen kurzen Blick auf das riesige, nach individuellen Plänen völlig neu errichtete Haus erhaschen können, doch ihre Neugier war eindeutig geweckt. Wer waren diese Leute, und was wollten sie hier? An Geld besteht offenbar kein Mangel, dachte sie spöttisch, als sie sich auf die Suche nach ihrer Mutter und ihrer Schwester machte, um die Einladung weiterzugeben.

Sie hätte keinen schlechteren Zeitpunkt wählen können. Als sie, Kabeln ausweichend, die Treppe hinunterlief, begegnete sie Mrs. Flanagan, die mit einem Autogrammheft in der Hand durch die Vorhalle watschelte.

»Aus dem Weg!«, rief sie Portia zu und rempelte sie in ihrem Sturm zum Haupteingang mehr oder weniger beiseite. Im selben Moment streckte Lucasta den Kopf aus der Tür des Salons.

»Oh, Gott sei Dank, dass Sie da sind, Mrs. Flanagan«, stöhnte sie. »Ich fühle mich schrecklich unwohl. Mein Schädel pocht, mein Mund ist ganz trocken, und meine Hände zittern, ohne dass ich etwas dagegen tun kann.«

»Bist du krank, Mummy?«, fragte Portia besorgt. »Was ist denn los?«

»Tja, die einzig logische Erklärung ist, dass jemand aus dem Jenseits versucht, sich mit mir in Verbindung zu setzen. Ich bin einfach so empfänglich für verlorene Geister …«, begann Mylady mit heiserer Stimme.

»Ach, es gibt nur einen Geist, der den ganzen Tag bei Ihnen war, und das ist der Weingeist in einer Schnapsflasche«, fiel Mrs. Flanagan ihr grob ins Wort. »Ihnen fehlt gar nichts, Sie haben nur einen guten, alten Kater, mehr nicht. Und jetzt schnappen Sie sich Ihre Kamera und kommen Sie rasch raus«, befahl sie und öffnete geschickt die schwere Eichentür.

»Was ist denn los?«, erkundigte sich Lucasta verwirrt.

»Ach, mein Gott, was glauben Sie denn – der Mann mit dem Koks ist da? Gerade kommt eine Wahnsinnslimousine die Auffahrt rauf, und die sieht nicht so aus, als wenn Ihr Mann drinsäße, der zu Ihnen zurückkehrt. Finden Sie nicht?«

4

Als Mrs. Flanagan und Lucasta, gefolgt von einer neugierigen Portia, in den warmen Sonnenschein hinaustraten, kamen sie gerade noch rechtzeitig, um zu sehen, wie die längste Stretchlimousine, die man sich vorstellen konnte, knirschend die Auffahrt hinaufrollte.

»Oh Gott, wartet auf mich!«, rief Daisy aus voller Kehle. In Reithose und Gummistiefeln kam sie um die Ecke geflitzt und eilte über die gut ein Dutzend Steinstufen auf die anderen zu.

Man könnte meinen, dass sie ein Mitglied der Königsfamilie erwarten, dachte Portia. Doch der Höflichkeit halber schlüpfte sie zwischen ihre Mutter und ihre Schwester. Ein richtiges Empfangskomitee, sagte sie sich spöttisch. Sie werden glauben, dass sie bei einer königlichen Parade in der Drury Lane sind. Es fehlt nur der rote Teppich.

»Bitte mach, dass es Guy van der Post ist«, flüsterte Daisy.

»Ach du meine Güte, nein. Auf Guy bin ich doch gar nicht vorbereitet!«, erwiderte Mrs. Flanagan, die mindestens genauso promiverrückt war wie Daisy. »Ich hab noch nicht einmal die gute Kittelschürze an! Hoffentlich ist es Montana Jones.

Wenn ja, taue ich ihr zu Ehren ein bisschen von meinem Kalbsnieren-Leber-Eintopf zum Abendessen auf.«
Die Limousine stoppte majestätisch am Fuße der Treppe. (Wo in Gottes Namen hatten sie in Ballyroan eine Limousine aufgetrieben?, fragte sich Portia. Wahrscheinlich kommen sie direkt aus Dublin.) Alle vier Frauen beugten sich vor, um durch die Fenster zu spähen, doch da die Scheiben dunkel getönt waren, konnte man nichts erkennen. Ein livrierter Chauffeur sprang aus dem Wagen und öffnete elegant die Tür. Daisy stand kurz vor einer Ohnmacht, als ein leicht übergewichtiger Mann mittleren Alters ausstieg. Er rauchte eine Zigarre, setzte eine Sonnenbrille auf, um seine Augen vor den grellen Strahlen zu schützen, war klein und gedrungen und trug Jeans und einen klobig wirkenden Zopfmuster-Pulli aus dickem Baumwollgarn. Offenbar hatte er ihn eben erst gekauft, denn am Rücken baumelte noch das Etikett. Er wurde von einer etwa gleichaltrigen Frau begleitet. Sie war winzig, kaum einen Meter fünfzig groß, und mit ihrem mausbraunen Haar, dem strengen Seitenscheitel und ihrem müden, eingefallenen Gesicht auch nicht sonderlich hübsch. Allerdings strahlte sie Autorität aus, und man merkte ihr gleich an, dass mit ihr nicht gut Kirschen essen war. Sie hatte ein Klemmbrett und seltsamerweise auch eine Stoppuhr bei sich.
»Mann oh Mann, das nenne ich aber einen tollen Schuppen!«, meinte der Mann in gedehntem amerikanischen Akzent zu seiner Begleiterin, während er das Haus begutachtete. »Und die Landschaft auf der Fahrt hierher! Ich weiß jetzt schon, dass wir beim Drehen eine Menge Spaß haben werden. Tja, ich glaube, ich stelle mich besser erst mal vor. Ich bin Jimmy Pearlman, zu Ihren Diensten, Madam«, sprach er weiter und

schüttelte Portia die Hand. »Wie Sie wissen, ist das mein erster Besuch in Ihrem Land, und es ist mir eine große Ehre, hier zu sein. Ich kann es kaum erwarten, mich so richtig in Ihre Kultur zu stürzen, Guinness zu trinken, Würstchen mit Kartoffelbrei zu essen und so viel wie möglich von Ihrer tollen Dudelsackmusik zu hören. Ich habe als Tribut an meine keltischen Gastgeber sogar einen echten irischen Pullover am Flughafen gekauft. Das Ding juckt wie der Teufel, und vielleicht muss man es mir später vom Leibe schneiden, aber das ist die Freundschaft wert. Also einen wunderbaren guten Morgen an Sie alle, wie man auf Ihrer idyllischen Grünen Insel so schön sagt.«

Als Nächstes lobt er bestimmt unser gutes Englisch, dachte Portia bei sich.

»Sind Sie der Produzent, Mr. Pearlman?«, fragte Daisy verwirrt.

»Nein, Schätzchen, was viel Besseres. Ich bin der Regisseur und darf das Geld des Produzenten ausgeben«, kicherte er und schnippte Asche auf die Stufen. »Ach, herrje, sind Sie hübsch. Haben Sie schon mal daran gedacht, selbst zum Film zu gehen?« Seine Stimme bekam einen leicht lüsternen Unterton, als er Daisys reizendes Gesicht betrachtete. »Sie haben ein klasse Profil«, sprach er weiter, »ein bisschen wie die junge Reese Witherspoon.«

Die *junge* Reese Witherspoon?, dachte Portia. War die überhaupt schon dreißig? Portia musste noch viel lernen, was Hollywoods Meinung zu Schauspielerinnen anging, die die Frechheit besaßen zu altern.

»Jetzt weiß ich, wer Sie sind!«, platzte Daisy heraus. Das Geheimnis war gelüftet. »Sie sind James D. Pearlman! Oh mein

Gott, ich kann es gar nicht fassen, dass ich hier vor Ihnen stehe!«

»Stimmt, Ma'am«, erwiderte er, erfreut, dass er erkannt worden war. »Aber alle nennen mich Jimmy D.«

»Ja, ich weiß genau, wer Sie sind«, sprach Daisy weiter. »Sie wurden für den Oscar nominiert, und zwar für die Regie von *Titanic Zwei: Der Eisberg schlägt zurück.* Das war in dem Jahr, als James D. Brooks gewann, aber Sie haben nur den ersten Teil des Namens gehört und Ihren Fehler erst bemerkt, als Sie schon halb auf der Bühne standen …« Daisy beendete den Satz nicht, denn ihr war klar geworden, dass es nicht besonders taktvoll war, diese Anekdote aufzuwärmen.

»Der Weg zurück zu meinem Platz an diesem Abend war der längste in meinem Leben«, gab Jimmy D. gutmütig zu. »Und Sie arbeiten sicher auch hier?«, fragte er Lucasta, bemüht, das Thema zu wechseln.

»Tja …«, begann Lucasta und setzte schon an, ihre Lebensgeschichte zu erzählen, als er ihr ins Wort fiel.

»Lassen Sie mich raten. Ich sehe Ihre Vergangenheit genau vor mir«, sagte er und bewegte die Hände vor seinem Gesicht hin und her, als wolle er ein Bild malen. »Sie sind eine treue Angestellte der Familie, so wie die alte Schachtel in dem Schwarzweißfilm mit Laurence Olivier … wie heißt er noch mal. Ach ja, ich hab's: *Sturmhöhe.* Seit Jahrzehnten schuften Sie sich in der Küche krumm und sehnen sich insgeheim nach dem Herrn des Hauses, was Sie aber immer verheimlicht haben …«

»Verzeihung«, unterbrach Portia höflich, denn sie fand, dass dieses Gespräch schon viel zu lange dauerte. »Ich denke, die Gelegenheit ist günstig, Ihnen meine Mutter Lucasta Davenport vorzustellen.«

»Ah, dann ist es mir eine sehr große Ehre, ein leibhaftiges Mitglied des Adels kennen zu lernen«, sagte Jimmy D., ergriff ihre Hand und küsste sie, ohne sich von seinem Schnitzer auch nur im Mindesten aus der Ruhe bringen zu lassen. Schließlich konnte man ihm seinen Fehler nicht verdenken – Mylady sah wieder einmal aus, als übernachte sie gewohnheitsmäßig im Freien.

Lucasta, die zu sehr über allem schwebte, um Anspielungen auf ihr Äußeres überhaupt wahrzunehmen, fragte arglos: »Und ist das die berühmte Montana Jones, von der wir schon so viel gehört haben?« Damit zeigte sie auf Jimmy D.s Begleiterin, die ungeduldig mit ihrem Kugelschreiber auf das Klemmbrett klopfte. Ein Lächeln malte sich auf ihrem müden, verkniffenen Gesicht und ließ es sofort weicher aussehen.

»Ich fürchte nicht, Mylady«, erwiderte sie mit einem Akzent, der schwer zuzuordnen war. Sie klingt wie eine Engländerin, dachte Portia. »Ich heiße Caroline Spencer und bin Miss Jones' persönliche Assistentin«, fügte sie knapp hinzu und schüttelte allen Anwesenden die Hand.

»Ja, Schätzchen, aber wo ist Montana? Ich hätte gern ihr Autogramm und vielleicht ein Foto von ihr bei ihrer Ankunft hier«, meinte Mrs. Flanagan, die Kamera im Anschlag.

»Niemand spricht direkt mit Miss Jones, nur durch mich. Und sie gibt weder Autogramme, noch lässt sie sich jemals fotografieren. Es tut mir schrecklich Leid. Aber wenn Sie gestatten, wir haben schrecklich viel Gepäck. Könnten Sie mir also bitte Miss Jones' Zimmer zeigen?«, erwiderte sie in zackigem Ton.

»Ja, natürlich. Bitte folgen Sie mir«, antwortete Portia, die spürte, dass man dieser Frau besser nicht widersprach.

»Danke«, entgegnete Caroline. »Ich könnte auch ein wenig Hilfe mit den Koffern gebrauchen.«

Zwanzig Minuten später schleppten Portia, Daisy und eine ununterbrochen jammernde Mrs. Flanagan immer noch Gepäckstücke aus der Limousine ins Haus und die sechs Treppen hinauf ins Edward-VII.-Zimmer.

»Aber wo ist Montana?«, zischte Daisy Portia zu, als sie einander zum wohl zwanzigsten Mal auf der Treppe begegneten. Portia, die sich gerade mit einem gewaltigen Kosmetikkoffer von Louis Vuitton – Aufschrift: »Vitamine« – abquälte, erwiderte: »Ich weiß nicht. Wie hätte sie unbemerkt ins Haus schlüpfen können?«

»Vielen Dank für Ihre Hilfe, das wäre dann alles«, rief Caroline vom Kopf der Treppe aus. »Ach, ich müsste später noch mit Ihrer Haushälterin wegen Miss Jones' Lebensmittelallergien sprechen«, fügte sie, die Tüchtigkeit in Person, hinzu.

»Das wird Mrs. Flanagan aber freuen«, witzelte Daisy. »Die einzige Allergie, die sie kennt, ist Penicillin-Unverträglichkeit.«

Als sie zur Limousine zurückkehrten, um sich zu vergewissern, dass auch kein Gepäckstück fehlte, bemerkten sie, dass Zigarettenrauch aus der Tür quoll.

»Ist da jemand drin?«, rief Daisy.

Schweigen.

»Hallo?«, beharrte Daisy.

»Ach, Scheiße«, erklang schließlich die Antwort, gefolgt von einem langen Seufzer. »Okay, steigt schon ein.«

Ohne zu zögern, kletterten Daisy und Portia ins Auto.

Und da saß sie. Montana Jones, wie sie leibte und lebte. Auch

wenn ihr Gesicht nur schwer zu erkennen war, so riesig war die dunkle Sonnenbrille auf ihrer Nase. Außerdem trug sie eine Baseballkappe tief ins Gesicht gezogen. Daisy, die Montana nur von Fotos in Hochglanzzeitschriften kannte, aufgetakelt, bei verschiedenen Preisverleihungen am Arm eines tollen Mannes einen roten Teppich entlangrauschend, traute ihren Augen kaum. Montana wirkte so klein und zerbrechlich. Sie trug Jeans und einen dunkelblauen Fleecepulli gegen die irische Kälte, wirkte wie ein ganz gewöhnlicher Teenager und war so unkenntlich, dass sie niemandem aufgefallen wäre.
»Ist die alte Hexe weg?«, fragte Montana. »Wenn Caroline mich beim Rauchen ertappt, meldet sie mich sofort beim Produzenten in Los Angeles, und ich sitze in der nächsten Maschine nach Hause.«
»Bloß wegen einer Zigarette?«, erkundigte Daisy sich ungläubig.
»Schätzchen, ich bin gerade aus der Suchtklinik entlassen. Ein Mineralwasser mit Kohlensäure anstatt einem stillen würde schon genügen, um mich sofort wieder dorthin zu verfrachten. Deshalb bewacht Caroline mich wie die CIA, um sicherzugehen, dass ich auch keinen Rückfall kriege. Soll ich euch was erzählen? Ich muss während der Dreharbeiten zu diesem Film jeden Tag eine Urinprobe abliefern, um zu beweisen, dass ich sauber bin. Sobald sie was finden, kündigt die Versicherung den Vertrag. Das ist doch echt demütigend, oder?«
Portia konnte kaum fassen, dass sie hinten in einer Limousine saß und mit einem Star wie Montana Jones lässig über Urin plauderte.
Daisy war außer sich vor Aufregung. »Oh, Montana, darf ich Sie Montana nennen? Wir freuen uns ja so, Sie hier zu haben.

Ich bin ja so ein Fan von Ihnen, seit Sie mit *Grauenvolle Liebschaften* Ihr Filmdebüt hatten …«

Und Montana ließ sie weiterplappern, lächelte höflich und dankte ihnen für die Gastfreundschaft. Ja, natürlich könne Daisy sie Montana nennen. Ja, sie würde sich gerne mit ihr fotografieren lassen. Ja, sie würde ihr sogar erzählen, wie Guy van der Post im wirklichen Leben war. Drei Zigaretten später hatte Montana Daisy eingeladen, sie doch in L.A. zu besuchen.

Sie ist ganz anders, als ich mir einen Star vorgestellt habe, dachte Portia auf dem Rückweg ins Gutsbüro. Sie hatte erwartet, dass Montana eitel, verwöhnt, egoistisch und anstrengend sein würde, doch zu ihrer Überraschung hatte sie sich als schüchtern, verunsichert und großzügig entpuppt. Ich sollte wirklich daraus lernen, Menschen, auch Filmstars, nicht nach ihrem Äußeren zu beurteilen, überlegte sie weiter. Ich mag sie, sie ist wie wir.

Daisy und Montana hätten am liebsten den ganzen Nachmittag in der Limousine verbracht, wurden aber ziemlich grob von Caroline Spencer unterbrochen. Auf ihren Pfennigabsätzen klapperte sie die Steinstufen hinunter und rief: »Miss Jones? Miss Jones, sind Sie noch im Auto?« Dann steckte sie den Kopf in den Wagen, entdeckte ihren Schützling und meinte in ihrem spitzen Mary-Poppins-Tonfall: »Aber wirklich, Miss Jones, Sie können nicht erwarten, dass ich den ganzen Tag in diesem riesigen Haus herumirre, um Sie zu suchen. Es ist jetzt halb fünf, und wir beide wissen doch, was das bedeutet, oder?«

Daisy drehte sich fragend zu Montana um, die die Augen zur Wagendecke verdrehte.

»Ja, Caroline. Danke, Caroline. Ich bin gleich da«, erwiderte sie mürrisch.
»Und was ist das für ein Geruch?«, fuhr Caroline fort und schnupperte wie ein Bluthund. »Rieche ich etwa Zigarettenrauch?« Montana erbleichte und blickte sich hilfesuchend zu Daisy um.
»Ja, das ist Zigarettenrauch«, entgegnete diese gelassen. Sie hatte den Hinweis verstanden und sah Caroline unverwandt an. »Ich gönne mir meine sechs Stück am Tag.«
»Hmmpf«, lautete Carolines Kommentar, bevor sie in Richtung Haus marschierte. Die beiden Mädchen warteten, bis sie außer Sicht war, und bekamen dann einen Kicheranfall.
»Ach, du bist ein Schatz!«, rief Montana aus und drückte Daisy fest an sich. »Du hast mich gedeckt! Wenn diese alte Kröte mich beim Rauchen erwischt hätte, wäre ich jetzt arbeitslos. Weißt du, warum sie mich gerufen hat?«
Daisy zuckte die Achseln.
»Damit ich mein Mittagsschläfchen halte. Wie im Kindergarten. Mein Gott, seit ich clean bin, behandeln die mich, als wäre ich fünf. Mann oh Mann, bin ich froh, dass du da bist, Daisy. So können wir uns wenigstens ein bisschen amüsieren. Sag mal, habt ihr in den Zimmern hier Minibars? Dann könnten wir meine Ankunft ja mit ein paar Bier feiern.«
»Aber was ist mit Caroline und den täglichen Urintests?«, fragte Daisy verdattert.
Ein diabolisches Glitzern trat in Montanas Augen. »Schätzchen«, schnurrte sie. »Vielleicht ist mir da gerade was eingefallen.«

5

Als die drei Davenport-Damen endlich zur Abfahrt bereitstanden, waren sie schon eine Stunde zu spät dran für die Einweihungsparty bei den de Courceys. Während alle in den schrottreifen, mit Schlamm bespritzten Mini Metro kletterten, schaute Portia zum wohl hundersten Mal an diesem Abend auf die Uhr. Es war schon neun. Würden sie denn jemals ankommen? Und dabei hatte es sie schon einige Überzeugungskraft gekostet, Lucasta und Daisy überhaupt dazu zu bringen, zu der Party zu gehen.

Montana und Daisy waren inzwischen Busenfreundinnen geworden, weshalb Portia ihre liebe Not gehabt hatte, Daisy aus dem Haus zu zerren. Die beiden hatten den ganzen Nachmittag damit verbracht, sich auf dem riesigen Himmelbett in Montanas Zimmer zu unterhalten und (nach dem Geruch zu urteilen) dabei Alkohol zu trinken.

Das war, nachdem Montana sich von dem Schock erholt hatte, dass sie die nächsten Monate in diesem Haus würde verbringen müssen. Man musste ihr allerdings zugute halten, dass sie, als ihr die Defizite ihres Schlafzimmers (der Schmutz, der Staub, die eisige Kälte, die abblätternden Tapeten und der muffige Geruch) vollständig klar geworden waren, eine bemerkenswert positive Haltung an den Tag legte.

»Okay, meinetwegen. Es ist nicht das Beverly-Hills-Hotel, aber was soll's? Es wird mir bei meiner Rolle helfen. Schließlich wohnt die Figur, die ich spiele, auch hier.«

Sie zuckte nicht einmal mit der Wimper, als sie erfuhr, dass der Hammer neben ihrem Bett dazu diente, an die Rohre zu schlagen, damit in ihrem Badezimmer das heiße Wasser lief. Die Sanitärinstallationen in Davenport Hall waren uralt, um nicht zu sagen lebensgefährlich, und hier handelte es sich um die einzige Methode, irgendwo im Haus in den Genuss fließenden Warmwassers zu kommen.

Nur wenige Anhänger des Method-Acting wären bereit gewesen, für ihre Kunst so viele Unbilden in Kauf zu nehmen.

»Warum heißt das Zimmer eigentlich Edward der Siebte?«, erkundigte Montana sich bei Daisy.

»Oh, der hat mal hier übernachtet, glaube ich«, erwiderte Daisy ausweichend, denn die Geschichte des Hauses war nicht unbedingt ihr Spezialthema. »Man könnte meinen, er hätte jahrelang hier gewohnt, wenn man schon ein Zimmer nach ihm benennt«, kicherte sie.

»Tja, ich dachte, Edward der Siebte wäre der Titel eines Films«, antwortete Montana, und dann fielen die beiden hysterisch lachend aufs Bett. »Und jetzt schließ die Tür ab, damit Caroline, die alte Hexe, nicht reinkann; dann genehmigen wir uns noch ein Bier.«

Montana hatte außerdem Anstrengungen unternommen, Daisy ein Make-up à la Hollywood zu verpassen, und ihre reine und makellose Haut mit zentimeterdicker Schminke zugekleistert. Und als ob das nicht genügt hätte, war sie auch noch zu dem Schluss gekommen, dass Daisy ihre Figur ein bisschen mehr herausstellen sollte.

»Schätzchen, du darfst dich nicht in Reithosen und Wollpullovern verstecken, das sieht so schrecklich alltäglich aus«, meinte Montana sehr kalifornisch. Dann hüllte sie Daisy in ein hauchdünnes, kaum vorhandenes Stück metallisch schimmernder Gaze, das eigentlich nur die Brust bedeckte. Das Kleidungsstück war ganz und gar durchsichtig und wurde mit ebenso freizügigen Hotpants im Stil der sechziger Jahre kombiniert, durch die Daisys Unterhose zu erkennen war. Kurz gesagt, hatte Montana Daisy von einem sportlich gekleideten, natürlich schönen Mädchen vom Lande in eine Versace-kostümierte, zu stark geschminkte Beverly-Hills-Schlampe verwandelt.

»Was hältst du davon?«, fragte sie Portia und drehte sich um die eigene Achse, um sich in ihrer aufreizenden Pracht zu präsentieren. »Montana sagt, ich sehe aus wie ein Filmstar.«

»Ganz richtig«, erwiderte Portia und schubste sie ins Auto. »Wie Julia Roberts als Nutte in *Pretty Woman.*«

Und dann war da auch noch Lucasta, die sich, als es Zeit war, zur Party aufzubrechen, bereits den fünften Gin Tonic genehmigte. Portia traf sie im Salon an, wo sie Drinks in sich hineinkippte und schamlos mit Jimmy D. flirtete.

»Und wissen Sie was. Obwohl ich mich tagtäglich mit dem Schmerz auseinander setzen muss, den eine gescheiterte Ehe bedeutet, würde ich mich nicht um alles in der Welt an einem neuen Glück hindern lassen«, meinte sie und sah Jimmy D. vielsagend an.

»Tja, ich finde, Sie sind eine verdammt starke Frau, wenn man sich anschaut, was Sie alles durchgemacht haben«, erwiderte

Jimmy D. Er labte sich an einem Halbliterglas Guinness, kaute auf einer Zigarre herum und bemerkte gar nicht, wie Mylady sich ihm an den Hals warf.

Es dauerte eine Weile, bis es Portia gelang, ihr das Glas zu entwinden und sie ins Auto zu verfrachten. Da die Zeit nicht mehr zum Umziehen reichte, würde Lucasta eben als Obdachlose verkleidet gehen müssen. Das hieß allerdings nicht, dass Portia mit ihrer eigenen Aufmachung zufrieden gewesen wäre. Das einzig Anständige, was sie zu so einem Anlass anzuziehen hatte, waren ein rosafarbenes Wolltwinset und ihre Jeans. Das war zwar nicht besonders elegant, aber sie besaß eben nichts anderes. Schließlich war Ballyroan nicht unbedingt Irlands Modehauptstadt, und selbst wenn das anders gewesen wäre, konnte sie sich den Luxus schicker neuer Kleider einfach nicht leisten. Außerdem, so sagte sie sich, gingen sie ja sowieso nur hin, um sich als gute Nachbarn zu zeigen.

Und natürlich mussten sie unterwegs noch eine Autopanne haben. Das geschah öfter, und der Wagen brauchte dann nur ein wenig Wasser, ein Problem, das Portia allein beheben konnte. Jedoch führte es zu einer weiteren Verzögerung, da sie mit der leeren Plastikflasche, die sie für derartige Notfälle im Kofferraum bereithielt, zu O'Dwyers Pub im Ort laufen musste.

»Hier, Portia«, meinte Mick O'Dwyer, der freundliche Wirt, als er ihr die volle Flasche reichte. »Ist es nicht langsam Zeit, dass Sie sich ein neues Auto kaufen? So schlecht kann es doch bei Ihnen nicht stehen!«, witzelte er.

»Ich hab's eilig, Mick, wir sind unterwegs zu einer Party und schon viel zu spät dran«, lautete ihre einzige Antwort, als sie aus dem Pub hastete.

»Um Ihre Frage zu beantworten, Mick, es steht tatsächlich so schlecht in Davenport Hall.«

Als Mick sich umdrehte, sah er Shamie Joe Nolan Jr. vor sich, Ballyroans Parlamentsabgeordneten. Er und seine Frau Bridie standen am voll besetzten Tresen und warteten geduldig darauf, bedient zu werden. Obwohl es in dem Pub von Gästen wimmelte, waren sie nicht zu übersehen. Shamie hatte eine spitze rote Kappe mit Schottenkaro auf dem Kopf, die die geplatzten Äderchen auf seiner gewaltigen Knollennase betonte. Seine Frau trug ein auffälliges blaues Kostüm im Brautmutterstil mit einem grellgelben Ansteckssträußchen und hatte, dazu passend, quietschgelb blondiertes Haar.

»Ah, Shamie, wie geht es Ihnen? Und Bridie, Sie sehen heute Abend wieder ganz bezaubernd aus. Was darf ich Ihnen bringen?«, fragte Mick taktvoll und ohne durchblicken zu lassen, dass Bridie aufgetakelt war, als würde sie auf den Strich gehen.

»Ich hätte gern ein Bier, und meine Frau nimmt einen Gin Tonic, danke, guter Mann!«, erwiderte Shamie und hievte sich auf einen gerade frei gewordenen Barhocker. Seine Stimme war so laut, als müsse er den Oppositionsführer während einer hitzigen Debatte niederschreien.

»Du bist ein dämlicher Hinterwäldler, Shamie«, zischte seine Frau leise. »Bier ist nur was für Proleten, wirst du das nie kapieren?« Dann erhob sie die Stimme und sagte, plötzlich ohne Kerry-Akzent, zu Mick: »Er wollte natürlich einen Chardonnay, vielen Dank.« Während Mick nickte und sich ans Einschenken machte, flüsterte sie weiter: »Und nimm deinen Hintern vom Hocker. Meine Schuhe bringen mich um, ich muss mich hinsetzen.«

Shamie gehorchte und bot seiner Frau mit übertriebener Höflichkeit seinen Platz an. Schließlich konnte man in einem kleinen Pub auf dem Land nie wissen, wer alles zuschaute.
»Bitte sehr!« Mick hatte in atemberaubender Geschwindigkeit ihre Drinks serviert. »Wie war heute Abend übrigens Ihre Bürgersprechstunde, Shamie?«, fragte er dann, riss ihm den hingehaltenen Fünfzig-Euro-Schein aus der Hand und tippte den Betrag in die Kasse ein.
»Tja, ehrlich gestanden wird fast nur darüber geredet, was zurzeit in Davenport Hall los ist«, erwiderte Shamie und fügte dann so laut, dass fast alle im Pub es hören konnten, hinzu: »Und das Wechselgeld von dem Fünfziger ist für Sie, Mick, mein Guter.« Zwanzig Jahre in der Politik hatten ihn gelehrt, dass es nicht schaden konnte, wenn die Leute einen für großzügig hielten.
»Es ist ja in Ordnung, wenn Filmstars herkommen, um hier zu drehen, aber was bringt das Ballyroan ein?«, meinte Bridie, trank einen Schluck Gin Tonic und schlug mit routinierter Eleganz ihre an Schweinswürstchen gemahnenden Beine übereinander. »Das ist wieder mal typisch für die Davenports. Die haben sowieso eine Schraube locker und denken gar nicht daran, was für einen Wirbel das in der Stadt macht. Solange für Lucasta Davenport der Profit stimmt, interessiert sie sich einen Dreck für den Rest. Und dann ist Black Jack auch noch mit einem jungen Ding durchgebrannt. Eine Schande ist das! Landadel, meine Güte!«
»Es ist ein Jammer, dass ausgerechnet die adelige Familie in dieser Stadt aus Verrückten besteht«, fügte ihr Mann kopfschüttelnd hinzu. »Wozu hatten wir einen Unabhängigkeitskrieg, wenn wir uns trotzdem weiter mit den Anglo-Iren her-

umschlagen müssen? Denkt nur mal an das ausgezeichnete Land, auf dem diese Faulpelze sitzen – und lassen es einfach verkommen …«

»Halt den Mund, sonst denken die Leute noch, du wärst in der Labour Party«, zischte seine Frau.

Shamie errötete und änderte seine Stoßrichtung. »Wenn man sich überlegt, wie dringend diese Stadt eine Schnellstraße bräuchte, damit wir endlich auf den Landkarten erscheinen. Und da lassen diese Schwachköpfe in Davenport Hall zwanzig Hektar einfach brachliegen. Eine verdammte Schande ist das!«, rief er aus und schlug mit der Faust auf den Tresen.

»Tja, vielleicht ist es langsam Zeit, dass die Davenports einen Tritt in den Hintern kriegen«, ergänzte Bridie. »Man müsste nur mal mit den richtigen Leuten sprechen.«

Ihr Ehemann lächelte sie an. »Mein Gott, ich hatte Recht, dich zu heiraten. Du bist die beste Frau, die sich ein Politiker wünschen kann. Wusstest du das? Eva Peron würde gelb werden vor Neid. Eines sage ich dir, Schatz, der Tag wird kommen, an dem ich in Dublin mein eigenes Ministerium habe, und du wirst eleganter aussehen denn je, wenn du in einem Dienst-Mercedes mit Chauffeur zum Mittagessen mit deinen Freundinnen fährst.«

Beim Gedanken an die Zukunft strahlte seine Frau vor Aufregung. Ein Ministerium für ihren Mann. Und wer konnte wissen, was danach kam? Schließlich wurde der Taoiseach, der Premierminister, auch nicht jünger und suchte einen Nachfolger … Sie sah es schon deutlich vor sich: Sie selbst als Irlands First Lady, und, bei Gott, sie würde den Leuten etwas bieten für ihr Geld! Eine Ikone des Stils, eine irische Jackie Kennedy, diese Rolle war ihr auf den Leib geschrieben. (Sie nahm sich vor, zweimal im Monat die Haare nachfärben zu lassen, sich wie gewisse Mitglieder des Königshauses eine Essstörung zuzulegen und bei Frawley's in der Thomas Street ein Konto zu eröffnen. Zum Teufel mit den Kosten!) Sie brauchte ihren Mann nur ausdauernd in die richtige Richtung zu lenken. Ein bisschen wie in *Macbeth* – dem langweiligen alten schottischen Theaterstück, das sie einmal in der Schule ihres Sohnes hatte über sich ergehen lassen müssen – brauchte er nur eine Frau, die ihm einen ordentlichen Tritt in den Hintern gab.

»Ich sage nur, dass schon merkwürdigere Dinge passiert sind, Shamie«, erwiderte sie. »Denk nur daran, wie es war, als sie die dämlichen Ruinen aus dem Mittelalter in Foxrock entdeckt haben. Und du hast es trotzdem geschafft, dass eine achtspurige Schnellstraße darüber gebaut wurde, da konnten die bescheuerten Denkmalschützer Zeter und Mordio schreien, so viel sie wollten. Und du hattest absolut Recht. Erinnerst du dich noch an die tolle Rede, die du vor dem halben Kabinett im Daíl gehalten hast? Du bist aufgestanden und hast ausgerufen: ›Was, zum Teufel, ist wohl wichtiger? Dass man zehn Minuten schneller ins Stadtzentrum kommt oder dass da ein paar alte Steine rumliegen, die niemandem etwas nützen?‹«

»Ja, danach haben die Zeitungen wirklich aufgemerkt und mich wahrgenommen«, erwiderte ihr Ehemann und dachte zufrieden an die viele Druckerschwärze, die auf seine Rede verwendet worden war. (»SHAMIE NOLAN TOTAL ÜBERGESCHNAPPT«, hatte die Schlagzeile der *Evening News* gelautet.)

»Und was war damals, als du dir diese faule Horde von Nonnen im Kloster von Balbriggan vorgeknöpft hast?«, fuhr

Bridie fort. »So etwas habe ich weder davor noch danach je wieder erlebt. Etwa ein halbes Dutzend Schwestern, alle weit über achtzig, saßen auf sechsunddreißig Hektar Land! Und du hast alles für ein Butterbrot aufgekauft und in Null Komma nichts das Einkaufszentrum gebaut. Und jetzt denk nur, was du für Ballyroan tun könntest, Shamie! Denk an die Zehntausende junger Menschen in diesem Land, die nie die Chance bekommen, ein Haus zu erwerben! Herrje, auf das Land der Davenports würden bestimmt sechs Neubausiedlungen passen. Junge Leute könnten dort ihr erstes Eigenheim kaufen und jeden Tag zur Arbeit nach Dublin fahren. Junge Leute, die wählen gehen! Benutz doch endlich deinen Verstand, du Trottel!«

»Dazu müsste man nur neue Flächen als Bauland ausweisen«, meinte Shamie gedankenverloren, »und dann bräuchte man natürlich auch noch eine tolle neue Schnellstraße nach Dublin ...«

»Die Davenports würden sich bestimmt freuen, die Bude endlich los zu sein«, sagte Bridie. »Die Familie wohnt doch wirklich schon lange genug dort.«

6

Und so fuhr der zerbeulte Mini Metro der Davenports zwei Stunden zu spät endlich bei den de Courceys vor. Das Haus war verhältnismäßig leicht zu finden gewesen, denn in der Auffahrt parkten mehr Mercedes-Limousinen, BMWs und Cabrios – alle mit Dubliner Nummernschild –, als Portia je auf einem Haufen gesehen hatte. Sie parkte diskret unter einem Baum, so weit entfernt von der Tür wie möglich, damit niemand ihr Auto bemerkte und darüber lachte.

»Oh mein Gott, das ist ja wie aus einer Zeitschrift!«, rief Daisy aus, als die drei Frauen die mit rosafarbenem Kies bestreute Auffahrt entlang zum Haus gingen. (»Rosa Kies!«, spottete Lucasta. »Was zum Teufel kommt als Nächstes?« Ausnahmsweise musste Portia ihr zustimmen.)

Das Haus war ein gewaltiger Bungalow mit Flachdach, nagelneu, ultramodern im Grundriss und mit einer Glasfront, die den Blick auf einen makellosen Vorgarten freigab. Portia hatte den Begriff »Golfrasen« zwar schon gehört, aber noch nie einen richtigen gesehen. Verglichen damit war Davenport Hall ein Dschungel.

»Wow, bestimmt hatten sie einen Gartenarchitekten«, sagte sie,

als sie die schön gestutzten Büsche und die hübschen Lorbeerbäumchen bemerkte, die in identischen Keramiktöpfen zu beiden Seiten des Eingangs standen.
Als sie sich der Tür näherten, wurden sie plötzlich von grellen Sicherheitsscheinwerfern angestrahlt, so dass alle Gäste auf der anderen Seite der Glaswand sie deutlich sehen konnten.
»Mein Gott, was ist denn das?«, rief Lucasta aus. Vorübergehend geblendet, geriet sie ins Stolpern und warf dabei eines der Lorbeerbäumchen um. Die Pflanze kippte mit einem lauten Krachen, und der Keramiktopf zersprang in tausend Scherben.
»Oh, Mummy, hast du dir wehgetan?«, entsetzte sich Daisy und bückte sich, um ihrer Mutter aufzuhelfen. Allerdings vergaß sie dabei, dass sie nur ein durchsichtiges Stück Gaze um die Taille trug, und so kamen sämtliche Gäste im Haus in den Genuss, Daisys Po bewundern zu dürfen, der hin und her wippte, während sie ihre Mutter in eine aufrechte Haltung hievte. Für die Anwesenden musste es wirken, als zeige sie ihnen als Provokation den Hintern.
Ohne zu ahnen, dass ihre Familie bereits stark zur Unterhaltung der Gäste beitrug, läutete Portia an der Tür. Es handelte sich um eine jener vornehmen Glocken, die volltönend durch das ganze Haus schallen, während die in Davenport Hall eher an ein Nebelhorn erinnerte.
Die eleganteste Frau, die Portia je untergekommen war, öffnete die Tür. Sie hatte perfekt frisiertes Haar, in dem nicht ein Strähnchen vom rechten Weg abwich. Auch ihr Make-up war vollkommen und ließ sie viel jünger wirken als ihre gewiss gut sechzig Jahre. Ihr Kleid war schlicht und schwarz und hatte sicher eine vierstellige Summe gekostet. Ihre Aufmachung

wurde durch eine Perlenkette und elegante Riemchensandalen abgerundet, die sie ganz eindeutig nicht in Ballyroan gekauft hatte. (Bei Fitzsimon's, dem einzigen Schuhgeschäft der Stadt, galten Dubarry Hush Puppys noch immer als der Gipfel des Modischen.) Kurz gesagt sah sie einfach hinreißend aus, was man leider von den drei ziemlich zerzausten Neuankömmlingen auf ihrer Türschwelle nicht behaupten konnte.

»Ja?«, sagte sie in dem Süddubliner Akzent, den Portia sofort vom Telefon wiedererkannte. »Sind Sie wegen der Hecken da? Ist es nicht etwas spät für Gartenarbeit? Außerdem habe ich Gäste. Deshalb würde es mir viel besser passen, wenn Sie morgen wiederkämen«, schloss sie und wollte ihnen schon die Tür vor der Nase zuknallen.

»Tja, ich glaube, wir sind eingeladen«, meinte Portia entschuldigend. »Sie müssen Susan de Courcey sein. Ich bin Portia Davenport. Wir haben miteinander telefoniert. Das ist meine Schwester Daisy.« Ihre Gastgeberin schwieg und schüttelte allen kühl die Hand. Portia spürte, wie sie sie von oben bis unten musterte. »Und das ist meine Mutter Lucasta«, beendete sie die Vorstellung, wobei sie sich fragte, warum sie überhaupt höflich zu dieser grässlichen Person war. Dann jedoch fiel ihr ein, dass sie die anderen schließlich zu diesem Ausflug gezwungen hatte. Warum also nicht ein paar Minuten bleiben, damit man da gewesen war, um sich dann so schnell wie möglich wieder zu verdrücken?

»Oh, Sie sind Lady Davenport?«, fragte Mrs. de Courcey, vorübergehend überwältigt davon, die Bekanntschaft einer wahrhaftigen Adeligen zu machen. »Tja, dann kommen Sie doch herein«, meinte sie schließlich und hielt ihnen die Tür auf.

»Dem Himmel sei Dank, verdammt«, erwiderte Mylady. »Ich

brauche dringend was zu trinken. Wo ist die Bar?« Sie stürmte, schüchtern gefolgt von ihren Töchtern, ins Haus, wobei sie Mrs. de Courcey fast umrannte.

Sie alle hatten noch nie im Leben so ein Haus von innen gesehen. Es gab keine Trennwände, so dass man im Wohnzimmer stand, sobald man zur Tür hereinkam. Die Ausstattung folgte, durchaus im Gegensatz zu Davenport Hall, einem nüchternen japanischen Minimalismus, und alles war weiß gestrichen. Als Erstes fiel einem die Hitze auf: Im Haus herrschten, trotz der eiskalten Nacht draußen, Saunatemperaturen. Dann war da noch der dicke weiße Teppich, der sich unter den Füßen so unbeschreiblich weich anfühlte, als ginge man auf Watte. An dem Flügel neben der Tür saß ein Pianist und spielte leise Lieder von Cole Porter.

An den Wänden waren einige geschmackvolle Ölgemälde und ein paar Aquarelle verteilt, die offenbar im Hinblick auf dieses Haus ausgesucht worden waren, so ausgezeichnet passten sie in die Umgebung. Links in einem abgesenkten Bereich, in den ein paar Stufen führten, stand ein langes weißes Sofa vor einem rechteckigen Couchtisch. Gegenüber befand sich ein eleganter weißer Marmorkamin, über dem ein riesiger Plasma-Flachbildschirm hing. Rechts erkannte man eine Essecke mit einem prachtvollen Mahagonitisch, der gut und gerne Platz für zwanzig Personen bot. Geradeaus erhob sich eine geschwungene Treppe, die aus Glasbausteinen bestand und mit demselben weißen Teppich belegt war, der sich überall im Haus wiederholte.

Und dann waren da noch die Gäste! Es mussten etwa zweihundert Personen sein, die lässig herumstanden und Champagner aus Kristallflöten tranken. Schwarz gekleidete Kellner hielten sich diskret im Hintergrund und warteten darauf, diese Gläser nachzufüllen. Die Leute sehen nach Reichtum, gehobener gesellschaftlicher Stellung und Magersucht aus, dachte Portia, als sie sich im Raum umschaute. Irgendwie trugen alle schwarze Designerkleidung, ergänzt durch funkelnde Diamanten an Fingern und Hälsen. In der Menge erkannte sie Steve, der mit einem dieser eleganten Geschöpfe plauderte, einer Frau in einem rückenfreien Kleid, das ihre sonnengebräunte Haut vollendet zur Geltung brachte. (Das Kleid war natürlich schwarz.) Außer ihm kannte Portia jedoch keine Menschenseele.

»Verglichen mit diesen Leuten sehen wir wahrscheinlich aus wie die Beverly Hillbillies«, flüsterte Portia Daisy zu. Noch nie im Leben hatte sie sich so ungepflegt gefühlt, und sie wurde sich schlagartig bewusst, was für einen Eindruck sie und ihre Familie in diesem Umfeld machen mussten. Lucasta mit ihrem schmutzigen taillenlangen grauen Haar, einem Tweedrock, schlammigen Stiefeln, Strümpfen mit Laufmaschen und der marineblauen Wachsjacke, die man ihr vermutlich irgendwann würde vom Leibe schneiden müssen. Sie lebte, aß, trank und schlief in dieser stinkenden Jacke, deren Taschen stets mit Katzenleckerli voll gestopft waren. Daisy wirkte wie eine übertrieben geschminkte Schlampe, die sich redlich Mühe gab, Jennifer Lopez zu imitieren. Und Portia selbst fühlte sich in ihrem Wolltwinset von Marks & Spencer wie ein Mauerblümchen mittleren Alters. Sie ertappte sich bei dem Wunsch, dass sie sich wenigstens vor diesem Ausflug die Haare gewaschen hätte. Die anderen Frauen sahen nämlich aus, als hätten sie den ganzen Tag im Schönheitssalon verbracht, um sich auf diese Party vorzubereiten.

»Darf ich Ihnen ein Glas Champagner anbieten?«, fragte ein Kellner, der wie von Zauberhand plötzlich neben Portia auftauchte.

»Ja, danke«, erwiderte sie.

Obwohl sie nur selten trank, brauchte sie heute einen Schluck, um dieses Fiasko zu überstehen.

»Und für mich ein Bier«, fügte Daisy hinzu, offenbar ohne sich um die Blicke zu scheren, die ihre Kostümierung auf sich zog.

»Langsam Zeit, verdammt, dass mir jemand was zu trinken gibt«, meinte Mylady. »Einen großen Gin Tonic bitte. Und hätten Sie mal Feuer?«, sprach sie weiter, während sie in den riesigen Taschen ihrer Wachsjacke wühlte und eine zerknautschte Zigarettenschachtel zutage förderte.

»Tut mir Leid, aber das Rauchen ist hier im Haus strikt verboten«, zischte Mrs. de Courcey. »Ich verabscheue den Geruch.«

»Ach, das müssen unsere neuen Nachbarn sein«, meinte ein älterer und ziemlich dicker Mann, der sich zu ihnen gesellte. Er trug eine schwarze Fliege und einen Kummerbund, der seinen Leibesumfang nur noch betonte. »Susan, mein Schatz, möchtest du mich nicht vorstellen?«

»Das ist mein Mann Michael«, kam Mrs. de Courcey mit nur wenig Begeisterung ihren Pflichten nach. »Michael de Courcey, Oberster Richter«, ergänzte sie, als ob man diesen Namen kennen müsste.

»Wissen Sie, wir sind erst ein paar Tage hier und haben schon so viel von Ihnen und Ihrer Familie gehört«, fuhr er fort und spähte über den Rand der Gleitsichtbrille, die auf seiner Nasenspitze saß.

Seine Stimme war laut und bestens geeignet, andere Menschen bei Gerichtsverhandlungen einzuschüchtern.
Portia dachte kurz über ihre nicht bezahlten Fernsehgebühren nach.
»Wie ich gehört habe, haben Sie zurzeit richtige Prominente bei sich zu Gast. Sie müssen mich unbedingt vorstellen. Ich bin nämlich ein großer Freund des Kinos«, dröhnte der Richter. »Also, welche der Damen kennt die Namen aller Glorreichen Sieben?« Er blähte sich in Vorfreude auf seinen erprobten Partygag auf. »Na, wissen Sie es?«
Kurz entstand Schweigen, und Portia und Daisy sahen einander an. Sie fühlten sich auf einmal sehr klein, so wie damals in der Schule, als sie eine einfache Frage über die Schlacht bei Waterloo nicht beantworten konnten.
»Dopey, Sneezy, Grumpy«, murmelte Daisy leise, doch zum Glück hatte der Oberste Richter sie nicht gehört.
»Ja, an dieser Frage scheiden sich, wie ich festgestellt habe, die Männer von den Knaben«, sagte er mit einem traurigen Kopfschütteln. »Also, es waren Yul Brynner, Steve McQueen …«, fing er an, bis seine Frau ihm ins Wort fiel.
»Ach, sei doch still, Michael, das interessiert hier niemanden. Wissen Sie, unsere Haushälterin hält uns wirklich wunderbar über den Dorfklatsch auf dem Laufenden, insbesondere was Ihre jüngsten familiären Schwierigkeiten anbelangt. Soweit ich informiert bin, hat Ihr Mann« – eine beiläufige Kopfbewegung in Richtung Lucasta – »Sie verlassen und Sie gewissermaßen gegen ein neueres Modell eingetauscht. Das ist aber ein Pech.«
Zum Glück war Lucasta so mit ihrem Gin Tonic beschäftigt, dass sie die volle Wucht der Beleidigung überhaupt nicht mit-

bekam. Ganz im Gegensatz zu Portia und Daisy. »Da kann ein glücklich verheirateter Mann schon auf falsche Gedanken kommen!«, fuhr sie fort und tätschelte den ausladenden Wanst ihres Gatten, offenbar in der irrigen Annahme, dass sie komisch war. Jener hatte, wie Portia bemerkte, zumindest den Anstand, peinlich berührt das Gesicht zu verziehen.

»Wie können Sie es wagen!«, platzte Daisy heraus und unterbrach sie. »Sie haben ja keine Ahnung, was für ein wundervoller Mensch Daddy ist. Wenn er hier wäre, würde ihm garantiert die Hand ausrutschen ...«

Zum Glück wurde sie von Steve unterbrochen, der gerade im richtigen Augenblick neben ihr erschien. »Hallo, Mädels«, begrüßte er sie fröhlich, ohne zu bemerken, dass die Welt kurz vor dem Ausbruch des nächsten Golfkriegs stand. »Übrigens tolles Kleid, Daisy«, fügte er hinzu und konnte die Augen nicht mehr von ihrem durchsichtigen Oberteil wenden.

Portia küsste ihn auf die Wange, froh, auf dieser grässlichen Party wenigstens ein freundliches Gesicht zu sehen.

»Oh, hallo, Steve«, erwiderte Daisy bedrückt und betrachtete Steves wie immer schlampige Erscheinung (zerknitterte Kordhose und ein gemusterter Pullover, der aussah, als hätte eine von Lucastas Katzen sich darauf übergeben). Nur zu gerne hätte sie weiter ihre Gastgeberin beschimpft, doch da erkannte sie in der Menschenmenge ihren Ex-Freund Sean Murphy.

Oh Gott, bitte lass sie keine Szene machen, dachte Portia. Diese schrecklichen Leute dürfen nicht noch mehr Munition gegen uns kriegen. Daisy hatte nämlich die Angewohnheit – insbesondere beflügelt vom Alkohol –, jeden, der ihr irgendwann oder irgendwo in die Quere gekommen war, in Stücke zu zerreißen.

»Verdammt, ich fasse es nicht«, rief sie nun aus und marschierte kampfbereit auf Sean zu. »Dieser Mistkerl hat Schluss mit mir gemacht und mir verdammt noch mal das Herz gebrochen, und jetzt werd ich es ihm zeigen. So geht es nicht!« Portia bemerkte, dass Sean erbleichte, als Daisy auf ihn zusteuerte. Doch jeder, der sich ihr in den Weg stellte, hätte sein Leben riskiert.

»Oh Steve, das wird bestimmt eine lange Nacht«, seufzte Portia und trank bedrückt einen Schluck Champagner.

»Keine Sorge, ich behalte Daisy im Auge«, erwiderte er beschützend. »Ich passe auf, dass sie ihn nicht mit Paraffin überschüttet und in den Kamin stößt.«

»Aber wie zum Teufel soll ich die zwei hier bloß wieder rausbugsieren?«, fragte Portia in dem Wissen, dass es unmöglich sein würde, Lucasta zum Nachhausegehen zu bewegen, solange noch Gratisalkohol vorhanden war. Sie beobachtete, wie eine halbnackte Daisy den armen Sean in eine Zimmerecke drängte, und wusste, dass ihre Schwester sich erst von der Stelle rühren würde, wenn ihr Opfer waidwund war. Lucasta hingegen lehnte am Piano und sang »Night and Day«, ihr Lieblingslied von Cole Porter. Als Nächstes wird sie auf den Flügel springen und tun, als wäre sie Michelle Pfeiffer in *Die fabelhaften Baker Boys,* dachte sie erschöpft. Und dann würde sie ihr übliches Partylied anstimmen, eine selbst komponierte kleine Weise mit dem Titel »Schmier dir den Po mit Seife ein und rutsch rückwärts einen Regenbogen rauf«.

»Pass auf, am besten gehst du mal raus, frische Luft schnappen«, meinte Steve sanft. »Gib ihnen eine Stunde, und dann helfe ich dir, sie nach Hause zu schaffen. Es sind ein paar alte Freunde von der Uni da, mit denen ich mich gern ein bisschen unterhalten möchte. Nur eine Stunde, Portia, mehr nicht.«

Portia gehorchte. Es war so schön, hinaus in die frische Nachtluft zu treten, so weit weg wie möglich von den grässlichen de Courceys und ihrem sterilen Haus. Das Champagnerglas in der Hand, schlenderte sie zum Rand des Gartens, wo neben einem Brunnen im japanischen Stil eine steinerne Bank stand. Als sie sich, dankbar für ein bisschen Ruhe und Frieden, darauf fallen ließ, dachte sie nur: »Gott sei Dank, dass ich nie mehr etwas mit diesen Unsympathen zu tun haben muss.« Ballyroan war zwar nicht besonders groß, doch da sie so abgelegen wohnten, war es kein Problem, einen Bogen um die Leute zu machen, denen man nicht begegnen wollte.

»Haben Sie schon genug?«, ertönte hinter ihr in der Dunkelheit eine Männerstimme.

»Oh Gott!«, schrie Portia auf und machte einen Satz, so dass sich der Rest des Champagners über ihren Pullover ergoss. »Wer ist da?«, fragte sie dann und spähte zwischen den in Form gestutzten Hecken hindurch.

»Entschuldigung, ich wollte Sie nicht erschrecken«, erwiderte er und löste sich aus dem Schatten. Portia blickte auf. Ein hoch gewachsener blonder Mann, etwa in ihrem Alter, stand vor ihr. Er trug einen wundervoll geschnittenen Anzug, natürlich schwarz, und war leicht gebräunt, als wäre er vor kurzem aus dem Urlaub zurückgekehrt. Seine Augen waren dunkelblau und funkelten, als er die seltsame Frau betrachtete, die champagnergetränkt ganz allein im Garten saß.

»Oder wollten Sie all diesen Anwaltsgenies da drinnen entkommen?«, fragte er, während er neben ihr Platz nahm. »Sie sehen nämlich nicht aus wie eine Juristin«, fügte er lächelnd hinzu. »Lassen Sie mich raten: Sie sind eine Dame der besseren Gesellschaft, die ihrem Ex aus dem Weg gehen will, der sich da drinnen herumtreibt. Oder Sie haben religiöse Anwandlungen und sind deshalb hier draußen, um über das Leben, das Universum und sonst alles Mögliche nachzudenken. Oder haben Sie sich etwa verdrückt, um heimlich eine zu rauchen – so wie ich?«, endete er und bot ihr eine Zigarette an, nachdem er sich selbst eine angezündet hatte.

»Ich fürchte, nichts davon trifft zu«, lachte Portia, amüsiert, dass jemand sie mit einer Dame der besseren Gesellschaft verwechseln konnte. »Ich wollte nur mal frische Luft schnappen«, fuhr sie fort, »und ich glaube, was die Gastgeberin betrifft, sind die Mitglieder meiner Familie heute Abend *personae non gratae.«*

»Mit wem sind Sie denn hier?«, erkundigte sich der Fremde, pustete Rauch in die Nachtluft und musterte eingehend ihr Gesicht.

»Mit meiner Mutter und meiner jüngeren Schwester«, antwortete Portia, während sie sich fragte, wer dieser gut aussehende Mann wohl sein mochte. Auf keinen Fall war er von hier, denn sie hätte ihn sicher nicht vergessen, wenn sie ihm schon einmal begegnet wäre. Vermutlich ein Freund der Familie aus Dublin.

»Und woraus schließen Sie, dass Sie und Ihre Familie hier nicht willkommen sind?«, wollte der Fremde wissen und streckte die langen Beine aus.

»Tja, sagen wir mal, wir passen nicht so ganz zu den anderen Gästen. Bestimmt sind es wirklich reizende Menschen, aber vermutlich gehören Provinzler wie wir nicht zu der Sorte von Leuten, die Mrs. de Courcey auf ihrer eleganten Abendeinladung zu sehen wünscht. Sie hätten ihr Gesicht erleben müssen, als wir ankamen – ich habe schon fast befürchtet, sie würde uns erst mal entlausen. Und ich könnte schwören, dass sie uns über die Schulter geschaut hat, um festzustellen, wo unser Wohnwagen parkt.«

Anstelle einer Antwort kicherte der Fremde in sich hinein. Portia ertappte sich dabei, wie sie ihn aus dem Augenwinkel betrachtete. Gütiger Himmel, sah der gut aus! Aber was das Flirten anging, war sie so außer Übung, dass sie bestimmt wie eine liebestolle Verrückte oder eine Serienmörderin rüberkam. Sie konnte sich nicht erinnern, wann sie das letzte Mal mit einem Mann geschäkert hatte – wahrscheinlich irgendwann in den Achtzigern. Außerdem, so dachte sie bedrückt, hatte ein so anbetungswürdiges Geschöpf wie dieser Mann bestimmt keinen Grund, ihr auch nur die Uhrzeit zu verraten. Wahrscheinlich wollte er nur höflich Konversation betreiben und würde sich gleich wieder nach drinnen zu seiner Freundin verdrücken. Oder zu seiner Ehefrau. Immerhin schien er damit aber keine Eile zu haben.

»Und, wie finden Sie das Haus?«, fragte sie, fest entschlossen, es darauf ankommen zu lassen. »Haben Sie so was schon mal gesehen? Ich hatte schon Angst, die olle de Courcey würde mir eine Szene machen, weil ich Fußabdrücke auf ihren Kaschmirteppichen hinterlasse. Ihre Gäste machen den Eindruck, als wären sie gleich vom Innenarchitekten mitgeliefert worden; alle farblich aufeinander abgestimmt. Was glauben Sie? Rufen die sich vorher gegenseitig an, um sicherzugehen, dass niemand aus der Rolle fällt?«

»Tja«, meinte er und betrachtete sie interessiert. »Solche Festlichkeiten sind eigentlich auch nicht mein Ding. Eine Horde von langweiligen Anwälten, die nur über Gerichtsverhandlungen in Dublin reden, das Geld, das sie dort scheffeln, und dass sich Wirtschaftsverbrechen heutzutage wieder lohnen. Offenbar muss in Irland niemand mehr ins Gefängnis. Man braucht nur ein paar Monate lang vor Gericht zu erscheinen, und anschließend passiert gar nichts. Nein, aber was die Feste angeht, da mag ich's lieber einfach. Wie früher. Und die Frauen, haben Sie gesehen? Die haben alle Angst zu lächeln, weil sie sonst Falten kriegen könnten, und sie würden lieber sterben, als sich hinzusetzen, damit ihre tollen teuren Kleider nicht zerknittern. Wenn sie knapp über dreißig sind, ist es am schlimmsten«, fuhr er, mit zunehmender Leidenschaft, fort. »Man fühlt sich in ihrer Gegenwart fast wie in einem Vorstellungsgespräch für den Posten des zukünftigen Ehemannes. Halten die mich etwa für blind? Glauben die, ich merke es nicht, wie sie an mir runterschauen, um festzustellen, ob ich einen Ehering trage?«

Portia schmunzelte. Offenbar konnte sich dieser Typ vor Frauen kaum retten.

»Ich bin es übrigens nicht«, fügte er hinzu und grinste sie an.

»Was sind Sie nicht?«, fragte sie verdattert.

»Verheiratet.«

»Oh«, brachte sie nur heraus und gab sich große Mühe, dabei kühl und unbeteiligt zu klingen.

»Tut mir Leid«, sprach er weiter. »Sie haben große Geduld mit meinem Geschimpfe bewiesen. Die meisten Frauen hätten mir schon gesagt, ich soll mich dünnmachen. Aber ich habe die letzten Jahre an der Wall Street gearbeitet, und in Manhattan nimmt man normalerweise kein Blatt vor den Mund. Sie müssen mir verzeihen, ich bin eben ein verbitterter alter

Kauz.« Er lächelte sie an und sah dabei weder verbittert noch kauzig aus.

»Es war sicher eine große Veränderung für Sie, nach Irland zurückzukommen«, meinte sie. »Ich nehme an, Sie wohnen in Dublin.«

»Tja, offen gestanden …«, begann er, als sie von einer Stimme unterbrochen wurden, die von der Terrassentür aus nach ihm rief.

»Andrew? Andrew, bist du da draußen? Senator Callaghan möchte gern mit dir sprechen!«

Portia hätte diese abgewürgten Vokale überall erkannt. Es konnte nur Mrs. de Courcey sein.

»Bin gleich da, Mum«, erwiderte er und sprang auf.

»Oh Gott«, stöhnte Portia und wäre am liebsten im Erdboden versunken. »Ich hatte ja keine Ahnung, dass Sie hier wohnen. Wenn ich das gewusst hätte, hätte ich nie …« Ihre Stimme erstarb.

Wieder mal typisch, dachte sie. Da treffe ich seit Jahrzehnten den ersten interessanten Mann, der älter als sechzehn und jünger als siebzig ist, und fange gleich an, über seine Mutter und sein Elternhaus zu lästern.

»Sie brauchen sich nicht zu entschuldigen«, antwortete er und hielt ihr die Hand hin, um ihr aufzuhelfen. »Offen gestanden bin ich ganz Ihrer Ansicht.« Er zwinkerte ihr verschwörerisch zu. »Ich wohne nur vorübergehend hier, bis meine Wohnung in Dublin fertig ist. Dann veranstalte ich ein richtiges Einweihungsfest. Eines, bei dem man rauchen darf«, fügte er hinzu und drückte seine Zigarette aus.

»Tja, wie ich sehe, hast du die Nachbarn schon kennen gelernt, Andrew«, sagte Mrs. de Courcey, die sie an der Tür erwartete. »Wie war der Name noch mal? Patricia, richtig?«, fragte sie.

»Portia«, entgegnete sie und konnte sich die nachfolgende Bemerkung nicht verkneifen. »Ich bin nach einer Figur im *Kaufmann von Venedig* benannt, nicht nach der Stripperin in dem Lied von Chris de Burgh.«

Mrs de Courcey schwieg und musterte Portia nur von oben bis unten. Ihr Blick blieb vielsagend an dem Fleck hängen, der von dem verschütteten Getränk herrührte. Sie sah aus, als hätte sie sich voll gesabbert.

»Tja, es war wirklich nett, das Mädchen von nebenan kennen zu lernen«, meinte Andrew und schüttelte ihr höflich die Hand. »Jetzt sind wir uns endlich richtig vorgestellt worden.«

»Ganz meinerseits«, brachte Portia, die den finsteren Blick seiner Mutter auf sich spürte, nur heraus.

Andrew lächelte sie an. »Ich glaube, du hast endlich eine Frau gefunden, die dir Paroli bieten kann, Mutter«, meinte er und schob Portia ins Haus.

»Andrew, bitte, der Senator wartet«, zischte Mrs. de Courcey und stürmte ihnen voran.

Als sie hineinkamen, wurde Portia von Entsetzen ergriffen: Ihre Mutter stand, aus vollem Halse singend, am Klavier und grölte »Memory« aus ihrem Lieblingsmusical *Cats*. Abgesehen davon, dass sie keinen einzigen Ton richtig halten konnte, überbrüllte sie sämtliche Gespräche im Raum und schien überhaupt nicht zu bemerken, dass sie sich zum Gespött machte.

Die anderen Gäste gingen, einer nach dem anderen, taktvoll auf Distanz zum Klavier, während Lucasta weiter atonale schrille Schreie ausstieß.

Und um das Maß voll zu machen, war Daisy am marmornen Kamin noch immer nicht mit ihrer lautstarken betrunkenen Szene fertig. »Du *Arschloch*, du *Idiot!«,* kreischte sie Sean Murphy an. »Hast du dir auch nur einmal Gedanken über *meine* Gefühle gemacht? Nie hast du mich deiner Familie oder deinen Freunden vorgestellt …«

»Aber Daisy, wir sind doch nur dreimal miteinander ausgegangen; es war doch nichts Ernstes«, versuchte Sean zu widersprechen, aber er hatte keine Chance. Wenn Daisy erst einmal in Fahrt war, war sie nicht mehr aufzuhalten.

»*Halt die Klappe* und hör mir zu!«, schrie sie den bedauernswerten, vor Angst zitternden Sean an. »Du wolltest nur mit mir ins Bett, du Wichser. Was für ein Schwein muss man sein, um seine Freundin so mies zu behandeln?«

»Aber Daisy, du warst nie meine Freundin. Ich habe dich nur ein einziges Mal angerufen …«, wandte Sean ein. Das Ganze war ihm schrecklich peinlich, und er fühlte sich vermutlich, als müsse er die Szene mit dem gekochten Kaninchen aus *Gefährliche Liebschaften* nachspielen. Vergeblich blickte sich Portia nach Steve um, doch der war in ein Gespräch mit Andrews Vater, dem Obersten Richter, vertieft.

»Ich muss mich für diese Darbietung entschuldigen«, sagte Mrs. de Courcey zum Senator, und zwar so, dass Portia es hören konnte. »Ich hatte ja keine Ahnung, dass unsere neuen Nachbarn so … äh … nennen wir es mal … lebhaft sind.«

Portia konnte es nicht länger ertragen. »Verzeihung«, flüsterte sie Andrew zu, ließ ihn stehen und steuerte schnurstracks auf das Klavier zu. »Wir müssen gehen, Mummy«, sagte sie ihr leise ins Ohr und schloss dabei den Klavierdeckel. »Das Fest ist vorbei.«

»Sei doch nicht so langweilig, Kindchen. Ich werde gerade erst richtig warm«, protestierte Lucasta und kippte noch einen Gin Tonic.

»Ich weiß, Mummy, und deshalb ist die Party jetzt vorbei«, beharrte ihre Tochter sanft, aber mit Nachdruck, und schob sie zur Tür.

»Brauchen Sie Hilfe?«, hörte sie da eine Stimme neben sich. Als sie sich umdrehte, war es Andrew.

»Könnten Sie meiner Schwester bitte ausrichten, dass wir jetzt gehen müssen«, bat sie ihn ruhig. Zum Teufel, schließlich war morgen noch genug Zeit, um sich zu genieren. »Sie können sie gar nicht verfehlen. Es ist das Mädchen, das sich neben Ihrem Kamin die Lunge aus dem Hals kreischt.«

Andrew nickte anstelle einer Antwort und machte sich auf den Weg, um Daisy zu holen.

Während Portia ihre Mutter zur Tür zerrte, stellte sie fest, dass es im Raum totenstill geworden war. Offenbar ruhten alle Blicke auf ihr. Endlich hatte sie es, ihre Mutter im Schlepptau, nach draußen und bis zum Auto geschafft. Wieder ging die Sicherheitsbeleuchtung an – nur für den Fall, dass drinnen vielleicht jemand noch nichts von ihrem Aufbruch bemerkt haben sollte. Die kalte Nachtluft traf Lucasta wie ein Schlag und machte sie schläfrig, so dass Portia keine Mühe hatte, sie auf den Rücksitz des Autos zu verfrachten. Mit Daisy war es jedoch eine andere Sache. Als Portia aufblickte, sah sie, wie Andrew sie mehr oder weniger gewaltsam aus dem Haus bugsierte, während sie den bedauernswerten Sean Murphy noch immer mit betrunkenen Verwünschungen überhäufte.

»Sie ist nur müde und emotional aufgewühlt«, meinte Andrew und lächelte Portia an. Offenbar amüsierte ihn die ganze

Situation königlich. »Wenn sie ihren Rausch ausgeschlafen hat, ist sie wieder wie neu.«

Portia konnte ihm nicht ins Gesicht sehen. Als sie auf dem Fahrersitz Platz nahm, bemerkte sie, dass er neben dem Auto stand, um ihr nachzuwinken. Bitte lass den verdammten Wagen anspringen, dachte sie nur. Bitte, lieber Gott, lass ihn anspringen. Beim vierten Versuch tat ihr der Mini Metro endlich den Gefallen und begann, die Auffahrt entlangzurollen. Im Rückspiegel sah sie Andrew noch winken, während ihr Auto ihm dicke blaue Qualmwolken ins Gesicht blies.

Als Andrew, tief in Gedanken versunken, zum Haus zurückschlenderte, wurde er von seiner Mutter an der Tür erwartet.

»Ich muss schon sagen, Andy. Senator Callaghan muss jetzt weg, und du hast den ganzen Abend kaum zwei Worte mit ihm gewechselt«, meinte sie verärgert und nestelte an ihrer Perlenkette herum.

»Ich habe nur unsere Gäste verabschiedet, Mum«, erwiderte er kühl.

»Tja, solange wir bloß in Zukunft von ihnen verschont bleiben. Du hast aber ziemlich lange mit der großen Mageren, der Älteren, geredet. Wie hieß sie noch mal?«

»Portia«, antwortete er und dachte dabei, dass seine Mutter eine erbärmlich schlechte Schauspielerin war. Natürlich erinnerte sie sich an den Namen und wollte auf diese Weise nur subtil ihre Ablehnung zum Ausdruck bringen.

»Tja, ganz gleich wie sie heißt, sie und ihre Familie haben sich heute Abend wohl endgültig zum Narren gemacht. Wenn ich eine Showeinlage gewollt hätte, hätte ich eine gebucht. Die arme Elizabeth Montgomery hat sich immer noch nicht davon erholt, wie Lady Davenport sich am Klavier die Seele aus dem Hals gekreischt hat. Und die jüngere blonde Tochter, die angezogen war wie eine Schlampe, hat eindeutig Kraftausdrücke benutzt. Dein Vater musste sich hinlegen, als er das gehört hat. Außerdem bin ich ziemlich sicher, dass ich gesehen habe, wie Mylady eine Flasche Cristal unter ihre Jacke geschoben hat, bevor sie zur Tür geschleppt wurde.«

Er wollte schon etwas entgegnen, als sie ihm mit ihrer liebsten Killerphrase zuvorkam: »Was um Himmels willen wird Edwina dazu sagen, Andrew?«

7

In dieser Nacht tat Portia kaum ein Auge zu. Als sie endlich ins Bett kam, war es schon nach drei, und der Schlaf wollte sich einfach nicht einstellen. Die ganze Nacht lag sie wach und lauschte, wie die Großvateruhr in der Vorhalle lautstark die vergehenden Stunden verkündete. Dabei grübelte sie und fragte sich, ob sie je wieder einem Mitglied der Familie de Courcey würde ins Gesicht sehen können.

Unter gewöhnlichen Umständen hätte sie ein solcher Vorfall nicht weiter gekümmert. Schließlich war ihre Familie schon öfter Stadtgespräch gewesen, und es würde sicher nicht das letzte Mal sein. Doch nun war die Situation eine andere. Immer wieder musste sie an Andrew und an das Funkeln in seinen Augen denken, während sie über die Party seiner Mutter gelästert hatte. So lange hatte Portia nun schon männliche Aufmerksamkeit entbehren müssen, dass sie ihren eigenen Instinkten nicht mehr vertraute. Da sie der wohl uneitelste Mensch auf der ganzen Welt war, hielt sie sich für unfähig, anziehend auf Männer zu wirken.

Er war gerade aus New York zurückgekommen, wo er vermutlich mit Hunderten von Frauen ausgegangen war, die ein

Leben führten wie in *Sex and the City*; vor ihrem geistigen Auge sah sie ihn, umringt von Models und Broadway-Schauspielerinnen, in Manhattan residieren. Er hat bestimmt nur aus Mitleid mit mir geplaudert, überlegte sie weiter. Warum sollte jemand wie er mich auch nur eines Blickes würdigen?

Auf einmal konnte sie sich selbst nicht mehr ertragen, ihr Aussehen, ihr schlaffes mausbraunes Haar, ihre blasse sommersprossige Haut und ihre formlose, magere Figur. Sie war groß, über einsfünfundsiebzig, und hatte als junges Mädchen mit ihren ebenmäßigen Zügen und ihren leuchtend blauen Augen als leidlich hübsch gegolten. Doch all die Jahre, die sie sich in Davenport Hall abgeschuftet und sich wegen der unbezahlten Rechnungen zermürbt hatte, hatten ihren Tribut gefordert.

Okay, dachte sie, als sie auf dem Rücken lag und an die Decke starrte. Das ist wenigstens ein Problem, gegen das sich etwas tun lässt. Komme, was da wolle, sie würde sich eine Generalüberholung gönnen.

Das Frühstück in Davenport Hall am nächsten Morgen war eine traurige Angelegenheit.

Bleich wie ein Gespenst ließ Daisy sich an ihrem üblichen Platz am Küchentisch nieder, und das, ohne ein Wort von sich zu geben, was eher untypisch für sie war. Doch als Mrs. Flanagan einen Teller voller Speckstreifen und Würstchen vor sie hinstellte, war das Maß voll. Sie stürzte wortlos hinaus und ins Badezimmer im Erdgeschoß, von wo man eindeutige Geräusche hören konnte.

»Besser, es kommt alles raus«, verkündete Mrs. Flanagan fröhlich.

»Wirklich, Mrs. Flanagan, müssen Sie denn so einen schrecklichen Lärm machen?«, knurrte Lucasta, als auch vor sie ohne großes Federlesens ein Teller hingeknallt wurde.
»Essen Sie Ihr Frühstück und gehen Sie mir nicht auf die Nerven«, erwiderte Mrs. Flanagan, die wusste, was zu tun war, wenn Mylady es am Abend zuvor zu bunt getrieben hatte.
Portia leerte ihren Orangensaft und war froh, dass sie im Gegensatz zu Lucasta und Daisy keinen mörderischen Kater hatte. Doch selbst von einem gutmütigen Menschen wie ihr war es zu viel verlangt, die beiden nach ihrem Auftritt vom Vorabend auch noch zu bemitleiden.
Lucasta schlürfte den Rest ihres Tees und schickte sich an zu gehen. »Weißt du, Schatz, ich hatte eine ganz wunderbare Idee«, sagte sie zu Portia, während sie die unverzehrten Speckstreifen in ihre Jackentasche stopfte, um sie an die Katzen zu verfüttern.
»Ja, Mummy, was ist es denn?«, fragte Portia und musste ein Aufstöhnen unterdrücken.
»Ich weiß jetzt, was ich mit meinem Anteil von dem Geld mache, das wir für den Film kriegen. Ich dachte, es wäre doch nett, wenn ich ein Geschäft eröffne. In meinem Horoskop steht, dass sich dieser Monat ausgezeichnet dazu eignet, etwas Neues zu beginnen.«
»Ach, Mummy, was genau hast du denn diesmal vor?«, erkundigte sich Portia.
Sie erinnerte sich nur allzu gut an den Tag, an dem ein bedauernswerter Besucher Mäusekot in den selbst gebackenen Schokoladenkeksen gefunden hatte, die Lucasta ihn bei ihrem letzten Ausflug in die Geschäftswelt zu kaufen genötigt hatte. Einmal hatte ihre Mutter versucht, ahnungslosen amerikani-

schen Übernachtungsgästen Selbstgetöpfertes anzudrehen – tönerne Tassen und Untertassen, die aussahen wie formlose, pornographisch anmutende Zellklumpen. Geschäftstüchtig wie sie war, gab sie ihre Werke jedoch ohne mit der Wimper zu zucken als moderne Kunst aus.

»Ich hatte eine Offenbarung, Schatz, und ich glaube wirklich, dass meine Idee großartig ist.«

Portia machte sich auf das Schlimmste gefasst. »Was ist es denn nun diesmal, Mummy?«, fragte sie.

»Davenport Tafelwasser! Aus der alten Quelle am Obstgarten direkt in den Supermarkt, Schatz. Ist das nicht ein genialer Einfall? Das ist eine Lizenz zum Gelddrucken. Heutzutage trinken die Leute doch nur noch Wasser aus Flaschen. Was hältst du davon?«

»Das geht doch nicht, Mummy! Tafelwasser muss aus zweitausend Jahre alten unterirdischen Quellen stammen, nicht aus einem schmutzigen Brunnen, der absolut unhygienisch ist, weil Daisy als Kind reingepinkelt hat. Außerdem weiß ich genau, dass da unten mindestens eine tote Katze liegt.«

»Ach, musst du immer so negativ sein? Ich versuche doch nur, etwas beizutragen. So, und jetzt rufe ich Steve an. Er wird mir sagen, was ich tun soll. Mit dir rede ich nicht mehr, Portia. Du bist ja völlig blockiert.« Mit diesen Worten schleuderte sie ihre lange graue Mähne zurück und rauschte zur Tür hinaus.

»Danke fürs Frühstück, Mrs. Flanagan«, meinte Portia ungerührt. »Ich gehe mal raus und sehe nach, ob das Filmteam etwas braucht.«

»Geben Sie mir Bescheid, wenn Guy van der Post kommt«, erwiderte Mrs. Flanagan. »Damit ich Zeit habe, meinen Schnurrbart zu wichsen, das Haar auf meinem Muttermal zu kürzen und mir die Beine zu rasieren.«

In Filmsprache war heute »Tag eins: Drehtermin«, wie es im Drehplan hieß. Das bedeutete, dass heute tatsächlich gefilmt und nicht, wie in den letzten Tagen, nur aufgebaut werden würde. Und das Wetter ist optimal, dachte Portia, als sie auf den Kiesplatz vor dem Reitstall zusteuerte, wo den restlichen Tag über gedreht werden sollte.

Unterwegs traf sie Johnny Maguire, der in ein Walkie-Talkie brüllte. »Ja, Jimmy D., verstanden; wir holen den Star sofort.«

»Hallo, Johnny, wie läuft es denn so?«, fragte sie, nachdem sie ihn eingeholt hatte.

»Guten Morgen!«, antwortete er, so vergnügt wie immer, und stieg sicheren Schrittes über Kabelstränge hinweg, während er mit ihr plauderte. »So weit, so gut, glaube ich. Wir sind seit Morgengrauen am Aufbauen, und Stalin ist bereit für die erste Szene des Tages.«

»Stalin?«, wiederholte Portia verdattert. War das ein neuer Schauspieler, von dem sie noch nicht gehört hatte?

»Ja«, kicherte Johnny, »diesen Spitznamen hat unser Kameramann Jimmy D. verpasst. Warten Sie, bis Sie ihn in Aktion erleben. Dann werden Sie den Grund verstehen. Möchten Sie bleiben und uns beim Drehen zuschauen?«, meinte er dann. »Ich würde mich freuen.«

»Danke, Johnny, das ist aber sehr nett«, antwortete sie und fühlte sich schon ein bisschen besser. Eine wunderbare Gelegenheit, um sich von ihren Grübeleien über die grässlichen Zwischenfälle des gestrigen Abends abzulenken. »Sind Sie sicher, dass ich nicht im Weg sein werde?«

»Keine Sorge, Portia, Sie können sich alles von hier aus anschauen«, erwiderte er und wies auf einen unbesetzten Klappstuhl, der in einigem Abstand zur Kamera an einem provisorischen Schreibtisch stand. Darauf befanden sich Gerätschaften, die wie ein Mischpult aussahen.

Überall herrschte emsige Geschäftigkeit und kreatives Durcheinander. Portia hatte dergleichen noch nie erlebt. Wohin sie auch schaute, war ein Kommen und Gehen, Männer trugen Scheinwerfer und Kabel, Frauen eilten mit Klemmbrettern umher. Vor ihr, im Hof vor den Ställen, bemerkte sie Caroline Spencer, die sich angeregt mit Jimmy D. unterhielt. Dieser wirkte so gelassen und unbeteiligt wie immer, kaute auf seiner allgegenwärtigen Zigarre herum und trug eine grellgrüne Karohose mit passender Jacke, die sogar ihrer Mutter in der Öffentlichkeit peinlich gewesen wäre.

Plötzlich wurde Portia auf einen riesigen Kran aufmerksam, der etwa sieben Meter über ihrem Kopf schwebte. Als sie feststellte, dass dort oben ein Kameramann saß, der angestrengt durch die Linse spähte, ohne sich um die Höhe und die Geschwindigkeit, in der er sich bewegte, zu kümmern, schnappte sie hörbar nach Luft.

»Keine Sorge, ihm kann nichts passieren. Er bereitet nur die erste Aufnahme vor«, erklärte Johnny, der ihre erschrockene Miene bemerkte. »Das ist Ivan Lamar, der beste Kameramann in der Branche. Er ist Tscheche und hat bei nahezu allen Filmen mitgearbeitet, die in den letzten Jahren in Osteuropa gedreht wurden. Sogar mit Polanski. Sie hatten verdammtes Glück, ihn für einen miesen Streifen wie den hier zu kriegen.«

»Verzeihung?«, sagte Portia, die glaubte, sich verhört zu haben. »Soll das heißen, dass der Film nicht gut ist?«

»Ha, ha, ha«, ertönte da hinter ihr ein maschinengewehrartiges Lachen. »Offenbar kennt sie das Drehbuch noch nicht, Johnny.«
Als Portia sich umdrehte, sah sie einen mageren, pickligen Mann, der Kopfhörer um den Hals trug. Er war Anfang zwanzig und hatte den typisch irischen Teint, der knallrot und sommersprossig wird, wenn man ihn für mehr als fünf Minuten der Sonne aussetzt. Offenbar hatte er sich bereits länger dort aufgehalten, denn seine Nasenspitze und sein Hals waren feuerrot, während der Rest eine bläulichweiße Färbung aufwies. Auf seinem rechten Arm prangte eine Tätowierung mit dem schlichten Wortlaut »Fick dich«. Abgerundet wurde seine Aufmachung von einer Armeehose, die deutlich seine Gesäßfalte sehen ließ, und einem T-Shirt mit der Aufschrift: »Wenn du mein Gesicht schon scheiße findest, solltest du mich mal von hinten sehen«.
»Das ist Paddy O'Kane, unser Tontechniker«, sagte Johnny und stellte Portia vor. »Er kommt gerade von dem letzten Film mit Courtney Cox Arquette, *Der Schrei Drei*, und findet sich deshalb ziemlich toll. Aber keine Angst, Stalin wird ihm schon Manieren beibringen.«
»Verpiss dich«, muffelte Paddy. »Also ist das hier Ihre Bude«, meinte er dann zu Portia. »Bin ich froh, dass das Team nicht dort pennen muss. Das ist ja wie das Haus in *Psycho*. Haben Sie gar keine Angst zu duschen?«
»Wo sind Sie denn untergebracht?«, erkundigte sich Portia der Höflichkeit halber. Sie wusste nicht, warum sie sich die Mühe machte.
»In so einer dämlichen Pension in der Stadt, die einem Spinner gehört. Hier ist es stinklangweilig, und man kann nichts

weiter machen, als mit irgendwelchen Idioten blödes Zeug zu labern. Und wie soll ich mir am Sonntag das Spiel von Arsenal anschauen? In den Pubs hier gibt es kein Sky Sports.«

Portia wusste nicht, was sie auf seine letzte Frage antworten sollte. Plötzlich sprang Johnnys Walkie-Talkie an. Sie erkannte Jimmy D.s Stimme, die verkündete: »Star am Set, Johnny. Wir fangen gleich an.«

»Verstanden«, sprach Johnny ins Walkie-Talkie. Caroline eilte an ihnen vorbei und auf Montanas Winnebago zu.

»Hoffentlich ist sie nüchtern«, meinte Paddie, setzte den Kopfhörer auf und fummelte am Mischpult vor ihm herum. »Sie haben doch bestimmt gehört, was sie letztes Jahr bei der Oscar-Verleihung gemacht hat?«, fuhr er fort und tat beim Reden so, als kippe er einen Drink nach dem anderen hinunter. Johnny wollte ihm schon den Kopf zurechtrücken, als plötzlich ringsherum Schweigen entstand.

Montana Jones kam aus ihrem Wohnmobil und zog in Sekundenschnelle sämtliche Blicke des Teams und noch des letzten Technikers auf sich, als sie die kurze Strecke vom Winnebago zum Set zurücklegte. Und sie war wirklich ein atemberaubender Anblick. Sie war in vollem Ornat und trug ein viktorianisches Reitkleid aus kostbarem saphirblauem Spiegelsamt, der genau zu ihrer Augenfarbe passte. Bei der Gestaltung des Kostüms hatte man großen Wert auf die Details gelegt. Es war, vom Ausschnitt angefangen, mit Volants aus cremefarbener Spitze bedeckt, in die per Hand hie und da kleine, im Licht funkelnde Perlmuttstückchen eingearbeitet waren.

Und dann war da auch noch Montana selbst. Portia hatte sie erst einmal gesehen, und zwar am Vortag, als sie mit Baseballkappe und abgewetzten Jeans eingetroffen war und überhaupt nicht wie ein Filmstar gewirkt hatte. Was für ein himmelweiter Unterschied! Nun trug sie eine dunkelbraune Perücke, deren dicke, schimmernde Locken ihr über den gesamten Rücken fielen. Das Ganze wurde von einem kecken Dreispitz zusammengehalten, von dem herab eine Straußenfeder aufreizend über ein Auge wippte. Ihr Make-up war so perfekt, dass man hätte glauben können, sie wäre ungeschminkt. Sie schien von innen heraus zu leuchten: Garderobe und Maske hatten sich nicht lumpen lassen. Die verschüchterte, zierliche junge Frau, die gestern noch vor lauter Angst, ihre persönliche Assistentin könnte sie bei einer heimlichen Zigarette ertappen, zusammengezuckt war, sah heute vom Scheitel bis zur Sohle aus wie ein richtiger Hollywoodstar. Eigentlich mehr noch als ein Star – eher wie eine Göttin.

»Oh, mein Gott«, rief Portia unwillkürlich aus. »Sie ist hinreißend.«

»Ja, sie ist gar nicht so übel«, erwiderte Paddy und drehte an dem Mischpult herum wie ein erfahrener Discjockey vor einem Rave auf Ibiza. »Aufgetakelt macht sie einen recht guten Eindruck, aber haben Sie sie schon mal ohne Tünche im Gesicht erlebt? Du meine Güte, dann sieht sie aus, als sollte sie besser am Flughafen von Dublin das Gepäck beschnüffeln.«

Portia erinnerte sich, den Originalfilm *Die Geschichte einer Südstaatenschönheit* zu Weihnachten vor vielen Jahren auf dem flackernden Schwarzweißfernseher im Arbeitszimmer ihres Vaters gesehen zu haben. Sie wusste noch, dass die Geschichte sie absolut mitgerissen hatte, und sie hatte bitterlich geweint, als Magnolia O'Mara am Ende des Films Brent Charleston, den einzigen Mann, den sie je wirklich geliebt hatte, verlor. Und nun stand vor ihr Montana Jones, Magnolia O'Mara, wie sie leibte und lebte, um die Geschichte hier in Davenport Hall weiterzuführen!

Portia wünschte sich sehnlich, Daisy würde jetzt neben ihr stehen, anstatt sich auf dem Klo die Seele aus dem Leib zu kotzen. Sie hatte sich *Die Geschichte einer Südstaatenschönheit* mindestens ein Dutzend Mal angeschaut und konnte ausführlich aus jeder beliebigen Szene zitieren. Nun gut, überlegte sie weiter. Die Dreharbeiten werden mindestens zwölf Wochen dauern. Also hat Daisy noch genug Zeit, das Versäumte nachzuholen.

»Ruhe am Set, bitte!«, rief Johnny durch ein Megafon. »Alle auf ihre Posten, wir drehen.«

Portia beobachtete, wie Montana ein paar zerknitterte Seiten durchblätterte. Wahrscheinlich, um einen letzten Blick auf ihren Text zu werfen.

Jimmy D. schlenderte auf einen Klappstuhl zu, auf dem in Blockbuchstaben das Wort REGIE stand. Er war der Einzige, der inmitten all des Tohuwabohus absolut gelassen und unaufgeregt wirkte.

»Okay, Leute«, brüllte Johnny weiter durch das Megafon in seiner Hand. »Erste Szene. Schauen wir, ob wir das mit einer Klappe hinkriegen.« Paddy fing an, hektisch an den Knöpfen seines Mischpults herumzudrehen.

»Ton an!«, rief Johnny.

»Läuft!«, erwiderte Paddy, der dicht neben Portia saß.

»Kamera an!«, lautete Johnnys nächste Anweisung.

»Läuft!«, ertönte in dickem Akzent die Antwort vom Kran über Portias Kopf.

»Es geht los!«, sagte Johnny, als ein junger Mitarbeiter einen Satz machte und die Klappe vor Montanas Gesicht hielt.

»Erste Szene, die erste«, verkündete er und ließ die Klappe mit einem lauten Knall zuschnalzen.

»Und … Action!«, brüllte Johnny so laut, dass man ihn bestimmt auch noch in Ballyroan hören konnte. Dann herrschte Stille.

Man hätte eine Stecknadel fallen hören können, als Montana langsam den Kopf hob und die Szenerie um sich herum betrachtete.

»Ach, du meine Güte«, begann sie mit dem schleppenden Akzent der Südstaaten. »Es ist ja so schön, wieder zu Hause auf der Grünen Insel zu sein, im Land meiner Ahnen, der Heimat meiner Vorfahren, wieder bei meinem Volk und weit weg von den Unbillen … den Unbilden … den Ubi … SCHEISSE!«

Portia rutschte nach vorne an die Stuhlkante. Das gehörte wohl eher nicht zum Drehbuch!

»Text bitte«, rief Montana, plötzlich wieder ohne Südstaatenakzent.

Seufzend warf Jimmy D. einen Blick auf das Drehbuch, das vor ihm lag. »Schnitt!«, rief Johnny.

»Grausamer Akzent«, meinte Paddy und riss sich die Kopfhörer vom Kopf. »Südstaatenschönheit, da lachen ja die Hühner.«

Portia sah, dass Jimmy D., die Zigarre immer noch im Mund, auf Montana zusteuerte. Doch die beiden waren zu weit entfernt, so dass sie das Gespräch nicht verstehen konnte. Allerdings beobachtete sie, dass Montana wild gestikulierte und mit dem Drehbuch ziemlich erbost vor Jimmy D.s Nase herumwedelte. Nach einer Weile kehrte Jimmy D. zu seinem Klappstuhl zurück und nickte Johnny zu.

»Make-up überprüfen!«, rief Johnny, worauf ein junger Mann

mit grün gefärbtem Haar auf Montana zueilte. Er hatte eine von Lippenstiften und anderem Schminkzeug überquellende Tasche geschultert und tupfte mit einer Puderquaste Montanas wunderschönes Gesicht ab.

Montana wechselte kein Wort mit ihm, sondern nickte ihm nur zum Dank zu.

»Gut, Leute. Zweite Klappe!«, donnerte Johnny, worauf der Vorgang wiederholt wurde.

»Ton an!«

»Ton läuft!«, erwiderte Paddy.

»Kamera an.«

»Kamera läuft.«

»Los geht's!«

»Erste Szene, die zweite.«

»Und … Action.«

Wieder senkte sich Schweigen über die Versammlung, und alle Blicke richteten sich auf Montana, die erneut ihr schönes Gesicht zum Himmel hob und begann: »Ach, du meine Güte, wie schön es ist, wieder auf der Grünen Insel zu sein, im Land meiner Ahnen, der Heimat meiner Vorfahren, der O'Maras, und weit weg von den Ubi … Unbi … Unbillen … VERDAMMTE SCHEISSE! Wer schreibt denn so einen Mist? Das kann doch kein Mensch aussprechen!«

»Schnitt!«, rief Jimmy D. Nachdem er seine Zigarre ausgedrückt hatte, stürmte er auf Montana zu. Diesmal hatte Portia keine Schwierigkeiten, das Gespräch zu verstehen.

»Wenn du dich nicht zusammenreißt, kannst du deine Koffer packen, Montana!«, brüllte Jimmy D. sie an. Mein Gott, er war wirklich beängstigend, wenn er erst mal loslegte. Kein Wunder, dass das Team ihm den Spitznamen Stalin verpasst hatte.

»Ich habe dich genommen, als dich niemand in L.A. auch nur mit der Beißzange anfassen wollte. Und zum Dank erscheinst du hier auf dem Set, ohne wenigstens die Höflichkeit zu haben, *deinen verdammten Text zu können*!«

»Ich bin Profischauspielerin, und ich gebe mir wirklich Mühe, Jimmy D. Aber du kannst nicht von mir verlangen, dass ich diesen absoluten *Mist* spreche! Verdammt noch mal, wie zum Teufel soll ich einen solchen Satz aufsagen: ›… und weit weg von den Unbilden, die eine Frau meiner Herkunft und Erziehung durch Schuld der gesellschaftlichen Zwänge in Atlanta, Georgia, erdulden muss, wo ich seit drei Jahren von meinem Mann Brent getrennt lebe‹? Dass kann ich nicht, Jimmy D. Nicht einmal bei Meryl Streep würde sich so ein Satz glaubhaft anhören!« Inzwischen schrie sie ihn an, und die Tränen strömten ihr übers Gesicht.

»Okay, Leute, wir machen fünf Minuten Pause!«, rief Jimmy D. und folgte Montana in ihr Wohnmobil.

»Herrje, das wird ein langer Tag«, stöhnte Paddy müde und nahm den Kopfhörer ab. »Haben Sie Lust auf eine Tasse Tee?«, fragte er Portia.

»Ja, das wäre sehr nett, solange ich niemandem im Weg bin«, erwiderte Portia.

»Die Kantine ist dort entlang«, meinte Paddy und steuerte auf einen Doppeldeckerbus zu, der auf dem Rasen vor dem Haus stand. Offenbar hatte die Mehrheit des Teams dieses Ziel und beeilte sich, aus der Schusslinie zu kommen.

Als Portia in den Bus stieg, stellte sie zu ihrer Überraschung fest, dass vor den Sitzen Tische standen, die sich unter Hefeteilchen, Croissants, Bagels und warmen Semmeln bogen. Als Nächstes stieg ihr der köstlich aromatische Duft frisch gemahlenen Kaffees in die Nase, als die Mitarbeiter des Bewirtungsunternehmens im Bus hin und her eilten und allen einschenkten.

»Mmm, das duftet aber lecker«, sagte Portia.

»Ja, das ist das einzig Positive, was man über diesen Job sagen kann«, antwortete Paddy, überschüttete ein Hefeteilchen mit Ketchup und stopfte es in sich hinein.

Portia ließ sich neben Paddy auf einen freien Platz sinken, worauf eine Kellnerin Tasse und Untertasse vor sie hinstellte.

»Kaffee oder Tee?«, fragte sie.

»Oh, Kaffee bitte«, erwiderte Portia dankbar, und ihre Tasse wurde bis zum Rand gefüllt. Es schmeckte göttlich – kein Vergleich mit der wässrigen Instantbrühe, die Mrs. Flanagan servierte. Im nächsten Moment ließ sich der Grünhaarige, den Portia beim Pudern von Montanas Gesicht beobachtet hatte, ihr gegenüber nieder.

»Hallo, wir kennen uns noch nicht. Ich bin Serge von der Maske«, sagte er und schüttelte ihr die Hand. »Oooh … da muss sich aber jemand die Augenbrauen zupfen lassen!«, fügte er hinzu und musterte Portias Gesicht. »Sie sehen sehr natürlich aus, Schätzchen, doch aus Ihrem Gesicht könnte man viel mehr machen. Soll ich Ihnen gleich die Augenbrauen richten?« Er zauberte eine Pinzette aus seiner Tasche hervor.

»Das ist sehr freundlich von Ihnen. Vielleicht ein andermal«, protestierte Portia lachend. Man musste diese Leute einfach mögen. Sie waren unglaublich nett und offen.

»Ihr Wunsch ist mir Befehl, meine Liebe«, entgegnete Serge. »Irische Mädchen haben eine tolle Haut, mit der sich prima arbeiten lässt. Ganz anders als in L.A., wo alle so mit Botox voll gepumpt sind, dass es einem vorkommt, als würde man eine Leiche schminken. Und was dich betrifft«, sprach er weiter und wandte sich Paddy zu, »hätte ich große Lust, dir ein paar Strähnchen zu färben. Ich finde, mit blonden Strähnchen vorne würdest du so … männlich aussehen.«

»Verpiss dich«, knurrte Paddy, während er einen frisch gebackenen Bagel in Ketchup ertränkte. »Nur über meine Leiche würde ich mit gefärbtem Kopf rumlaufen.«

»Schätzchen, ich habe nicht die Haare auf deinem Kopf gemeint«, antwortete Serge kühl und zwinkerte Portia zu.

In diesem Moment kam Daisy ums Haus herumgelaufen. Als sie auf die Kantine zueilte, drehten sich die Köpfe aller Männer. Tee und Gebäck waren für den Augenblick vergessen.

»Wow, wer ist denn das?«, fragte Paddy und glotzte Daisy durchs Fenster lüstern an. »Ich hätte nichts dagegen, sie auf einen Billardtisch zu legen und mit meinem Queue spielen zu lassen. Ha! Ha!«

»Das ist meine jüngere Schwester«, entgegnete Portia spitz, während Daisy in den Bus kletterte.

»Da bist du ja, Portia. Ich habe dich überall gesucht«, keuchte sie und stellte sich Serge und Paddy vor. »Hallo, schön, dass Sie hier sind. Ich bin Daisy.« Als sie die beiden anlächelte, sah sie einfach hinreißend aus – ganz und gar nicht, als hätte sie sich den ganzen Vormittag übergeben.

»Ach, sind Sie aber niedlich!«, begeisterte sich Serge und strich ihr mit professioneller Miene durch die langen blonden Locken. »Das sind ja tolle Haare! Was für Pflegemittel benutzen Sie? Wo lassen Sie es färben? Sie müssen es mir verraten!«

»Ich war noch nie im Leben beim Friseur«, erwiderte Daisy wahrheitsgemäß. »Portia schneidet mir die Haare, wenn sie zu buschig werden.«

»Wie geht's, wie steht's, Daisy?«, meinte Paddy mit rotem Gesicht. »Ich bin Tontechniker, und wenn Sie wollen, können Sie jederzeit mit meinem Mikro spielen. Ha, ha, ha.«
Daisy, die seit etwa ihrem dritten Lebensjahr bei Männern diese Wirkung hervorrief, ging nicht darauf ein.
»Portia, kannst du sofort mit ins Haus kommen?«, fragte sie.
»Tja …«, meinte Portia und wies auf ihre halb volle Kaffeetasse.
»Notfall«, beharrte Daisy und schob ihre Schwester zur Bustür. »Bis später!«, rief sie, ohne zu bemerken, dass alle Männeraugen ihr nachblickten, bis sie nicht mehr zu sehen war.
»Was ist denn los?«, fragte Portia und rechnete schon mit dem Schlimmsten, als sie über die wie Spaghetti herumliegenden Elektrokabel hinwegschritt und auf die Vordertür zusteuerte.
»Hab Geduld, Schwesterherz«, war die einzige Antwort, die sie erhielt.
Als sie die feuchtkalte Vorhalle betraten, fiel Portia fast auf den Rücken. Denn auf der riesigen Anrichte neben der Tür stand der prachtvollste Blumenstrauß, den sie in ihrem Leben je gesehen hatte.
»Die sind bestimmt für Montana«, begann sie. »Vermutlich von einem übergeschnappten Fan in Ballyroan, der rausgekriegt hat, dass sie hier wohnt, und …«
»Portia«, fiel Daisy ihr ins Wort und hielt ihr eine kleine weiße Karte hin. »Sie sind für dich.« Kein Zweifel. Auf der Karte stand einfach nur: »Miss Portia Davenport«.
»Sie sind vor etwa einer halben Stunde gekommen«, fuhr Daisy fort und spähte Portia angestrengt über die Schulter, während diese das Kuvert öffnete.

Ich wollte mich nur dafür bedanken, dass Sie Leben in einen ansonsten unerträglich langweiligen Abend gebracht haben. Rufen Sie mich an: 0863319677. Andrew de Courcey.
P.S.: Ich lege noch etwas für Ihre Mutter und Ihre Schwester bei.

»Was? Was hat er denn beigelegt?«, wollte Daisy ungeduldig wissen und riss Portia den Umschlag aus der Hand. Zwei Kopfschmerztabletten fielen auf den Marmorfußboden.
»Tja, er hat Sinn für Humor, das muss man ihm lassen.« Daisy musste gegen ihren Willen kichern.
Auf einmal wurden Portia die Knie weich. Sie schaffte es gerade noch bis zur Treppe, wo sie sich, die Karte immer noch in der Hand, auf eine Stufe fallen ließ.
»Fehlt dir was, Schwesterherz?«, fragte Daisy und ließ sich, plötzlich besorgt, neben ihr nieder.
»Ich bin nur ein wenig überrascht, Liebes«, erwiderte Portia mit einer Stimme, die klang, als käme sie aus dem Nebenzimmer. »Aber das wird schon wieder.«
Daisy war so damit beschäftigt aufzupassen, dass ihre Schwester nicht ohnmächtig wurde, dass sie die schwarze Harley-Davidson gar nicht bemerkte, die gerade die Auffahrt hinaufpreschte. Sie sah auch nicht, wie der Fahrer abstieg, den Helm abnahm, sofort eine Designersonnenbrille aufsetzte, einen Rucksack schulterte und auf das Filmset zumarschierte.
Denn ansonsten wäre sie vermutlich diejenige gewesen, die in Ohnmacht gefallen wäre.

8

Es hatte zwar einige Überredungskunst gekostet, doch schließlich war es Daisy gelungen, Portia dazu zu bringen, zum Telefon zu greifen und Andrew anzurufen. Allerdings waren dazu einige Trockenübungen nötig, bei denen Daisy die Rolle von Andrew übernahm, bis Portia sich für den Ernstfall gewappnet fühlte.

»Tu einfach so, als wäre ich er. Ich habe dir gerade diese wunderbaren Blumen geschickt und sitze jetzt im weißen Schneeköniginnenpalast meiner Mutter und denke: Warum ruft sie nicht an, um sich zu bedanken? Sie hat doch so einen sympathischen Eindruck gemacht!«, meinte Daisy und wirkte trotz aller Bemühungen nicht sehr männlich. Dabei wedelte sie drohend mit dem Bibliothekstelefon vor Portias Nase herum.

»Ach, Schatz, ich bin nur einfach so aus der Übung. Was soll ich denn zu ihm sagen?«, jammerte Portia und rang nervös die Hände.

»Portia, sei kein Frosch! Das ist doch nur ein Höflichkeitsanruf und kein Empfang zur Verleihung des Duke-of-Edinburgh-Preises«, entgegnete Daisy in ihrem besten Feldwebelton.

»Jetzt komm schon. Bist du ein Mann oder eine Maus?«
»Also gut«, meinte Portia und atmete tief durch. »Du hast Recht. Schließlich wird er sich ja nicht gleich mit mir verabreden wollen. Warum sollte er auch? Bestimmt hat er nur Mitleid mit mir …«
»*Wähl die Nummer!*«, befahl Daisy.
»Aber du musst im Zimmer bleiben!«, flehte Portia. Oh Gott, dachte sie. Was ist nur los mit mir? Jetzt bin ich fünfunddreißig Jahre alt und kann nicht mal ein gottverdammtes Telefonat führen! Plötzlich musste sie an all die schönen Menschen denken, die gestern bei den de Courceys gewesen waren. Würde es einer dieser Frauen auch nur die geringsten Schwierigkeiten bereiten, einen Mann wie Andrew anzurufen? Nein, im Leben nicht! Ganz sicher würde sie bereits selbstbewusst mit ihm plaudern. Zum Teufel, was kann mir denn groß passieren? Sie stellte fest, dass ihre Finger bereits wählten. Daisy schwieg, drehte sich um und blickte durch die schmutzigen Terrassentüren hinaus, um ihre triumphierende Miene zu verbergen.
Es läutete. Und läutete. Portias Magen machte Purzelbäume, bis sie eine Stimme hörte: »Hallo?«
Er war es eindeutig.
»Äh … hallo. Ich bin es, äh, Portia Davenport. Erinnern Sie sich? Von gestern Abend?« Halt's Maul, Portia, sagte ihre innere Stimme. Von gestern Abend? Du klingst wie eine Prostituierte.
»Hallo, Portia Davenport von gestern Abend«, erwiderte Andrew, der sich gleichzeitig ganz ruhig, entspannt und sexy anhörte.
»Ich rufe nur an, um mich für die Blumen zu bedanken. Sie

sind … äh … hübsch.« Leg auf und lauf ganz schnell davon, bohrte dieselbe innere Stimme weiter. Es ist nie zu spät, um nach Bolivien auszuwandern.

Portia bemerkte, dass Daisy, die immer noch aus dem Fenster schaute, die Augen gen Himmel verdrehte.

»Es freut mich sehr, dass Sie sie hübsch finden«, antwortete Andrew. »Und wissen Sie, was ich hübsch fände? Wenn wir heute Abend zusammen essen gingen. Sagen wir um acht? Einverstanden?«

»Das wäre wunderschön«, entgegnete sie verdattert.

»Gut, dann hole ich Sie um halb acht ab.«

Portia wurde von Panik ergriffen. Wie sollte sie das Filmteam und das allgemeine Durcheinander im Haus erklären? Die Villa seiner Eltern war, verglichen mit dem Irrenhaus, in dem sie lebte, eine Oase der Ruhe und des Friedens. Mein Gott, wenn er sah, wie heruntergekommen Davenport Hall war, würde er sofort die Beine in die Hand nehmen. Und zwar noch bevor er Montana, Jimmy D. und den weiteren Hollywood-Insassen begegnete, die in den letzten Tagen über sie hereingebrochen waren.

»Ich habe einen besseren Vorschlag«, sagte sie, erstaunt, dass sie überhaupt noch klar denken konnte. »Was halten Sie davon, wenn wir uns stattdessen in der Stadt treffen? Kennen Sie O'Dwyer's Pub? Wir sehen uns dort um halb acht.«

»Ich freue mich schon«, erwiderte er, und sie legte auf.

»JA! Du hast es geschafft! Ich bin ja so stolz auf meine große Schwester!«, jubelte Daisy und schlang die Arme um Portia, die immer noch benommen dastand. »Das war doch gar nicht so schlimm, oder? Viel einfacher als zum Beispiel eine Gehirnoperation!«

Portia fehlten die Worte. Sie saß reglos da und spielte geistesabwesend am Telefonkabel herum. So war es also, eine normale Frau zu sein, die sich mit einem Mann verabredete. Du meine Güte, sie war ja völlig entwöhnt. Natürlich hatte sie früher den einen oder anderen Freund gehabt, doch seit ihrem dreißigsten Lebensjahr führte sie mehr oder weniger ein chronisches Singledasein.

Daisy klagte oft darüber, dass sie so abgelegen wohnten, in der Einöde von County Kildare, wo die Männer aussahen, als seien sie aus Stein gemeißelt, wie sie es poetisch ausdrückte. »Uns geht es wie den Frauen, die nach dem Ersten Weltkrieg keinen Mann finden konnten«, pflegte sie zu sagen. »Der Fehler liegt also nicht bei uns. Oder kannst du mir in ganz Ballyroan auch nur zwei Junggesellen nennen, die in Frage kämen?«

Und abgesehen von dem bedauernswerten Sean Murphy und Dickie McGhettigan, der am Samstagabend in O'Dwyer's Pub Geige spielte (und keinen einzigen Zahn im Mund hatte), hatte sie tatsächlich Recht. Der gesellschaftliche Höhepunkt in Portias Leben war Ballyroans jährlicher Wettbewerb im Pflügen, der auf einem der Felder hinter Davenport Hall stattfand. Das konnte man nicht gerade mit dem Grand Prix von Monaco vergleichen.

Portia hatte schon längst die Hoffnung aufgegeben und sich damit abgefunden, dass sie für den Rest ihres Lebens ledig bleiben würde.

Normalerweise litt sie nicht unbedingt darunter, denn wenn sie aus ihren Erfahrungen mit Männern eines gelernt hatte, dann war es, dass sie sich allein wohler fühlte als mit einem Kerl, der sie schlecht behandelte und unglücklich machte.

Und man musste ihr zugute halten, dass sie um ihr bisheriges Liebesleben wirklich nicht zu beneiden war.
Ihr erster Freund, Tom Malone, war in ihren glücklichen Jahren auf dem College einer ihrer Tutoren gewesen. Ganze sechs Monate gingen sie schon miteinander, als Portia auffiel, dass er sie stets nur in ihrer winzigen Studentenbude besuchte, während sie nie in seine Fünf-Zimmer-Wohnung in der Stadt eingeladen wurde. Er wich ihr aus, indem er behauptete, er wohne bei seiner streng katholischen Mutter, die beim bloßen Gedanken, Tom könnte weibliche Übernachtungsgäste haben, einen Schock erleiden würde. Eines Tages jedoch, an seinem Geburtstag, hatte sie beschlossen, einmal impulsiv und romantisch zu sein, und war mit einer Flasche Champagner vor seiner Tür erschienen. Seine Frau machte auf, und Tom, der hinter ihr stand, tat so, als hätte er Portia noch nie im Leben gesehen.
Danach kam Simon McGuinness, ein Farmer aus Kildare, den sie bei einem Ball der Jagdgesellschaft kennen gelernt hatte. Auf den ersten Blick schien er wunderbar zu ihr zu passen: Sie liebten beide das Landleben, und er behandelte sie wie eine Prinzessin. Er machte einen aufmerksamen und sensiblen Eindruck (so dachte Portia wenigstens) und schien die Sorte Mann zu sein, die einer Frau die Tür aufhält, ihr ein Taschentuch gibt, wenn sie wegen einer Laufmasche Tränen vergießt, und dann loszieht, um Tampons zu besorgen. Also hatte sie sich bis über beide Ohren in ihn verliebt und ihn zur Wochenendjagd nach Davenport Hall eingeladen.
Allerdings hatte sich Daisy ausgerechnet dieses Wochenende ausgesucht, um sich wieder einmal aus einem Internat werfen zu lassen. Und so schlenderte sie in ihrer Schuluniform durchs

Haus, als Simon gerade eintraf. Nach einem Blick auf sie verbrachte er das ganze Wochenende damit, sie vor Portias Nase anzubaggern. Daisy war damals fünfzehn.
Nach dieser Episode wurde er sofort entsorgt und hieß in der Familie nur noch »Simon der Schmierlappen und Oberfiesling«.
Auch danach war Portia noch mit verschiedenen Männern ausgegangen. Doch sobald ein attraktiver Mann Lucasta und Black Jack kennen lernte und einen Blick auf Davenport Hall warf, stürzte er sich normalerweise mit einem Aufschrei in die Arme der Nächstbesten, deren Familie ein bisschen weniger ... überspannt war.
Daisy hingegen gab sich nicht so schnell geschlagen. Da sie an der mangelnden Auswahl in Ballyroan verzweifelte, jedoch fest entschlossen war, die Liebe zu finden, hatte sie es sogar mit Partnervermittlung im Internet versucht.
Stundenlang hatte sie geduldig an dem altersschwachen Computer im eiskalten Büro gesessen und die Beschreibungen von Männern studiert, die sie sexy fand.
Doch nachdem sie endlich in einem Chatroom einem interessanten Exemplar begegnet war und man vereinbarte, Fotos auszutauschen, stellte sie ihre Versuche sofort ein. Er hatte ihr sein Hochzeitsfoto geschickt – der Brautstrauß mit der abgeschnittenen Hand seiner Frau war noch deutlich zu sehen.
»Wir müssen nett zu Montana sein und sie fragen, ob sie etwas halbwegs Anständiges zum Anziehen hat, das sie dir leihen kann«, plapperte Daisy weiter. »Und bei Fitzsimons Schuhgeschäft in Ballyroan ist gerade Schlussverkauf. Vielleicht könnten wir rasch in die Stadt fahren und dir etwas besorgen.«

»Wenn Montana nur Sachen wie die besitzt, die sie dir gestern verpasst hat, verzichte ich dankend«, meinte Portia. »Ich glaube, da würde ich lieber eine von Mrs. Flanagans Kittelschürzen anziehen. Der Beyoncé-Knowles-Look passt irgendwie nicht zu mir.«

Daisy versetzte ihr einen scherzhaften Schubs und errötete bei dem Gedanken, wie sie wohl am Vorabend ausgesehen haben musste.

Der Nachmittag verging für Portia wie im Fluge. Sie stellte fest, dass ihre Beine sie wie von selbst zu dem Platz vor dem Haus trugen, wo die Wohnmobile der Filmcrew parkten. Nachdem sie eine Weile panisch nach dem Gefährt mit der Aufschrift »FRISUR UND MASKE« gesucht hatte, fand sie es endlich, nahm all ihren Mut zusammen und klopfte schüchtern an der Tür an.

»Komm rein, wenn du gut aussehend und willig bist!«, rief jemand von drinnen.

Portia trat gehorsam ein.

»Na, Schätzchen, was kann ich für Sie tun?«, fragte Serge und legte das Bündel Schminkpinsel weg, das er gerade mit Desinfektionsmittel reinigte.

»Oh, Serge, ich weiß, dass Sie schrecklich viel zu tun haben, aber die Sache ist … Ich hatte gehofft, dass Sie mir vielleicht helfen können«, stotterte sie.

»Mi casa es su casa«, entgegnete Serge freundlich. »Worum geht es denn?«

Portia sprudelte die ganze Geschichte heraus: die grässliche Party vom Vorabend, die unbeschreiblich arroganten de Courceys, die schlanken, gepflegten und schönen Frauen in ihrem

Haus und schließlich Andrew. Ihre Verabredung mit Andrew. Heute Abend.
»Und schauen Sie mich nur an, Serge«, fuhr sie fort. »Wahrscheinlich sah Königin Victoria aufregender aus als ich. Ich weiß, dass Sie in Arbeit ersticken, aber ...«
»Tja, stecken Sie mir einen Heiligenschein an und nennen Sie mich gute Fee«, antwortete Serge und wedelte mit einem Schminkpinsel vor ihrem Gesicht herum. »Das ist kein Pinsel, sondern ein Zauberstab. Setzen Sie sich hierhin, Schätzchen. Ich werde Sie von Königin Victoria in Mrs. Victoria Beckham verwandeln.«

Währenddessen hatte Daisys erster Arbeitsnachmittag in ihrer Funktion als Pferdetrainerin begonnen. Nach einer Weile war es gelungen, Montana Jones aus ihrem Winnebago und zurück aufs Set zu locken, allerdings erst nachdem Jimmy D. sie einige Stunden lang mit den grausigsten Drohungen überhäuft hatte.
Unter anderem hatte er keinen Zweifel daran gelassen, dass sie den Rest ihrer beruflichen Laufbahn damit verbringen würde, in der McDonald's-Filiale am Sunset Boulevard Pommes in Tüten zu schaufeln, sofern sie sich am Set nicht benehmen und ihren Text so sprechen könnte, wie er im Drehbuch stand.
Es funktionierte. Kurz nach dem Mittagessen kam sie brav wie ein Lämmchen aus ihrem Wohnmobil und war bereit. Nachdem die Szene, die sie am Morgen vor dem Reitstall abgebrochen hatte, beendet worden war (diesmal hielt sich Montana streng an den Text), nickte Jimmy D. zufrieden und sagte: »Okay, nächste Szene, im Stall. Los geht's.«

Da das Team nur vom Stallhof ins Gebäude umzuziehen brauchte, dauerte der Aufbau diesmal nicht allzu lang. Während die Beleuchter und Elektriker Berge von Kabeln und Scheinwerfern in den Stall schleppten, in dem man drehen wollte, hielt Daisy es für das Beste, niemandem im Weg zu stehen, bis sie gebraucht wurde. Sie hatte den Eindruck, dass ihre Aufgabe ein Kinderspiel war. Schließlich brauchte sie doch nichts weiter zu tun, als die Pferde auf das entsprechende Set zu locken und sich in den Pausen um die Tiere zu kümmern. Viel Geld für wenig Arbeit, sagte sie sich. Und so schlenderte sie, um die Zeit totzuschlagen, zu Montanas Winnebago hinüber und klopfte leise an die Tür. Caroline, mürrisch wie immer, machte auf.

»Ach, Sie sind es«, meinte sie. »Es tut mir schrecklich Leid, aber ich fürchte, Miss Jones muss sich vor ihrer nächsten Szene ein wenig ausruhen und kann niemanden empfangen. Wenn Sie also so gut wären ...«

Sie wollte Daisy schon die Tür vor der Nase zuknallen, als Montana hinter ihr rief: »Daisyschatz! Mann, bin ich froh, dass du es bist! Sag mal, kannst du mir einen riesengroßen Gefallen tun?«

»Wenn es geht«, erwiderte Daisyschatz und spähte zur Tür hinein.

»Es wäre so toll, wenn du mir helfen könntest, den Text für die nächste Szene zu lernen«, flehte Montana. »Ich hatte doch so einen Ärger mit Jimmy D., diesem Arschloch, weil ich ihn heute Morgen nicht wortwörtlich konnte. Und deshalb darf ich mir heute Nachmittag keinen Patzer erlauben. Das wäre wirklich große Klasse von dir«, fuhr sie fort und winkte Daisy herein.

»Mit Vergnügen«, antwortete Daisy und folgte der Aufforderung.
Montana trug noch ihr viktorianisches Reitkostüm von heute Morgen, hatte allerdings – ein gewisser Stilbruch – eine knallorange Fleecejacke darübergeworfen.
»Du rettest mir das Leben!«, sprach Montana weiter und drückte Daisy drei betippte Seiten in die Hand. »Okay, es geht um Folgendes. Du musst mich bei jedem Fehler unterbrechen, einverstanden? Jedem blöden Komma und Punkt, den ich vergesse. Verdammt, dieser Text ist so schwierig zu lernen. Es ist viel anstrengender, sich Mist zu merken, als etwas, das gut geschrieben ist.«
In der nächsten Stunde gingen die beiden den Text wieder und wieder durch, bis Daisy blau im Gesicht war und Montana alles aus dem Effeff beherrschte. Sie hatten gar nicht bemerkt, wie die Zeit verging, bis Caroline zur Tür des Winnebago hereingestürmt kam, um Montana zurück aufs Set zu scheuchen, wo alle auf sie warteten.
»Viel Glück!«, flüsterte Daisy. »Du machst das bestimmt prima, ich weiß es ganz genau.«
»Danke, Liebes, ich kann es gebrauchen«, erwiderte Montana. Dann gingen die beiden Mädchen mit vorsichtigen Schritten, um nicht über die Kabelrollen zu stolpern, in Richtung der Ställe.
»Sag mal, könntest du heute Abend ein paar Biere in mein Zimmer schmuggeln, damit ich mich nach diesem Scheißtag ein bisschen entspannen kann?«, flüsterte sie Daisy zu, nachdem sie sich vergewissert hatte, dass Caroline auch wirklich außer Hörweite war.
Daisy zögerte einen Moment, und der Anflug eines Zweifels

machte sich in ihr breit. Dann jedoch nickte sie zustimmend. »Ich schau mal, was sich tun lässt«, antwortete sie. Ach, zum Teufel, ein paar Bier würden Montana schon nicht schaden. Schließlich waren sie hier in Irland, wo die Leute das Guinness sogar über ihre Cornflakes schütteten.

Johnny erwartete sie auf dem Hof vor den Ställen und beorderte Montana zu einem Klappstuhl, auf dem ihr Name stand. Sie nahm gehorsam Platz und starrte geradeaus, als Jimmy D. sich neben sie setzte. Keiner von ihnen sprach ein Wort oder schien den anderen überhaupt zur Kenntnis zu nehmen. Jimmy D. blickte wütend ins Leere.

»Schon gibt's Ärger«, zischte Johnny Daisy zu. »Und das am ersten Tag.«

»Okay, Leute, gleich geht es los!«, brüllte er in sein Megafon.

»Was soll ich tun, Johnny?«, fragte Daisy aufgeregt.

»Immer mit der Ruhe«, erwiderte Johnny. »In dieser Szene verabschiedet sich Magnolia von ihrem Lieblingshengst, den sie verkaufen muss, weil sie Geld braucht. Ihre Aufgabe ist es, dafür zu sorgen, dass das Pferd zum richtigen Zeitpunkt in den Stall geht. Okay?«

»Natürlich«, antwortete Daisy. »Welches Pferd möchten Sie denn nehmen?«

»Jimmy D. hat sich den Schwarzen ausgesucht, der draußen auf dem Feld steht. Er passt genau«, entgegnete Johnny.

»Pate Teil Drei?«, entsetzte sich Daisy. »Aber das geht doch nicht, einfach unmöglich. Pate Teil Drei hasst Ställe und ist schrecklich reizbar. Er wird scheuen.«

»Tut mir Leid, Daisy, die Entscheidung steht fest«, fiel Johnny ihr ins Wort. »Könnten Sie ihn bitte herholen? Wir fangen jetzt an.«

Panik stieg in Daisy auf, als sie all ihren Mut zusammennahm und sich Jimmy D. näherte. »Hören Sie«, begann sie, »könnten Sie nicht ein anderes Pferd nehmen? Pate Teil Drei wird auf gar keinen Fall …«
»Ich will keine Probleme, sondern Lösungen!«, brüllte Jimmy D. sie an. »Holen Sie das Pferd und dann verschwinden Sie.«
Empört darüber, dass man so mit ihr sprach, taumelte Daisy hinaus. Paddy, der an seinem Mischpult herumspielte, hatte die Auseinandersetzung sogar mit Kopfhörern verfolgen können. »Achten Sie nicht auf ihn, Schätzchen«, meinte er, als er sah, wie erschüttert sie war. »Wenn Sie seine Frau kennen würden, wäre Ihnen klar, warum er so ein Wichser ist.«

Ohne dass ein Mitglied des Filmteams es ahnte, watschelte Mrs. Flanagan in diesem Moment durch die marmorne Vorhalle, um die Vordertür zu öffnen.
»Ach herrjemine!«, rief sie aus und fiel fast in Ohnmacht, als sie sah, wen sie vor sich hatte. »Sie sind es! Sie sehen genauso aus wie im Kino!«
»Vielen Dank, Ma'am«, entgegnete der Fremde gedehnt und versuchte sich nicht ganz erfolgreich an einem Südstaatenakzent. Mit einer eleganten Geste nahm er die Sonnenbrille ab. »Es beruhigt mich immer mächtig, das zu hören.«
»Ich habe noch nie einen echten Prominenten kennen gelernt«, stammelte Mrs. Flanagan. »Nur abgewrackte Schauspieler aus Seifenopern, und mit denen kann man ja die Straße pflastern.«
»Ach, vergessen Sie einfach, dass ich ein Prominenter bin«, erwiderte er. »Ich bin ein Mensch wie Sie, nur besser aussehend und reicher.«

»Warum sprechen Sie denn so komisch? In *Höllenhunde aus dem Weltraum* klangen Sie ganz anders«, fuhr Mrs. Flanagan fort. »Sind Sie vielleicht erkältet?«

»Tja, Ma'am, ich betrachte mich als Anhänger des Method-Acting und vertiefe mich so sehr in meine Rolle, dass ich während der Dreharbeiten ganz und gar zu der betreffenden Person werde. Ich bin Perfektionist und absolut machtlos dagegen. Ich lasse mich ganz und gar in die Rolle fallen.« Dann schenkte er Mrs. Flanagan ein strahlendes, kosmetisch aufgebessertes Lächeln und fragte: »Und wie fanden Sie mich in *Höllenhunde aus dem Weltraum?* Das *Empire Magazine* hat mir drei Sterne von möglichen fünf verliehen.«

Mrs. Flanagan hielt inne und überlegte. »Ihr Hintern in der Duschszene war wirklich niedlich«, entgegnete sie und führte den neuen Gast in sein Zimmer.

»Wir drehen!«, brüllte Johnny in sein Megafon.

»Ach, mein liebster, bester, schönster Hengst, wie um alles in der Welt soll ich mich von dir trennen?«, verkündete Montana, diesmal streng nach Drehbuch. »Es bricht mir mein armes Südstaatenherz, wenn ich nur daran denke, dass meine angespannte finanzielle Lage mich zwingt, dich auf der Landwirtschaftsausstellung zu verkaufen!«

»Szene im Kasten!«, rief Jimmy D. und fügte hinzu: »Schon besser, Montana, viel besser.«

Montana schwieg, immer noch gekränkt nach der Standpauke, die er ihr am Vormittag vor versammelter Mannschaft gehalten hatte.

»Okay, Leute«, rief Johnny. »Jetzt kommt der Weitwinkel. Holt das Pferd, damit wir für heute Schluss machen können.«

Daisy, die draußen stand, erstarrte vor Schreck. Es war einfach absolut unvorstellbar, dass Pate Teil Drei ihr zuliebe in den Stall gehen würde.

»Warum drehen wir die Szene denn noch mal, Johnny?«, flüsterte sie mit belegter Stimme. »War das gerade nicht perfekt?«

»Das war doch nur die Nahaufnahme, Daisy«, erklärte Johnny hilfsbereit. »Das heißt, dass nur Magnolias Gesicht darauf zu sehen war. Jetzt brauchen wir den ganzen Dialog noch mal aus größerem Abstand, um mehr draufzubekommen. Mit anderen Worten, wir sehen nun, mit wem Magnolia spricht.«

»Und wie entscheidet Jimmy D., welche Aufnahme er verwendet?«, hakte Daisy nach. »Nimmt er einfach die, die besser geworden ist?«

»Das bestimmen die vom Schnitt, wenn wir wieder in L.A. sind, falls wir das je schaffen«, fügte Johnny hinzu. »Also los, Daisy, holen Sie das Pferd rein, damit wir es hinter uns bringen.«

»Aber Johnny …«, begann sie, doch es war zu spät. Ehe sie wusste, wie ihr geschah, wurde die Szene bereits aufgerufen. Beide Kameras und der Ton liefen, und man wartete nur noch auf sie.

Also blieb ihr nichts anderes übrig, als zu hoffen, dass Pate Teil Drei den Ernst der Situation erfassen und nicht durchgehen oder die Flucht ergreifen würde. Vorsichtig versuchte sie, ihn am Geschirr hineinzuführen. Doch Pate Teil Drei, bereits aufgeschreckt von dem ungewöhnlichen Treiben, ließ sich das nicht bieten. Er fing an zu schnauben und warf heftig den Kopf hin und her, als Daisy nach ihm greifen wollte.

»Wir haben nicht den ganzen Tag Zeit! Bringen Sie ihn rein!«, rief Johnny, der an der Stalltür wartete, ungeduldig. Hastig rückte Daisy die Scheuklappen des Pferdes zurecht, in der Hoffnung, das würde etwas nützen. Aber weit gefehlt. Pate Teil Drei witterte Ärger und war nicht bereit, klein beizugeben. Immer nervöser wurde er, scheute und wirbelte wiehernd das Sägemehl auf dem Boden mit den Hufen auf.

Daisy kam zu dem Schluss, dass sie keine andere Wahl hatte, als aufzusteigen und ihn in den Stall zu reiten. Als erfahrene Reiterin hätte es ihr normalerweise keine Schwierigkeiten bereitet, ein widerstrebendes Vollblut in einen Stall zu locken. Doch Pate Teil Drei war mittlerweile in Panik, völlig verängstigt und nicht mehr zu bändigen. Mutig sprang Daisy auf seinen Rücken.

Aber in diesem Augenblick ertönte in der Ferne ein lautes Geräusch wie ein Schuss. Eigentlich war es nur eine Fehlzündung des Mini Metro, in dem Lucasta, die von einer Besprechung mit Steve zurückkehrte, gerade die Auffahrt heraufkam. Doch das genügte, um Pate Teil Drei den Rest zu geben. Mit wild rudernden Vorderhufen bäumte er sich auf, preschte los und galoppierte so weit weg von den Ställen wie möglich, während sich die verängstigte Daisy aus Leibeskräften an ihn klammerte. Immer weiter ging die wilde Jagd, bis Daisy bemerkte, dass die ein Meter fünfzig hohe Mauer des Obstgartens immer näher kam.

»Nein, Pate, NEIN!«, schrie sie, aber vergebens. Das Pferd machte einen Satz über die Mauer, und zwar so leichtfüßig wie bei einem Jagdturnier. Seine Hufe streiften nur ein wenig den oberen Rand, als er sich in Sicherheit brachte. Daisy hingegen hatte weniger Glück. Sie wurde mitten im Sprung abgeworfen und landete, mit dem Gesicht zuerst, in einem Misthaufen, den jemand in weiser Voraussicht auf der anderen Seite aufgeschüttet hatte.

Alles in Ordnung, dachte sie. Wenigstens glaube ich das. Wegen des Schocks zitterte sie zwar wie Espenlaub, aber sie konnte wenigstens ihre Beine spüren, was ein gutes Zeichen war. Vorsichtig rappelte sie sich auf. Sie war ein wenig wackelig auf den Beinen, hatte sich jedoch zumindest nichts gebrochen.

Und dann blickte sie an sich herunter. Es konnte nicht wahr sein: Sie war von Kopf bis Fuß mit Pferdemist bedeckt. Er klebte in ihren Haaren, zwischen ihren Zähnen und an Jeans und Pullover. Außerdem hatte sie das Gefühl, dass er in jede Körperöffnung eingedrungen war.

»Ach, mein Gott, haben Sie mir einen Schrecken eingejagt«, hörte sie hinter sich eine Stimme. Als sie sich umdrehte, erkannte sie Paddy, der atemlos angerannt kam, um festzustellen, ob ihr etwas fehlte. »Sie haben kurz ausgesehen wie Lester Piggot, wie er gerade das Grand National gewinnt. Schade, dass ich kein Geld auf Sie gesetzt hatte.«

Da auch ihr Mund voller Mist war, konnte sie nicht angemessen antworten. Paddy musterte sie von oben bis unten und ließ den Anblick auf sich wirken. »Sie sind also wegen des Glamours zum Film gegangen, meine Liebe?«, erkundigte er sich dann ernst.

Etwa zur gleichen Zeit fand sich der gerade eingetroffene Fremde allein im malvenfarbenen Zimmer von Davenport Hall wieder, das während seines Aufenthalts hier seine Heimat sein sollte. Es war nicht leicht gewesen, die neugierige Mrs. Flanagan abzuwimmeln. Nachdem er ihr etwa ein Dutzend

Autogramme für ihre Nichten und Neffen gegeben und ihrer dringenden Bitte entsprochen hatte, ihn fotografieren zu dürfen, hatte er noch originelle Fragen beantworten müssen, nach dem Motto: »Wie schaffen Sie es nur, sich so viel Text zu merken?« Anschließend hatte sie ihn endlich in Ruhe gelassen.

Das Zimmer war wirklich schauerlich, dachte er bei sich, aber schließlich war er seit einigen Jahren an eine von Philippe Starck ausgestattete Luxusumgebung gewöhnt. Er musste an seine erste große Filmrolle denken, einen Gefangenen im Todestrakt, der fälschlicherweise des Mordes beschuldigt wird. *(Befreiung aus dem Zellenblock* hatte der Film geheißen, und er erinnerte sich voller Freude, dass das *Empire Magazine* ihm dafür vier Sterne von möglichen fünf verliehen hatte; es war der Anfang seiner Karriere gewesen.) Um sich auf seine Rolle vorzubereiten, hatte er gebeten, während der Dreharbeiten in einer Gefängniszelle leben zu dürfen. Warner Brothers war so freundlich gewesen, ihm auf einem brachliegenden Grundstück neben dem Parkplatz eine Zelle zu bauen (vermutlich war man heilfroh gewesen, dass nicht das halbe Filmbudget dafür draufging, einen Jungstar im Beverly Hills Hotel unterzubringen).

Vielleicht war es ja nur so ein Gefühl, aber er war überzeugt, dass diese Rolle seiner Karriere wieder auf die Sprünge helfen würde, und das war dringend nötig. Sein letztes Projekt, ein Musical, das auf dem Film *Wasserwelten* basierte, hatte sich überraschenderweise als Kassengift entpuppt. Brent Charleston hingegen war eine fantastische und wichtige Rolle, die sich für ihn als so bahnbrechend wie *Hamlet* erweisen konnte. Warum sollte er es also nicht wie die Filmfigur in dieser heruntergekommenen Falle aushalten, den Film abdrehen, in

seine Villa in den Hügeln Hollywoods zurückkehren und auf die Oscar-Nominierungen warten?
So soll es sein, dachte er, während er sich auszog, sich ein Handtuch um die Taille schlang und sich auf die Suche nach dem Badezimmer machte.

Paddy hatte sich als wahrer Freund erwiesen. Er hatte Daisy, die immer noch ein wenig wackelig auf den Beinen war, zurück zum Haus begleitet und es sogar geschafft, ihr ein Lächeln zu entlocken, indem er sie mit Anekdoten über Courtney Cox Arquette während der Dreharbeiten zu *Der Schrei III* unterhielt. So hatte das Filmteam zum Beispiel die fettarme Milch für eine Frühstücksszene mit Vollmilch vertauscht, und als der Star bemerkte, was er da trank, war die Hölle los gewesen. Trotz ihrer misslichen Lage musste Daisy kichern und lehnte sich anschmiegsam an Paddy. Nachdem dieser sie wohlbehalten an der Vordertür abgeliefert hatte, kehrte er zum Set zurück, um festzustellen, ob man die Dreharbeiten für diesen Tag abgebrochen hatte.
»Vielleicht sehen wir uns ja später auf ein Schlückchen«, lauteten seine Abschiedsworte, als er sich in Richtung Stall trollte.
Endlich allein, schleppte Daisy ihren zerbeulten, geschundenen und mit Mist bedeckten Körper die vier Eichentreppen hinauf ins Familienbad neben Portias Büro.
»AAAAAHHHHHHHHHH!«, kreischte sie aus vollem Halse, da sie dort in der Badewanne einen nackten Mann erblickte.
»ACH DU SCHEISSE!«, entsetzte sich dieser, als er einen von Mist tropfenden Yeti vor sich stehen sah. Mit einer raschen Bewegung sprang er aus der Wanne und wickelte sich in ein

Handtuch. »Wer zum Teufel sind Sie?«, fragte er dann. »Und was zum Teufel haben Sie hier zu suchen? Raus, bevor ich Ihren stinkenden Arsch aus dem Fenster schmeiße!«
»Diese Fragen sollte wohl besser ich stellen …«, begann Daisy, brach aber schlagartig ab, als bei ihr der Groschen fiel. »Oh, mein Gott«, stammelte sie. »Ich fasse es nicht … Ich fasse es einfach nicht .. Sie sind … Sie sind … Offenbar sind Sie angekommen, als wir … Ich fasse es nicht! Sie sind es wirklich!«
»Guy van der Post, zu Ihren Diensten. Und wer, darf ich fragen, sind Sie?«
»Ich bin … tja, wissen Sie … Ich bin … Oh, Gott, ich glaube es nicht, dass ich tatsächlich mit Ihnen rede! Aber was machen Sie hier? Ihr Zimmer hat doch ein eigenes Bad.«
»Es stimmt zwar, dass mein Zimmer über ein eigenes Bad verfügt, allerdings ohne moderne Errungenschaften wie fließendes Wasser«, zischte Guy, am Ende seiner Geduld angelangt, allerdings ohne den Südstaatenakzent fallen zu lassen.
»Hat Mrs. Flanagan Ihnen denn nicht erklärt, wie das mit dem Wasser funktioniert?«, stotterte Daisy und trat mit schmatzenden Geräuschen von einem Fuß auf den anderen. »Neben Ihrem Bett hängt ein Hammer. Damit müssen Sie ein paar Mal gegen die Rohre im Badezimmer klopfen, dann klappt es prima …«
Ihre Stimme erstarb, als ihr klar wurde, dass sie mit einem der bedeutendsten Filmstars der Welt über Hämmer und Wasserrohre plauderte und dabei nach Pferdemist stank.
Von dem Augenblick an, als sie gehört hatte, dass Guy van der Post bei ihnen im Haus wohnen würde, hatte sie sich ihre erste Begegnung ausgemalt. Sie hatte sich vorgestellt, wie sie

einander über einen Raum voller Menschen hinweg sehnsuchtsvolle Blicke zuwarfen. Und in einem ihrer wagemutigeren Träume hatte er sie sogar gerettet, nachdem sie vom Pferd gefallen war, indem er sie mühelos in seine starken, männlichen Arme nahm.

»Ich möchte ja nicht unhöflich sein, Ma'am«, sagte Guy, dem inzwischen von dem Gestank schwindelig wurde, in gedehntem Tonfall, »aber wenn Sie das nicht bald abwaschen, trocknet es fest.«

9

Portia traute ihren Augen nicht. Sie konnte es nicht fassen, wie sie sich verändert hatte. Da sie sich normalerweise nur wenig gönnte, hatte sie sich gefühlt wie im siebten Himmel, als Serge sich den ganzen Nachmittag lang an ihren Haaren und ihrem Make-up zu schaffen machte und ihr dabei den neuesten Filmklatsch erzählte. (»Ich möchte ja nichts gesagt haben, sonst kriege ich vielleicht noch Schwierigkeiten, aber Sie können den Satz ja selbst beenden, Schätzchen: Gewisser Filmstar der ersten Liga … tote Hose … alle Gerüchte wahr.«) Während er aus der Schule plauderte, wirkte er wahre Wunder. In nur wenigen Stunden hatte er Portias schlaffes mausbraunes Haar gnadenlos gekürzt, ein paar dezente blonde Strähnchen hineingefärbt, ihr eine Gesichtsmaske verabreicht, ihr die Augenbrauen gezupft, ihr die Beine mit Wachs enthaart (es hatte sich angefühlt wie eine Amputation, so weh tat es), ihr die Nägel lackiert und sie zum krönenden Abschluss geschminkt – zum ersten Mal seit ihrem Debütantinnenball.

»Schauen Sie sich nur an, Schätzchen!«, verkündete er schließlich und riss den Plastikumhang weg, mit dem er sie zugedeckt hatte. »Andrew wird Sie sofort über die Lehne des cremefarbenen Feng-Shui-Sofas seiner Mutter schmeißen und an Ort und Stelle über Sie herfallen!«

Portia betrachtete sich gründlich im Spiegel. Sie konnte es kaum glauben. Serge hatte sie etwa zehn Jahre jünger gemacht. Ihr Haar schimmerte und fiel ihr in einem formvollendeten Stufenschnitt über die Schultern. Die hellblonden Strähnchen reflektierten das Licht und brachten ihren Teint wunderbar zur Geltung. Das Make-up war so dezent, dass sie ungeschminkt wirkte; ihre Haut sah einfach nur gesund und strahlend aus. Kurz gesagt, sie fühlte sich wie ein völlig neuer Mensch.

»Schätzchen, das ist die größte Verwandlung, seit Madonna Ashtanga Yoga entdeckt hat«, meinte Serge, hoch zufrieden mit seinem Werk.

»Oh, Serge, ich weiß wirklich nicht, wie ich Ihnen danken soll …«, begann sie.

»Keine Ursache, Schätzchen«, erwiderte er und tat ihre übersprudelnde Dankbarkeit mit einer Handbewegung ab. »Sie können mich dafür ja mit einem von Andrews Kumpeln verkuppeln, Glückskinder, wer immer sie auch sein mögen. Ich hätte gerne einen großen, dunkelhaarigen, gebildeten Privatier, wenn das nicht zu viel verlangt ist. Ich weiß, ich weiß, wir sind hier in Irland, aber es muss doch auch hier Typen geben, die die Kartoffeln aus den Ohren genommen haben und sich ein bisschen amüsieren möchten«, fuhr er fort, während er aufmerksam Portias Spiegelbild musterte, so als suche er nach Fehlern in seinem Meisterwerk.

»Ich tue mein Bestes, Serge«, erwiderte sie lachend und fühlte sich so gut wie schon seit Ewigkeiten nicht mehr.

»Und wehe, wenn Sie ihn nicht rumkriegen!«, rief er ihr noch nach, als sie die Stufen des Wohnwagens hinunterhüpfte. »Morgen erwarte ich einen Bericht. Mit sämtlichen Einzelheiten! Und zwar einen ungekürzten!«

Grinsend winkte Portia ihm zu und eilte in Richtung Haus. Dabei dankte sie ihm im Stillen noch einmal dafür, dass er sie zu etwas Besonderem gemacht hatte, wenn auch nur für ein paar Stunden.

Allerdings war das Gefühl nicht von Dauer. Sobald Portia durch die Haustür getreten war, die in letzter Zeit anscheinend dauernd offen stand, wurde sie von Daisy überfallen, die ihre Leidensgeschichte hervorsprudelte.

»Das darfst du dir nicht so zu Herzen nehmen, Liebes«, meinte Portia weise, als sie die Treppe hinauf und durch den langen Flur zu ihrem Zimmer gingen. »Es war schließlich nicht deine Schuld. Auch Filmstars sind nicht gefeit gegen dumme Zufälle.«

»Aber du hättest mich sehen sollen, Portia!«, schrie Daisy auf und ließ sich auf das riesige hölzerne Himmelbett ihrer Schwester fallen. »Ich sah aus wie ein Schneemann, nur dass es kein Schnee, sondern Pferdescheiße war. Er konnte nichts weiter von mir erkennen als das Weiße in meinen Augen. Ich habe fast drei Stunden gebraucht, um mich zu säubern.«

»Du riechst immer noch ein wenig«, erwiderte Portia, während sie hektisch ihren Kleiderschrank nach etwas durchwühlte, das nicht aussah, als stamme es aus einer Kleiderkammer der Wohlfahrt.

Daisy war wie immer so mit ihrer eigenen Misere beschäftigt, dass ihr Portias verändertes Aussehen gar nicht auffiel. Das störte Portia zwar nicht sehr, doch ein kleines Lob für ihre neue Optik hätte sie trotzdem glücklich gemacht.

»Und das Schlimmste kommt erst noch«, sprach Daisy weiter. »Sie sitzen alle in der großen Galerie und trinken vor dem Essen einen Sherry. Du musst mitkommen und mich moralisch unterstützen. Ich brauche dich«, flehte sie, die blauen Augen geweitet wie Untertassen.

Es war ein ungeschriebenes Gesetz, dass die Familie und die bedauernswerten Hausgäste sich vor dem Essen in der eiskalten Galerie auf einen Aperitif versammelten.

Lucasta duldete keine Abweichung von dieser Regel, selbst wenn es sich, wie so häufig, bei dem Abendessen um Pizza vom Pizzaservice in Ballyroan handelte, gefolgt von Dosenpfirsichen.

»Ich glaube, es ist Cocktailstunde«, pflegte Lucasta manchmal bereits um drei Uhr nachmittags zu sagen. »Die Bar ist geöffnet!«, rief sie dann aus und machte sich, gefolgt von den jeweiligen räudigen Katzen, die sie gerade durchfütterte, auf den Weg in die große Galerie.

»Nein, ich fürchte, das geht nicht«, erwiderte Portia und zerrte eine frisch gebügelte weiße Bluse hinten aus dem Schrank. »Ich bin mit Andrew verabredet. Schon vergessen?«

»Oh, mein Gott, Portia, entschuldige, da habe ich wirklich nicht mehr dran gedacht. Was zum Teufel ziehst du denn an?«

»Das da«, antwortete Portia und drehte sich vom Spiegel weg und zu Daisy um.

»Wow! Du siehst ja sensationell aus!«, begeisterte sich Daisy. Guy van der Post spielte vorübergehend keine Rolle mehr, als sie Portias neues Äußeres auf sich wirken ließ. Sie gab mit ihrem frisch getönten Haar, dem tollen Make-up, der schlichten Aufmachung, bestehend aus Jeans, die ihre langen Beine zur Geltung brachten, schwarzen Stiefeln und der weißen

Bluse, die sie zum Glück noch hinten im Schrank gefunden hatte, ein bezauberndes Bild ab.

»Du siehst aus wie ein Teenager!«, keuchte Daisy. »Bei deinem Anblick macht er dir sofort einen Heiratsantrag!«

Portia lachte, als sie nach unten gingen und auf die große Galerie zusteuerten. Die Flügel der wuchtigen Eichentür standen offen, und Portia hörte, dass ihre Mutter sich selbst auf dem Klavier begleitete und dabei aus voller Kehle sang. »My Heart Will Go On« aus dem Film *Titanic* war die Eröffnungsnummer des heutigen Abends. Durch die Tür konnte sie sehen, dass Montana und Caroline ins Gespräch vertieft auf dem Sofa saßen, während Jimmy D., eine Zigarre paffend, mit Steve plauderte. Am Kamin stand ein unverschämt gut aussehender junger Mann, rauchte eine Zigarre und betrachtete sein eigenes Spiegelbild. Er trug Tweedjacke und Krawatte zu seinen Jeans und versuchte offenbar, den Landadeligen zu mimen – nicht ganz erfolgreich. Das kann nur Guy van der Post sein, dachte Portia und war froh, einen Grund zu haben, sich vor dieser Gesellschaft drücken zu können.

»Viel Spaß«, flüsterte Daisy. »Willst du wirklich nicht für fünf Minuten mit reinkommen? Bitte? Nur, um mir zu helfen, mit ihm warm zu werden?«

Portia umarmte sie. »Geh einfach zu ihm und sei ganz natürlich, Liebes. Schau dich nur an. Wie könnte er dir widerstehen, auch wenn du ein bisschen nach Mist riechst!« Lachend ging sie zur Vorhalle und überließ es Daisy, sich allein in die Höhle des Löwen zu wagen.

Obwohl Portia es nicht ahnte, war sie nicht die Einzige, die an diesem Abend aufgeregt zu einer Verabredung aufbrach. Etwa um die gleiche Zeit schlenderte ein Herr mittleren Alters und mit schütterem Haar, der einen elegant geschnittenen Anzug trug, in die berühmte Octagon Bar des schicken Hotels K Club in Kildare. In der Bar wimmelte es zwar von Gästen, doch er hatte den Mann, den er hier treffen wollte, rasch entdeckt. Schließlich war er an seiner albernen spitzen Karomütze leicht zu erkennen.

»Da sind Sie ja, Paul. Sie sehen prima aus, so richtig braun gebrannt. Offenbar hatten Sie in Marbella gutes Wetter.«

»Ja, danke«, erwiderte Paul Driscoll knapp. Je schneller er das hier hinter sich brachte, desto besser. Er blickte diskret über die Schulter, um sicherzugehen, dass niemand ihn beobachtete, bevor er sich neben den anderen Mann setzte. »Hören Sie, Shamie, ich habe ja nichts dagegen, mich mit Ihnen zu treffen, aber musste es ausgerechnet hier sein? Der halbe Grafschaftsrat geht im K Club ein und aus! Hätten Sie mich nicht einfach am Montagmorgen auf ein Schwätzchen unter vier Augen im Büro besuchen können?«

»Ach, beruhigen Sie sich doch, Paul. Sie brauchen wegen mir keine Magengeschwüre zu kriegen. Ich wollte mich mit Ihnen nur über einen Gefallen unterhalten, den Sie mir in nicht allzu ferner Zukunft erweisen könnten.«

Paul brach unter dem teuren Seidenhemd, das er zu seinem in der Savile Row erstandenen Anzug trug, der Schweiß aus. Er erinnerte sich allzu gut an die Sache mit dem Hugenottenfriedhof und daran, dass es Shamie mithilfe von Bestechungsgeldern vor ein paar Jahren gelungen war, diesen zu Bauland erklären zu lassen. (Anschließend hatte er ein Einkaufszentrum mit angeschlossenem Nachtclub drauf errichtet.) »Die alten Hugenottenknochen sind doch inzwischen längst zerfallen«, hatte sein Argument damals gelautet. »Außerdem gehen Tote nicht zur Wahl.« Paul hatte deshalb viele schlaflose Nächte gehabt und Blut und Wasser geschwitzt. Mein Gott, wenn die Zeitungen dahinter gekommen wären, dass er die Hände mit im Spiel gehabt hatte, er wäre ruiniert gewesen. Unbehaglich rutschte er auf seinem Stuhl herum. Ihm blieb nichts anderes übrig, als den Stier bei den Hörnern zu packen.

»Passen Sie auf, Shamie, ich glaube nicht, dass ich noch etwas für Sie tun kann …«

Shamie stellte sein Bierglas weg und betrachtete ihn wie ein Hund einen Hasen, bevor er ihn in einem Stück verschlingt.

»Wäre es nicht ein Jammer«, begann er in plötzlich leisem und drohendem Tonfall, »wenn Ihre reizende junge Frau herausfände, woher das Geld für Ihre Villa in Marbella stammt? Oder das Geld für die Privatschulen Ihrer Kinder und Ihre teuren Kleider …«

»Ja, ja, schon verstanden«, erwiderte Paul. Je schneller er es hinter sich brachte, desto eher konnte er sich wieder aus dem Staub machen. »Wo soll es diesmal sein?«

»Ach, es ist nichts, worüber Sie sich aufzuregen brauchen. Nur ein verfallenes Gutshaus in Ballyroan, das niemanden interessiert. Es heißt Davenport Hall.«

10

In dem Moment, als Portia O'Dwyer's Pub betrat, bereute sie schon, dass sie diesen Treffpunkt vorgeschlagen hatte. Sie lebte ziemlich zurückgezogen (wenn man die seltenen Abendeinladungen in Davenport Hall nicht mitzählte) und hatte deshalb ganz vergessen, dass es ja Samstagabend war und dass das Lokal brechend voll sein würde. Es gelang ihr kaum, sich zur Tür hineinzuzwängen. Während sie sich im Raum nach Andrew umblickte, tat sie ihr Bestes, um einen coolen und unbeteiligten Eindruck zu machen, befürchtete aber zu wirken, als wäre sie gerade einer Anstalt entsprungen.

»Ach, Portia, wie geht es Ihnen?«, begrüßte sie Mick, der Wirt, der hinter dem Tresen hin und her hastete und versuchte, sechs Gäste auf einmal zu bedienen. »Wir sehen Sie ja nur selten am Wochenende hier. Was darf ich Ihnen bringen?«

Sie wollte gerade ein Glas Weißwein bestellen, als eine Stimme hinter ihr meinte: »Tut mir Leid, dass ich zu spät komme. Warten Sie schon lange?«

Portia drehte sich um und sah Andrew vor sich. Er trug einen eleganten schwarzen Anzug und ein türkisfarbenes Seidenhemd, das sicher ein Vermögen gekostet hatte. Außerdem war er, als er sie nun mit funkelnden blauen Augen musterte, noch genauso sonnengebräunt, unwiderstehlich und sexy wie am Vorabend.

»Wow, Sie sehen ja spitze aus«, lobte er, als er ihren neuen Look bemerkte.

»Tja, danke, und noch mal danke für die Blumen. Sie sind übrigens wirklich schön«, stotterte sie und errötete, als sein Blick über ihren Körper glitt.

Gib dir Mühe, es nicht zu vermasseln, drängte ihre innere Stimme unablässig. Schau ihm in die Augen und plappere bloß kein dummes Zeug. Du klingst nämlich schon, als hättest du eine Schraube locker.

»Es war mir ein Vergnügen«, entgegnete er mit einem Lächeln. »Ich dachte, nach der Party hätten Sie ein bisschen Aufmunterung nötig. Offen gestanden habe ich Sie beneidet, weil Sie sich verdrücken konnten. Der Abend war so unerträglich langweilig, dass ich am liebsten ins Koma gefallen wäre. Meine Mutter hat versucht, einen Kontakt zwischen mir und dem verehrten Senator anzubahnen, in der vergeblichen Hoffnung, dass er mir beruflich weiterhelfen könnte. Aber er hat zwanzig Minuten damit verbracht, mir bis ins kleinste Detail zu schildern, wie er meine Aufnahme in seinen exklusiven Golfclub fördern würde, und das ist kein Scherz. Es war, als würde er schon überlegen, in welcher Größe ich den karierten Pullunder wohl brauchen würde. Am liebsten wäre ich schreiend davongelaufen.«

Portia lachte auf und stellte fest, dass sie ihn nun noch viel lieber mochte, weil er kein Snob war.

»Ihre Mum und Ihre Schwester waren das Einzige, was mich an diesem Abend zum Lachen gebracht hat«, fuhr er fort, während er sie weiter anstrahlte. »Ich freue mich immer, wenn ich Leuten begegne, die locker drauf sind und Spaß haben.«

»Wenn es eine olympische Disziplin wäre, locker drauf zu sein, hätte meine Familie schon längst die Goldmedaille«, erwiderte Portia, die nun schleunigst das Thema wechseln wollte.

Über Lucastas und Daisys Benehmen von gestern Abend konnte man gar nicht zu wenig Worte verlieren. »Ich glaube nicht, dass Ihre Mutter einen allzu guten Eindruck von den beiden hatte«, beendete sie verlegen den Satz.

»Hören Sie, es ist so voll und laut hier. Möchten Sie nicht gleich ins Restaurant gehen? Wir können ja auch dort in der Bar etwas trinken«, meinte er, als hätte er ihre Gedanken gelesen und gespürt, dass sie lieber über etwas anderes sprechen wollte – ganz gleich, worüber.

Portia war sofort einverstanden, und er führte sie am Ellenbogen hinaus in die kühle, regnerische Nacht.

Ehe sie wusste, wie ihr geschah, saß sie auf dem mit weichem cremefarbenen Leder bezogenen Beifahrersitz von Andrews Mercedes-Sportwagen und wurde durch die Landschaft von Kildare an einen unbekannten Ort kutschiert. Er hatte sich grinsend geweigert, ihr zu verraten, wohin die Fahrt ging, und warf ihr nur immer wieder Seitenblicke zu, als er die dunklen Landstraßen entlangjagte.

»Vertrauen Sie mir«, sagte er schmunzelnd. »Ich bin ein Gentleman. Oder befürchten Sie, ich könnte Sie in ein verlassenes Feld schleppen, um Sie dort zu schänden?«

Ein Jammer, dass du es nicht tust, dachte sie und schenkte ihm ein Lächeln, das, wie sie hoffte, verführerisch wie das der Mona Lisa war.

Kurz darauf erreichten sie die Schnellstraße, und bald erkannte Portia Schilder, auf denen »Dublin 60 km« stand.
»Also fahren wir in die Stadt?«, fragte sie.
»Warten Sie's doch ab. Adelige haben einfach keine Geduld!«, witzelte er und spielte den Entnervten.
Eine halbe Stunde später näherten sie sich dem Stadtrand. Portia kannte die Straße gut, obwohl sie schon seit Monaten nicht mehr in der Stadt gewesen war. Sie erinnerte sich noch klar und deutlich an ihren letzten Besuch. Sie hatte Lucasta zu einer ihrer Therapiesitzungen zum Thema »Wiedergeburt« in die Innenstadt chauffiert. Der Tag hatte sich deshalb so unauslöschlich in ihr Gedächtnis eingegraben, weil Lucasta fest damit gerechnet hatte zu erfahren, dass sie früher einmal als Marie Antoinette oder zumindest als Cleopatra gelebt hatte. Doch zu ihrer abgrundtiefen Enttäuschung hatte sie hören müssen, dass ihre letzte Inkarnation ein Wurzelgemüse gewesen war. (Immerhin hatte das bewirkt, dass zu Portias großer Erleichterung die Wiedergeburt für ihre Mutter eine Weile buchstäblich gestorben war.) Wenig später fuhren sie von der Schnellstraße ab und rollten durch die regennassen gewundenen Straßen der Hauptstadt – offenbar auf das Zentrum zu, denn Portia stellte fest, dass sie sich St. Stephen's Green näherten. Zum Glück entdeckte Andrew eine Parklücke direkt auf dem Platz, stieg sofort aus und lief um den Wagen herum, um ihr die Tür aufzuhalten.
Nicht nur gut aussehend, sondern auch noch Manieren, dachte Portia, als sie sich bemühte, so anmutig wie möglich auszusteigen. Der Regen hatte sich zwar in ein leichtes Nieseln verwandelt, aber es war bitterkalt, und sie war erleichtert, als er erklärte, das Restaurant befinde sich gleich auf der anderen

Straßenseite. Portia blickte auf und konnte im Dämmerlicht ein Schild mit der Aufschrift »L'Hôtel de Paris« erkennen.

»Ich habe über dieses Lokal gelesen«, sagte sie. »Ist ja erst seit kurzem für die Allgemeinheit geöffnet. Allerdings muss man doch so ungefähr eine Blutprobe abgeben, um dort einen Tisch zu ergattern. Ich bin beeindruckt, dass Sie einen reservieren konnten.«

»Na, ich kann doch eine adelige Dame schlecht zur nächsten Imbissbude ausführen«, lachte er, als sie die Steinstufen zum Eingang hinaufstiegen.

Das Hôtel de Paris war ein beeindruckender Bau im georgianischen Stil und viele Jahrzehnte lang eine Ruine gewesen. Vor zwei Jahren war es in einer Auktion verkauft worden. Ein wohlhabender Investor aus Dublin hatte das Potenzial des Gebäudes erkannt und es unbesehen für ein Butterbrot erworben. Anschließend hatte er einige Millionen Euro aus seinem Privatvermögen darauf verwendet, das ursprüngliche Gebäude zu entkernen und es vom Keller bis zum Speicher komplett zu sanieren. Er hatte keine Kosten gescheut, um das Haus in das luxuriöseste, prachtvoll ausgestattetste und modernste Hotel des Landes zu verwandeln. Als Portia und Andrew durch das Hauptportal schritten, wurden sie überschwänglich vom Empfangschef begrüßt, der sie behandelte wie alte Freunde, die er seit Jahren nicht gesehen hatte. Jemand nahm Portia die Jacke ab, und ehe sie es sich versah, wurden sie schon in die Hotelbar geführt, wo man ihnen diskret die Getränkekarten vorlegte.

»Wow, schauen Sie sich das nur an!«, rief Portia unwillkürlich aus, als sie die kostbaren polierten Parkettböden, die Kristallkronleuchter und den Tresen betrachtete, der aus Mahagoni bestand und die Form eines Hufeisens hatte. Während Andrew für sie beide Champagnercocktails bestellte, lehnte Portia sich bequem in einem dunkelgrünen Ledersofa zurück. Sie stellte fest, dass sie offen mit Andrew plaudern konnte, ohne dass verlegene Gesprächspausen entstanden – Pausen, die sie ansonsten oft so quälten, wenn sie sich nervös und befangen fühlte.

Während sie ihren Cocktail trank, erzählte sie ihm zu ihrem eigenen Erstaunen alles über Davenport Hall, über das Verschwinden ihres Vaters und über das Filmteam, das seit Wochen das ganze Haus mit Beschlag belegte. Andrew wirkte ehrlich interessiert und stellte ihr verschiedene Fragen, ohne aufdringlich zu sein. Portia konnte sich beim besten Willen nicht erinnern, wann ihr jemand zum letzten Mal richtig zugehört hatte. Normalerweise fiel ihr die Rolle zu, in der Kulisse zu warten, während ihre Mutter und ihre Schwester die Bühne beherrschten. Es war so ein wohliges und angenehmes Gefühl, sich jemandem anvertrauen zu können, der sich zur Abwechslung einmal erkundigte, wie sie sich fühlte. Für Portias Geschmack war es viel zu früh, dass der Restaurantchef erschien, um sie in den Speisesaal zu geleiten.

»SCHMIER DIR DEN ARSCH MIT SEIFE EIN … UND RUTSCH RÜCKWÄRTS EINEN REGENBOGEN RUNTER …«, kreischte Lucasta am Flügel, der in einer Ecke der großen Galerie stand – ohne zu bemerken, dass sie jedes Gespräch im Umkreis von dreieinhalb Metern übertönte. Daisy schob sich an ihr vorbei und setzte sich zu Montana und Caroline auf das von Motten zerfressene Sofa, wozu sie zuerst eine Katze ihrer Mutter von den Polstern vertreiben musste. Steve stand am Buntglasfenster, das den Raum beherrschte. Er war in ein Gespräch mit Jimmy D. vertieft, der mit lauter Stimme sagte: »Wissen Sie, ich glaube, wir werden eine Szene hier drinnen drehen. Ich sehe einen Ballsaal, ich sehe tanzende Menschen, ich sehe Reifröcke. Aber, verdammt, das Licht ist falsch. Diese Fenster müssen weg«, meinte er mit einer Handbewegung in Richtung der einen Meter achtzig hohen Fenster.

»Das Buntglas?«, erwiderte Steve erschrocken. »Ich glaube, da werden Sie Probleme kriegen. Die Fenster wurden vom zweiten Lord Davenport aus einem französischen Kloster hierher gebracht und stammen, wenn ich mich nicht irre, aus dem elften Jahrhundert.«

»Hey, ich habe einmal für eine Szene ganz Manhattan gemietet. Glauben Sie, ich lasse mich von ein paar Fenstern bremsen?«, entgegnete Jimmy D., der ein »Nein« nicht als Antwort akzeptierte.

»Hallo, Daisy!«, meinte Montana erfreut. »Hoffentlich fühlst du dich schon besser, Schätzchen. Das war ja heute ein ganz schön schwerer Sturz.« Sie stand auf, um Daisy, wie in Hollywood üblich, auf beide Wangen zu küssen.

»Tja, da habe ich wohl ein Riesenglück gehabt«, antwortete Daisy. »Offen gestanden habe ich es der Pferdescheiße zu verdanken, dass nicht mehr passiert ist. Sonst hätte ich mir vermutlich den Hals gebrochen. Tut mir Leid, wenn ich ein bisschen stinke.«

»Es freut mich zu hören, dass Sie sich nicht verletzt haben«, gab Caroline spitz zurück. »Aber wir haben wegen Ihres Sturzes über eine Stunde Drehzeit verloren, und Sie wissen ja, dass in diesem Geschäft Zeit Geld ist.«

Daisy wollte ihr schon eine schnippische Antwort geben, als Montana, die Ärger witterte, ihr ins Wort fiel.
»Sag mal, Daisy, bist du eigentlich Guy schon begegnet? Er ist heute erst angekommen. Bestimmt freut er sich, dich kennen zu lernen«, meinte sie und wies auf Guy, der – immer noch fasziniert von seinem Ebenbild – vor dem goldgerahmten Spiegel über dem Kamin verharrte. Offenbar versuchte er abzuschätzen, um wie viel sein Schnurrbart in den letzten Minuten gewachsen war.
»Tja, wir haben uns vorhin eher zufällig getroffen«, begann Daisy, unsicher, ob sie die Begegnung in allen drastischen Einzelheiten schildern sollte. »Aber er hat mich wahrscheinlich nicht erkannt. Möchtest du uns nicht einander vorstellen? Bitte, Montana?«, flehte sie, während sich ihr Bauch mit Schmetterlingen füllte.
»Guy, da ist jemand, den du kennen lernen solltest!«, rief Montana ihm zu, aber vergeblich. Obwohl er nur wenige Meter von ihr entfernt stand, ignorierte er sie einfach. »Ach, Scheiße. Das hatte ich ganz vergessen. Er hat sich so in seine Rolle eingefühlt, dass er nur noch auf ›Brent‹ hört«, seufzte Montana. »Er reagiert nicht einmal auf Arschloch«, fügte sie leise hinzu und meinte dann betont: »Brent, könntest du bitte mal herkommen?«
»Aber mit dem größten Vergnügen«, erwiderte Guy im Südstaatenakzent und gesellte sich zu den drei Damen auf dem Sofa. »Und wer könnte dieses reizende Geschöpf sein?«, fragte er, ergriff zart Daisys Hand und presste die Lippen darauf.
»Huch, das kitzelt!«, kicherte Daisy, als sie spürte, wie die wenigen Härchen, die Guy als Schnurrbart bezeichnete, über ihren Handrücken streiften.

»Das ist Miss Daisy Davenport, die während der Dreharbeiten die Pferde betreut«, antwortete Caroline spitz.
»Ich glaube, wir sind uns bereits begegnet«, meinte Daisy und errötete bis zu den Haarwurzeln. Guy hielt weiter ihre Hand und schien keine Eile zu haben, sie wieder loszulassen.
»Tja, ich glaube aber, ich würde mich daran erinnern, wenn ich ein so hübsches Mädchen wie Sie schon mal gesehen hätte«, gab er zurück und blickte ihr in die Augen.
»Ach, hör doch endlich auf damit, Guy, sonst krieg ich noch die Krätze«, unterbrach Montana ungeduldig. »Entschuldige, ich meinte natürlich Brent.«
Dann fügte sie, an Daisy gewandt, spöttisch hinzu: »Guy ist Anhänger des Method-Acting, Schätzchen. Seit sie *Die Diebe von New York* zusammen gedreht haben, steht er unter dem Einfluss von Daniel Day-Lewis.«
»Hey, das *Empire Magazine* hat mir für die Rolle von Bill dem Bäcker in diesem Film drei Sterne von möglichen fünf verliehen«, fiel Guy ihr ins Wort und hatte vor lauter Empörung kurz seinen Südstaatenakzent vergessen. »Leider ist mir aufgefallen, dass du in letzter Zeit überhaupt keine Preise bekommen hast, Montana – wenn man die ›Saure Gurke‹ vom letzten Jahr für *The Hours, Teil zwei: Wie sich die Zeit dahinschleppt* nicht zählt.«
Montana ging nicht auf die Stichelei ein und sagte stattdessen grinsend zu Daisy: »Du hast doch sicher davon gehört, dass Guy, als er *Höllenhunde aus dem Weltraum* drehte, die gesamte Zeit im Raumanzug verbracht hat, um sich in die Rolle einzufühlen. Und zwar in L.A. im Juli bei Temperaturen über vierzig Grad. Damals hat er mehr als zehn Kilo abgenommen und musste wegen Wassermangel zweimal vom Notarzt ins

Krankenhaus gebracht werden. Schöner Mist!« Sie lachte auf, wenn auch ein wenig schrill.

»Aber das ist doch gar nichts verglichen mit deiner Interpretation der Titelrolle im *Tagebuch der Anne Frank«,* erwiderte Guy gedehnt, diesmal wieder im Südstaatenakzent.

»Was soll denn da gewesen sein?«, fragte Montana, die nicht wusste, was nun kam.

»Ach, gar nichts, es war nur ein wenig merkwürdig, dass Anne Frank fast in jeder Szene nackt war.«

»Die Nacktszenen standen im Drehbuch, Guy, entschuldige, ich meinte natürlich Brent.« Fast hätte Montana ihn angespuckt. »Und außerdem ist ein guter Schauspieler es sich schuldig, auch im Theater aufzutreten.«

»Schätzchen, die Inszenierung war so Off-Broadway, dass sie in Harlem stattfand!«, höhnte Guy.

Daisy wusste nicht, was sie von dem Geplänkel zwischen Guy und Montana halten sollte, und fragte sich, ob die beiden sich nur ihretwegen so aufzogen. Doch da erschien Mrs. Flanagan, gerade rechtzeitig, um sie vor weiteren Grübeleien zu retten, und verkündete: »Alles mal herhören. Sie können jetzt Essen fassen. Oder wie man in Dublin sagt: ›Es ist eingeschenkt!‹« Sie musste fast brüllen, um Lucastas Gekreische am Klavier zu übertönen.

»Aber Mrs. Flanagan«, zischte diese, während die Gäste in Richtung Esszimmer schlenderten. »Können Sie nicht den Gong benutzen, wenn wir Besuch haben?« Sie knallte den Klavierdeckel zu.

»Ich habe den Gong umgedreht und ihn als Salatschüssel genommen«, erwiderte Mrs. Flanagan. »Und für den Fall, dass Sie die Suppenterrine wiedererkennen: Ja, es handelt sich um den Nachttopf aus Ihrem Schlafzimmer. Sie brauchen ja nichts zu essen.«

»Es tut uns schrecklich Leid, aber wir haben strikte Anweisung, im Speisesaal keine Jeans zu gestatten«, verkündete die Empfangsdame, die raschen Schrittes hinter ihrer Theke hervormarschiert kam, um Andrew und Portia zu begrüßen.

»Auch wenn ich nicht aussehe, als wäre ich gerade vom Laufsteg in Mailand herunterspaziert, hat dieser Anzug mich eine Stange Geld gekostet«, entgegnete Andrew schmunzelnd. »Und soweit ich weiß, ist er ganz eindeutig nicht aus Jeansstoff.«

»Ich meinte die junge Dame«, gab die Frau zurück und musterte Portia über den Rand ihrer Brillengläser.

»Ach, du meine Güte«, sagte Portia mit einem Blick auf ihre Hose. »Es ist mir so peinlich, Andrew. Ich hatte ja keine Ahnung ...«

»Können Sie nicht ein einziges Mal eine Ausnahme machen?«, fragte Andrew unter Aufbietung all seines Charmes. Aber es war zwecklos.

»Ich fürchte, so lauten die Vorschriften«, antwortete die Empfangsdame nur.

»Wissen Sie überhaupt, wer mein Gast ist?«, versuchte Andrew es mit einer anderen Taktik. »Das ist Miss Portia Davenport, Tochter des neunten Lord Davenport. Vielleicht haben Sie ja von ihm gehört.«

»Es wäre mir auch völlig gleichgültig, wenn ihr Vater der Erzbischof von Canterbury wäre. Jeans sind hier verboten«, war die Antwort. Sie rauschte an ihnen vorbei, um ein unbeschreiblich elegantes Paar in Empfang zu nehmen, das hinter ihnen eingetreten war. Keiner der beiden trug Jeans. Das Gesicht hochrot vor Verlegenheit, drehte sich Portia zu Andrew um, als eine Stimme hinter ihr sagte: »Andrew, das gibt's ja gar nicht!«

»Edwina?«, antwortete Andrew verdattert.

Als Portia sich umdrehte, stand sie vor einer exquisit gekleideten Frau, die den Arm eines älteren Herrn hielt. Dieser kam ihr ziemlich bekannt vor und sah aus, als hätte er eine Sitzung zu viel im Sonnenstudio verbracht.

Die Frau war etwa dreißig Jahre alt, blond und schön. Ihre Figur, eine perfekte Größe 36, wurde von dem hautengen schwarzen Seidenkleid, das ihr in eleganten Falten bis hinunter auf die Knöchel fiel, noch mehr betont. Außerdem war sie makellos geschminkt und trug ein schlichtes Diamantkreuz um den Hals.

Alles in allem war die Wirkung einfach bezaubernd, was man von ihrem Tischherrn nicht behaupten konnte. Er war ältlich, ergraut, und sein strähniges schulterlanges Haar war zu einem fettigen Pferdeschwanz zusammengefasst. Dazu war er nur etwa halb so groß wie seine Begleiterin und trug eine Lederhose und ein bis zum Bauchnabel offen stehendes Hemd, das eine ins Orange spielende Bräune sehen ließ. Abgerundet wurde das Ganze von einer gewaltigen Sonnenbrille. Kurz gesagt, er sah einfach katastrophal aus.

»Schön, dich zu sehen«, schnurrte Edwina Andrew zu und küsste ihn auf beide Wangen. »Es muss mindestens sechs Wochen her sein. Wie geht es dir?«

»Sehr gut, danke. Ich bin froh, dass ich wieder zu Hause bin«, entgegnete Andrew tonlos. Wenn es Portia nicht so unbeschreiblich peinlich gewesen wäre, dass man ihr den Zutritt zum Restaurant verwehrt hatte, hätten bei ihr eigentlich sämtliche Alarmglocken läuten müssen.

»Und deine Eltern?«, fragte Edwina, ohne den Blick von Andrews Gesicht abzuwenden. »Deine Mutter hat mich letzte Woche zum Mittagessen ins Unicorn eingeladen und mir alles über das neue Haus erzählt. Es klingt wie ein Traum. Ich muss bald mal vorbeikommen und es mir selbst ansehen.«

»Aber gern«, lautete Andrews Antwort nur.

»Kannst du ihnen ganz liebe Grüße von mir ausrichten? Und sag deiner Mutter, wenn sie das nächste Mal zum Einkaufen nach Dublin kommt, geht das Mittagessen natürlich auf meine Rechnung.«

Was?, dachte Portia. Sie ist mit seiner Mutter befreundet? Und sie mag sie? Allmählich wurde ihr einiges klar.

»Verzeihung, Mr. Morrissey? Ihr Tisch ist bereit«, unterbrach die Empfangsdame. »Ihr Stammplatz im VIP-Bereich.«

»Möchtet ihr euch nicht zu uns setzen?«, fragte Edwina, wobei sie Portia zum ersten Mal eines Blickes würdigte. »Trevor und ich wollten nur vor der Verleihung des MTV-Musikpreises einen Happen essen. Ihr könnt gerne mitkommen.«

Ach, deshalb kam Portia ihr Begleiter so bekannt vor. Das war Trevor Morrissey, der Rockmusiker, der auch den Spitznamen »Großvater des irischen Rock« trug. Hin und wieder ging er zwischen zwei Hüftgelenksoperationen noch auf Tournee. Er sieht aus wie eine getrocknete Karotte, dachte Portia, der eine solche Hautfarbe noch nie untergekommen war.

»Wir würden ja gerne … aber wir können nicht«, erwiderte Andrew, dem kein triftiger Grund einfiel, warum sie das Restaurant so eilig verließen. »Ein andermal, Edwina«, fügte er hinzu und schob Portia aus der Tür. Sie waren schon beim

Auto angelangt, als Portia auffiel, dass er sie gar nicht vorgestellt hatte.

»Davenport Tafelwasser. Auf diese Weise werde ich eine Million verdienen. Ein Kinderspiel«, verkündete Lucasta den um den Esstisch versammelten Gästen, während sie sich noch einen Gin Tonic einschenkte.
Steve seufzte tief auf. »Lucasta, das haben wir heute doch schon tausendmal durchgekaut. Du kannst nicht einfach Etiketten auf ein paar Flaschen kleben und sie in den nächsten Supermarkt stellen. Zuallererst müsstest du den Schlamm ausbaggern lassen. Dann musst du eine GmbH gründen, sie eintragen lassen und anschließend einen Antrag beim Umweltministerium stellen, damit sie jemand schicken, der deine Quelle untersucht – falls es sie überhaupt gibt.«
»Ach, Schätzchen, ich brauche jetzt Positives um mich. Du darfst nicht so ein Spielverderber sein. Wir werden nämlich bald schwerreich.«
Steve war so klug, sich eine Antwort zu verkneifen.
Plötzlich entstand Schweigen im Raum. Mrs. Flanagan kam herein, einen quietschenden Servierwagen vor sich herschiebend. »Aufgepasst, hier kommt der Fraß!«, rief sie und beugte sich vor, um ihre Kippe im Aschenbecher auf der Anrichte auszudrücken.
»Ich freue mich schon auf richtige irische Hausmannskost«, sagte Guy und nahm neben Daisy Platz.
»Speck und Kohl, Irish Stew, Austern und Guinness. Je traditioneller, desto besser«, verkündete Jimmy D., dem schon das Wasser im Munde zusammenlief, Messer und Gabel in der Hand.

»Traditioneller als das geht es nicht!«, verkündete Mrs. Flanagan, während sie – geschickt wie eine Stewardess – gestapelte Plastiktabletts verteilte. »Nehmen Sie sich eins und geben Sie den Rest weiter«, wies sie die am Tisch Sitzenden an. Erstaunen machte sich breit, als jeder sich bediente.

»Ist das so eine Art irische Sitte?«, erkundigte sich Montana verdattert.

»Passen Sie auf Ihre Finger auf, die kommen direkt aus der Mikrowelle und sind sehr heiß«, warnte Mrs. Flanagan, baute sich hinter Guys Stuhl auf und beugte sich vor, um nach seinem Tablett zu greifen. Mit einer eleganten Geste riss sie die Plastikfolie ab und verkündete: »Hühnerbrust in Paprika-Rahmsauce mit Champignons und Reis. Ich wünsche guten Appetit!«

In dem Schweigen, das am Tisch entstand, war nur das Klimpern der Eiswürfel in Lucastas Gin Tonic zu hören.

Schließlich ergriff Montana das Wort. »Es tut mir ja wirklich Leid, aber ich kann nichts essen, was einmal ein Gesicht hatte«, sagte sie und schob das Plastiktablett weg.

»Auf dem Tablett ist mehr als eine Lebensmittelgruppe, Schätzchen«, meinte Mrs. Flanagan. »Den Reis werden Sie ja wohl essen können.«

»Ich fürchte, Miss Jones isst nach achtzehn Uhr keine Kohlenhydrate mehr«, erklärte Caroline und musterte verächtlich das Fertiggericht, das vor ihr stand.

»Ach du meine Güte, kein Wunder, dass Sie so mager sind«, entsetzte sich Mrs. Flanagan und sah Montana mitleidig an. »Sie sind ja ein richtiger Strich in der Landschaft.«

»Es tut mir ja wirklich Leid, dass ich diese … äh … köstliche Mahlzeit nicht essen darf«, antwortete Montana freundlich.

»Aber ich muss ja so aufpassen, dass ich nicht zunehme.« Mrs. Flanagan war weder gekränkt, noch verstand sie im Geringsten, was Montana meinte. »Wissen Sie, vor der Kamera sieht man aus, als würde man etwa dreieinhalb Kilo mehr wiegen«, fügte Montana mit schreckgeweiteten Augen hinzu.

»Tja, da brauche ich mir offenbar keine Hoffnungen zu machen, dass ich mal ein Bond-Girl werde«, erwiderte Mrs. Flanagan vergnügt und wälzte ihre fast neunzig Kilo Lebendgewicht zur Tür hinaus.

»Essen Sie so etwas hier jeden Tag?«, wollte Guy im Südstaatenakzent von Daisy wissen.

»Tja, einen Michelin-Stern hat uns noch niemand verliehen«, entgegnete diese peinlich berührt. »Wissen Sie, wir haben nicht oft Besuch.«

»Ich habe nämlich eine gute Flasche Jack Daniel's oben in meinem Zimmer, die danach schreit, getrunken zu werden, bevorzugt in Gesellschaft einer schönen Frau«, murmelte er.

Vielleicht war es ja ein Irrtum, aber Daisy hätte schwören können, dass sie gespürt hatte, wie seine Hand unter dem Tisch ihren Oberschenkel streifte. »Natürlich nur, wenn Sie nichts gegen ein flüssiges Abendessen einzuwenden haben«, flüsterte er ihr ins Ohr. »Ich glaube, dass ich heute etwas alkoholische Stärkung brauche.«

Diesmal stand es eindeutig fest: Seine Hand lag auf ihrem Bein und glitt langsam weiter nach oben. Daisy bemerkte, dass ihr Atem schwerer ging. Ach, du meine Güte. Guy van der Post betatschte sie! Einer der berühmtesten Filmstars der Welt befummelte sie unter dem Tisch! Da sie nicht der Mensch war, der sich solch eine Gelegenheit entgehen ließ, beugte sie sich zu ihm hinüber, so dass ihre Lippen sein Ohrläppchen berührten. »Entschuldigen Sie sich jetzt vom Tisch«, zischte sie ihm zu. »Wir treffen uns in fünf Minuten oben.«

Es war so leicht gewesen, fast zu leicht. Tony Pitt war versucht, sich zu kneifen, während er darauf wartete, dass doch etwas schief ging. Aber was sollte jetzt noch schief gehen?, fragte er sich dann. War er nicht wohlbehalten nach Hause gekommen?

Auf seine Treffsicherheit war er schon immer stolz gewesen, und es gab niemanden in der Redaktion des *Spion*, der ihm das Wasser reichen konnte. Natürlich hatte er Gerüchte gehört, Montana Jones sei gerade aus der Entzugsklinik entlassen und drehe jetzt ausgerechnet in Irland in irgendeinem adeligen Anwesen. Und noch dazu mit Guy van der Post (in den Showbusiness-Kreisen, zu denen Tony gern gehören wollte, wegen seiner eindrucksvollen schauspielerischen Leistungen auch »Guy der Hölzerne« genannt). Früher einmal war Guy der gefragteste Mann Hollywoods gewesen, aber heute krähte kein Hahn mehr nach ihm. Tony erinnerte sich noch gut an die Zeiten, in denen ein Schnappschuss von Guy, wie er gerade einen Nachtclub verließ (normalerweise mit Leo, Ben oder Tom im Schlepptau, der »Rasselbande«, wie sie unter Journalisten hießen), ihm ein Vermögen eingebracht hätte. Doch das hatte sich in letzter Zeit geändert. Der Name Guy van der Post war zwar noch wohlbekannt, aber er hatte eben schon seit einer Weile keinen erfolgreichen Film mehr gemacht, und seine alten Freunde sprangen einer nach dem anderen ab – das behaupteten wenigstens Tonys Informanten. (Nicht, dass seine Informanten in L.A. Männer ohne Fehl und Tadel gewesen wären: Einer war Fahrer für die Paramount, ein anderer war gerade zum obersten Straßenfeger auf dem Studiogelände von Warner befördert worden.) Doch der Wahrheitsgehalt einer Story war nicht das, worüber sich seine Bosse in den Vereinigten Staaten den Kopf zerbrachen. »Solange du ein Foto kriegst«, pflegte Tracey Reeves, sein Chefredakteur, immer zu sagen, »sorgen wir für den Rest.«

Und so saß Tony in einer Maschine der Aer Lingus nach Dublin, von wo aus er sich umgehend in einem Mietwagen nach County Kildare auf den Weg machte. Leider jedoch hatte ihn niemand vor dem irischen Straßennetz oder den nirgendwo vorhandenen Wegweisern gewarnt. Erst nachdem er unzählige Male nach dem Weg gefragt hatte, verschlug es ihn, mehr oder weniger durch Zufall, in das verschlafene Nest Ballyroan.

Er nahm sich ein Zimmer in einer Pension (wo praktischerweise auch ein paar Mitglieder des Filmteams untergebracht waren, die sich später vielleicht noch als nützlich erweisen konnten) und wartete, bis es dunkel wurde.

Dann, etwa gegen zehn Uhr nachts, teilte er seiner Zimmerwirtin mit, er wolle noch einen Spaziergang unternehmen, und machte sich auf den Weg nach Davenport Hall. Das Anwesen war verhältnismäßig leicht zu finden: Das riesige Tor verriet es. (Jemand hatte auf die gemauerten Pfeiler die Aufschrift: »Wer hier eintritt, lasse alle Hoffnung fahren« gesprüht. Sehr aufmunternd.) Tony hatte eigentlich damit gerechnet, auf der Auffahrt bulligen Wachmännern in die Arme zu laufen, aber niemand versuchte, ihn aufzuhalten. Dann, nach einem marathonartigen Fußmarsch durch die Finsternis, stand er schließlich vor dem Gebäude. Ja, es sah ein wenig heruntergekommen aus, dachte Tony, aber innen war es bestimmt

prachtvoll und reich ausgestattet. So wie das Anwesen in County Monaghan, wo Paul McCartney geheiratet hatte.
Als er das Haus umrundete, achtete er darauf, nur auf den Rasen zu treten – der Kies auf dem Vorplatz würde sicher lautstark unter seinen Füßen knirschen. Vielleicht gab es hier ja auch Wachhunde, und er wollte lieber kein Risiko eingehen. Hastig hielt er Ausschau nach einer offenen Tür, einem Fenster oder, noch besser, einem Raum voller Menschen, die er aus sicherer Entfernung fotografieren konnte. Und er konnte sein Glück kaum fassen, als er auf seinem Weg zum Ende des Ostflügels Stimmen, Gelächter und das Klirren von Gläsern hörte. Als er nach oben blickte, sah er durch ein offenes Fenster ein Esszimmer voller Leute. Und JA! Da war sein Opfer, Montana Jones, die mit mürrischer Miene auf ihrem Teller herumstocherte. Und was noch besser war: Er konnte gerade noch einen Blick auf Guy van der Post werfen, der mit dem Rücken zu ihm saß und ein sehr hübsches blondes Mädchen betatschte. Bingo!
Allein das war die Reise wert, dachte er, während er sich in das wuchernde Gras kauerte und die erste Filmrolle verknipste.

11

Zwei panierte Burger mit Pommes und zweimal Cola light bitte«, bestellte Andrew.

»Sonst noch?«

»Oh, und ich hätte gern Zwiebelringe«, sagte Portia. »Aus irgendeinem Grund habe ich plötzlich Heißhunger auf Zwiebelringe.«

»Und Zwiebelringe!«, rief Andrew dem Mitarbeiter zu, wobei er Mühe hatte, das laute Stimmengewirr des Samstagabend-Publikums hinter sich in der Schlange zu übertönen. »Eine Verabredung mit Ihnen geht ja richtig ins Geld, Portia. Als Nächstes verlangen Sie wahrscheinlich noch Papierservietten«, fügte er grinsend hinzu. Anstelle einer Antwort errötete sie reizend.

Ihr Verstand sagte ihr, dass sie jetzt vermutlich auch noch ihre letzte Chance bei diesem Mann zunichte gemacht hatte. Nachdem sie aus dem feinsten Restaurant der Stadt hinausgeworfen worden waren, hatte sie nun die Frechheit besessen vorzuschlagen, sich eine Tüte Pommes zu holen und sie am Strand zu verspeisen. Im Platzregen. Doch das Komische war, dass sie das gar nicht interessierte. Es war viel zu schön mit Andrew, um darüber nachzudenken, dass sie ihn nach dem heutigen Abend wahrscheinlich nie wiedersehen würde. Ach, zum Teufel, dachte sie, dann gönne ich mir wenigstens noch einen Abschluss mit allen Schikanen.

»Diese Verabredung werde ich sicher nicht so schnell vergessen«, sagte Andrew, als sie – fettige, von Essig tropfende Pommestüten in der Hand und kichernd wie Teenager – zu seinem Auto zurückliefen.

»Soll das heißen, dass es in Manhattan keine panierten Burger gibt? Wie haben Sie es nur dort ausgehalten?«, meinte Portia, fest zur Kühnheit entschlossen, als sie die Autotür hinter sich zufallen ließ.

»Wohin nun, gnädige Frau?«, fragte er, während er sich mit den Fingern durchs regennasse blonde Haar fuhr.

»Für Fish and Chips gibt es nur einen richtigen Ort, und das ist Kiliney Beach«, erwiderte sie, wobei sie darauf achtete, die cremefarbenen Lederpolster nicht mit Essig voll zu kleckern.

»Kennen Sie Dublin gut?«, erkundigte er sich, als sie durch die Pfützen nach Süden und durch den teuren Vorort Ballsbridge fuhren. Dann durch Dalkey und zum Küstenstädchen Kiliney, vorbei an klatschnassen Partygästen, die auf Taxis warteten.

»Daisy und ich sind oft in die Stadt gefahren, als wir klein waren …«, begann sie und brach dann ab. »Warum lachen Sie?«

»Weil Sie so komisch sind.«

»Und weshalb?«

»Sie sind die einzige Irin, die ich kenne, bei der es klingt, als wäre unsere stolze Hauptstadt nur ein Provinzstädtchen.«

»Wenn ich meine Geschichte zu Ende erzählen dürfte, wäre ich Ihnen sehr verbunden«, entgegnete Portia in gespieltem

Ärger, obwohl sie ihm gar nicht böse war. »Wir wurden oft zu unserer Großmutter geschickt, als Daisy noch Windeln trug. Sie wohnte hier, genau genommen in Kiliney.«

»Ich dachte, Sie wären eine blaublütige Davenport in zehnter Generation. Sagen Sie jetzt nicht, dass in Ihren zarten Adern bürgerliches Blut fließt, Mylady.«

»Ich habe von meiner Großmutter mütterlicherseits gesprochen, Sie Neunmalklug. Und außerdem bin ich keine Lady.«

»Und das gestehen Sie einfach so?«

»Da mein Vater ein Lord ist, ist meine Mutter automatisch eine Lady. Aber Daisy und ich haben nur ein ›Honourable‹ vor unserem Namen abgekriegt. Was nicht heißt, dass wir beide uns so anreden lassen.«

»Honourable Portia … das klingt doch nicht schlecht. Und wer war Ihre Oma in Kiliney?«, fragte er und hielt am Straßenrand, damit sie den Strand im Mondlicht betrachten konnten.

»Die Familie meiner Mutter hieß Elgee. Sie war Einzelkind und ist hier aufgewachsen, und zwar in einem Haus nah am Strand. Daisy und ich haben früher viel Zeit dort verbracht. Wir haben es genau andersherum gemacht als normale Menschen: Provinzler, die ihre Ferien in der Stadt verbringen.«

Wieder lachte er laut auf.

»Was ist denn jetzt schon wieder so lustig?«

»Bestimmt mit Stroh in den Haaren. Armes, kleines, reiches Mädchen.«

»Diesen Vorwurf kann mir nur jemand machen, der unser Haus nie von innen gesehen hat. Reich? Das einzige Mitglied meiner Familie, das je mehr als das Notwendigste hatte, war meine Oma, die bei ihrem Tod ein Vermögen hinterlassen hat.«

»Und was ist mit dem Geld passiert?«
»Sie hat es dem Tierheim vererbt. Wahrscheinlich war ihr klar, dass es nur meinem Vater in die Hände gefallen wäre, wenn sie es Mummy vermacht hätte. Und der hätte es sofort auf ein Pferd gesetzt und verloren.«
»Ozzy und Sharon Osbourne, wie sie leiben und leben! Und dabei habe ich gedacht, die Amerikaner hätten das Monopol, was gestörte Familienverhältnisse angeht. Ist Ihr Vater wirklich so schlimm?«
»Andrew, er hat sogar einmal Daisy als Sicherheit bei einem Kartenspiel eingesetzt. Damals war sie etwa sechs Monate alt. Zum Glück hat er zufällig mal gewonnen, mehr kann ich dazu nicht sagen. Wenn eine Sozialarbeiterin nur die Hälfte von dem mitgekriegt hätte, was wir als Kinder durchgemacht haben, wir wären sofort in einem Heim gelandet. Und wahrscheinlich wäre das um einiges besser für uns gewesen.« Andrew warf ihr einen Blick zu und kam zu dem Schluss, dass es besser war, das Thema zu wechseln.
»Schauen Sie, der Regen hat ein wenig nachgelassen. Haben Sie Lust auf einen Spaziergang am Strand, sehr verehrte Freundin?« Portia war sofort einverstanden, obwohl sie nicht genau wusste, wie sie den Begriff »Freundin« verstehen sollte.
Immer noch ihre Pommes verspeisend, stiegen sie die sechs Steinstufen hinunter, die zum Strand führten. Andrew, ganz Kavalier, hielt dabei Portias Hand, damit sie nicht ausrutschte. Unten am Sandstrand angelangt, schlenderten sie zum Wasser, und man hätte sie für Flitterwöchner bei einem Mondscheinspaziergang halten können. Obwohl Portia an männliche Gesellschaft nicht gewöhnt war, hatte sie immer noch das Taktgefühl zu bemerken, dass ein höflicher Mensch nicht

das gesamte Gespräch monopolisierte, wie sie es bis jetzt getan hatte. Zögernd brachte sie das Thema zur Sprache, das sie beschäftigte, seit sie das Restaurant verlassen hatten.

»Andrew, darf ich Sie etwas fragen?«

»Nur zu.«

»Wer ist denn das Mädchen, dem wir im Restaurant begegnet sind?«

Er seufzte tief auf und ging wortlos weiter. Als Portia ihm einen Seitenblick zuwarf, bemerkte sie, dass er mit ausdrucksloser Miene geradeaus starrte. Oh Gott, dachte sie. Habe ich jetzt etwas Falsches gesagt?

»Ich wollte nicht aufdringlich sein, Andrew. Wenn Sie lieber nicht darüber sprechen möchten ...«

»Schon gut. Irgendwann musste es ja aufs Tapet kommen.« Sein Tonfall hatte sich verändert. Er klang geistesabwesend und ganz weit weg. »Möchten Sie es wirklich wissen?«

»Ich war nur neugierig. Offenbar versteht sie sich sehr gut mit Ihrer Mutter«, antwortete sie und bereute, die Angelegenheit überhaupt zur Sprache gebracht zu haben.

»Edwina und ich waren acht Jahre lang zusammen und wollten eigentlich in diesem Sommer heiraten. Nächsten Monat, um genau zu sein.«

Portia fühlte sich wie nach einem Magenschwinger. Sie spürte, wie das Blut aus ihrem Gesicht wich, und war froh, dass es dunkel war. So hatte sie wenigstens die Möglichkeit, sich zum Meer zu drehen und so zu tun, als wäre sie in dessen Anblick vertieft.

»Sie sind ja ganz still geworden, Mylady«, meinte er in einem etwas weicheren Tonfall. »Hören Sie zu, Portia, ich bin fünfunddreißig Jahre alt, und in diesem Alter schleppt man

normalerweise schon ein wenig Gepäck mit sich herum. Die meisten meiner Altersgenossen sind verheiratet, geschieden, getrennt lebend oder allein erziehend. Eigentlich hatte ich Glück, dass ich es relativ unbeschadet so weit gebracht habe.«
Tja, damit wäre die Sache wohl erledigt, dachte sie. Er hatte sich nur mit ihr verabredet, um sich über die Trennung von der wunderschönen und eleganten Edwina hinwegzutrösten. Schweigend gingen sie weiter, bis sie eine kleine Holzbank erreichten. Sie setzten sich. Portia war froh über die Möglichkeit, geradeaus zu starren, um ihn nicht ansehen zu müssen. Mein Gott, dachte sie. Verglichen mit dieser dämlichen Edwina in ihrem dämlichen Designerabendkleid, die vermutlich nie im Leben auch nur einen Menschen kennen gelernt hat, der je aus einem Nobelrestaurant geflogen ist, bin ich wahrscheinlich die absolute ästhetische Katastrophe.
Nach einer Weile nahm Andrew ein Zigarettenpäckchen aus der Innentasche seiner Jacke und zündete sich eine an. Offenbar spürte er, wie verunsichert sie war, denn er wandte sich ihr konzentriert zu und begann in nachdenklichem Tonfall noch einmal.
»Wissen Sie, Edwina würde sich in einer Million Jahren nicht mit mir im Regen an einen Strand setzen und Pommes essen.« Er wurde mit einem leichten Lächeln von Portia belohnt, die weiter aufs Meer hinausblickte und so tat, als fessle sie die Aussicht ungemein. Wieder Schweigen. Dieser Abend erinnert mich allmählich an ein Stück von Samuel Beckett, dachte sie.
»Portia, darf ich es Ihnen erklären?«, fragte er. »Ich weiß, dass es nichts Schlimmeres gibt als Leute, die ständig nur über ihre Ex-Beziehungen reden, aber ich finde, ich bin Ihnen eine Er-

läuterung schuldig. Edwina und ich haben acht Jahre zusammen in New York verbracht und ein Luxusleben geführt. Jeden Tag sind wir zum Essen oder ins Theater gegangen, haben Abendeinladungen veranstaltet und sind übers Wochenende in die Hamptons gefahren. Mein Gott, wir hätten sogar die Eröffnung eines Kühlschranks besucht. In meinem Job wurde von mir erwartet, dass ich ständig Kontakte pflegte, und rückblickend betrachtet hat sie mir diese Aufgabe sehr erleichtert. Sie hatte einen Riesenspaß an diesem Leben, und alle sagten, dass sie die perfekte Frau für mich wäre.«

»Hmm«, war alles, was Portia anstelle einer Antwort herausbrachte, und sie rutschte nervös auf der klatschnassen Bank hin und her. Dabei tupfte sie an den Essigflecken auf ihren Jeans herum, war auf einmal schrecklich verlegen und wünschte, dieses Gespräch möge bald zu Ende sein. Dann spürte sie, wie Wut in ihr aufstieg. Hatte er sich deshalb mit ihr verabredet? Um über seine ehemalige Verlobte zu sprechen? War sie etwa seine Therapeutin?

Da er ihr Unbehagen spürte, fuhr er fort. »Ich weiß, dass ich mich nicht sehr geschickt ausdrücke. Für Außenstehende mag sie genau die Richtige für mich gewesen sein, doch die Wahrheit sah ganz anders aus. Allmählich fiel mir auf, dass wir nie miteinander allein waren und dass ständig andere Leute um uns herumwimmelten. Von außen betrachtet wirkte unsere Beziehung vielleicht ideal, aber ich glaube, ich habe mich noch nie einsamer gefühlt. Es ist, als hätten wir uns mit Menschen umgeben, damit wir uns nicht miteinander befassen mussten.«

»Und Sie wollten nächsten Monat heiraten?«

Er seufzte tief auf. »Ach, das Adare Manor war schon reserviert, und die Hochzeitsreise sollte eine Safari in Südafrika werden. Allerdings schien es bei dieser Hochzeit mehr um die Sitzordnung und die Einladungen mit Goldrand zu gehen als darum, ob wir den Rest unseres Lebens miteinander teilen wollten.«

»Also haben Sie die Sache platzen lassen?«

»Ich muss Ihnen noch etwas erzählen«, erwiderte er und drückte seine Zigarette auf dem Boden aus. »Vor ein paar Monaten, kurz nach Weihnachten, ist mir in der Arbeit die größte Katastrophe meines Lebens passiert. Ich war in einer Kanzlei tätig und habe einen wichtigen Prozess gegen einen Konzern verloren. Also habe ich Ed angerufen, um mit ihr darüber zu reden. Ich musste mich einfach jemandem anvertrauen und Dampf ablassen. Kaum hatte sie zum Hörer gegriffen, als sie auch schon mit ihrer Litanei anfing, wie lange die Eisskulpturen für die Dekoration der Hochzeitstafel wohl halten würden. Ich weiß noch, wie ich ihr klar zu machen versuchte, dass ich wirklich etwas Wichtiges mit ihr besprechen müsse. Aber sie hat mich einfach abblitzen lassen, so als würde ich mich rücksichtslos in den Vordergrund drängen, obwohl sie doch so einen schweren Tag hatte. Ich erinnere mich, dass ich die Kanzlei in der Wall Street verließ und zu Fuß Richtung Norden ging, um wieder einen klaren Kopf zu bekommen. Am Union Square setzte ich mich auf eine Bank, zündete eine Zigarette an und dachte nach. Als ich mich umsah, bemerkte ich ein junges Paar, offenbar beide berufstätig, das mir genau gegenübersaß. Er hatte die Krawatte abgenommen, sie die Schuhe ausgezogen, und ihre Aktenkoffer lagen neben ihnen im Gras. Sie verspeisten ihre Sandwiches und lachten aus vollem Halse über einen Witz, den einer von ihnen gemacht hatte. So banal es auch klingen mag, doch ich weiß noch, dass ich dort saß und dachte: So muss eine Beziehung aussehen. Man stiehlt sich ein bisschen gemeinsame Zeit, weil man es nicht erträgt, den ganzen Tag lang getrennt zu sein, und lacht über irgendeinen Witz, den sonst niemand versteht, mit dieser einzigartigen Vertrautheit, die nur Paare haben. Und dann dachte ich: Das will ich auch. Ich will es, und ich habe es nicht. Oh, ich wusste genau, was mich an diesem Abend erwartete. Ich würde in unsere Wohnung in der Park Avenue zurückkehren. Sie würde sich bereits zum Ausgehen fein gemacht haben, mir zehn Minuten geben, um mich umzuziehen, und mir sagen, welchen Anzug ich tragen sollte. Für ein Gespräch würde keine Zeit sein. Immer in Bewegung. Im Taxi würde sie mir vielleicht ausführlich ihren Tag schildern und sich bis ins kleinste Detail über die Gummibündchen in den Schlüpfern der Brautjungfern auslassen. Und da beschloss ich, dass ich genug hatte.«

»Oh mein Gott, und wie hat sie reagiert?«

»Ed ist ziemlich hart im Nehmen. Sie hat entschieden, mit mir nach Irland zurückzukehren, wie ursprünglich geplant, als die Hochzeit noch aktuell war. Sie sagte, sie brauche eine Pause.«

Portia überlegte rasch. Ach, zum Teufel. Es war das Beste, gleich reinen Tisch zu machen. »Und – glauben Sie, dass Sie wieder zusammenkommen?«, fragte sie, wobei sie sich bemühte, das Zittern in ihrer Stimme zu unterdrücken.

Mit einem Seufzer blickte Andrew aufs Meer hinaus. »Wenn meine Mutter ein Wörtchen mitzureden hätte, schon. Sie betet Edwina an, und die beiden sind wie ein Fleisch und Blut. Ich glaube, sie hat die Trennung schwerer genommen als Ed oder ich.«

Tja, das war's dann wohl, dachte Portia. Ich war nur eine nette kleine Ablenkung, um den Samstagabend totzuschlagen, während er seine Eltern in Ballyroan besucht. Geschieht mir ganz recht für meinen Größenwahn zu glauben, ich könnte einen Typen wie ihn an Land ziehen. Wie sollte ich mich mit Edwina vergleichen. Sogar seine Mutter, der alte Drache, frisst ihr aus der Hand.

Sie sah auf die Uhr. Halb drei Uhr morgens.

»Es wird spät. Sollten wir uns nicht auf den Heimweg machen?«, fragte sie und stand auf.

»Wie Sie meinen, Mylady«, erwiderte er, ein wenig überrascht über ihren plötzlichen Aufbruch. Sie marschierte eiligen Schrittes voran, während sie sich panisch das Hirn nach einem Gesprächsthema zermarterte, das nichts mit Edwina zu tun hatte. Doch irgendwann gab sie es auf. Jede Konversation hätte früher oder später wieder bei der unveränderlich feststehenden Tatsache geendet, dass er eigentlich im nächsten Monat hätte heiraten sollen.

Verdammt, dachte sie. Dann würden sie eben schweigend nach Hause fahren müssen.

»Tja, diese Erfahrung werde ich so schnell nicht vergessen«, verkündete Guy stilvoll im gedehnten Südstaatenakzent und streckte sich aus, um das Whiskeyglas, das leer neben ihm auf dem Nachttisch stand, nachzufüllen.

»Mmmmm«, war alles, was Daisy, die – den langen schlanken nackten Körper ausgestreckt – neben ihm lag, herausbrachte. Immer noch ein bisschen benommen von dem puren Jack Daniel's, den sie sich auf nüchternen Magen genehmigt hatten, kuschelte sie sich in seine Armbeuge und dachte träumerisch, dass sie wohl das glücklichste Mädchen auf der ganzen Welt war. Sie konnte es kaum fassen, dass sie hier im Bett mit Guy van der Post lag, dem aufregendsten Mann auf dem Erdball! Auf dem Boden des dämmrigen Zimmers erkannte sie undeutlich die Umrisse der Kleider, die sie sich rasch vom Leibe gerissen hatte. War das wirklich ihr durchsichtiger rosafarbener BH, der da an einem der vier Bettpfosten baumelte? Sie kicherte wissend in sich hinein und wollte jede Sekunde genießen, damit sie später den Abend in allen Einzelheiten würde Revue passieren lassen können. Neben ihr hatte sich Guy langsam aufgesetzt und kippte den Rest Whiskey aus seinem Glas hinunter. Dann drehte er sich zu Daisy um, legte sich wieder zu ihr und strich ihr eine blonde Locke aus dem halb komatösen Gesicht.

»Du bist wirklich ein verdammt hübsches Mädchen«, murmelte er. Als er die Arme um sie legte, stellte er fest, dass seine Sonnenbräune ein wenig verblasste. Dieses verdammte eiskalte irische Wetter! Um Himmels willen, wir haben jetzt Juni! Scheint in diesem Drecksnest denn nie die Sonne? Er nahm sich vor, sofort die Installation einer Sonnenbank in seinem Wohnmobil zu fordern.

Als er seinen Blick rasch über seinen nackten Körper gleiten ließ, kam er zu dem Schluss, dass er noch ziemlich gut in Form war. Klar, seine Bauchmuskeln waren ein kleines bisschen schlaff, doch das passte zur Rolle, da Brent Charleston ja laut Drehbuch bekanntermaßen nichts außer Whiskey pur zu sich nahm. Also waren ein paar Kilo mehr auf den Hüften auf jeden Fall mit der Rolle zu vereinbaren.

Er dachte an sein Leben in L.A. und daran, wie er die Horde junger Filmschauspieler, mit denen er sich herumtrieb – alle etwa Mitte Zwanzig –, mit Geschichten über die Dreharbeiten unterhalten würde. Und zwar, sobald er die erste Zehe auf amerikanischen Boden setzte. Zum Beispiel das heutige Abendessen … War diese Familie denn völlig übergeschnappt? Die Mutter hätte man, nach ihrem Aussehen zu urteilen, schon vor Jahren zwangseinweisen müssen. Ohne Daisy hätte er diesen grauenhaften Abend wohl nicht lebend überstanden. Und wenn er sich überlegte, wie zickig sich Montana ihm gegenüber verhalten hatte. Dabei sollte sie dem Himmel danken, dass sie überhaupt mit einem Schauspieler vom Format eines Guy van der Post zusammenarbeiten durfte, wenn man sich vor Augen hielt, wie wenig sie derzeit in Hollywood angesagt war! Tja, dieser Schnepfe würde er es zeigen, so viel stand fest. Schon bei der ersten Szene morgen früh würde er mit dieser blöden Schlampe den Fußboden aufwischen, damit sie begriff, was wahre Schauspielkunst bedeutete. Sie hatte nicht geringste Chance.

Er kicherte in sich hinein, als er daran dachte, wie sich Leo, Ben und Tom zu Hause über diese Geschichte amüsieren würden. Allerdings machten sich Leo, Ben und Tom in letzter Zeit ein wenig rar.

Er musste zugeben, dass sein Leben nicht mehr so rosig aussah, seit sich sein letzter Film als Flop entpuppt hatte. Man ließ ihn nicht einmal mehr für Rollen vorsprechen, die man ihm früher nachgeworfen hätte. Eine widerliche Branche, dachte er verärgert und trat nach der Bettdecke. Da dreht man zehn Erfolgsfilme nacheinander, und dann ein kleiner Flop, einmal Pech gehabt, und man ist wieder ganz unten. Und dabei hatte das Ganze einen recht vielversprechenden Eindruck gemacht. »*Wasserwelten* … das Musical … Moulin Rouge im Bikini«

hatte der Slogan gelautet. Wie hatte das Projekt derart scheitern können?
Tja, aber das würde er ganz schnell ändern. Wenn dieser Film erst in die Kinos kam, würde er wieder ganz oben sein. Verdammt, er brauchte sich nur ein paar Monate mit Montana herumzuärgern, dann würde er seine Schäfchen wieder im Trockenen haben. Guy warf einen Blick auf die schläfrige Daisy, die wie ein Engel neben ihm lag. Ja, dieser Dreh bot wirklich interessante Abwechslungen, dachte er, trank einen letzten Schluck Whiskey und kicherte leise in sich hinein.
»Worüber lachst du?«, flüsterte Daisy benommen, streichelte seinen Nacken und kuschelte sich noch enger an ihn.
»Ach, ich habe mir nur überlegt, was für ein Glückspilz ich bin, weil eine schöne Frau wie du im Bett neben mir liegt«, antwortete er, ohne nachzudenken.

Es hatte wieder angefangen zu nieseln, als Portia und Andrew die Schnellstraße erreichten, die sie durch Kildare und dann über kleine Nebenstraßen nach Ballyroan bringen würde. Bis auf ein paar höfliche Anmerkungen über das abscheuliche Wetter hatten sie seit ihrem Aufbruch vom Strand kein Wort mehr gewechselt.
Nach einer Weile jedoch hielt Portia es nicht mehr aus. Edwina hin oder her, dachte sie. Er ist ein toller Typ, und die waren dort, wo sie herkam, offen gestanden dünn gesät. Vielleicht konnten sie ja einfach Freunde werden. Was war denn daran so schlimm? Abgesehen von Steve hatte sie keinen einzigen männlichen Freund. Als sie sich zu ihm umdrehte, wurde sein Gesicht kurz von den Scheinwerfern eines entgegenkommenden Autos beleuchtet. Mein Gott, er sieht einfach

traumhaft aus, dachte sie. Selbst bei dieser Beleuchtung. Seine eisblauen Augen waren nach vorne auf die Straße gerichtet, und sie sah aus dem Augenwinkel das Funkeln seines goldenen Siegelrings mit den eingravierten Initialen. Sogar die Art und Weise, wie er Auto fuhr, war sexy. Kein Wunder also, dass Edwina ihm den ganzen Weg zurück nach Irland gefolgt war. Wahrscheinlich hoffte sie – zweifellos unterstützt von seiner Mutter – ihn weich zu klopfen. Kurz wurde die warmherzige Portia von Mitleid mit der anderen Frau ergriffen. Es musste schon schrecklich genug sein, wenn die eigene Hochzeit in letzter Minute abgesagt wurde. Dabei auch noch einen Mann wie Andrew zu verlieren hinterließ mit Sicherheit Narben auf der Seele.

»Andrew?«, begann sie schüchtern, als sie den Stadtrand von Ballyroan erreichten. Er sah sie an.

»Ja, Mylady? Ich habe mich schon gefragt, ob Sie je wieder ein Wort mit mir wechseln würden.«

»Natürlich spreche ich noch mit Ihnen.« Sie lächelte. »Warum auch nicht?«

»Weil ich Ihnen vorhin einen ziemlichen Schlag vor den Bug verpasst habe.«

»Ja, ich war tatsächlich ein bisschen erschrocken, aber …«

»Entschuldigung, dass ich Ihnen ins Wort falle, aber nach Davenport Hall geht es hier links ab, richtig?«, fragte er und umfuhr geschickt die Schlaglöcher auf der Straße.

»Ja, und dann geradeaus durch das Tor«, erwiderte sie, als sie die hohen Backsteinpfeiler am Eingang des Anwesens erreichten.

Vor ihnen ragten die vier Meter hohen Tore auf, die nur noch von Rost zusammengehalten wurden und einen neuen Anstrich bitter nötig hatten. Man braucht nicht eigens zu erwähnen, dass die mehr als drei Kilometer lange Auffahrt völlig unbeleuchtet war, was sie für den bedauernswerten nächtlichen Besucher zu einem Hindernisparcours machte. Während Andrew sich geschickt über die stockfinstere Staubstraße in Richtung Haus vortastete, ergriff Portia die Gelegenheit.

»Ich weiß, dass ich mich ungeschickt ausdrücke, aber ich wollte nur sagen … tja, ich fand es heute Abend sehr nett, und wenn Sie noch mal über … reden wollen, können Sie natürlich jederzeit …«

»Sie fanden es heute Abend nett?«, unterbrach er sie und warf ihr einen Blick zu.

»Sie klingen so überrascht.«

»Selbstverständlich bin ich überrascht. Ich dachte, ich hätte mit meinem Gerede über Edwina alles vermasselt.«

»Nein, haben Sie nicht«, erwiderte sie, dankbar für die Dunkelheit, die verhinderte, dass er ihr Gesicht sah. Bestimmt war es inzwischen rot wie eine Tomate. »Sie haben doch das Recht, über sie zu sprechen. Schließlich wollten Sie sie diesen Sommer heiraten. Ich wollte nur sagen … ich weiß, dass Sie nur vorübergehend in Ballyroan sind, Andrew, aber immerhin sind wir Nachbarn, und falls Sie das Bedürfnis haben, sich auszusprechen, bin ich immer für Sie da.«

Anstelle einer Antwort schmunzelte er in sich hinein.

Als der Wagen die Tennisplätze umrundete, sagte Andrew schließlich: »Ich habe nur daran gedacht, wie grundverschieden Edwina und Sie sind. Ich glaube, Sie sind ganz anders als alle Menschen, die ich kenne.«

Da Portia nicht an Komplimente gewöhnt war, wusste sie nicht, wie sie darauf reagieren sollte.

»Weil man mich in Nobelrestaurants vor die Tür setzt?«
»Weil Sie wunderschön und komisch und sexy und warmherzig sind, ohne überhaupt zu ahnen, dass Sie diese Eigenschaften besitzen. Wahrscheinlich sind Sie der uneitelste Mensch, den ich je im Leben kennen gelernt habe, und das ist schon etwas, wenn man bedenkt, dass Sie eine Adelige mit einem Titel sind.«
Bevor sie etwas erwidern konnte, hatten sie den Haupteingang des Hauses erreicht. Oh Gott, dachte Portia. Was macht eine normale Frau in so einer Situation? Bittet sie ihn auf einen Kaffee herein? Küsst sie ihn keusch auf die Wange und springt aus dem Auto? Es sollte Abendkurse geben, die aus der Übung gekommene allein stehende Frauen auf das Durchqueren solcher gesellschaftlichen Minenfelder vorbereiten, überlegte sie weiter. Verdammter Mist, wer zum Teufel hat das Ausgehen mit Männern bloß erfunden?
Ein lautes Poltern aus dem Inneren des Hauses rettete sie vor weiteren Grübeleien. Andrew und sie machten einen Satz aus dem Wagen und eilten zur Eingangstür. Als Portia das Licht anknipste, stellte sie fest, dass die riesige Stuckharfe, das Wahrzeichen von Leinster, von der Kuppel der großen Vorhalle auf den Boden gefallen war und dabei einige der Fliesen aus Kilkenny-Marmor zerschmettert hatte.
»Oh Himmel, Gott sei Dank, dass niemand verletzt wurde!«, begann Portia, als sie plötzlich von oben einen ohrenbetäubenden Schrei hörten.
»Verlasse dieses Haus, böser Geist! Ich verfluche dich und überantworte dich den Flammen der Hölle!«, kreischte Lucasta und eilte in einem wehenden weißen Nachthemd und mit offen über die Schultern fallender grauer Mähne die Treppe

hinunter. »Ach, hallo, Schatz. Hast du dich gut amüsiert? Und das muss Andrew sein, von dem ich schon so viel gehört habe …« Sie hielt inne, als fände sie sich soeben auf einer Gartenparty wieder. Dank ihrer Fähigkeit, alles Unangenehme auszublenden, hatte sie offenbar völlig vergessen, dass Andrew sie erst am Vorabend gewaltsam ins Auto geschleppt hatte.

»Mummy, was ist da los?«, fragte Portia und fürchtete sich fast vor der Antwort.

»Es ist wieder Großtante Cassandra. Die dumme Kuh geht schon die ganze Nacht im Haus um, und schau nur, was sie angerichtet hat«, erwiderte Lucasta und wies auf die zerbrochene Stuckharfe auf dem Marmorboden.

»Ihre Großtante lebt noch?«, wollte Andrew von Portia wissen. Offenbar konnte ihn der Anblick von Mylady im Nachthemd, die aussah wie die wahnsinnige Ehefrau aus *Jane Eyre,* nicht schrecken.

»Nein, sie ist neunzehnhundertsechsundneunzig gestorben«, entgegnete Lucasta. »Aber während ihres Lebens war sie ein ziemliches Miststück, und daran hat sich auch nach ihrem Tod nichts geändert.«

»Zigarette?«, erkundigte sich Andrew ungerührt und zog ein Päckchen aus der Tasche.

»Ach, Sie sind ein Engel«, sagte Lucasta, schnappte sich gierig eine und ließ sie sich von Andrew mit einem eleganten Feuerzeug anzünden.

»Und ihr Geist geht nachts auf den Fluren um?«, fragte er so ruhig, als erörterten sie die Wettervorhersage für die Region.

»Ziemlich lästig, finden Sie nicht?«, erwiderte Lucasta. »Wenn sie sich tagsüber herumtreibt, stört das niemanden. Schließlich wohnen hier Dutzende von Geistern, und ich tue mein Bestes, damit sie sich wie zu Hause fühlen. Eigentlich vermeide ich Exorzismus, damit sie nicht sauer werden, aber Großtante Cassandra ist einfach zu viel. Sie ist so ungeheuer gewalttätig.«

»Mummy, meinst du nicht, dass du besser ins Bett gehen solltest?«, unterbrach Portia.

»Tut sie so etwas öfter?«, erkundigte sich Andrew, ehrlich interessiert.

»Die ganze gottverdammte Zeit, Schätzchen. Dauernd macht sie etwas im Haus kaputt und stiftet Chaos. Schauen Sie sich das bloß an.« Sie wies auf die zerschmetterte Harfe auf dem Boden. »Furchtbar viel Arbeit, das wieder wegzuräumen.« (Das sagte sie, ohne auch nur die leisesten Anstalten zu machen, Portia zu helfen, die auf Händen und Knien auf dem Boden herumkroch und versuchte, einen Teil des gewaltigen Schutthaufens zu beseitigen.)

»Es liegt an den Katzen«, fuhr Lucasta fort. »Sie hat meine Katzen immer gehasst und auf ihrem Totenbett geschworen, dass sie zurückkommen wird, um sich an ihnen zu rächen, tot oder lebendig.«

»An was ist sie denn gestorben?«, fragte Andrew und bückte sich höflich, um Portia zu helfen.

»Toxoplasmose. Das ist ihr recht geschehen«, entgegnete Lucasta, schleuderte ihre lange graue Mähne zurück und ging wieder zu Bett.

Sobald sie außer Sichtweite war, brachen Andrew und Portia kichernd zusammen und sanken nebeneinander auf die unterste Treppenstufe. »Ich liebe deine Familie«, platzte Andrew heraus und schüttete sich aus vor Lachen. »Das Filmteam sollte eine Dokumentation über dieses Haus und deine Familie drehen, und nicht die hundertste Auflage von *Die Geschichte einer Südstaatenschönheit.* Das wäre sicher viel interessanter. Deine Mutter ist besser als jede Comedy im Fernsehen.«

Portia strahlte ihn an. »Ich kann es nicht fassen, dass sie dich nicht jetzt schon vergrault hat. Mummy kann nämlich ganz schön anstrengend sein. Und dann kriegt man es ja auch noch mit Daisy zu tun…«

»Um mich zu vergraulen, wäre schon mehr nötig«, erwiderte Andrew leise und schlang ihr den Arm um die Taille. Später erinnerte sich Portia nur noch daran, dass er sich heruntergebeugt hatte, um sie zu küssen, anfangs langsam und zärtlich, dann immer leidenschaftlicher. Sie erwiderte seine Küsse und war selbst überrascht über die tiefen Gefühle, die sie für einen Mann empfand, den sie kaum kannte.

»Das wollte ich schon seit Stunden tun«, sagte er, umfasste ihr Gesicht mit beiden Händen und küsste sie erneut. Portia brachte keinen Ton heraus. Sie legte ihm nur die Arme um den Hals und drückte sich an ihn, so fest sie konnte.

Wenn sie geahnt hätte, dass jede ihrer Bewegungen fotografiert wurde, sie wäre wohl in Ohnmacht gefallen.

12

Ein reines Gewissen war kein gutes Ruhekissen, zumindest nicht in Davenport Hall. Es war erst kurz nach sieben, als Daisy in Portias Zimmer gestürmt kam und begeistert auf ihrem Himmelbett herumsprang, wie sie es schon als kleines Mädchen getan hatte.

»Aufwachen, Schwesterherz! Ich muss dir so viel erzählen!«, flehte sie und trat Portia dabei, ohne es zu bemerken.

»Oh mein Gott, wie spät ist es?«, erwiderte Portia schläfrig, öffnete die Augen und setzte sich auf.

»Kurz nach sieben, du Faulpelz«, erwiderte Daisy, riss ihr mit einem Ruck die Bettdecke weg und ließ sich neben sie auf die Matratze fallen.

»Spinnst du? Es ist noch mitten in der Nacht«, murmelte Portia im Halbschlaf.

»Ist es nicht. Guy musste um sechs in die Maske. Und jetzt frag mich, woher ich das weiß.«

»Gut, Liebes, woher weißt du das?«, sagte Portia, die ahnte, dass sie keine Ruhe bekommen würde, wenn sie nicht mitspielte.

»Weil ich die Nacht mit ihm verbracht habe! Und, bist du jetzt überrascht?«

Portia fuhr hoch und war schlagartig hellwach.

»Ist nicht wahr!«, stammelte sie. »Du hast mir doch erzählt, dass du bei eurer ersten Begegnung voller Pferdemist warst und dass du ihm nie wieder gegenübertreten könntest.«

»Tja, das zeigt eben, was für ein toller Typ er ist, dass er sich nicht vom ersten Eindruck hat täuschen lassen.« Daisy seufzte träumerisch auf. »Wir hatten eine wundervolle Nacht zusammen, und jetzt bin ich bis über beide Ohren in ihn verliebt. Ich möchte nichts weiter, als ihn nach L.A. zu begleiten und seine Kinder zu bekommen.«

»Eins nach dem anderen, Daisy«, flehte Portia, wohl wissend, dass ihre Schwester dazu neigte, sich Hals über Kopf in jede Lebenslage zu stürzen. Bestimmt plante sie schon die Hochzeitseinladungen. »Ihr hattet gerade mal eine gemeinsame Nacht. Also sprechen wir besser noch nicht von Hollywood und vom Kinderkriegen. Du kennst ihn doch gar nicht; er kommt aus einer ganz anderen Welt.«

»Ach, du Streberin. Warum musst du nur immer so negativ sein?«, rief Daisy aus, und ihre Stimmung änderte sich schlagartig. »Warum kannst du dich nicht einfach für mich freuen?«

»Liebes, natürlich freue ich mich für dich. Ich bitte dich doch nur, nichts zu überstürzen«, entgegnete Portia, die an Daisys Ausbrüche gewohnt war, ruhig.

»Ja, ja, schon gut«, erwiderte Daisy ein wenig versöhnlicher. Sie konnte Portia einfach nicht böse sein. Da war es doch viel einfacher, das Thema zu wechseln und sich so schnell wie möglich zu verdrücken. »Jedenfalls steht in der Kantine das Frühstück bereit, und du solltest besser aufstehen, du faules Stück«, fügte sie fröhlich hinzu, sprang vom Bett und knallte die Tür hinter sich zu.

Mit einem spöttischen Grinsen schmiegte sich Portia wieder in die Gänsedaunenkissen. Eigentlich war es ja ein Witz, dass gerade sie Daisy Vorträge über die Gefahr hielt, sich bis über beide Ohren in einen Mann zu verlieben, den man kaum kannte …

Sie dachte an Andrew und daran, wie schwer es gewesen war, ihn gehen zu lassen, nachdem sie ihn am Auto das letzte Mal geküsst hatte. Er hatte sich, ganz Gentleman, von ihr verabschiedet, sich für den wunderschönen Abend bedankt und gesagt, er werde sie anrufen. Tief in ihrem Innersten wusste sie, dass er es tun würde. Sie war überhaupt nicht verlegen gewesen, und er hatte sie auch nicht gedrängt, über Nacht bleiben zu dürfen. Obwohl er in Portia eine seit Jahren schlummernde romantische Seite geweckt hatte, hatte die Vernunft sie – im Gegensatz zu Daisy – davor gewarnt, sich von der Aufregung des Augenblicks mitreißen zu lassen. Wenn Andrew ein netter Mensch war, würde er sie anrufen. So einfach war das. Dennoch ließ der bloße Gedanke an ihn ihr Herz schneller schlagen, und sie hatte kaum geschlafen, so sehr war sie damit beschäftigt gewesen, von ihm zu träumen. Also kuschelte sie sich unter die Decke, um noch ein paar Minuten zu dösen. Dann streckte sie gähnend die langen, schlanken, weißen Arme aus. Bevor sie wieder einnickte, galt ihr letzter Gedanke Daisy … Bestimmt war sie absolut verrückt nach Guy van der Post, denn sie hatte Portia nicht einmal gefragt, wie es gestern Abend geklappt hatte.

»Welches Recht hast du, Brent Charleston, mich bis auf die Grüne Insel zu verfolgen und Forderungen an mich zu stellen? Was bringt dich auf den Gedanken, dass ich je im Leben die O'Maras verlassen würde, um mit dir nach Atlanta zurückzukehren?«

Mein Gott, heute bin ich aber in Form, dachte Montana, als sie eine winzige Träne die Wange hinunterrinnen ließ. Sie wandte den Kopf, um einen Blick aus dem Kutschenfenster zu werfen, wobei sie darauf achtete, dass das Scheinwerferlicht auch auf ihr hübsches Gesicht fiel.

»Ich schwöre, du bist die starrsinnigste Frau der Welt, Magnolia. Und jetzt tu, was ich dir sage, und komm mit mir. Sonst, bei Gott, kann ich für nichts garantieren!«

Ach herrje, Montana ist heute wieder einmal ganz besonders schauderhaft, dachte Guy, während er ihr seinen Dialog entgegenschleuderte. Hatte sie denn überhaupt an ihrem Südstaatenakzent gearbeitet? Sie klang wie ein in der Wolle gefärbtes kalifornisches Mädchen, das für eine Rolle in einer Seifenoper vorsprach. Ganz im Gegensatz zu ihm, der sich bis ins kleinste Detail sorgfältig auf seine Rolle vorbereitet hatte und während der gesamten Dreharbeiten Brent Charleston lebte und atmete. Er wäre sogar bereit gewesen, sich, nur um der Kunst willen, Schwielen in den Po zu reiten. Montanas Vorstellung von Perfektion schien sich hingegen darauf zu beschränken, pünktlich zu sein und – mehr schlecht als recht – ihren Text zu beherrschen. Mich würde interessieren, mit wie vielen Studiobossen sie schlafen musste, um diese Rolle überhaupt zu kriegen, fragte er sich erbittert.

»Und Schnitt«, rief Jimmy D. von seinem Regiestuhl, wo er die Szene auf einem kleinen flackernden Monitor aufmerksam beobachtet hatte.

»Wir machen Pause«, knurrte er dann das Team an und schritt zielstrebig auf die Kutsche zu, in der sie drehten. Dabei achtete er nicht auf den riesigen Golfschirm, mit dem sein Assistent hinter ihm hertrabte (inzwischen regnete es nämlich in Strömen).

»Wir machen Pause«, wiederholte Johnny in sein Walkie-Talkie, damit man es auch in der Garderobe und der Maske, wo man außer Hörweite war, mitbekam. Die Kutschenszene wurde unten am Loch Moluag am Rande des Davenport-Anwesens gedreht. Doch da der Trampelpfad so schmal und außerdem von riesigen Eichen gesäumt war, reichte der Platz gerade für den Kameramann und seinen Assistenten, während sich das restliche Team, in große grüne Regenmäntel gehüllt, am Ufer verteilt hatte und alles auf Monitoren zeitgleich mitverfolgte.

Montana und Guy saßen in erzwungener Intimität zusammen in der Kutsche und ignorierten einander nach Kräften, als Jimmy D. durch den Schlamm auf sie zugewatet kam und sie durch das offene Fenster ansprach. Sein Tonfall war leise und drohend.

»Nur für den Fall, dass keiner von euch beiden auf die Idee gekommen sein sollte, das gottverdammte Drehbuch zu lesen: Brent und Magnolia sind ineinander verliebt!« Eine dicke violette Vene pochte an seiner linken Schläfe. »Ich will Anziehungskraft sehen, ein Knistern, zwei Leute, die kaum die Hände voneinander lassen können – und nicht zwei Idioten, die sich anzicken und herumstümpern, als sollten sie besser gleich in der Provinz auftreten.«

»Weißt du, Jimmy D., es ist nicht leicht für mich«, erwiderte Guy, der sich von der Anspielung auf die Provinz nicht anfechten ließ. »Es ist, als müsste man mit einem Holzpflock spielen. Ich gebe und gebe und gebe und kriege absolut nichts zurück. Wie zum Teufel soll ich diese Szene spielen, wenn sie mich nicht einmal anschaut?«

»Du gibst und gibst und gibst?«, zischte Montana. »Das Einzige, was du jemals freiwillig hergegeben hast, ist Syphilis.« Dann riss sie sich das Mikrofon ab, das Paddy sorgfältig an den Kragen ihres Reitkleides gesteckt hatte, und fügte hinzu: »Wir können ja Plätze tauschen. Dann wirst du es selbst sehen, Jimmy D. Es ist schon schlimm genug, dass Guy genug Knoblauch gegessen hat, um ein ganzes Dorf voller Vampire auszurotten. Aber dazu noch stinkt er so nach Whiskey, dass ich kotzen könnte. Ach, wahrscheinlich war er letzte Nacht zu sehr mit Daisy beschäftigt, um noch Zeit zu haben, sich die Zähne zu putzen.«

»Mein Gott, ist das wahr?«, wollte Paddy, der den Dialog auf dem Kopfhörer mitverfolgt hatte, ungläubig von Daisy wissen. Diese kauerte steif neben ihm auf einem Klappstuhl und tat sofort so, als wäre sie zu sehr in die Drehbuchseiten vor sich vertieft, um ihn wahrzunehmen. Offenbar blieb auf Filmsets nichts auch nur einen Tag lang verborgen.

»Haben Sie diesen Fiesling wirklich gevögelt?«

Trotz ihres riesigen Anoraks, der den Großteil ihres Gesichts verdeckte, spürte sie, wie sie vom Nacken aufwärts heftig errötete.

»Sie brauchen ja nichts zu sagen«, fuhr Paddy gekränkt fort. »Aber es würde mich trotzdem interessieren, was dieser Wichser hat und was mir fehlt. Abgesehen natürlich von seinem Haus in den Hügeln von Hollywood, seinem Geld, seiner Oldtimersammlung, seinem Weinberg in Napa Valley und seinem umgebauten Loft in New York – und seiner Penisverlängerung, wenn es stimmt, was im *Spion* steht. Doch wenn man das alles mal vergisst: Was um Himmels willen finden Sie an ihm?«

»Oh, Paddy«, begann Daisy, die bemerkte, dass er ehrlich geknickt war. »Ich kann nicht erklären, was ich für ihn empfinde. Es ist nur …«

»Ersparen Sie mir dieses Weibergedöns«, entgegnete Paddy traurig und setzte den Kopfhörer wieder auf. »Ich meine ja nur, dass … na, Sie haben wirklich was Besseres verdient.«

»Sie können ihn durchstellen«, meinte Steve zu seiner Sekretärin und fragte sich, warum um alles in der Welt Paul O'Driscoll ihn bloß anrief.

»Steve, wie geht es Ihnen?«, ertönte eine angespannte Stimme aus der Telefonleitung.

»Offen gestanden habe ich gleich einen Termin«, antwortete Steve, »und ich bin ohnehin schon zu spät dran.« Er war gerade im Begriff gewesen, nach Davenport Hall zu fahren, um Lucasta einen vollständigen Bericht über ihre Tafelwasser-Pläne abzuliefern. (Sein Juniorpartner hatte viele Stunden mit dem zehnseitigen Elaborat verbracht, das Lucasta, wie Steve sehr wohl wusste, vermutlich dazu benutzen würde, das Katzenklo auszulegen.)

»Dann möchte ich Sie nicht lange aufhalten. Ich wollte Sie nur zu einer Sondersitzung des Grafschaftsrats von Kildare County einladen, falls Sie am nächsten Montag Zeit haben. Bei der Planungskommission ist ein Antrag eingegangen, den wir erörtern müssen.«

Steve, der während des Telefonierens Papiere und Aktenmappen zusammenstapelte, hielt mitten in der Bewegung inne. Der Grafschaftsrat hielt niemals Sondersitzungen ab. Aus

keinem Grund der Welt. »Die Planungskommission? Paul, was ist da los?«
»Sehen wir uns also nächsten Montag um acht im Hotel Dunville Arms in Kildare. Dann erkläre ich Ihnen alles.«

Tony warf einen letzten Blick auf die Fotos, die er an den *Spion* mailen wollte. Fantastisches Material: Guy van der Post, wie er gerade auf der Treppe des verfallenen Gutshauses eine traumhafte Blondine entkleidete, während Montana Jones allein beim Essen saß, und zwar mit einer Miene, als hätte es ihr ordentlich die Grütze verhagelt. Dieses Thema ließ sich wochenlang ausschlachten. Plötzlich entstand eine Geschichte in seinem fixen Journalistengehirn: Guy hatte direkt vor der Nase seiner Lebenspartnerin eine Affäre mit einer irischen Schönheit. Zugegeben, Montana und Guy hatten nie etwas miteinander gehabt, doch die Wahrheit durfte einer guten Story nicht im Wege stehen.
Und dann war da auch noch das andere Paar. Der hoch gewachsene blonde Mann und die aufregende Frau, die sich in den frühen Morgenstunden auf der Treppe geküsst hatten. Ein Jammer, dass keiner von ihnen prominent war. Aber Tony hatte so tolle Aufnahmen von ihren leidenschaftlichen Küssen gemacht, dass es ein Verbrechen gewesen wäre, sie nicht zu veröffentlichen.
Eine zweite Story entstand in seinem Kopf ... der Hausherr und die Haushälterin in feuriger Umarmung. Ihn konnte man vom Typ her ein wenig wie einen Bruder von Lady Di darstellen, stolz und arrogant, während sie bestimmt ein armes Mädchen aus der Arbeiterschicht war, das sich in diesem Nobelanwesen abschuftete, um das Geld für die Leistenbruch-

operation ihrer Mutter zusammenzukratzen. Das Ganze ließ sich prima mit der Geschichte über Guy und Montana verknüpfen.

ER WAR DER MÄCHTIGE EARL VON IRLAND UND SIE EIN EINFACHES HAUSMÄDCHEN. GESELLSCHAFTLICH TRENNTEN SIE WELTEN, BIS SICH IHRE BLICKE EINES SCHICKSALHAFTEN ABENDS ÜBER DEM KOHLENEIMER TRAFEN. KANN IHRE LIEBE DIE SOZIALE KLUFT ÜBERWINDEN?

Die Leser des *Spion* würden sich draufstürzen. Außerdem war die letzten Monate, was Promiklatsch anging, Sauregurkenzeit gewesen. Seit Ewigkeiten hatte es keine Scheidung, keine Verhaftung und keine Schlägerei mehr gegeben, Ereignisse, die die Verkaufszahlen stets in die Höhe trieben. Sogar eine Schlagzeile stand Tony schon vor Augen: SEX UND INTRIGEN IN DAVENPORT HALL! IN IRLAND LIEGT WAS IN DER LUFT … UND ALLE MACHEN MIT!

»Du siehst ja hinreißend aus, Susan. Wie wundervoll, dich zu treffen«, flötete Edwina und stand auf, um ihre Wunsch-Schwiegermutter vorsichtig auf beide Wangen zu küssen, wobei sie sorgfältig darauf achtete, keine Lippenstiftflecken zu hinterlassen. »Und herzliche Glückwünsche zu deinem neuen Haus … Ich habe gehört, es soll ein Traum sein!«
»Wie reizend von dir, meine Liebe. Du musst uns unbedingt besuchen, sobald du Zeit hast«, erwiderte Mrs. de Courcey und nahm anmutig das Einweihungsgeschenk entgegen, ohne

jedoch Anstalten zu machen, es zu öffnen. Ein Geschenk in Gegenwart des Schenkers auszupacken wies auf schlechte Manieren hin und war, wie sie schon immer gefunden hatte, so schrecklich kleinbürgerlich.

»Also, Edwina, mein Schatz, nur weil Michael und ich jetzt zur Landbevölkerung zählen, heißt das noch lange nicht, dass wir dich nicht so oft wie möglich bei uns begrüßen wollen. Hoffentlich ist unser neues Haus für eine weltgewandte junge Dame wie dich nicht zu primitiv.«

Edwina protestierte, wie von ihr erwartet wurde, und entgegnete, sie werde kommen, sobald sich ein Zeitfenster auftäte.

»Ach, Susan, ich bedaure es ja so, dass ich letztens nicht zu eurer Einweihungsparty kommen konnte. Aber ich hatte fest zugesagt, bei Peter O'Briens Modenschau Kleider vorzuführen, und ich wollte ihn auf keinen Fall versetzen.«

Mit einem huldvollen Lächeln ließ sich Mrs. de Courcey in den bequemen Gobelinsessel des Dubliner Nobelrestaurants mit dem Namen The Hibernian sinken. Es war kurz nach eins, und die von Lainey ausstaffierten Damen, die sich hier regelmäßig zum Mittagessen trafen, trudelten allmählich ein. Mrs. de Courcey erkannte einige von ihnen und verteilte ein paar Kusshände durch den Raum, wobei sie sich der neidischen Blicke, die sie auf sich zog, wohl bewusst war. Schließlich speiste sie in Gesellschaft von Edwina Moynihan, Mitglied der neuen Generation irischer Supermodels, die sicher eine traumhafte Schwiegertochter abgeben würde. Was für wunderschöne Enkelkinder würden Andrew und sie hervorbringen!

»Natürlich war Andrew sehr enttäuscht, dass du nicht gekommen bist.«

Edwina zögerte kurz, bevor sie etwas darauf erwiderte, als müsse sie zuerst entscheiden, wie offen sie werden sollte.
»Weißt du, Susan, ich bin ihm gestern Abend zufällig begegnet. Ist das zu fassen?«, begann sie, bemüht um einen angemessen beiläufigen Tonfall. »Und das ausgerechnet im Hôtel de Paris! Er war mit einem ausgesprochen merkwürdig angezogenen Mädchen da. Ich glaube, er nannte sie …«
Sie beendete den Satz absichtlich nicht, um nicht zu viel zu verraten.
Der Überrest eines Lächelns gefror in Mrs. de Courceys Botox-gestrafftem, makellos geschminktem Gesicht.
»Ja, ich weiß, wen du meinst. Portia Davenport. Eine Nachbarin. Aus einer Familie, in der offenbar eine solche Inzucht herrscht, dass sie schon seit mindestens zweihundert Jahren ihre eigenen Cousins heiraten. Über das Benehmen dieser Leute auf der Einweihungsfeier will ich lieber gar nicht sprechen. Es war einfach schockierend. Und ich muss zugeben, dass sie sich dem armen Andrew ziemlich an den Hals geworfen hat. Du weißt ja, wie klammernd und aufdringlich diese unverheirateten Frauen über dreißig werden können. Bestimmt hat sie ihm so lange zugesetzt, bis er mit ihr ausgegangen ist. Du weißt ja, was für ein weiches Herz Andrew hat.«
Edwina lächelte erleichtert. »Tja, Susan, ich fälle ja nur sehr ungern ein Urteil über eine Geschlechtsgenossin, aber es war ihr gestern Abend richtiggehend ins Gesicht geschrieben, wie verzweifelt sie auf Männersuche ist. Und dazu noch ihre Aufmachung. Gummistiefel hätten gut dazu gepasst. Diese Landadeligen sind wirklich eine Klasse für sich. Ich dachte schon, Andrew wäre wegen einer Wette mit einer Obdachlosen ausgegangen.«

»Tja, wenn man sich zu fein ist, um sich zu waschen …« Mrs. de Courcey lachte schneidend auf und drehte sich dann um, um einen vorbeigehenden Kellner heranzuwinken. »Aber du brauchst dir wirklich keine Sorgen wegen dieser grässlichen Davenport zu machen, meine liebe Edwina. Es ist wirklich unwahrscheinlich, dass er sie je wiedersieht.«

Portia traute ihren Ohren nicht, als sie beim Aufwachen die Großvateruhr in der Vorhalle zwölf Uhr mittags schlagen hörte. Sie verschlief sonst nämlich nie! Als sie eilig in einen Trainingsanzug schlüpfte und nach unten eilte, um einen Schluck Kaffee zu trinken, hörte sie Stimmen aus der ehemaligen Dienstbotenküche.

»Wie in Gottes Namen soll ich Mittagessen machen, wenn Sie den ganzen Küchentisch mit Hunderten von dämlichen Wasserflaschen zustellen?«

Oh Gott, stöhnte Portia. Mrs. Flanagan hatte schlechte Laune! Das hatte ihr gerade noch gefehlt.

»Ich versuche hier eine Firma zu gründen. Und ein bisschen Unterstützung und Ermutigung wären sicher nicht fehl am Platz!«, brüllte Lucasta zurück. »Ich schaue mir historische Filme im Fernsehen an und weiß deshalb genau, wie Adelige eigentlich von ihrem Personal behandelt werden sollten. Haushälterinnen sagen normalerweise Sachen wie: ›Sie haben geläutet, Mylady?‹, und nicht: ›Was zum Teufel wollen Sie jetzt schon wieder?‹«

Mit einem tiefen Seufzer öffnete Portia die Tür und fragte sich, welches Inferno sie wohl heute erwartete. Lucasta saß, umgeben von überquellenden Aschenbechern, inmitten Dutzender leerer Wein- und Schnapsflaschen, die sie geduldig in

Wasser einweichte, um bei einer nach der anderen das Etikett zu entfernen.

»Ach, guten Morgen, Schatz«, sagte ihre Mutter und blickte auf. »Du kommst gerade rechtzeitig, um mir zu helfen.«

»Mummy, was um Himmels willen tust du da?«, fragte Portia und fürchtete sich fast vor der Antwort.

»Die gnädige Frau hat beschlossen, sich die Mühe zu sparen, für ihre neue Firma das absolut trinkbare Wasser von der Quelle draußen zu nehmen«, erwiderte Mrs. Flanagan missbilligend. »Denn so würde ja nur ein normaler Mensch vorgehen.«

»Tja, ich würde es ja aus der Quelle holen, aber, tja ... es regnet«, gab Lucasta wie eine trotzige Sechsjährige zurück. »Und verschonen Sie mich mit Ihrem schrecklichen sarkastischen Ton, Mrs. Flanagan. Ich hätte nicht übel Lust, Sie zu zwingen, sich sämtliche Schloss-Filme anzusehen, die je gedreht wurden, damit Sie endlich lernen, wie man mit seinem Arbeitgeber spricht. So als eine Art Trainingsvideo.«

»Wenn Sie glauben, dass ich Ihnen für die paar Kröten, die Sie mir bezahlen, auch noch in den Arsch krieche, haben Sie sich geschnitten. Da würde ich ja bei McDonald's mehr verdienen.«

»Ja, aber um dort einen Job zu kriegen, müssten Sie erst mal kochen lernen.«

»Mummy, hör auf damit!«, flehte Portia, die häufig einschreiten musste, wenn Lucasta und Mrs. Flanagan wieder einmal zankten. »Und jetzt erklär mir, was los ist.«

»Das da«, entgegnete Lucasta und wedelte Portia mit einer leeren Weinflasche theatralisch vor der Nase herum, »ist deine Zukunft. Eau de Davenport. Bio-Quellwasser. Absolut rein. Ja, ich könnte fantasielos sein und ein Vermögen dafür ausgeben, unterirdisch nach Wasser bohren zu lassen. Aber warum die Mühe? Es ist viel leichter, einfach gutes altes Leitungswasser zu nehmen. Das ist sowieso das Gleiche. Und, weißt du, ich betrüge die Kunden ja nicht einmal. Auf den Flaschenetiketten wird groß und deutlich ›Eau de Davenport‹ stehen, und das bekommen sie auch. Ich fühle mich wie dieser Michael O'Leary. Wie er habe ich eine unternehmerische Vision. Eau de Davenport könnte die Ryanair der Tafelwasserbranche werden.«

»Und woher kommen um Himmels willen all diese leeren Flaschen?«, fragte Portia und schickte sich an, sie auf dem riesigen Küchentisch aus Holz zusammenzuschieben, damit Mrs. Flanagan wenigstens ein bisschen Platz hatte.

»Tja, Liebes, du würdest dich wundern, was wir hier im Haus für einen Alkoholverbrauch haben«, erwiderte Lucasta ein wenig verlegen. »Ich sagte gerade zu Andrew, ich könne es kaum fassen, welche Massen von Flaschen draußen in den Mülleimern liegen …«

»Andrew?«, unterbrach Portia. »Soll das heißen, er ist hier?«

»Ja, Liebes. Er hilft mir schon den ganzen Vormittag. Er ist gerade rausgegangen, um noch mehr Flaschen zu holen.«

»Ein reizender Junge«, fügte Mrs. Flanagan lobend hinzu, während sie das Wasser aufwischte, das Lucasta auf dem Steinboden verschüttet hatte. »Guy van der Post macht zwar eindeutig noch mehr her als er, aber ich glaube, er kann ganz schön anstrengend werden. Nein, ein Mann, der normal geblieben ist, hat einiges für sich. Der Himmel weiß, dass so etwas in diesem Haus eine Seltenheit ist.«

Ehe Portia Zeit hatte, einen klaren Gedanken zu fassen, ging die Hintertür auf, und er stand vor ihr. Beladen mit so vielen Flaschen, wie er tragen konnte, nass bis auf die Haut – und immer noch aufregend sexy.

»Guten Morgen«, sagte er mit einem Grinsen, während er einige Flaschen auf dem Küchentisch abstellte. »Darf ich mich vorstellen?«, meinte er mit demselben Augenzwinkern wie am Vorabend. »Ich bin der neue Geschäftspartner deiner Mutter.«

13

Okay, Leute, machen wir Schluss für heute«, sprach Johnny müde in sein Walkie-Talkie, worauf das Team langsam anfing, die Ausrüstung zusammenzupacken und sich – alle bis auf die Haut durchnässt – aus dem Staub zu machen.

»Ach, du heiliger Strohsack. Ich hatte zwar schon einige miserable Drehtage, aber der hier wird in die Annalen eingehen«, stöhnte Jimmy D., als sie den Trampelpfad (der sich inzwischen in eine schlammige Rutschbahn verwandelt hatte) am Loch Moluag entlangtrotteten und auf das etwa anderthalb Kilometer entfernte Haus zusteuerten.

»Kopf hoch«, meinte Johnny und zündete sich eine Zigarette an. »Denk nur an das fabelhafte Cordon Bleu, das die wahnsinnige Haushälterin sicher schon für uns vorbereitet hat.«

»Jetzt sind wir schon seit zwei Wochen mit den Außenaufnahmen beschäftigt und haben gerade mal zehn Minuten verwendbaren Film im Kasten«, brummte Jimmy D. weiter, ohne auf die Anspielung auf Mrs. Flanagans Kochkünste zu achten. »Was zum Teufel wird Harvey Brocklehurst Goldberg dazu sagen? Wenn das so weitergeht, macht er uns den Laden dicht. Verdammt, es wäre nicht das erste Mal.«

Johnny antwortete nicht, sondern schleppte seine müden Knochen wortlos durch den prasselnden Regen. Es wäre wirklich nicht das erste Mal. Vor ein paar Jahren war er Regieassistent bei einer riesigen amerikanischen Produktion gewesen. Am Dollymount Strand in Dublin war ein Straßenfeger über die Invasion in der Normandie gedreht worden. Der Titel lautete *D-Day, Tag der Befreiung.* Doch nach drei Wochen Dreharbeiten hatten sich die Investoren zurückgezogen, und das ganze Projekt war gestorben, ohne dass irgendein Schauspieler oder ein Mitglied des Filmteams auch nur einen Penny Honorar gesehen hätte, worauf die Mitarbeiter den Film in *D-Day, Tag der Entzweiung* umbenannten.
Es wäre also wirklich nicht das erste Mal gewesen.

»Oh, Guy, du warst heute einfach fantastisch!«, plapperte Daisy los und warf ihm die Arme um den Hals. »Ich habe mir deine Szene am Monitor angeschaut, und du warst spitzenklasse.«
»Findest du wirklich?«, erwiderte er und schenkte sich ein großes Glas Jack Daniel's ein. »Tja, weißt du, das Drehbuch ist gut, der Regisseur ist gut, aber beide zusammen sind offenbar nicht so gut wie ich.« Guy schaffte es immer zu klingen, als gebe er gerade ein Interview in der *Johnny Carson Show.*
»Die Stelle, als du Magnolias Hand genommen und ihr gesagt hast, du liebtest sie so sehr, dass du sie am liebsten ohrfeigen würdest … Ich hatte Tränen in den Augen, so echt war es.«
Überflüssig zu erwähnen, dass dieses Lob in seinen Ohren wie Musik klang. »Schätzchen, dafür darfst du mir sogar beim Duschen zuschauen«, meinte er in gedehntem Tonfall, ließ sich auf dem Sofa in seinem Winnebago nieder und ver-

suchte, sich die viktorianischen Reitstiefel von den Füßen zu zerren, während er gleichzeitig seinen Whiskey hinunterkippte. Außerdem trug er ein Handtuch um den Hals, wodurch er leider mehr nach einem Boxer als nach einem Gentleman aussah.

»Hmmm, was für ein wundervoller Abschluss für einen scheußlichen Tag, mein Liebling«, antwortete Daisy, schlüpfte aus ihrem Regenmantel und tänzelte ins Bad, wobei sie sich ihrer Jeans und der verschiedenen Schichten von Wollpullovern entledigte, die man im Juni in Irland braucht, wenn man sich keine Lungenentzündung einfangen will. Dann fuhr sie sich durch die blonden Locken, und als sie sich in der Badezimmertür verführerisch zu ihm umdrehte, sah sie aus wie die junge Brigitte Bardot. »Und wenn du ganz brav bist, leiste ich dir vielleicht Gesellschaft«, fügte sie hinzu.

»Caroline, Sie müssen Daisy eine dringende Nachricht von mir überbringen«, befahl Montana, während Serge geduldig das gewaltige Haarteil entfernte, das praktisch an ihrem Kopf festgeheftet war.

»Meinen Sie jetzt sofort, Miss Jones?«, erwiderte Caroline, die gerade die verschiedenen klatschnassen Teile des historischen Kostüms vom Boden aufsammelte, das Montana achtlos fallen gelassen hatte.

»Ja, jetzt«, zischte Montana, die für heute genug von störrischen Zeitgenossen hatte.

»Tja, viel Glück, Schätzchen«, flötete Serge, den Mund voller Haarnadeln, die er geschickt aus ihrer Frisur zog. »Ich habe sie gerade in Guys Wohnmobil verschwinden sehen. Die beiden muss es ja mächtig erwischt haben. Noch nie habe ich erlebt, dass ein Winnebago so sehr auf und nieder wippt. Ich hatte schon Angst, sie könnten eine Schlammlawine auslösen.«

»Nicht, dass Mr. van der Posts Freizeitaktivitäten uns etwas angingen«, gab Caroline spitz zurück.

»Ach, seien Sie doch nicht so, Mutter Teresa«, seufzte Serge, der inzwischen mit einem Gerät, das an einen großen Schaber erinnerte, Montanas kunstvoll aufgetragenes Make-up entfernte. »Wussten Sie nicht, dass Klatsch die Brust ist, an der sich jedes Filmteam nährt?«

»Wie lautet die Nachricht, Miss Jones?«, fragte Caroline, ohne auf Serge zu achten.

»Geben Sie ihr einfach das da«, entgegnete Montana barsch und reichte ihr einen Zettel, auf den sie etwas gekritzelt hatte. »Und sagen Sie ihr, wir sehen uns später.«

Als Caroline sich durch den peitschenden Regen über den schlammigen Hof zu Guys Wohnmobil durchkämpfte, konnte sie der Versuchung nicht widerstehen. Die Neugier siegte, und außerdem bezahlte ihr Romance Pictures schließlich deshalb ein völlig überzogenes Honorar, damit sie ihre Pflichten nicht vernachlässigte. Montana Jones war ihr Schützling, ob es ihr nun gefiel oder nicht, und ihre Aufgabe bestand darin, dafür zu sorgen, dass sie während der Dreharbeiten nicht vom rechten Wege abwich. Also riss Caroline den Brief auf, wobei sie darauf achtete, ihn mit ihrem Schirm vor dem Regen zu schützen: *Daisy, die Quelle ist ausgetrocknet. Dringend. Caroline, falls Sie das lesen, sind Sie ein noch kläglicheres Suppenhuhn, als ich dachte.*

Ungerührt von diesem Seitenhieb, wollte Caroline den Brief schon wieder zurück in den Umschlag stecken, als sie plötzlich hinter sich eine Stimme hörte.

»Warum fallen die tollsten Frauen immer auf Wichser rein?« Es war Paddy, der, bis auf die Haut durchnässt, einige Kabelrollen zurück ins Lager schleppte und dabei einen traurigen Blick auf Guys Wohnmobil warf. »Und dabei wollte ich Daisy heute Abend auf einen Hamburger einladen.«
Caroline bedachte ihn mit einem abfälligen Blick, der ihr Erstaunen darüber ausdrücken sollte, dass dieses dahergelaufene Jungchen es überhaupt wagte, sie anzusprechen. »Ach, wirklich, Paddy? Ein Hamburger? Wie kann eine Frau da nein sagen?« Dann klopfte sie rasch an die Tür des Wohnmobils.
»Wenn Sie da reingehen, richten Sie ihr doch bitte aus, aber ganz diskret, dass sie auch mich hätte haben können.«

»Also erkläre ich ohne große Umschweife den Vorschlag, eine Nutzungsänderung zu beantragen, mit zweiundzwanzig zu einer Stimme für angenommen!« Schwungvoll klopfte Paul O'Driscoll mit dem Hammer auf den Tisch und beendete damit die außerordentliche Sitzung des Grafschaftsrats von Kildare County.
»Ach herrje, besser hätte es gar nicht laufen können!«, verkündete Shamie Nolan stolz allen, die ihm zuhörten. Dann drehte er sich zu seiner Frau Bridie um, die sich heute in Sachen Mode selbst übertroffen hatte. Sie trug ein schlecht kopiertes grellrosa Chanel-Kostüm mit einer Korsage, die vielleicht bei Sarah Jessica Parker gerade noch durchgegangen wäre. Die Politikergattin mittleren Alters hingegen sah darin aus, als verdiene sie ihr Geld als Gunstgewerblerin. »Hör zu, Liebling, ich gebe den Jungs nur ein paar Runden aus, um mich zu bedanken, dass sie so kurzfristig kommen konnten. Würdest du für mich ein paar Worte mit Steve Sullivan wechseln?«

»Mit dem allergrößten Vergnügen«, erwiderte sie leicht gereizt. »Immer überlässt du mir die Drecksarbeit.« Nachdem sie kurz innegehalten hatte, um zu überprüfen, ob der peitschende Regen draußen die Bräunungscreme an ihren Beinen nicht abgewaschen hatte, marschierte sie auf den bedauernswerten Steve zu, der allein in einer Ecke des Hotelzimmers saß, aus dem Fenster starrte und an einem Kugelschreiber herumspielte.

»Tja, ich hoffe, Sie sind jetzt so richtig stolz auf sich«, begann sie. »Ist Ihnen klar, dass Sie nichts weiter geschafft haben, als Ihren zuständigen Abgeordneten zu verärgern, der Ihnen, wie ich vielleicht hinzufügen darf, in den letzten Jahren einige Aufträge zugeschanzt hat.«

Steve seufzte traurig auf und wirkte wie jemand, der weiß, dass die Schlacht vorbei und verloren ist. »Bridie, Sie verstehen das nicht. Die Davenports sind alte Freunde. Das Haus und das Land sind alles, was sie haben. Seit mehr als zweihundert Jahren lebt diese Familie nun dort. Es ist ihre Tradition, unser aller Tradition.«

»Tradition, da lachen ja die Hühner. Wenn diese Leute sich besser um das Haus gekümmert hätten, wäre es nie so weit gekommen. Shamie junior, mein elfjähriges Kind, war mal auf einem Schulausflug dort und ist durch ein verrottetes Dielenbrett gebrochen. Das arme Kleine musste in die Notaufnahme in Kildare eingeliefert werden und hat zwei Wochen lang Penicillinspritzen gekriegt.«

»Tut mir Leid, das zu hören. Hoffentlich hat er sich bald wieder erholt.«

»Shamie junior ist ein Mädchen. Aber der springende Punkt ist, dass das Haus schon vor Jahren wegen Baufälligkeit hätte gesperrt werden müssen …«

»Nein, Bridie«, unterbrach Steve, der es nicht mehr ertragen konnte. »Der Punkt ist, dass kein Mitglied der Familie Davenport es zulassen wird, dass der Grafschaftsrat das Haus für baufällig erklärt, einen Zwangsverkaufsbescheid zustellt, es abreißt und das Grundstück anschließend als Bauland ausweist. Nur über ihre Leiche.«

»Dumm nur, dass Lucasta und die Mädchen gar nicht die rechtmäßigen Eigentümerinnen sind, richtig, Steve? Offizieller Besitzer von Davenport Hall ist Lord Black Jack persönlich, der derzeit in Las Vegas ist und sich dort, soweit ich informiert bin, prächtig amüsiert. Und da die Familientradition ihm nie schlaflose Nächte bereitet hat, wird sie es sicherlich auch jetzt nicht tun. Schließlich ist es stadtbekannt, dass Black Jack für ein bisschen Bares seine eigene Leber verkaufen würde. Ich glaube, er wird über eine Finanzspritze sehr erfreut sein. Dann hat er mehr Geld, um es für seine Teenie-Freundin auszugeben.«

Es bestand kein Zweifel – Andrew war verliebt. Davenport Hall hatte ihn völlig in seinen Bann gezogen. Portia hatte den ganzen Abend damit verbracht, ihn geduldig durch das Haus zu führen: die Speisesäle, die verschiedenen Salons, das stinkende Musikzimmer, das Billardzimmer, der eiskalte Ballsaal, die große Galerie und die Schlafzimmer. Dabei überhäufte Andrew sie unermüdlich mit Fragen über die Geschichte des Hauses und der wenigen Kunstgegenstände, die noch herumlagen und auf wundersame Weise nicht verkauft worden waren.

»Warum ist der Ballsaal vom restlichen Haus abgetrennt?«, wollte er wissen, denn seinem aufmerksamen Blick entging nichts.

»Wow, das bemerkt sonst kaum jemand«, erwiderte Portia ehrlich beeindruckt. »Er wurde ein wenig später angebaut, so gegen achtzehnhunderteins, um genau zu sein. Weißt du, der vierte Lord Davenport war ein dicker Kumpel des Prinzregenten, der damals eine Affäre mit Lady Coyningham von Slane Castle hatte. Er kam ziemlich regelmäßig, um sie zu besuchen, machte unterwegs hier Station, genehmigte sich ein paar ordentliche Brandys und tränkte seine Pferde. Lord Davenport hätte sich beinahe ruiniert, indem er diesen Ballsaal anbaute, in der Hoffnung, seinen königlichen Gast damit zu beeindrucken. Doch kaum war der Ballsaal fertig, gab der Prinz seiner irischen Geliebten den Laufpass und setzte nie wieder einen Fuß in dieses Land. Lord Davenport starb völlig verarmt, und angeblich sollen seine letzten Worte gelautet haben: ›Zündet den verfluchten Ballsaal an und seid dankbar, dass ich diesen fetten Hannoveraner Schuft wenigstens überlebt habe.‹«

Andrew warf den Kopf in den Nacken und brüllte vor Lachen. »Erzähl weiter«, meinte er aufmunternd. »Bitte, ich möchte noch mehr Anekdoten aus den Familienarchiven hören. Ach, warum ist übrigens das Schminkzimmer abgeschlossen? Das würde ich mir gern von innen anschauen.«

»Weil die Mülltonnen erst am Donnerstag geleert werden«, antwortete Portia verlegen. »Und wenn wir sie draußen stehen lassen, kommen die Ratten.«

Sie konnte es kaum fassen; noch nie hatte sie das Haus einem Menschen gezeigt, der so aufrichtig interessiert an historischen Gebäuden zu sein schien. Normalerweise war es ihr schrecklich peinlich, Gäste von einem heruntergekommenen Zimmer ins nächste zu führen und ihre angewiderten Mienen angesichts der überall herrschenden Verwahrlosung zu beobachten. Andrew hingegen konnte gar nicht genug sehen und hören und war offenbar wirklich fasziniert von Portias Anekdoten aus dem Leben ihrer exzentrischen Vorfahren.

Besonders gut gefiel ihm die Legende über den ungehobelten vierten Lord Davenport, der eine Affäre mit Emily Brontë gehabt hatte und angeblich als Vorbild zu der Romanfigur Heathcliff diente.

Dann war da noch die Geschichte von George Davenport, dem zweiten Lord, der ein Gründer und aktives Mitglied der United Irishmen gewesen war. Sein guter Freund Robert Emmet hatte ihn in den neunziger Jahren des achtzehnten Jahrhunderts angeworben, und zwar vermutlich in der Hauptsache wegen seines großen Vermögens. Der bedauernswerte George Davenport wurde als leidenschaftlichster Revolutionär bekannt, den Irland je hervorgebracht hat – was keine geringe Leistung ist. Historiker kamen sogar zu dem Schluss, dass seine irregeleitete republikanische Einstellung eine mindestens zwanzigjährige Verlängerung der britischen Herrschaft in der Umgebung von Kildare zur Folge gehabt hatte.

Während des Aufstandes im Jahr 1798 wurde seine Lordschaft mit einer einfachen Aufgabe betraut, doch es gelang ihm trotzdem, alles zu vermasseln. Emmet bat ihn, einige aus Frankreich angelieferte Tonnen Schießpulver und Hunderte von Flinten aufzubewahren, und zwar bis zu dem glorreichen Tag, an dem die Provinz Leinster sich im Aufstand erheben würde. Doch der arme vertrottelte George versteckte die Munition dummerweise im Kutschhaus, wo er sie bald vergaß. In einer verhängnisvollen Nacht kam er, der Legende zufolge, hinter besagtem Kutschhaus einem Milchmädchen näher und zündete sich anschließend eine Pfeife an. Den Fidibus warf er achtlos weg, so dass er auf einem Fass mit Schießpulver zu liegen kam. Augenzeugen behaupteten, man habe die Explosion bis nach County Carlow sehen können. Seine Lordschaft war auf der Stelle tot, so dass Ländereien und Titel an seinen neunjährigen Sohn Frederick Davenport übergingen; leider konnte dieser sein Erbe nur ein Jahr genießen. Er starb unter verdächtigen Umständen und hinterließ das Anwesen seinem Onkel, der von diesem Tag an am Ort nur den Spitznamen »Richard II., der Neffenmörder« trug.

Aus der Regierungszeit des armen kleinen Frederick ist nur bekannt, dass er seine Gouvernante verabscheute. Sobald er den Titel in der Tasche hatte, warf er sie hinaus und schloss zudem alle Schulen im Umkreis von mehreren Kilometern. Auch wenn er nicht das beeindruckendste Mitglied der Familie war, so war er sicherlich das beliebteste bei den Kindern von Ballyroan.

Andrew kam aus dem Lachen nicht mehr heraus und drängte Portia, noch mehr Familiengeheimnisse zu verraten. Er verzog nicht einmal eine Miene, als sie feststellten, dass eine von Lucastas Katzen auf einer georgianischen Ottomane Junge zur Welt gebracht hatte und das Möbelstück nun als Katzenklo benutzte.

Schließlich sanken sie erschöpft in die riesigen Lehnsessel aus der Zeit Ludwigs XV. im gelben Salon, wo wenigstens die Überreste eines Kaminfeuers flackerten.

»Hast du je den Film *Fremde Schatten* gesehen?«, fragte Andrew, zündete sich eine Zigarette an, lehnte sich zurück und betrachtete das Zimmer um sich herum. Portia schüttelte den Kopf. »Er handelt von einem Mieter, der sich weigert, aus dem

Haus auszuziehen, in dem er wohnt. Ich glaube, mir könnte das hier auch passieren.«

»Möchtest du was trinken?«, erkundigte sich Portia und stand auf, um zur Hausbar am anderen Ende des Zimmers zu gehen (der einzigen Ecke, die so häufig benutzt wurde, dass sie nicht von Spinnweben und toten Fliegen übersät war).

»Ein Gin Tonic wäre wunderbar, danke.«

Während Portia die Drinks mischte, meinte sie über die Schulter gewandt zu ihm: »Du hast ja keine Ahnung, was für eine neue Erfahrung es für mich ist, das Haus jemandem zu zeigen, der nicht sofort die Flucht ergreift. Wenn ich sonst jemandem anbiete, ihn durchs Haus zu führen, ernte ich zuerst hysterisches Gelächter. Darauf folgt Grabesstille, wenn klar wird, dass ich es ernst meine. Und dann kommt eine verlegene Pause, während der sich alle das Hirn nach einer Ausrede zermartern, um sich so schnell wie möglich zu verdrücken.«

Andrew lachte noch einmal auf, als sie ihm den Drink reichte und sich neben ihn auf den vermoderten Perserteppich setzte. Er legte ihr den Arm um die Schultern und fing an, geistesabwesend ihr Haar um seinen Finger zu wickeln.

»Portia, hast du eine Vorstellung davon, was für ein Traum dieses Haus wäre, wenn du etwas daraus machen würdest?«, fragte er und rückte ein wenig näher. »Ich weiß, dass das Geld kostet. Aber wenn man das Dach erneuert und es von Grund auf renoviert, könnte es eines der schönsten Häuser im Land sein.«

»Es würde Geld kosten? Andrew, da geht es um Millionen!«, erwiderte sie lachend. »Ich glaube, der letzte Architekt hier im Haus war der Mann, der es gebaut hat. Charles Gandon. Und das war 1770.«

»Hör zu. Erinnerst du dich an das Hôtel de Paris in Dublin?«
Sie nickte und starrte geradeaus auf die letzten Scheite, die im Kamin glühten. Den Abend, an dem sie Edwina und ihren greisen Kavalier kennen gelernt hatte, würde sie nicht so schnell wieder vergessen.
»Dieses Hotel war bis vor ein paar Jahren eine Ruine. Dann hat Dermot O'Brien es übernommen, entkernt und saniert, bis es aussah, wie du es heute kennst. Inzwischen ist es eines der erfolgreichsten Hotels im Land. Wenn du dieses Haus renovieren würdest, könntest du es der Öffentlichkeit zugänglich machen und ein Vermögen verdienen. Du könntest auch einen Golfclub oder eine Schönheitsfarm eröffnen.«
Seufzend trank Portia einen Schluck Gin Tonic. »Es wäre mein größter Traum, dieses Haus in seinen ursprünglichen Zustand zurückzuversetzen und einen Landgasthof zu betreiben. Und ich weiß, dass ich damit Erfolg hätte. Aber das werde ich mir in einer Million Jahren nicht leisten können. Das Geld, das ich von Romance Pictures bekomme, reicht gerade einmal, um einen kleinen Teil des Daches reparieren zu lassen. Und ich muss damit warten, bis die Dreharbeiten abgeschlossen sind. Laut Jimmy D. wirkt ein Gerüst vor einem historischen Gebäude nämlich nicht sehr viktorianisch.«
»Warum besorgst du dir keinen Innenarchitekten, der dir hilft, wenigstens die Schlafzimmer zu renovieren, damit du dein Hotel eröffnen kannst?«, fragte er verdattert.
»Man merkt sofort, dass du noch nie in einem georgianischen Gebäude gewohnt hast, Mr. Park Avenue.« Sie grinste ihn an. »Selbst wenn Laurence Llewelyn-Bowen höchstpersönlich die Ausstattung übernehmen würde – die meisten Gäste würden selbst das luxuriöseste Schlafzimmer vermutlich nicht als Ent-

schädigung für eine Regendusche von oben empfinden. Nein, ich fürchte, das Dach kommt zuerst an die Reihe. Das heißt, zumindest ein Stück davon. Ein ziemlich großer Anteil meines Geldes ist nämlich dafür draufgegangen, Mummys Schulden beim Getränkehändler zu begleichen.«

»Aber schau dir Lord Harry Fitzherbert an. Er verdient richtig gutes Geld damit, Navan Castle für Rockkonzerte zu vermieten.«

Portia kicherte bei dem Gedanken, U2 oder Bruce Springsteen im Haus zu Gast zu haben, die sich an Mrs. Flanagans Fertiggerichten gütlich taten, während zwanzigtausend Fans draußen vor Chemieklos Schlange standen. »Ich glaube, nur hartgesottene Fans aus Glastonbury, die gerne durch Schlamm und Morast waten, würden sich hier zu Hause fühlen. Es ist ja wirklich lieb von dir, dass du mir helfen willst, Andrew, aber offen gestanden habe ich einfach nicht das nötige Kleingeld.«

Er lächelte sie an, und als sie das Funkeln in seinen Augen sah, bekam sie Schmetterlinge im Bauch. »Du kannst es dir vielleicht nicht leisten, Mylady, aber ich.« Seine Lippen liebkosten ihre Wange, glitten weiter nach unten und küssten zart ihren Hals, und er schien alle Zeit der Welt zu haben.

Portia schmiegte sich an ihn, fuhr ihm mit den Fingern durchs Haar und sehnte sich nach einem richtigen Kuss.

»Ich habe die Besichtigung sehr genossen«, flüsterte er, schob die Hand unter ihre Bluse und spielte mit ihrem BH-Träger. »Glaubst du, du könntest mir noch mal die Schlafzimmer zeigen?«

Später am Abend wartete Lucasta darauf, dass der Fotokopierer im örtlichen Lebensmittelmarkt seinen Dienst tat, und kam dabei ins Gespräch mit Lottie O'Loughlin, der Besitzerin (auch »das Orakel« genannt, so gut war sie über das Treiben der halben Stadt informiert).

»Fünftausend Etiketten, das sind ja schrecklich viele Kopien«, meinte Lottie und beugte sich, von Neugier beflügelt, über die Theke. »Hat das vielleicht etwas mit den Dreharbeiten bei Ihnen zu tun?«

»Oh nein, meine Liebe«, erwiderte Lucasta und hob eine ihrer Katzen auf, die sich unter der Gemüse-Kühltheke versteckt hatte. »Das ist für meine neue Firma. Schnappi, komm da raus, du böses Kätzchen.« Dann zog sie eine der frisch fotokopierten Seiten aus dem Gerät und schwenkte sie stolz vor Lotties Nase. »Was halten Sie davon? Ich glaube, das wird die größte Sache, seit ein Genie die Worte sprach: ›Warum versuchen wir nicht mal, Gin ins Tonic zu schütten?‹«

Lottie griff nach dem Blatt Papier und las laut: »Eau de Davenport. Einhundert Prozent Wasser. Praktisch rein.«

Jedes Etikett war in Lucastas Schulmädchenschrift mit der Hand geschrieben und außerdem mit der Abbildung einer schwarzen Katze versehen, die aus einem Brunnen trank. Daran hing ein Schild mit der Aufschrift: »Fettfrei, einsetzbar im Rahmen einer kalorienreduzierten Diät. Auch für Mischgetränke geeignet. Unterzeichnet: Die Regierung.«

»Ist das nicht wundervoll?«, flötete Lucasta. »Und das Schöne ist, dass die Polizei nichts gegen mich in der Hand hat. Kein Wort auf dem Etikett ist gelogen.«

Lottie wollte schon etwas erwidern, als eine andere Kundin ungeduldig auf die Theke klopfte und Bedienung forderte.

»Ach, Mrs. de Courcey, wie geht es Ihnen? Was kann ich für Sie tun?«

»Eigentlich bin ich hier, um mich zu beschweren«, lautete die barsche Antwort. »Heute Morgen ist die *Irish Times* für meinen Mann aus irgendeinem Grund nicht gekommen.«
»Oh, wir hatten früher auch die Zeitung abonniert«, sagte Lucasta, die inzwischen auf allen vieren kauerte, um Schnappi unter der Kühltheke mit den gefrorenen Karotten herauszuzerren. »Aber dann kam sie irgendwann nicht mehr. Ich habe keine Ahnung, warum.«
Lottie hüstelte diskret. »Weil Sie mir noch die Abogebühren für drei Jahre schulden, darum. Kennen Sie übrigens Lady Davenport?«, fragte sie Mrs. de Courcey und bemerkte, dass plötzlich eine verlegene Pause entstand.
»Ja, ich glaube schon«, entgegnete Mrs. de Courcey und zog ruckartig das Bein hoch, um zu verhindern, dass Lucastas Katze ihre teuren durchsichtigen Wolford-Strümpfe zerkratzte. »Letzte Woche bei unserer Einweihungsparty. Sie waren so freundlich, für unsere Gäste eine Kleinigkeit aufzuführen«, fügte sie spöttisch hinzu.
Lucasta, die die elegante Fremde weiter anstarrte, zermarterte sich offenbar das Hirn, wovon eigentlich die Rede war. Dann ging ihr endlich ein Licht auf. »Oh, jetzt erinnere ich mich! Gott sei Dank, ich hatte schon Angst, Sie wären jemand, dem wir Geld schulden. Also müssen Sie Andrews Mutter sein! Ja, diesen Abend hatte ich völlig vergessen. Hoffentlich war ich nicht zu beschwipst. Meine Tochter sagt, ich benehme mich wie eine billige Nutte, wenn ich Gin trinke. Und ich kann ihr nicht einmal widersprechen, weil ich am nächsten Tag nichts mehr davon weiß. Und wenn ich mit Ihrem Mann gevögelt hätte.« Sie lachte arglos auf.
»Es tut mir schrecklich Leid wegen Ihrer Zeitung heute Mor-

gen, Mrs. de Courcey«, meinte Lottie, ohne auf Myladys Geplapper zu achten. »Selbstverständlich bekommen Sie Ihr Geld zurück, und die morgige Zeitung gibt es gratis.«

Mrs. de Courcey nickte bloß und wollte schon auf ihren Jimmy-Choo-Schuhen kehrtmachen, um angewidert den Laden zu verlassen. Doch da kam Lucasta in Fahrt. »Wissen Sie, Mrs. de Courcey, ich möchte mich ja zu gerne für Ihre Gastfreundschaft revanchieren. Am nächsten Samstag veranstalte ich meinen jährlichen Mittsommernachtsball zur Feier der Sommersonnwende und um die Göttin Samhradh zu ehren. Wir würden uns ja so freuen, wenn Sie kommen könnten. Verdammt, Andrew gehört ja inzwischen schon fast zum Inventar. Und Sie könnten all die reizenden Filmleute kennen lernen, die bei uns wohnen; sie sind ja derart nett …«

Noch ehe Mrs. de Courcey Gelegenheit hatte, etwas zu erwidern, kam Lottie ihr nachgelaufen.

»Augenblick, Mrs. de Courcey, Sie haben Ihren *Spion* von dieser Woche vergessen.«

Andrew gelang es, Portias Schlafzimmertür mit dem Fuß zuzustoßen, ohne den Kuss unterbrechen zu müssen. Sie fielen ineinander verschlungen auf das Himmelbett, von wo sie einen riesigen Stapel Schmutzwäsche auf den Boden stießen. Portia rieb ihre langen Beine an ihm, während er ihr die Bluse über den Kopf zog und sich dann vorbeugte, um ihre Brüste zu küssen. Oh Gott, dachte sie, mein BH … Als sie sich heute Morgen angezogen hatte, hatte sie nicht im Traum daran gedacht, dass sie mit Andrew im Bett landen könnte. Und nun fiel ihr schlagartig und peinlich berührt ein, dass sie eine früher einmal weiße Unterwäschegarnitur von Marks &

Spencer trug. Inzwischen jedoch waren die Sachen grau vom Alter und davon, dass sie sie zum Trocknen so oft hinter den Küchenherd geschoben hatte. Geistesgegenwärtig rollte sie sich auf ihn, zog ein Laken über sich, öffnete die dicke Schließe seines Gucci-Gürtels und entkleidete ihn. Aber er war zu schnell für sie. Mit einer geschickten Bewegung hatte er ihr den BH aufgemacht, ließ ihn nun über ihrem Kopf baumeln und neckte sie, wobei er sich wieder einmal vor Lachen ausschüttete.

»Ich glaube, ich bin zurück im Internat«, meinte er. »All meine verschwendeten Jugendjahre, in denen ich den Klosterschülerinnen von nebenan nachgestellt habe, stehen mir plötzlich wieder deutlich vor Augen. Wirklich sehr sexy …« Er beugte sich vor, um sie von neuem zu küssen, und seine Zunge, die ihre berührte, war so weich wie Satin. Leidenschaftlich erwiderte sie seinen Kuss. Doch dann fiel es ihr ein.

»Andrew, Kondome.«

»Mmmm, was ist das, Liebling?«, murmelte er und küsste ihre Brüste.

»Im Medizinschränkchen im Familienbad. Los, Andrew, es ist gleich am Ende des Flurs.« Dann lächelte sie ihn schüchtern an und fügte hinzu: »Kondome besorgen ist Männersache.«

»Bin gleich zurück«, antwortete er, küsste sie auf die Stirn und sprang, inzwischen nur noch mit der Unterhose bekleidet, leichtfüßig aus dem Bett. Was für ein Körper, dachte Portia, als er den Raum verließ, und war froh über die Gelegenheit, sich das schmuddelige Höschen vom Leibe zu reißen und es unter dem Bett zu verstecken.

Völlig sicher, dass er niemandem begegnen würde, marschierte Andrew den Flur entlang und öffnete die Badezimmertür. Es brannte Licht, und auf der Toilette saß – die Leggings um die Knöchel, eine Zigarette im Mund und die Zeitschrift *Mode und Schönheit* in der Hand – Mrs. Flanagan.

»Ich warte jetzt schon vier Tage darauf, dass ich endlich Stuhlgang habe, Schätzchen. Können Sie sich nicht ein paar Minuten gedulden?«

»Verzeihung«, entgegnete Andrew ungerührt, als befände er sich auf einer Dinnerparty. »Dann warte ich eben draußen.«

Als er ein paar Minuten später wieder wohlbehalten in Portias Bett lag, erzählte er ihr die Geschichte, während ihm Lachtränen die Wangen hinunterliefen.

»Also habe ich auf dem Flur gewartet«, stieß er mühsam hervor. »Und da ich ein Gentleman bin, dachte ich, es wäre besser, wenn ich mich ein bisschen bedecke. Also habe ich mir den Schild von der Rüstung auf dem Treppenabsatz genommen und bin stehen geblieben, bis die Dame fertig war.«

»Und was ist dann passiert?«, fragte Portia.

»Irgendwann kam sie heraus, versprühte Raumspray hinter sich, warf einen Blick auf mich und sagte: »Ach, du meine Güte, Schätzchen. Wenn Sie sich nicht den dämlichen Schild vorhalten würden, könnten Sie eine alte Frau sehr glücklich machen!«

Von Lachanfällen geschüttelt klammerten sie sich aneinander.

»Tut mir Leid, Liebling«, meinte Andrew dann und wischte sich die Tränen ab. »Ich verspreche dir, das nächste Mal klappt es besser.«

14

Jimmy D. lümmelte sich in den riesigen grünen Lehnsessel aus Leder, der in der Bibliothek stand, und kramte eine Zigarre aus der Tasche. Und zwar nicht irgendeine Zigarre, nein, eine Havanna, die dreihundert Dollar das Stück kostete und die er für einen ganz besonderen Anlass aufgespart hatte. Er hatte gerade ein durchaus anstrengendes Telefonat mit Harvey Brocklehurst Goldberg (in Hollywood Goldei genannt, weil er sogar aus Mist Geld machen konnte) hinter sich. Und nun konnte Jimmy D. zum ersten Mal seit Wochen wieder erleichtert aufatmen.

Ella Hepburn hatte unterschrieben. Ella Hepburn, das durfte doch nicht wahr sein! Er zog kräftig an seiner Zigarre und betrachtete die trübe Szenerie auf der anderen Seite der Terrassentüren. In den letzten Wochen hatten er und Goldei unter enormem Druck gestanden, die Rolle von Blanche Charleston, Brents Mutter, zu besetzen. Doch kein Star der ersten Garnitur, der seine Botox-Spritze wert war, wollte sich dazu herablassen, mit Montana und Guy zu arbeiten, geschweige denn in einem Dreckloch wie Davenport Hall zu wohnen. Und außerdem war das Wort »Gastrolle«, wie jeder Agent in

Hollywood wusste, ein beschönigender Ausdruck für »kleiner mieser Part, für den sich sonst kein Idiot gefunden hat«.
Deshalb hatten Produzent und Regisseur vor einem großen Problem gestanden. Die Dreharbeiten waren bis jetzt – durch schlechtes Wetter, schlechte Stimmung und schlechte Schauspielerei – so unerfreulich verlaufen, dass schon ein Wunder geschehen musste, wenn aus dem Film doch noch etwas werden sollte. Ella Hepburn war in diesem Zusammenhang wie Manna vom Himmel. Verdammt, dachte Jimmy D. und kicherte leise in sich hinein. Ihr Name in Zusammenhang mit diesem Projekt konnte den Unterschied zwischen Triumph und Untergang bedeuten.
Ella Hepburn … Jimmy D. erinnerte sich noch gut daran, sie in alten Schwarz-Weiß-Filmen gesehen zu haben, wenn sein Vater ihn damals in Colorado mit ins Kino nahm. Als Fünfjährige hatte sie sich in einer Filmreihe mit Bob Hope mit dem Titel *Und mit Baby sind wir drei* in die Herzen der amerikanischen Zuschauer gelispelt. Seitdem war sie ein Star gewesen und hatte sich von den schrecklichen, von Nabelschau und Existenzkrisen geprägten Jugendfilmen der Fünfziger emanzipiert. Nach etwa zehn Ehen (nicht einmal der *Spion* war in der Lage, den Überblick zu behalten), einigen Aufenthalten in der Betty-Ford-Suchtklinik und ein paar Überdosen hatte sie offiziell Kultstatus erreicht. Sie gehörte zu den Stars, von denen man kaum glaubte, dass sie noch lebten, und die sich dennoch auch weiterhin bester Gesundheit erfreuten. Und nun hatte sie den Vertrag unterschrieben und würde die Blanche Charleston spielen.
Jimmy D. zog noch einmal genüsslich an seiner Zigarre und ließ die Aussicht auf sich wirken (obwohl man vom Biblio-

theksfenster eigentlich nur guten Blick auf die Sickergrube hatte). Nach zwei abscheulichen Wochen schien sich das Blatt endlich zu wenden.

Der Überbringer schlechter Nachrichten zu sein gehörte zu den Seiten seines Berufs, die Steve ganz und gar keine Freude bereiteten, insbesondere dann nicht, wenn die Davenports davon betroffen waren. Diesmal jedoch blieb ihm nichts anderes übrig, denn das Unvermeidliche ließ sich nicht länger hinauszögern. Mein Gott, grübelte er, jetzt braucht Shamie Nolan nichts weiter zu tun, als einen Antrag bei den Planungsbehörden in Dublin zu stellen (wo die Hälfte der Belegschaft aus seinen alten Freunden bestand), und die Sache war erledigt. Der Grafschaftsrat würde das Haus für baufällig erklären und all das mit einer Zwangsverkaufsanordnung belegen, was den Davenports je am Herzen gelegen hatte: ihr Zuhause, ihr Land und ihre zweihundertjährige Geschichte.
Black Jack war der Einzige, in den Steve jetzt noch Hoffnungen setzte. Wenn er ihn vor Shamie Nolan erreichte, gab es vielleicht noch die ganz kleine Hoffnung, dass er das Anwesen nicht einfach verhökern würde. Steve seufzte pessimistisch auf, während er seinen Jeep die Auffahrt zum Haus hinauflenkte. Denn schließlich handelte es sich ja um denselben Black Jack, dessen Spielsucht die Familie immer wieder an den Rand des Ruins getrieben hatte. Außerdem war der Lord nicht unbedingt dafür bekannt, dass er den Titel und die Ländereien der Davenports in Ehren hielt. (Angeblich hatte er beim Pokern nach einer Flasche Glenmorangie Scotch sogar das Haus aufs Spiel gesetzt. Auf wundersame Weise hatte er gewonnen.) Wie Steve in Innersten seines Herzens wusste,

waren die Chancen, dass Black Jack das Angebot, seinen Besitz in klingende Münze zu verwandeln, ausschlagen würde, gering bis kaum vorhanden. Und was sollte dann aus Lucasta und Portia werden? Und natürlich aus Daisy …

Ein Auto, das ihn in der Auffahrt überholte, riss ihn aus seinen Gedanken. Er erkannte Portia, die ihm vom Beifahrersitz eines schicken Porsche zuwinkte, aber er konnte nicht sehen, wer hinter dem Steuer saß. Mist! Er musste doch unbedingt mit ihr sprechen, und da es bereits einige Zeit nach dem Mittagessen war, bestand nur wenig Hoffnung, dass Lucasta nüchtern genug sein würde, um den Ernst der Lage zu erfassen. Außerdem wollte er nicht unbedingt derjenige sein, der Daisy die schlechte Nachricht überbrachte, auch wenn es nun ganz danach aussah. Der Zeitpunkt war, wie er wusste, denkbar ungünstig, weil heute der Mittsommernachtsball stattfinden sollte. Aber er stand mit dem Rücken zur Wand. Shamie und Bridie Nolan waren eingeladen, und die Wahrscheinlichkeit, dass sich einer von beiden absichtlich verplappern würde, konnte man eher als Gewissheit bezeichnen. Also war es besser, wenn die Davenports es von ihm aus erster Hand erfuhren.

Knirschend brachte er den Jeep auf dem Vorplatz zum Stehen, sammelte einen Stapel überquellender Ordner zusammen und steuerte durch den ummauerten Garten hinter dem Haus auf die Küchentür zu.

»Ich habe es Ihnen schon tausendmal gesagt: Ich mariniere die verdammten Hähnchenflügel erst nach *Emmerdale.* Also hauen Sie schon ab und lassen Sie mich in Ruhe«, schimpfte Mrs. Flanagan und ließ sich vor dem winzigen tragbaren Fernseher in der Küche nieder.

»Wie Sie meinen. Dann sollen die Gäste eben verhungern. Sie

sind in diesen Sachen eine typische Jungfrau, verbohrt bis ins Mark«, fauchte Lucasta sie an. Sie wollte Mrs. Flanagan schon die Fernsehzeitschrift aus der Hand reißen, als Steve sich an der Hintertür zu schaffen machte.

»DU GÜTIGER HIMMEL! MEINE NERVEN!«, kreischte Mrs. Flanagan, als sie hörte, wie schon wieder jemand hereinkam. Beim Anblick des Besuchers entspannte sie sich jedoch sichtlich. »Ach, wie geht's, Steve. Tut mir Leid, wenn ich Sie ein bisschen erschreckt habe, mein Lieber«, fuhr sie fort. »Aber wenn die Tür aufgeht, glaube ich immer, es ist Ella Hepburn.«

»Und was bringt Sie auf den Gedanken, dass sie kommen könnte, um ausgerechnet Sie zu besuchen?«, höhnte Lucasta. »Vielleicht, um sich eine Ihrer Kittelschürzen zu leihen?« Als sie sich zu Steve umdrehte, war ihre schlechte Laune schlagartig verflogen. »Schätzchen, es ist so schön, dass du da bist. Hoffentlich hast du meinen Mittsommernachtsball nicht vergessen. Du musst einfach kommen. Die halbe Stadt ist eingeladen. Es wird ein triumphaler Abend werden.«

»Äh … nein, Lucasta, natürlich komme ich. Ich muss nur etwas Wichtiges mit dir besprechen, falls du einen Moment Zeit hast.«

»Oh, nicht jetzt, Schätzchen«, erwiderte Lucasta und rauschte an ihm vorbei in den Garten. »Ich muss noch mit der Göttin von Samhradh kommunizieren und ihren Segen für die Party erbitten, und zwar jetzt sofort. Die hohen Meister haben es nämlich nicht gern, wenn man sie warten lässt.«

Steve machte sich auf das Schlimmste gefasst. Also blieb nur Daisy übrig, und der Himmel allein wusste, wie sie die Nachricht aufnehmen würde.

»Mrs. Flanagan, haben Sie vielleicht eine Ahnung, wo Daisy steckt?« Er musste die Stimme erheben, um sich Gehör zu verschaffen, da sie gerade eine Schimpftirade gegen den Fernseher richtete, ihre Standardreaktion auf jeden Werbespot, der ihre Missbilligung hervorrief.

»Diese bescheuerten Küchenrollen sind der größte Mist, der je erfunden wurde. Und, ja, ich habe sie auch schon nass ausprobiert!«, brüllte sie.

»Mrs. Flanagan, ich möchte Sie ja nicht stören, aber ich muss wirklich mit ihr sprechen.«

»Mit wem?«

»Daisy? Haben Sie sie gesehen?«

»Ach, die ist beim Reiten«, antwortete Mrs. Flanagan, ohne den Blick vom Bildschirm abzuwenden.

»Wissen Sie möglicherweise, in welche Richtung? Dann könnte ich ihr nachfahren.«

»Ha, ha, diese Art von Reiten habe ich nicht gemeint«, kicherte Mrs. Flanagan, den Blick weiterhin an den Fernseher geheftet. »Offenbar kennen Sie das da noch nicht«, fuhr sie fort und hielt ihm eine zerfledderte Ausgabe des *Spion* hin.

Steve warf einen Blick auf das Deckblatt und wäre fast in Ohnmacht gefallen. Die gesamte Titelseite wurde von einem Farbfoto eingenommen. Es stellte die halb nackte Daisy dar, die, den Kopf in den Nacken gelegt, am Treppengeländer lehnte, während Guy van der Post leidenschaftlich ihren Hals küsste. Eine seiner Hände ruhte eindeutig auf ihrer nackten Brust, die andere auf ihrem Hintern. Sie schien die Beine um ihn geschlungen zu haben. »DIE DAME UND DAS FLITTCHEN. GUY UND MONTANA GEFANGEN IM IRISCHEN SEX-DREIECK«, posaunte die Schlagzeile.

Als Steve die Zeitschrift aufschlug, wurde ihm nicht besser, denn dort prangte ein Bild von Portia, die auf der untersten Stufe der großen Treppe saß und Andrew, den Sohn des Obersten Richters de Courcey, mit Küssen förmlich verschlang. Wäre Steve nicht noch solchermaßen über Daisy schockiert gewesen, die Schlagzeile hätte ihn zum Lachen gebracht: »WAHRE LIEBE KENNT KEINE GRENZEN: DER MÄCHTIGE EARL VON IRLAND UND SEIN BESCHEIDENES HAUSMÄDCHEN IM SIEBTEN HIMMEL.«

Als der Abspann von *Emmerdale* über den Bildschirm flackerte, erhob sich Mrs. Flanagan aus ihrem Lehnsessel und wollte sich schon wieder an die Arbeit machen, als sie bemerkte, dass Steve noch immer da war und gebannt den *Spion* studierte.

»Ja, wenn man glauben kann, was da steht, wird es hier wild getrieben«, meinte sie und krempelte die Ärmel hoch. »Mein Gott, Steve, als Nächstes schreiben sie noch was über uns beide. Aber vergessen Sie nicht, dass Sie sich vorher ein bisschen aufmotzen müssen. Hier im Haus laufen zurzeit so viele tolle Typen rum, da müssen Sie schon mithalten können, wenn Sie wissen, was ich meine.«

Der arme Steve sah sie nur verdattert an.

»Verstehen Sie mich bloß nicht falsch«, fuhr Mrs. Flanagan fort und watschelte zum Kühlschrank. »Ich finde, Sie sind ja ein gut aussehender Mann und so, aber manchmal können Sie ein bisschen … wie soll ich es ausdrücken … beige wirken.«

»Beige?«

»Ach, Sie sollten tagsüber mal öfter fernsehen, mein Lieber«, sprach sie weiter, während sie Großpackungen mit Hähnchenflügeln aus dem Gefrierer nahm. »*Oprah,* die Talkshow, lasse ich mir zum Beispiel nie entgehen. Und ich sage Ihnen, keiner kann einen so ummodeln wie sie. Lesen Sie die Gazetten, Steve. Schwarze Pullis mit Polokragen, das ist jetzt bei den Hollywood-Stars angesagt. Nicht diese scheußlichen gemusterten Pullover, die aussehen, als hätten sie was gegen Sie. Und was ist mit Ihren Haaren, Schätzchen? Wollen Sie abwarten, bis diese Frisur wieder in Mode kommt? Mein Gott, da hat Prinz Charles ja einen schickeren Haarschnitt.«

Steve konnte nicht antworten, weil der *Spion* ihn noch immer fesselte.

»Mit einer neuen feschen Frisur würden Sie bestimmt zehn Jahre jünger aussehen«, meinte Mrs. Flanagan, als sie gewahr wurde, wohin er gerade schaute. »Und dann würde Miss Daisy Sie vielleicht endlich mal bemerken, anstatt weiter irgendwelche Stars anzuhimmeln. Und wenn nicht, bin ich ja auch noch da.« Mit einem verschwörerischen Grinsen fügte sie hinzu: »Wie wär's, Baby?«

Andrew war absolut reizend gewesen. Er hatte Portia nicht nur nach Kildare gefahren, um die Getränke für Lucastas Mittsommernachtsparty einzukaufen, sondern sogar darauf bestanden, diese auch zu bezahlen. Sosehr Portia sich auch dagegen sträubte, er ließ es sich einfach nicht ausreden.

»Schau, seit ich dich kenne, bin ich praktisch bei euch eingezogen«, erklärte er, während er kistenweise Wein in den Kofferraum seines Autos lud. »Also musst du mir wenigstens erlauben, mich an den Kosten zu beteiligen. Außerdem kann ich es mir leisten. Schließlich bin ich, wie du weißt, der Earl von Irland, oder liest du etwa den *Spion* nicht?«

Portia lachte. Eigentlich hatten Andrew und sie nicht mehr zu lachen aufgehört, seit dieser alberne Artikel erschienen war. Insbesondere Andrew konnte sich gar nicht mehr beruhigen, dass man ihr die Rolle des bescheidenen Hausmädchens zugewiesen hatte.

»Außerdem«, fuhr er fort und hielt ihr die Autotür auf, »muss dir doch klar sein, dass ich versuche, mich bei deiner Mutter einzuschmeicheln.«

Portia fand es sehr komisch, dass jemand sich dazu bemüßigt fühlte, sich bei ihrer Mutter beliebt zu machen. »Tja, so etwas ist bei uns noch nie vorgekommen. Das letzte Mal, als jemand versucht hat, die arme Mummy zu beeindrucken, war 1966, als Black Jack ihr den Hof gemacht hat.«

»Wie hat er das angestellt?«

»Er hat sich ein Rennpferd gekauft und es nach ihr benannt. Es hieß Lucky Lucasta, doch in diesem Fall traf der Spruch *nomen est omen* leider nicht zu. Das arme Tier war langsam wie ein Esel. Man hätte meinen können, es wäre vor einen Milchwagen gespannt. Schließlich hat Black Jack es erschossen.«

»Dein Vater scheint wirklich eine schillernde Persönlichkeit zu sein«, erwiderte Andrew. »Hast du von ihm gehört, seit … äh … seit …«

»Ist schon gut, du kannst es ruhig beim Namen nennen: Seit er abgehauen ist.« Normalerweise genierte sie sich eigentlich immer wegen ihres Vaters. Doch aus irgendeinem Grund konnte Portia zu Andrew absolut offen sein. Er fällte nie ein vorschnelles Urteil oder spiegelte gar, was noch schlimmer war, Mitgefühl vor. Er hörte einfach nur zu.

»Nein, habe ich nicht. Aber anscheinend hat er Daisy eine Postkarte geschickt. Aus dem Caesar's Palace in Las Vegas.«

»Ceasar's Palace? Das ist ein ziemlicher Kontrast zum Anwesen seiner Vorfahren.«

»Ach, um den brauchst du dir keine Sorgen zu machen. Er wird sich dort fühlen wie im siebten Himmel, bis ihm das Geld ausgeht. Und es geht ihm immer aus.« Sie grinste in sich hinein.

»Was ist so komisch, Mylady?«

»Nichts. Ich habe nur an den Mittsommernachtsball vom letzten Jahr gedacht«, erwiderte sie und nahm auf dem Beifahrersitz Platz.

Wenn ihr damals jemand erzählt hätte, dass sie ein Jahr später ein Filmteam im Haus beherbergen würde, sie hätte ihn nur ausgelacht. Und wenn man ihr gesagt hätte, dass sie jemanden wie Andrew kennen lernen würde, einen Mann, der ihr nahezu vollkommen erschien, sie wäre vermutlich ins Koma gefallen. Das war's: Er war einfach zu gut, um wahr zu sein. Im Gegensatz zu ihren früheren Freunden war er nett zu ihr, brachte sie zum Lachen, verfolgte Daisy nicht mit lüsternen Blicken, liebte Davenport Hall, und – was das größte Wunder war – er vertrug sich sogar mit ihrer Mutter.

Wirklich viel, viel zu gut, um wahr zu sein …

Wie immer schien er ihre Gedanken zu lesen. Beim Einsteigen hielt er einen Moment inne, als müsse er sich etwas überlegen. Dann sah er ihr ins Gesicht. Nachdem er sanft ihre Hand genommen hatte, streichelte er sie zärtlich, ohne die blauen Augen von ihrem Gesicht abzuwenden. Portia ahnte, dass er ihr etwas mitzuteilen hatte, wusste aber nicht, was es sein könnte. Oh Gott, dachte sie. Bitte, lass es nichts mit Edwina zu tun haben.

»Portia, ich habe so lange in New York gelebt, dass es mir zur zweiten Natur geworden ist, die Dinge beim Namen zu nennen. Findest du nicht, dass wir wenigstens über das reden sollten, was hier passiert? Ich meine, was zwischen uns läuft? Ich wage es kaum auszusprechen: Was wir füreinander empfinden?«

Portia brachte keinen Ton heraus. Auch wenn sie keine großen Vergleichsmöglichkeiten hatte, schien zwischen ihnen alles wunderbar zu klappen. Worüber konnte er denn nur reden wollen? Ihr wurde flau im Magen. Edwina! Es musste etwas mit Edwina zu tun haben. Was sonst sollte es sein? Sicher spürte er, dass sie sich mit jedem Tag mehr in ihn verliebte, und wollte ihr nun erklären, dass er erst das Ende einer achtjährigen Beziehung verkraften müsse und deshalb noch nicht bereit sei, sich zu binden, bla, bla, bla. Was sollte mit einer Bemerkung wie »Was wir füreinander empfinden« sonst gemeint sein?

Ihr traten die Tränen in die Augen, und sie wandte den Blick ab, um aus dem Seitenfenster zu schauen. Jede andere Frau ihres Alters hätte gewusst, wie man in einer solchen Situation reagiert, dachte sie sich. Aber sie natürlich nicht! Eine sexuell erfahrenere Frau hätte seine Bemerkung geschickt abgetan und weiter unverschämt mit ihm geflirtet; sie wäre kühl geblieben und hätte dafür gesorgt, dass alles ganz locker und unverbindlich blieb. So dass ein Mann sich nicht bedroht fühlte. Wenn sie etwas aus Frauenzeitschriften gelernt hatte, dann war es, dass Männer sofort die Beine in die Hand nahmen, wenn sie spürten, dass die Beziehung der Frau mehr bedeutete als ihnen. Mein Gott, was sollte sie jetzt nur tun? Sie war noch nie eine gute Schauspielerin gewesen, und jetzt war es zu spät, um es noch zu lernen. Es gab so viel, was sie ihm sagen wollte, aber sie schaffte es einfach nicht. Noch nicht. Ihr Herz war zu voll, um ihm auch nur annähernd erklären zu können, was ihr im Kopf herumging.

»Können wir nicht nach Hause fahren?«, stammelte sie deshalb ausweichend. »Ich muss noch die Lammspießchen für heute Abend auftauen.«

Andrew sah ihr mit einem merkwürdigen Blick in die Augen. Dann ließ er wortlos den Wagen an und starrte geradeaus. Während der schweigend verbrachten Heimfahrt hätte Portia sich selbst grün und blau treten können.

Daisy hatte jetzt eigentlich überhaupt keine Zeit für so etwas. Serge hatte ihr versprochen, sie für den Mittsommernachtsball zu schminken und zu frisieren, und sie war bereits zu spät dran, als sie das Pech hatte, Mrs. Flanagan in die Arme zu laufen.

»Hängen Sie das an den Fahnenmast, Liebes«, sagte Mrs. Flanagan und warf ihr die zerfledderte Familienflagge der Davenports zu.

»Oh, Mrs. Flanagan, warum muss ich immer die Drecksarbeit machen? Sie wissen doch, wie sehr ich es hasse, in den Glockenturm hochzuklettern. Mummy sagt, dass da oben immer noch der Satan umgeht …«

»Tja, wenn Sie lieber die Außenklos desinfizieren möchten. Die Entscheidung liegt ganz bei Ihnen.«

Daisy überlegte kurz und riss Mrs. Flanagan dann die Flagge aus der Hand.

»Sie sind wirklich ein liebes Mädchen«, verkündete diese und watschelte zurück in die Küche. »Ich wusste ja, dass es Ihnen nicht recht wäre, wenn Guy van der Post Sie mit Gummihandschuhen und einer Flasche Domestos in der Hand ertappt.«

Als Daisy, immer noch atemlos nach den zweihundert Stufen Wendeltreppe, aufs Dach des Hauses kletterte, verfluchte sie die Familientradition, zur Sommmersonnwende stets die Flagge zu hissen. Außerdem war die Flagge selbst eine Schande. Sie war zerlumpt, von Motten zerfressen und so ausgebleicht vom Alter, dass man das Familienwappen kaum noch erkennen konnte. (Es bestand aus zwei kämpfenden Katzen und der lateinischen Inschrift: »Quid rides? De te fabula narratur.« – »Warum lachst du? Es wird gerade über dich gewitzelt.« Früher hatte Daisy den Touristen weisgemacht, dass die Übersetzung »Alle Männer sind Schweine« lautete.)

»Bist du immer so unzuverlässig?«

Daisy wäre fast vom Dach gefallen, als sie sah, dass Montana ihr die Treppe hinauf gefolgt war. Sie hatte Lockenwickler in den Haaren und trug einen fähnchenartigen durchsichtigen Morgenmantel. »Montana!«, rief sie erschrocken aus. »Was zum Teufel tust du da?«

»Was glaubst du?«, erwiderte sie. »Dass ich hier bin, um die Tapete zu bewundern? Weißt du, ich dachte, wir hätten eine Abmachung. Aber du bist ja offensichtlich zu sehr damit beschäftigt, das letzte bisschen Verstand aus Guy rauszuvögeln, und hast es vergessen. Wann durchschaust du ihn endlich, Daisy? Kapierst du nicht, dass der Typ dich nur benutzt?«

Daisy schwieg und blickte sie nur wütend an.

»Weißt du, ich habe geglaubt, wir wären Freundinnen. Also dachte ich, du könntest wenigstens dein Versprechen halten. Ich brauche wieder eine Probe für meinen Drogentest, und zwar schon gestern. Wirst du mir jetzt helfen oder nicht?«

Daisy wurde von Wut ergriffen. Wie konnte Montana es wagen, so mit ihr zu sprechen – und dazu noch über Guy zu lästern! Blödes, egoistisches Stück, dachte sie sich, während ihr die Röte in die Wangen stieg.

»Also?«, sagte Montana.

Daisy überlegte kurz, der immer zu Streichen aufgelegte Teil ihres Verstandes arbeitete fieberhaft.

»Verdammt, Daisy, ich habe Besseres zu tun, als hier frierend auf dem Dach zu stehen und abzuwarten, bis sich dein Barbie-Hirn zu einer Entscheidung durchgerungen hat. Haben wir jetzt eine Abmachung, oder nicht?

Die Anspielung auf Barbie war der Auslöser. Daisy holte tief Luft, um ihre Wut zu unterdrücken, und schenkte Montana ein zuckersüßes Lächeln. »Keine Sorge. Heute Abend kriegst du sie.«

Montana sparte sich die Mühe, sich zu bedanken. Sie machte einfach auf ihren Pfennigabsätzen kehrt und stieg die Treppe hinunter. Sobald sie außer Sichtweite war, begann Daisy zu kichern. Montana hatte ganz offensichtlich einen Dämpfer nötig, und, bei Gott, den würde sie heute Abend bekommen. Während Daisy langsam die Flagge hisste, konnte sie ein lautes Lachen nicht mehr unterdrücken. Warte nur, bis ich das Guy erzähle! Er würde sich sicher über die Gelegenheit freuen, Montana ein wenig zurechtzustutzen. Schließlich sagte er immer, dass Montana Jones der George W. Bush der Filmwelt sei: mit einer langen Leitung, unbegabt und ein absolut hoffnungsloser Fall. Bestimmt würde er ihre kleine Idee großartig finden.

»Man sollte meinen, es müsste eine Mindestanforderung für Schauspieler sein, dass sie auch spielen können. Aber wahrscheinlich würde eine Anrichte aus Holz eine bessere Magnolia O'Mara abgeben als diese unbegabte Schlampe«, hatte er in einem seiner poetischeren Momente gesagt, als sie sich in der vergangenen Nacht in seinem riesigen Himmelbett aneinander gekuschelt hatten. »Manche Schauspielerinnen sollten eben beim Porno bleiben«, lautete sein letztes Wort zur beruflichen Zukunft der Montana Jones.

Nachdem Daisy sich vergewissert hatte, dass die Flagge auch gerade hing, hielt sie einen Moment inne, um die Aussicht von der Brüstung zu genießen. Da sie schon als Kind auf diesen Dächern Fangen gespielt hatte, litt sie nicht an Höhenangst; die meisten anderen Menschen hätten wohl ein Bungee-Seil verlangt, bevor sie, so wie Daisy es jetzt tat, an einem der Simse entlangbalancierten. Es war ein wunderschöner klarer Tag, und das Dach war so hoch, dass sie mühelos bis nach Ballyroan schauen konnte. Als sie einen Blick auf den Fluss Kilcullen links von sich warf, konnte sie undeutlich Lucasta erkennen, die splitterfasernackt im Wasser stand, mit einem Stock herumfuchtelte und Zaubersprüche intonierte. Daisy kicherte laut. Das war das jährliche Mittsommerritual ihrer Mutter, um den Segen irgendeiner heidnischen Göttin für die Feier an diesem Abend zu erbitten. Tja, dachte sie, ich brauche eindeutig keine alte Göttin mit einem Namen, der klingt wie eine Flügelbinde, um heute Abend Spaß zu haben! Weiter entfernt, in Richtung Mausoleum, sah sie das Filmteam wie kleine Punkte herumwimmeln. Offenbar wurde gerade für eine Aufnahme aufgebaut. Sie erkannte auch Guy, der, so dachte sie liebevoll, in seinem viktorianischen Nachmittagsanzug aus weißem Leinen aussah wie ein griechischer Gott. Er hatte ihr erzählt, dass das sein Lieblingskostüm war

(»Na, wie gerne würdest du mich darin vögeln?«, hatten seine tatsächlichen Worte gelautet), und er verlangte, dass die Mädchen von der Garderobe ihn jeden Tag wuschen.

Dann hörte sie, aus ganz weiter Ferne, ein Geräusch, das klang wie das Surren eines Rotors und immer lauter wurde. Vorhin war es ihr noch nicht aufgefallen, doch nun stellte sie fest, dass sich am Tor eine kleine Gruppe von Fotografen und Fernsehleuten versammelt hatte. Daisy kicherte. Wahrscheinlich hatten sie den *Spion* gelesen und gierten nun nach einer Fortsetzung der Geschichte und noch peinlicheren Bildern – wenn das überhaupt möglich war.

Plötzlich richteten sich alle Blicke nach oben, und ein Helikopter erschien, der aus Richtung Dublin kam. Daisys Friseurtermin war vorübergehend vergessen, als sie sich wie alle anderen fast den Hals verrenkte und sich auf ihrer Brüstung nach vorn beugte, um festzustellen, wer wohl darin saß. Der Luftzug der Rotoren peitschte ihr Haar, bis es ihr zu Berge stand. Offenbar suchte der Pilot vergeblich eine Stelle auf dem Hof, die nicht von Wohnmobilen oder Kabeln in Anspruch genommen wurde, um dort zu landen. Indessen wurde Daisy von einem wahren Hurrikan durchgebeutelt, der sie gehörig ins Schwanken brachte.

Nach einer Weile gab der Pilot das Vorhaben auf, vor dem Haus zu landen: Er flog eine große, elegante Kehre, die den Helikopter dramatisch nach rechts kippen ließ, und sauste auf ein schlammig wirkendes Feld gleich hinter den Tennisplätzen zu. Das jedoch war zu viel für die arme Daisy, die durch den starken Wind bereits unwiderruflich aus dem Gleichgewicht geraten war. Während der Helikopter sich in rasender Geschwindigkeit entfernte, fiel sie. Und fiel. Und fiel.

»Jetzt weiß ich, wie es Alice im Wunderland ergangen ist«, huschte ihr ein wahnwitziger Gedanke durch den Kopf. »Alles geschieht in Zeitlupe. Als Nächstes sehe ich bestimmt einen gottverdammten weißen Hasen.« Es heißt, dass das ganze Leben an einem vorbeizieht, kurz bevor man ertrinkt. Doch Daisy konnte nur an die Bücher von Lewis Carroll denken. Sie schrie aus Leibeskräften, ohne es selbst zu bemerken, und dann, plötzlich ... PLUMPS!

Den Bruchteil einer Sekunde fragte sich Daisy, ob sie jetzt gestorben war und sich in einer Art Fegefeuer befand. Sie lag auf dem Rücken, schaute in den Himmel hinauf und fand es komisch, dass es im Fegefeuer aussah wie auf dem Dach des Ballsaals. Einen Herzschlag später spürte sie einen scharfen, brennenden Schmerz in ihrem linken Knöchel, und als sie hinsah, stellte sie fest, dass dieser im Begriff war, rasant zum doppelten Umfang anzuschwellen. Verdammt, dachte sie. Die größte Sause des ganzen Jahres, und ich muss mir ausgerechnet heute den Knöchel verstauchen. Vorsichtig streckte sie die Hand aus und tastete ... Plastik. Dann richtete sie sich ganz, ganz vorsichtig zur Sitzposition auf. Jedenfalls lebte sie noch ... nahm sie jedenfalls an. Lucasta pflegte immer zu sagen, dass Daisy, wie eine neugeborene Katze, neun Leben habe, und jetzt hatte sie den Beweis. Als sie sich mit zitternden Händen an einem Sims festhielt, wurde ihr klar, dass sie zwei Stockwerke tief auf das Schieferdach des Ballsaals gefallen war. Doch wundersamerweise hatten die schwarzen Müllsäcke, mit denen die Löcher im Dach abgedeckt waren, ihren Sturz gebremst. Ach herrje, dachte sie. Ich verdanke den extra-reißfesten Sechzig-Liter-Müllsäcken aus dem Supermarkt mein Leben.

Immer noch zitternd, blickte sie hinüber zu dem Feld, wo der Helikopter soeben gelandet war. Wegen des vielen Regens war der Schlamm knöcheltief, und Daisy konnte beobachten, dass die Kufen allmählich im Morast versanken. In diesem Moment öffnete der Pilot die Fahrgasttür, und heraus kam … Ella Hepburn. Zumindest nahm Daisy an, dass sie es sein musste, auch wenn man es aus dieser Entfernung schlecht erkennen konnte. Sie war von Kopf bis Fuß in Pelze gehüllt, obwohl es Juni war, trug eine Sonnenbrille und hatte etwas in der Hand, das wie eine weiße, flauschige Handtasche aussah (sich aber später als winziger Pekinese entpuppte). Sie machte nicht die geringsten Anstalten, sich zu bewegen, stand einfach nur da, als rechnete sie damit, dass jeden Moment eine Sänfte erscheinen würde, um sie durch den Schlamm zu tragen, damit ihre hochhackigen Pumps nicht ruiniert wurden. Eine Königin Elisabeth, die auf Sir Walter Raleigh wartete.

Wenn Daisy nicht solche Schmerzen gehabt hätte, sie hätte wohl losgekichert. Dämliche Diva, dachte sie. Warte, bis Guy sieht, wie sie sich aufführt. Der kriegt garantiert einen Lachkrampf.

In diesem Augenblick erschien Guy persönlich, gefolgt von der Hälfte des Filmteams. Er eilte auf den Helikopter zu und schien sich zu verbeugen, um Ella Hepburn die Hand zu küssen. Prima, dachte sie. Wenn ich jetzt laut genug schreie, wird er mich ins Haus tragen. Also blies sie die Lungen auf bis zum Anschlag und brüllte so laut seinen Namen, dass man es vermutlich bis nach Wales hören konnte. Doch Guy reagierte nicht. Offenbar war er derart fasziniert von der Begegnung mit seiner Filmmutter, dass Daisys klägliche Hilfeschreie auf taube Ohren stießen.

Im nächsten Moment nahm Guy Ella Hepburn – samt flauschigem Hündlein – in die Arme und watete durch den knietiefen Schlamm aufs Haus zu.
Daisy traute ihren Augen nicht. Er hatte doch den cremefarbenen Leinenanzug an!

15

Sind die Flaschenöffner schon da?«, fragte Lucasta und machte sich für ihren großen Auftritt auf der Eichentreppe bereit.

»Die halbe gottverdammte Stadt ist hier, dämliches Schnorrerpack«, knurrte Mrs. Flanagan, die gerade hinauflief, um noch ein letztes Mal Raumspray in den oberen Badezimmern zu versprühen.

»Gut, dann lasst die Spiele beginnen!«, erwiderte Lucasta und rückte ihren Turban zurecht. »Wie sehe ich aus?«

Es handelte sich um den einzigen Abend im Jahr, an dem sie tatsächlich ihre stinkende Wachsjacke ablegte und sich bemühte, sich fein zu machen. Allerdings hielt sie ihr Mittsommer-Priesterinnengewand, das sie vor etwa zehn Jahren auf einem Flohmarkt in Thurles gekauft hatte, für die passende Aufmachung.

Lucasta war felsenfest davon überzeugt, dass sie damit wie eine heidnische Göttin aussah, während die Beschreibung »eigenartige Dame mittleren Alters in einem weißen Laken mit Loch, um den Kopf durchzustecken« die Sache besser getroffen hätte.

»Wie viel verlangen Sie für einmal spuken?«, lautete Mrs. Flanagans vernichtender Kommentar.

Lucasta strafte sie mit Nichtachtung und rauschte die Treppe hinunter, um ihre Gäste zu begrüßen. Tatsächlich hatte sich die halbe Stadt versammelt, und Steve war der Erste, der ihr über den Weg lief. Obwohl er schrecklich überarbeitet war, hatte er heute Nachmittag die Zeit gefunden, Mrs. Flanagans Ratschlägen wenigstens teilweise zu folgen. Zwar trug er immer noch eines seiner Achtziger-Jahre-Hemden mit den bunten Streifen, doch er hatte sich tatsächlich zu einem radikalen Haarschnitt durchgerungen. Und Mrs. Flanagan hatte Recht gehabt: Er sah wirklich ganze zehn Jahre jünger aus.

»Mein Gott, Steve, bist du es? Ich erkenne dich ja kaum wieder. Was hast du denn angestellt?«, meinte Lucasta und musterte ihn. Dann schaltete sie mühelos auf Gastgeberin um und flötete: »Tja, wie reizend, dass du gekommen bist. Hast du schon gehört, was der armen Daisy passiert ist?«

»Ja, aber eigentlich wollte ich etwas sehr Wichtiges mit dir besprechen. Wenn du also einen Moment Zeit …«

»Schätzchen, ich fasse es nicht, dass du mitten in einem Besäufnis über langweilige Geschäfte reden willst! Später, mein Lieber, später. Ich muss nachschauen, ob auch alle Flaschen Eau de Davenport deutlich sichtbar auf dem Getränketisch stehen …« Mit diesen Worten marschierte sie auf den Ballsaal zu, wo ein Tapeziertisch, mit einem Bettlaken bedeckt, als provisorische Bar fungierte. Da sie ohne ein paar ordentliche Gläser Gin nicht in Partystimmung kam, drängte sie sich ungeduldig durch die Menschenmenge und stieß dabei mit Paddy zusammen, der dasselbe Ziel ansteuerte.

»Äh, wie geht's, äh, Eure Majestät«, begrüßte er sie, da er nicht genau wusste, wie man ein Mitglied des Landadels richtig ansprach.

»Wer sind Sie denn?«, erwiderte Lucasta und schenkte sich einen dreifachen Gin mit nur einem winzigen Tröpfchen Tonic ein. »Flaschenöffner oder Filmtype?«

»Äh … ich arbeite beim Film, Eure Majestät«, antwortete Paddy. »Herrje, ich hätte nie dieses T-Shirt angezogen, wenn ich gewusst hätte, dass ich ein Mitglied des Königshauses treffen würde.« (Auf seinem T-Shirt waren zwei Brüste in Körbchengröße Doppel-D abgebildet. Darunter stand: *Saug und sieh.*) Dann fügte er, nervös und bestrebt, auf die Mutter seiner Angebeteten einen guten Eindruck zu machen, hinzu: »Äh, ist die Königin vielleicht Ihre Schwester?«

»Tja, ich glaube, mein Mann war entfernt mit ihr verwandt«, erwiderte Lucasta, inzwischen eindeutig in geselligerer Stimmung, da sie ja nun einen Drink in der Hand hatte. »Denn wenn ich mich recht entsinne, hat er an sie geschrieben und sie gebeten, ihm Geld zu leihen, was sie ja bei allen dahergelaufenen Verwandten tut. Keine Ahnung, was daraus geworden ist. Vermutlich hat sie ihm geantwortet, er soll sich verpissen wie die anderen auch, blöde Kuh.«

Paddy grinste breit. Nie hätte er damit gerechnet, dass die Dame des Hauses solche Wörter in den Mund nahm. »Sie sind ja gar nicht so übel«, meinte er bewundernd. »Ich habe eine Menge Kumpel, die … äh … sagen wir mal einer bestimmten republikanischen Bewegung nahe stehen. Ich werde ihnen erzählen, dass ich eine britische Adelige getroffen habe, die voll in Ordnung ist.«

»Aber ich bin doch keine Britin, Schätzchen. Ich mag betrunken sein, aber Britin bin ich nicht …«, begann Lucasta, die sich wunderte, was er wohl gemeint haben mochte. Doch Paddy fiel ihr ins Wort.

»Tja, ich weiß zwar, dass da zwischen Daisy und Guy was läuft und so, aber glauben Sie, es wäre trotzdem okay, wenn ich sie anbaggere?«

»Nur zu. Sie sitzt da neben dem Flügel in der großen Galerie. Wissen Sie, sie kann sich den Rest des Abends nicht von der Stelle bewegen, weil sie vorhin vom Dach gefallen ist. Herrje, ich hoffe, der kleine Trampel hat die Müllsäcke da oben nicht zerrissen. Wenn es regnet, gucken wir sonst echt in die Röhre.«

Shamie und Bridie Nolan kamen eine gute Stunde zu spät zur Party, was sie nur ihrer unverschämten und unzuverlässigen Babysitterin zu verdanken hatten. Das grässliche Mädchen hatte die Frechheit besessen, sie fünfundvierzig Minuten warten zu lassen, und zwar mit der Entschuldigung, sie wäre in der Samstagabendmesse gewesen. »Tja, ich wüsste nicht, wie man im Gottesdienst zu so einem Knutschfleck am Hals käme!«, stichelte Bridie auf dem Weg zur Tür. Und dass sie auf der Autofahrt durch Ballyroan zu allem Überfluss auch noch eine riesige Laufmasche an ihrem Strumpf entdeckte, hatte das Fass endgültig zum Überlaufen gebracht. Einige hitzige Debatten später konnte sie Shamie endlich dazu bewegen, seinen nagelneuen Jaguar vor dem Supermarkt zu stoppen, damit sie schnell hineinlaufen und ein Ersatzpaar kaufen konnte.

Bridie war ganz besonders stolz auf ihre Aufmachung des heutigen Abends und hätte sich nur über ihre Leiche den guten Eindruck von einer kaputten Strumpfhose verderben lassen. Das Gewand war eine Kreation in Lila und Rot, eine Kopie des Hochzeitskleides von Posh Spice. Das Freundlichste, was man darüber sagen konnte, war, dass es besser zu einer Flamencotänzerin gepasst hätte – oder zu einer Dame, die sich in einem Nachtclub gegen Bezahlung um eine Stange räkelte.

»Mein Gott, Bridie, beeilst du dich jetzt endlich, sonst kriegen wir nichts mehr zu essen ab!«, schimpfte Shamie, als seine Gattin, eine neue Strumpfhose (Größe XXL) umklammernd, wieder ins Auto stieg.

»Ach, hab dich doch nicht so«, erwiderte seine Frau und steckte die Hände unters Kleid, um die zerrissene Strumpfhose auszuziehen. »Wenn das Essen so ist wie im letzten Jahr, tu ich dir einen Gefallen. Eiersandwiches und ein paar alte Windbeutel, die in der Mitte noch gefroren waren. Bietet man so was seinen Gästen an? Du meine Güte, ich konnte eine ganze Woche nicht aufs Klo.«

Shamie lachte und kratzte sich am Kopf, wo es unter seiner Karokappe juckte. »Tja, überleg mal, meine Liebe. Es könnte das letzte Mal sein, dass wir bei den Davenports zu einer Feier eingeladen sind!«

Als Shamie nach links zum Tor des Hauses abbog, wurden sie plötzlich in ein Blitzlichtgewitter getaucht. »Gütiger Himmel! Was in Gottes Namen war denn das?«, schrie Bridie erschrocken auf.

»Presse«, antwortete Shamie, der nie etwas gegen ein Zusammentreffen mit der vierten Macht im Staate einzuwenden hatte. Schließlich waren Zeitungsmeldungen wie Muttermilch für einen Provinzpolitiker, dem der Sinn nach Höherem stand. »Wahrscheinlich glauben sie, dass wir auch Filmstars

sind!«, fügte er, sehr amüsiert über seinen eigenen Scherz, hinzu.
»Aber sie haben meinen Zwickel gesehen!«, kreischte seine Frau, die gerade den Strumpfhosenwechsel vollzogen hatte. »Ich kann mir die gottverdammten Schlagzeilen jetzt schon vorstellen: ›Das pralle Leben‹ oder ›Knackarsch‹. Ach herrje, Shamie, der Abend fängt ja gut an.«
Während der Jaguar in überhöhter Geschwindigkeit durch die Schlaglöcher auf das Haus zurumpelte, bemerkte Bridie gar nicht, dass ein paar furchtlose Reporter, angeführt von Tony Pitt vom *Spion*, ihnen zu Fuß folgten. Die Presseleute konnten ihr Glück kaum fassen, dass das Haus überhaupt nicht bewacht wurde. (»Warum zum Teufel versuchen wir nicht reinzukommen?«, fragte Tony einen Kollegen von der *Irish Press*. »Wenn es Reportern gelungen ist, sich zur Party von Prinz Williams 21. Geburtstag einzuschleichen, schaffen wir es hier bestimmt auch.«)
Hätte Bridie das gehört, sie hätte wirklich Grund zum Jammern gehabt.

Aufgrund der Verletzung der armen Daisy hatte Portia kaum Zeit gehabt, sich für den Ball umzuziehen, geschweige denn, sich einen Luxus wie Make-up zu gönnen. Andrew hatte sie am frühen Nachmittag am Haus abgesetzt und ihr wortlos geholfen, die gekauften Wein- und Bierkisten auszuladen. Er behandelte sie zwar nicht kühl oder unhöflich, war aber ungewöhnlich schweigsam, was bei einem gesprächigen, extrovertierten Menschen wie ihm höchst seltsam wirkte. Während sie die Kisten in den Ballsaal trugen, zermarterte Portia sich das Gehirn, wie sie das große Thema ansprechen sollte. Wie

gerne hätte sie ihn gefragt, was er ihr hatte sagen wollen, doch ihr fiel kein Weg ein, es aufs Tapet zu bringen.
Du blöde, blöde Ziege, schalt sie sich, als sie schweigend zurück zu seinem Auto ging. Tja, du hast heute eine wichtige Lektion gelernt. Es gibt einen Zeitpunkt, um über das Auftauen von Lammspießchen zu sprechen, und einen zum Mundhalten.
Weitere qualvolle Grübeleien blieben ihr erspart, weil Daisy schon seit Stunden oben auf dem Dach festsaß und nun wieder wie eine Furie zu kreischen begann. Ganz Gentleman, hatte Andrew galant geholfen, sie die Steintreppe hinunter und in die Bibliothek zu tragen, während Portia Eis gegen die Schwellung holte. Allerdings blieb er nicht, sondern murmelte nur, er wolle nach Hause fahren und sich umziehen. Bis später also.
Portia verabschiedete sich, überrascht, dass er sie nicht küsste. Dann blickte sie ihm nach, wie er die Auffahrt entlang davonraste. Etwas bohrte in ihrem Magen, das Gefühl, dass zum ersten Mal etwas zwischen ihnen nicht stimmte. Sie wusste, dass sie heute Abend auf dem Ball versuchen musste, unter vier Augen mit ihm zu sprechen, was angesichts der vielen Gäste schier unmöglich war.
Sie wünschte, sie hätte den Mut gehabt, ihm anzuvertrauen, was sie für ihn empfand und dass sie so etwas wie in den letzten Wochen noch nie erlebt hatte; sie hätte ihm von den Schmetterlingen erzählen sollen, die sich seit ihrer ersten Begegnung dauerhaft in ihrem Bauch niedergelassen hatten, den schlaflosen Nächten, in denen sie an ihn dachte, und davon, wie ihr beim Anblick seiner funkelnden Augen die Knie weich wurden. Und auch von dem brennenden Schmerz, den sie

gespürt hatte, als sein Auto davonfuhr, weil sie wusste, dass sie ihn gegen sich aufgebracht hatte.
Und das Schlimmste war die Stimme in ihrem Kopf, die sie seit ihrer ersten Begegnung hörte und die unablässig denselben Satz wiederholte: Warum sollte ein Mann wie Andrew ausgerechnet mit mir zusammen sein wollen?

Es dauerte länger als erwartet, doch nach einer Weile gelang es den Schwestern, sich zu Daisys Zimmer im zweiten Stock vorzuarbeiten. Portia stützte Daisy, die jeden Schritt mit einem lautstarken »Autsch, autsch, autsch!« begleitete. Zum Glück erinnerte sich Portia an das alte Paar Krücken oben im Kinderzimmer, das früher einmal ihrem Urgroßvater Ernest Davenport gehört hatte. Er hatte sich im Ersten Weltkrieg in einem flandrischen Schützengraben das Bein gebrochen, eine Verletzung, die damals als Glücksfall angesehen wurde: Man durfte zur Genesung nach Hause, ohne dass einem ein Körperteil fehlte, und der Krieg war, was einen selbst betraf, endgültig vorbei.
Also trottete Portia nach oben, um die Krücken für Daisy zu holen, und rief unterwegs noch kurz den Hausarzt an. Aber der war nicht da, und sein Stellvertreter geriet derart ins Stammeln, als er erklärte, warum er keinen Hausbesuch bei Daisy machen könne, dass Portia entnervt auflegte. Offenbar hatte es sich bereits herumgesprochen, dass die Davenports nicht einmal Geld für die medizinische Notfallversorgung besaßen.
»Kopf hoch, Liebes«, sagte sie tröstend, als Daisy mit den Krücken übte. »Sean Murphy kommt heute Abend, und dann bitten wir ihn, sich deinen Knöchel anzusehen. Er hat bestimmt nichts dagegen.«

»Der beschissene Tierarzt?«, empörte sich Daisy. »So weit ist es also schon mit uns?«
Portia sparte sich eine Antwort und ging sich umziehen, während Daisy weiter im Zimmer herumhinkte. Oh Gott, dachte sie, schon so spät! Es war bereits acht Uhr, und sie hörte draußen die ersten Autos vorfahren.
Sie hatte so sorgfältig geplant, was sie zum Ball anziehen wollte – ein atemberaubendes weißes, bodenlanges Seidenkleid, das ihre hoch gewachsene schlanke Gestalt vollendet zur Geltung brachte. Selbst die arrogante Verkäuferin in dem Laden in Kildare, wo sie vor ein paar Tagen ein Vermögen gelassen hatte, hatte gesagt, sie sehe darin aus wie eine griechische Göttin, und Portia bekam nicht oft Komplimente. Und nun hatte sie kaum Zeit hineinzuschlüpfen und sich die Haare hochzubinden, bevor es an der Tür läuten würde. Doch ihr Aussehen war ihr einerlei. Heute hatte sie andere Dinge im Kopf.

Vor ein paar Tagen hatte Daisy auf Guys Anregung hin in weiser Voraussicht einen Discjockey bestellt, der ein wenig Leben in die Party bringen sollte.
»Noch so einen Ball wie im letzten Jahr könnte ich nicht ertragen«, sagte sie zu ihm. »Mummy hat eine Ceilidh-Kapelle kommen lassen, die den ganzen Abend dasselbe Stück gespielt hat. Wenigstens klang es wie dasselbe Stück.«
Der DJ wurde nun richtig warm und ließ eine beliebte Tanznummer in die andere übergehen, ohne zu bemerken, dass inzwischen dicke Regentropfen durch die zerrissenen Müllsäcke prasselten und genau auf seiner Anlage landeten.
Portia war gerade in den Ballsaal getreten und sah sich nach Andrew um, als dort, wo der DJ gerade noch gestanden hatte,

ein gewaltiges Knistern ertönte und eine blaue Rauchwolke aufstieg. Portia und Steve stürmten auf den Mann zu, um festzustellen, ob er sich verletzt hatte.

»Fehlt Ihnen was?«, erkundigte sich Portia besorgt bei dem rücklings auf dem Boden Liegenden.

»Fassen Sie mich bloß nicht an«, röchelte der DJ, der leichenblass geworden war. »Vielleicht stehe ich noch unter Strom.«

»Möchten Sie etwas? Ein Glas Wasser vielleicht?«, erkundigte sie sich ängstlich.

»Ja, ich möchte gehen, verdammt!«, gab er zurück. »Ich fühle mich, als würde ich auf der Titanic arbeiten.«

»Der wird schon wieder«, meinte Steve beruhigend. »Obwohl er sicher ein bisschen frische Luft brauchen könnte.«

Ehe Portia sich's versah, stand Serge neben ihr und hüpfte förmlich vor Begeisterung. »Schätzchen, auf so eine Gelegenheit warte ich schon mein ganzes Leben – meine Chance, Boy George zu sein oder eine niedlichere Version von Fatboy Slim! Übrigens, Baby, Sie sehen heute Abend einfach bezaubernd aus ... Nicole Kidman sollte sich eine Scheibe abschneiden. Andrew ist ein wirklicher Glückspilz. Geben Sie mir nur zwei Minuten. Ich bin gleich zurück!« Schnell wie der Blitz sauste er zur Terrassentür hinaus in den Garten und verschwand in der Dunkelheit. Kurz darauf kehrte er, nass bis auf die Haut und einen tragbaren CD-Spieler nebst riesigem Stapel CDs schleppend, zurück. »In keiner Maske, in der ich je gearbeitet habe, kommt man ohne Stimmungsmusik aus«, erklärte er Portia. Dann machte er einen eleganten Satz über den Plattenteller des DJ, setzte die Kopfhörer auf und durchwühlte die unzähligen Stapel nach allem, was je von Barbra Streisand und den Village People auf den Markt gekommen war.

»Du siehst tatsächlich hinreißend aus«, meinte Steve jetzt auch und bewunderte sie von oben bis unten. »Das Kleid ist ein echter Hingucker.«
»Danke«, antwortete sie lächelnd und gab zurück: »Übrigens eine tolle Frisur, Steve. Du siehst aus wie dein jüngerer Bruder.«
Sie wollte ihm schon etwas zu trinken anbieten, als er sie zur Seite nahm, damit Serge sie nicht belauschen konnte. »Pass auf«, sagte er leise, während ein müder, erschöpfter Ausdruck in seine Augen trat. »Ich versuche schon den ganzen Tag, dich zu erwischen. Ich weiß, dass Zeitpunkt und Ort ungünstig sind, doch ... der Zeitpunkt wird nie richtig sein, um dir das zu erklären, also bringe ich es am besten gleich hinter mich.«
»Steve, was ist los?«, fragte Portia, die dachte, es müsse etwas mit Daisy und den grässlichen Fotos im *Spion* zu tun haben.
»Suchen wir uns eine stille Ecke, um uns zu unterhalten.«

Ich habe ja wirklich schon jede Menge beschissener Abende erlebt, aber das ist noch schlimmer als Weihnachten, dachte Daisy erbost. Sie saß allein in der großen Galerie, wo Sean Murphy gerade ihren Knöchel untersucht hatte. Nur verstaucht, verkündete er, kein Grund zur Sorge. Allerdings würde sie bis auf absehbare Zeit die Ersatzbank hüten müssen.
»Ruhe, Eis, Druckverband und hochlegen«, ordnete er an. »Und strenges Alkoholverbot.«
Daisy funkelte ihn aus blauen Augen an und erinnerte sich wütend an ihre letzte Begegnung bei den de Courceys, als sie ihn mit sämtlichen Schimpfnamen unter der Sonne belegt hatte. So darf kein Wiedersehen mit einem Ex-Freund aussehen, dachte sie. Eigentlich hätte sie im Ballsaal stehen sollen,

in einem hinreißenden Kleid und mit Guy an ihrer Seite, der mit ihr und nur mit ihr allein flirtete, ohne sich darum zu kümmern, ob alle wussten, dass sie ein Paar waren. »Jetzt bin ich mit ihm zusammen, und verglichen mit ihm bist du eine elende Null«, war die Botschaft, die sie dem dämlichen Sean Murphy laut und deutlich hatte vermitteln wollen.

Allerdings hatte sie Guy den ganzen Nachmittag noch nicht gesehen. Daisy hatte Mrs. Flanagan strikte Anweisung erteilt, ihm Mitteilung von ihrem Unfall zu machen. Sie sei unversehrt, liege aber in ihrem Schlafzimmer und müsse ihn unbedingt sprechen. Doch er hatte sich nicht blicken lassen. Bestimmt war etwas passiert, hielt sie sich vor Augen. Er war bei den Dreharbeiten aufgehalten worden, aber trotzdem … Er hätte sich doch fünf Minuten Zeit nehmen können, um nach oben zu laufen und kurz nach ihr zu schauen.

»Also, wo hast du es?«

Aus ihren Gedanken gerissen, blickte Daisy auf und erkannte Montana in einem Kleidungsstück, das aussah wie ein Seidenpyjama.

»Pass auf, Daisy, Caroline liegt mir wegen der Probe in den Ohren, und ich brauche sie jetzt sofort. Also, zum letzten beschissenen Mal: Wo ist sie?«

Daisy erwiderte ihren Blick, ohne mit der Wimper zu zucken. »Im Kühlschrank in der alten Dienstbotenküche, Montana. Und nur damit du es weißt, die Probe ist in Wirklichkeit nicht von mir.«

»Was sagst du da?« Montanas Stimme war schneidend und eiskalt.

»Ich habe gestern Nacht mit Guy einen Schluck getrunken, und deshalb wäre sie bei mir nicht sauber gewesen. Aber keine

Angst, die Probe, die ich dir besorgt habe, ist so rein wie bei einem Baby. Versprochen.«

»Und woher hast du sie?«

Trotz ihres pochenden Knöchels konnte Daisy ein Kichern nicht unterdrücken. »Von jemandem namens Kate Slater, um genau zu sein.«

»Daisy, ich weiß nicht, was zum Teufel mit dir los ist, aber ich muss mich hier eigentlich nicht verarschen lassen. Wenn du auch nur einen Moment glaubst …«

»ACH, HALT DOCH DIE KLAPPE!«, brüllte Daisy, die es satt hatte, sich weiter beschimpfen zu lassen. »Kriegst du überhaupt in deinen Schädel, was ich dir hier für einen Gefallen tue? Wenn ich Jimmy D. oder Caroline gegenüber auch nur andeute, dass deine Urinproben eigentlich nicht von dir sind, weil du wieder an der Flasche hängst, bist du raus aus dem Film. Sei doch ehrlich, dann musst du zurück ins La-La-Land und kannst dich wieder deiner Pornokarriere widmen. Und jetzt hau ab und lass mich in Ruhe. Siehst du denn nicht, dass ich verletzt bin?«

Montana verstummte. Sie bedachte Daisy mit einem gehässigen Blick und marschierte zur Tür, wo sie noch eine letzte Salve abfeuerte: »Ach, übrigens, falls du Guy suchst, er wurde zuletzt gesehen, wie er Ella Hepburn zu ihrem Zimmer begleitet hat. Und willst du was wirklich Komisches hören? Seitdem ist ihm niemand mehr begegnet.«

»Verzieh dich!«, brüllte Daisy ihr nur nach. Montana musste sie wirklich für bescheuert halten, wenn sie ihr weiszumachen versuchte, dass zwischen Guy und einer Frau, die alt genug war, um seine Großmutter zu sein, etwas lief. Wahrscheinlich wollte er sie nur standesgemäß willkommen heißen und ging

mit ihr ihren Text durch, dachte sie. Dann musste sie wieder kichern.
In ein paar Tagen würde ein Reagenzglas mit Montanas Namen in einem Labor irgendwo in Kalifornien eintreffen, damit der Urin darin analysiert wurde. Daisy hatte mit ihrer Behauptung, dass die Probe, die sie (unter großen Schwierigkeiten) besorgt hatte, von jemandem namens Kate Slater stammte, nicht gelogen.
Allerdings hatte sie verschwiegen, dass es sich bei Kate Slater um eine zweijährige Zuchtstute handelte.

»Weißt du was, Susan? Wenn du so ungern zu diesem Fest gehst, hättest du es gleich sagen sollen.« Obwohl Michael de Courcey an die berüchtigten Launen seiner Frau gewöhnt war, verstand er nicht, warum sie trotz allem so sehr darauf beharrt hatte, den Mittsommernachtsball der Davenports zu besuchen. »Seit du diese Familie kennen gelernt hast, hast du nur über sie gelästert. Um ehrlich zu sein, begreife ich nicht, warum du nicht einfach angerufen und abgesagt hast. Ich hätte nichts dagegen gehabt, allein hinzugehen. Eigentlich bin ich, um offen zu sein, auch nur hier, um einen Blick auf die Hollywoodstars zu erhaschen.«
Susan funkelte ihn wütend an und strich sich über die Frisur, die sämtlichen Gesetzen der Schwerkraft zu trotzen schien. »Du weißt ganz genau, warum ich hier bin, Michael. Ein kurzes Wort in Miss Davenports Ohr, und dann verschwinden wir wieder. Mit oder ohne Ella Hepburns Autogramm.«
Während sie vorsichtig die Stufen zum Haupteingang hinaufstiegen, fing Susan den missbilligenden Blick ihres Gatten auf und beschloss, ihre Taktik zu ändern. »Liebling, ich tue dieser

Frau nur einen Gefallen. Du hast die Fotos in dieser grässlichen Zeitschrift doch selbst gesehen. Offenbar hat sie beschlossen, sich dem armen Andrew an den Hals zu werfen, und du weißt doch, wie leicht er sich von anderen Leuten ausnutzen lässt. Wenn ihr klar wird, dass sie ein Auge auf einen Mann geworfen hat, der so gut wie verheiratet ist, wird sie schon Vernunft annehmen. Irgendwann wird Portia Davenport mir danken. Denk an meine Worte.«

In vierzig langen Ehejahren hatte Michael gelernt, wann er seiner Frau widersprechen konnte und – was noch wichtiger war – wann er es besser ließ. Ein friedliches Leben geht doch über alles, dachte er, während sie durch die große Eichentür in die Vorhalle traten.

»Ach, Andrews Mutter ist hier! Wie reizend, dass Sie gekommen sind«, begeisterte sich Lucasta, die sie vom anderen Ende der Halle aus durch die Menschenmenge erspäht hatte. Da sie Mrs. de Courceys Vornamen vergessen hatte, wandte sie sich an Michael. »Und dieser reizende Mann muss Ihr Gatte sein«, sagte sie und zwinkerte dem Obersten Richter anzüglich zu. »Jetzt weiß ich, woher Andrew sein tolles Aussehen hat.«

»Wir sind uns bereits begegnet …«, erwiderte Michael, aber Lucasta fiel ihm ins Wort.

»Wirklich? Da muss ich aber sturzbetrunken gewesen sein. Sonst hätte ich mir einen stattlichen Kerl, wie Sie es sind, doch bestimmt gemerkt. Wo ist denn übrigens Andrew?«

»Er wurde überraschend zu einer dringenden Sitzung in Dublin gerufen. Er kommt später«, entgegnete Mrs. de Courcey spitz. Sie war eindeutig nicht amüsiert darüber, dass Mylady mit ihrem Mann flirtete.

»Ist das mit Andrew und Portia nicht wundervoll?«, fuhr Lucasta fort und verschüttete ein wenig Gin Tonic auf den Marmorfußboden. »Er ist ja so reizend! Wissen Sie, ich glaube, Portia hatte schon seit etwa fünf Jahren nicht mehr … bis Andrew kam. Er scheint ja ganz vernarrt in sie zu sein.«

Mrs. Flanagan unterbrach sie. »Hallöchen. Wollen Sie was trinken oder nicht?«

»Ich hätte gerne einen Single Malt, wenn Sie das dahaben«, erwiderte der Oberste Richter mit dröhnender Stimme.

»Und für mich einen Apfelsaft«, fügte seine Frau hinzu.

»Wirklich? Apfelsaft?«, verwunderte sich Mrs. Flanagan, die keine Antialkoholiker gewöhnt war.

»Ja. Ich trinke nicht.«

»Ach, Sie armes Ding«, flötete Lucasta mitleidig. »Haben Sie ein Alkoholproblem?«

Obwohl Mrs. de Courcey über ein Rückgrat aus Stahl verfügte, konnte sie es nicht länger ertragen.

»Vergessen Sie's. Ich besorge mir selbst etwas zu trinken.« Mit diesen Worten stolzierte sie davon und ließ ihren Mann in Lucastas Fängen zurück.

Gerade als Daisy dachte, dass der Abend gar nicht mehr schlimmer werden konnte, wurde sie eines Besseren belehrt. Es war grässlich genug, dass Guy ihr schon den ganzen Tag aus dem Weg ging, aber als sie sich endlich herabließ, sich auf die Suche nach ihm zu machen, war sie nicht auf den Anblick vorbereitet, der sich ihr bot. Als sie aus der großen Galerie gehumpelt kam, stellte sie fest, dass sich ehrfürchtiges Schweigen über die Gäste unten in der Vorhalle senkte. Sie blickte vom Treppenabsatz im ersten Stock hinunter und bemerkte, dass sich alle Anwesenden in ihre Richtung gewandt hatten.

Oh mein Gott, dachte sie. Habe ich vielleicht ein Unterhöschen auf dem Kopf? Ein Rauschen hinter ihr sorgte dafür, dass sie sich umdrehte – und Zeugin von Ella Hepburns großem Auftritt wurde.

Sie sah aus wie Gloria Swanson in der letzten Szene von *Boulevard der Dämmerung,* trug einen makellos geschnittenen weißen Hosenanzug mit einem langen fließenden roten Seidenschal, der bis zum Boden reichte, und drückte ihren Pekinesen an sich, als sie sich anschickte, die Treppe hinabzurauschen. Guy war neben ihr. Er machte den Eindruck eines treuen Schoßhündchens und forderte die Menschenmenge auf, sich wie das Rote Meer vor ihr zu teilen. Höflicher Applaus und ein Blitzlichtgewitter aus vielen Kameras brach los, das Ella mit einem angedeuteten Winken zur Kenntnis nahm. Dann führte Guy sie in die Bibliothek und schloss mit Nachdruck die Tür hinter sich.

Verdammt, dachte Daisy. Da könnte sich die Queen noch eine Scheibe abschneiden. Vorsichtig quälte sie sich an ihren Krücken aus dem Ersten Weltkrieg die Treppe hinunter und folgte den beiden in die leere Bibliothek, wo Ella kerzengerade in einem ledernen Lehnsessel thronte. Guy saß zu ihren Füßen. Da Daisy kein Mensch war, der zu langen Umschweifen neigte, kam sie sofort auf den Punkt.

»Guy, was ist los? Hast du meine Nachricht nicht erhalten? Ich warte schon den ganzen Nachmittag auf dich!« Er schwieg, löste sich jedoch von Ellas Seite und marschierte auf Daisy zu, die inzwischen den Tränen nahe war.

»Kannst du mal einen Moment nicht nur an dich denken?«, zischte er. »Ella hatte eine anstrengende Reise und steht immer noch unter einem schweren Schock wegen des Zimmers, in dem sie hier wohnen soll. Außerdem ist sie allergisch gegen die Katzen deiner Mutter und sagt, eine von ihnen hätte vorhin versucht, sie anzugreifen. Sie hat sie versehentlich angefasst, weil sie sie mit ihrem Nerzmuff verwechselt hat. Kein hübscher Anblick. Also könntest du ruhig ein wenig Rücksicht nehmen ...«

Ella gab kein Wort von sich, sondern saß nur da wie in einem Stummfilm, rauchte eine Sobranie-Zigarette und ließ Guy die Drecksarbeit machen.

»Aber, Schatz. Ich bin doch so schwer gestürzt. Ich wollte nur ...«

Guy bedachte sie mit einem kalten Blick. »Ich, ich, ich. Denk lieber mal an andere Leute«, flüsterte er, damit er die empfindsame Ella nicht etwa auch noch mit einer erhobenen Stimme verstörte.

Das war zu viel für Daisy. Tränen stiegen ihr in die Augen, als sie auf ihren Krücken eine unbeholfene Wendung in drei Zügen vollführte und zur Tür hinaushinkte – wo sie sofort mit Paddy zusammenstieß.

»Hat das Arschloch Ihnen was getan?«, fragte dieser besorgt. Daisy schwieg und schluckte die Wuttränen hinunter, die sie zu ersticken drohten. »Ich würde mir nicht den Kopf darüber zerbrechen. Ella Hepburn ist bestimmt schon fünfundachtzig«, fuhr er fort, in der Überzeugung, die Lage damit zu verbessern. »Und die meisten ihrer Filme sind Mist. Ich würde ja nichts sagen, wenn sie jemand wäre, der zur Kultur auf dieser Welt beigetragen hätte, so wie Cilla Black zum Beispiel, aber sie ist das Hinterletzte. Und wie sie sich aufführt, könnte man meinen, sie hätte in *Dallas* mitgespielt.« Als er bemerkte, dass Daisy wirklich erschüttert war, versuchte er es anders. »Kom-

men Sie, Schätzchen, und ich lade Sie an der Gratis-Bar auf einen Drink ein.«
Daisy zwang sich zu einem Lächeln und ließ sich von Paddy dankbar durch die Menge eskortieren. Wenn sie nicht so müde und gleichzeitig so aufgewühlt gewesen wäre, hätte sie vielleicht das erbitterte Wortgefecht gehört, das Shamie Nolan ausgerechnet mit dem Obersten Richter de Courcey in der Vorhalle führte.

Reiß dich zusammen, sagte Portia sich immer wieder. Reiß dich bloß zusammen.
Steve hatte sie beiseite genommen und war mit ihr nach draußen gegangen, um es ihr so schonend wie möglich beizubringen. Doch da es immer noch regnete wie aus Kannen, war die Laube neben dem Küchengarten der einzige Ort, wo sie einigermaßen ungestört waren. Portia lief auf und ab, in der vergeblichen Hoffnung, dass die kühle Nachtluft sie beruhigen würde.
Doch es nutzte nichts. Von Steves Worten schwirrte ihr immer noch der Schädel, und an ihren Schläfen hatte ein dumpfes, schmerzhaftes Pochen eingesetzt.
»War es nicht richtig, dass ich es dir erzählt habe?«, fragte er, ehrlich besorgt. Sie war so erfüllt von Panik, dass sie ihn kaum verstand, konnte nicht sprechen und rang nach Atem. Als sie sich zu ihm umwandte, war ihr Gesicht weiß wie ein Leintuch.
»Portia, es tut mir so Leid, aber wir werden dagegen kämpfen. Ich werde alles tun, was ich kann …«
Anstelle einer Antwort sank sie, schlaff wie eine Stoffpuppe, gegen seine Brust und brach in Tränen aus. Ganz sanft schob

er sie zu einer hölzernen Bank, sorgte dafür, dass sie sich setzte, und drückte sie an sich.

»Pssst, ganz ruhig. Uns fällt schon ein Ausweg ein«, meinte er beschwichtigend. »Komm, ich bringe dich rauf in dein Zimmer, du musst dich hinlegen. Ich schaue, ob ich irgendein Beruhigungsmittel finde, damit du schlafen kannst. Für heute Abend hattest du genug, Portia.«

Auf einen Außenstehenden mussten sie den Eindruck eines Liebespaars machen, das sich abseits von neugierigen Blicken zu einem Stelldichein traf. Zumindest glaubte das Susan de Courcey, die schweigend am Küchenfenster stand. Zuvor war sie, fest entschlossen, ein ernstes Wörtchen mit Portia zu reden, suchend durchs ganze Haus gelaufen. Na also, dachte sie, während sie die beiden Silhouetten in der Gartenlaube beobachtete. Genau die Munition, auf die sie gewartet hatte. Sie zuckte kaum zusammen, als Daisy auf ihren Krücken in die Küche gehumpelt kam, um sich Schmerztabletten wegen ihres pochenden Knöchels zu holen. Sobald Daisy die Situation erfasst hatte, brauchte sie nur einen Sekundenbruchteil, um zu begreifen, was hier gespielt wurde. Andrews Mutter, die alte Hexe, spionierte Portia nach. Eine andere Erklärung für ihre Gegenwart in der Dienstbotenküche gab es nicht. Wie konnte sie es wagen, verdammt, empörte sich Daisy, ganz die treu ergebene Schwester. Jetzt hat Portia zum ersten Mal seit Jahren tatsächlich einen Freund, und seine Mutter muss sich aufführen wie der alte Hercule Poirot.

»Kann ich Ihnen vielleicht helfen?«, schleuderte sie Mrs. de Courcey entgegen, so dass die Frau ihren starren Blick von der Gartenlaube abwandte. Allerdings hatte Daisy eine würdige Gegenspielerin gefunden. Eine de Courcey ließ sich nicht von einem zierlichen Mädchen einschüchtern, das auf museumsreifen Krücken daherschwankte.

»Ja, danke«, erwiderte sie. »Ich bin nach unten gegangen, um mir einen Apfelsaft zu holen.« Die Lüge kam ihr so leicht über die Lippen, dass sie nicht einmal mit der Wimper zuckte. Dabei bedachte sie Daisy mit einem kühlen Blick.

»Aber gewiss doch«, erwiderte Daisy und öffnete mit einem reizenden Lächeln den Kühlschrank, holte den Krug mit Kate Slaters Urin heraus und schenkte ein Halbliterglas voll ein. »Möchten Sie vielleicht etwas Eis, Mrs. de Courcey?«

Um fünf Uhr morgens war nur noch der harte Kern der Partygäste übrig. Durch die riesigen schmutzigen Fensterläden strömte bereits Tageslicht, als Lucasta immer noch auf den Konzertflügel in der großen Galerie eindrosch. Sie besaß das Durchhaltevermögen eines Militärpiloten und feierte ihre Gäste für gewöhnlich unter den Tisch. Im Augenblick schmetterte sie, als Tribut an ihre Hausgäste aus der Unterhaltungsindustrie, eine atemberaubend schauerliche Version von »There's No Business Like Show Business«, offenbar ohne zu bemerken, dass die Adressaten sich längst zurückgezogen hatten. Nur Jimmy D. war noch da, ganz in Grün gekleidet wie ein riesiger Troll, als ob er die Sommersonnwende mit dem St. Patrickstag verwechselt hätte. Halb bewusstlos lag er in einem Lehnsessel, und die brennende Zigarre drohte ihm aus der Hand zu fallen. Auch Daisy schlief schon fast auf einem Sofa, die Krücken neben sich auf dem Boden.

Das war sicher die katastrophalste Nacht meines Lebens, und das will etwas heißen, dachte sie. Sie hatte felsenfest damit gerechnet, dass Guy ihr folgen, sich für sein Verhalten von vorhin entschuldigen und ihr erklären würde, Ella Hepburn habe ihm an ihrem ersten Tag hier einfach nur Leid getan. Aber nichts dergleichen. Sie hatte ihn den ganzen Abend lang nicht mehr zu Gesicht bekommen. Obwohl sie sich dabei fast den Hals gebrochen hätte, hatte sie sich auf Krücken nach oben zu seinem Zimmer gequält und dort wie eine Besessene an die Tür getrommelt. Aber sie blieb verschlossen. Morgen, überlegte Daisy, morgen. Morgen knöpfe ich ihn mir vor.

In diesem Moment torkelte Paddy herein. Er war sturzbetrunken und konnte kaum noch gerade gehen. Sofort bemerkte er Daisy in ihrer Ecke, hielt kurz inne und ging dann zu Lucasta an den Flügel. Nachdem er ihr schwankend etwas ins Ohr geflüstert hatte, setzte er sich neben sie auf die Klavierbank und wandte sich an die Anwesenden.

»Äh, entschuldigen Sie, ich weiß, dass Sie alle ein bisschen viel erwischt haben, aber bitte opfern Sie mir einen Moment Ihrer Zeit. Das hier ist ein Liebeslied, an dem ich schon seit einer Weile arbeite. Es ist einer jungen Dame gewidmet, die anonym bleiben soll. Aber sie weiß, dass sie gemeint ist, und sitzt mit ihren Krücken da drüben.«

Nachdem er gekonnt ein paar Tasten angeschlagen hatte, begann er mit seinem Vortrag.

In dem Moment, als ich dich sah,
Da hat's mich umgehaun.
Du siehst so spitzenklasse aus,
Alter, man glaubt es kaum.
Oh, Daisy, ach, ich lieb dich so,
Bitte flipp nicht gleich aus.
Und hör dir an mein Liebeslied,

Du allerschärfste Maus.
Geschrieben hab ich's nur für dich,
Und wenn du mich erhörst,
Dann dreh ich ab vor lauter Glück,
Echt, ehrlich, Mann, ich schwör's.
Wir beide wär'n ein tolles Paar,
Das würden wir schon wuppen.
Obwohl wir Säuferkinder sind,
Dazu noch dieser Schuppen.
Aber ich lieb dich trotzdem so,
Kann's nicht in Worte fassen.
Und würd dich, wenn du ja sagst, nachts
Bestimmt nicht schlafen lassen.

Daisy, inzwischen hellwach, saß kerzengerade da und musterte ihn eindringlich über den Raum hinweg. Tja, dachte sie und betrachtete Paddy nun in einem ganz anderen Licht. Wenn das Guy nicht eifersüchtig macht, ist alles zu spät. Langsam rappelte sie sich vom Sofa auf, griff nach ihren Krücken und hinkte vorsichtig zum Flügel. Als Paddy sie auf sich zuhumpeln sah, wollte er schon aufspringen, um ihr zu helfen. Doch Lucasta packte grob seinen Arm und zerrte ihn zurück auf die Bank.

»Gott sei Dank mal jemand, der musikalisch ist«, meinte sie und bediente sich aus Paddys Zigarettenpäckchen. »Serge spielt schon den ganzen Abend dämliches Schwulengedudel, und jetzt gibt es endlich richtige Musik. Sie müssen noch was spielen, Schätzchen. Vielleicht könnten wir auch ein paar Duette zusammen singen. Kennen Sie ›Save your Love‹ von Rene und Renata?«

»War das nicht ein schwitziger dicker Typ, der so einer Blondine im Video eine Rose zuwirft? Äh, richtig, Eure Majestät, ich erinnere mich. Scheißlied. Aber schließlich ist es Ihre Party, und wenn Sie es unbedingt hören wollen«, erwiderte Paddy und stimmte es an.

Daisy stand neben der Klavierbank. Inzwischen konnte sie sich vor Erschöpfung kaum noch auf den Beinen halten und war nicht bereit, sich das Gejaule ihrer Mutter noch eine Sekunde länger anzuhören.

»Vielleicht sehen wir uns ja später noch, Paddy«, flüsterte sie ihm ins Ohr. »Wenn du möchtest.«

Entgeistert starrte Paddy sie an und konnte sein Glück kaum fassen. »Mein Zimmer ist im zweiten Stock«, fuhr sie fort. »Geh den linken Flur ganz bis zum Ende durch, dann an der Napoleonbüste rechts und hinter dem Treppenabsatz die kleine Stiege hinauf. Anschließend vorbei an der Kommode und anschließend am Porträt von Oma Davenport links. Mein Zimmer ist das vierte links am Ende des Korridors. Kannst du dir das merken?«

»Mein Gott, ja, kein Problem«, lallte Paddy, der sich fühlte, als wären alle seine Geburtstage heute zusammengefallen.

Inzwischen grölte Lucasta schon aus vollem Halse und unterbrach sich nur noch für die Bemerkung: »Verschwinde schon ins Bett und lass uns in Ruhe, Daisy. Sex ist Sex und eigentlich eine nette Sache. Allerdings kein Vergleich mit einem schönen Liederabend.«

»Vielleicht dann bis später?«, wiederholte Daisy leise und hinkte zur Tür hinaus.

Paddy, rot wie eine Tomate, zwinkerte ihr nach.

Als Andrew eintraf, war es schon acht Uhr morgens. Atemlos kam er in die Halle gestürmt und stieß dort zuerst mit Mrs. Flanagan zusammen. »Es tut mir so Leid, dass ich es gestern nicht zum Ball geschafft habe«, begann er, »aber diesmal habe ich eine gute Ausrede! Wissen Sie, wo Portia ist? Ja, es ist noch früh, aber ich glaube, sie wird nichts dagegen haben, wenn ich sie mit dieser Nachricht wecke.«

»Ach, Schätzchen«, gähnte Mrs. Flanagan müde und sammelte die leeren Flaschen auf dem Tisch in der Vorhalle zusammen. »Steve hat sie gestern beiseite genommen. Ich habe gesehen, wie sie sich schon ziemlich früh am Abend nach oben verdrückt haben.«

»Steve? Sind Sie sicher?«

»Ja, Schätzchen«, erwiderte sie, ohne zu ahnen, was sie damit anrichtete, und watschelte die Hintertreppe hinunter, die zur Dienstbotenküche führte. »Und er hat gesagt, sie wollten auf keinen Fall gestört werden.«

Andrew hielt kurz inne und schüttelte dann ungläubig den Kopf. Zwei Stufen auf einmal nehmend, stürmte er dann den oberen Flur entlang zu Portias Zimmer. Nachdem er leise an die Tür geklopft hatte, wartete er auf eine Antwort. Schweigen. Er klopfte noch einmal. Immer noch keine Reaktion. »Liebling«, flüsterte er daraufhin leise, um Daisy nicht zu wecken, die ihr Zimmer gegenüber hatte. »Ich bin es.« Dann öffnete er leise die Tür und trat ein.

Zwei Minuten später kam er aus dem Haus gestürmt und knallte zornig die Vordertür hinter sich zu. Diesmal war es ihm gleichgültig, ob er jemanden weckte.

16

Also, vergiss nicht, mir ein Autogramm von Celine Dion mitzubringen. Und ein bisschen hübschen Modeschmuck, den ich zum nächsten Galadinner im Regierungsgebäude tragen kann. Etwas Dezentes, Shamie, wie zum Beispiel ein Diadem mit dazu passenden Ohrringen. Die goldene Regel lautet, dass es mir immer noch steht, so lange Cher es sich erlauben kann.«

»Kein Problem«, erwiderte ihr Gatte gehorsam und notierte sich Bridies Einkaufsliste. »Sonst noch etwas, Liebling?«

Während sie auf dem Weg zum Flughafen im Norden von Dublin die MI-Schnellstraße entlangrasten, zermarterte sich Bridie das Hirn. Sie hatte ihren Mann gerade vom Privathaus des Außenministers in Howth abgeholt und brachte ihn nun zum Flughafen, wo er gerade noch die Maschine nach London und von dort aus den Flieger nach Las Vegas erreichen würde.

»Tja«, überlegte sie. »Ein Ersatzset Acryl-Fingernägel ist nie verkehrt. Und falls du zufällig in den berühmten Antiquitätenladen kommst, wo Michael Jackson in diesem Dokumentarfilm eingekauft hat, wäre es wunderbar, wenn du mir von da etwas mitbringst. Es gab da tolle lebensgroße ausgestopfte Tiger und … Shamie, du könntest eigentlich gleich ein Konto dort einrichten.«

»Ein Konto?«, erwiderte er, ein wenig besorgt wegen der gewaltigen Geldsummen, die seine Frau auszugeben pflegte. »Ist das nicht vielleicht ein wenig extravagant?« Als Belohnung erntete er einen von Bridies berühmten Blicken, die einem das Blut in den Adern gefrieren lassen konnten.

»Ach, du lieber Himmel, ich will ja nicht geizig sein, Liebling«, machte er sofort hastig einen Rückzieher. »Aber was ist, wenn einer der Jungs von der Opposition Wind davon kriegt, dass ich so viel in ein neues Haus investiere? Falls das in die Zeitung kommt …«

»Ach, papperlapapp«, entgegnete Bridie unbeeindruckt. »Wenn es unser Traumhaus werden soll, dürfen wir uns nicht lumpen lassen. Es wird sich auszahlen, wenn uns erst die halbe Regierung übers Wochenende in unserem Anwesen besuchen kommt. Mein Gott, Shamie, dann wärst du wie Tony Blair, wenn er in Chequers seine Wochenendgesellschaften gibt.«

Shamie hielt einen Augenblick inne und genoss schon einmal den Ruhm, der ihm bevorstand. »Ach herrje, wir haben es ganz schön weit gebracht, seit wir damals Gülletanks an Rinderzüchter verkauft haben, was Liebling?«

»Wir haben keine Gülletanks verkauft, wir waren in der Abfallentsorgung tätig, du Dummkopf«, erwiderte sie und stoppte ihren Land Rover mit Allradantrieb am Randstein vor der Abflugslounge der Business Class. »Na, hast du auch alles dabei? Tickets? Pass? Geld?«

»Alles da, Liebling«, erwiderte er und klopfte auf die ausgebeulten Taschen seiner karierten Jacke.

»Und der Minister hielt es nicht für schwierig, ihn zu finden?«, fragte sie zum wohl tausendsten Mal.

»Ein Kinderspiel«, antwortete Shamie und nahm einen Koffer vom Rücksitz, der mit demselben leuchtend gelben Karostoff bezogen war, aus dem auch seine Jacke und seine Kappe bestanden.

»Klar. Wie viele Siebzigjährige mit achtzehnjährigen Freundinnen werden sich wohl sonst noch in den Casinos rumtreiben?«

»Wahrscheinlich jede Menge, wenn man der Sendung auf *Sky, Hinter den Kulissen von Las Vegas,* glauben kann«, gab Bridie zurück und warf einen Blick in den Rückspiegel, um sich zu vergewissern, dass ihre Wimperntusche nicht verlaufen war.

»Keine Sorge, Liebling, der Minister kennt einen Burschen im Konsulat in Nevada, der einen Burschen kennt, der wiederum einen Burschen kennt, der sich um alles kümmern wird. Und wenn uns gar nichts anderes übrig bleibt, müssen wir uns eben jeden Black Jack-Tisch in jedem Casino der Stadt persönlich vornehmen. Wie schwierig kann das sein?«

»Du hast seiner Mutter Pferdepisse zu trinken gegeben?« Portia traute ihren Ohren nicht.

Sie wurde von Wut ergriffen, die jedoch rasch wieder verrauchte, als ihr die schwere Aufgabe einfiel, die ihr an diesem Morgen bevorstand. Steve und sie hatten sich auf der Party geeinigt, keine Zeit zu verlieren und der Familie, einschließlich Mrs. Flanagan, die schlechte Nachricht so schnell wie möglich zu überbringen.

Der gute Steve hatte sich sogar erboten, gleich früh vorbeizuschauen, alle Einzelheiten durchzugehen und zu sehen, was sich machen ließ. Falls es überhaupt noch einen Ausweg gab.

»Aber ich dachte, du würdest dich freuen!«, jammerte Daisy. »Mrs. de Courcey ist eine alte Hexe und hat sich gestern Abend schrecklich aufgeführt. Mein Gott, Portia, ich habe sie sogar dabei ertappt, wie sie dir nachspioniert hat. Wahrscheinlich wollte sie feststellen, ob du auch gut genug für ihren teuren Andrew bist. Am liebsten hätte ich die Titelmelodie von James Bond gesummt.«

Erschöpft kroch Portia aus dem Bett. Ihr Schädel pochte noch genauso gnadenlos wie am Vorabend. Steve hatte es geschafft, eine Schlaftablette aus dem Medizinschrank im Familienbad zutage zu fördern, und er hatte darauf bestanden, dass sie sie auch nahm, bevor sie zu Bett ging. Die Tablette hatte wirklich gewirkt, denn Portia war die ganze Nacht bewusstlos gewesen. Nun jedoch spürte sie die Nebenwirkungen: Sie fühlte sich träge und benommen.

»Ich frage lieber gar nicht, was die Pferdepisse überhaupt im Kühlschrank zu suchen hatte«, sagte sie und bückte sich, um ihr neues weißes Kleid vom Boden aufzuheben. Das teure Ding hat mir gestern Abend gar nichts genützt, dachte sie bedauernd.

»Sie musste … äh … gären«, entgegnete Daisy. Als Portia nach einem Handtuch griff und in Richtung Bad trottete, fuhr Daisy, die ausgestreckt auf dem Bett ihrer Schwester gelegen hatte, hoch. Sie war verwundert über Portias Reaktion auf diesen harmlosen Streich. »Geh noch nicht«, flehte sie. »Ich muss dir noch viel mehr erzählen. Gestern Abend ist etwas wirklich Schreckliches mit Guy passiert, und dann habe ich … äh … eine kleine Dummheit gemacht …«

»Liebling, wir sehen uns in fünf Minuten unten«, antwortete Portia tonlos auf dem Weg zur Tür.

Ganz gleich welche Tragödie auch zwischen Daisy und Guy vorgefallen sein mag, dachte sie, es ist bestimmt eine Kleinigkeit verglichen mit dem, was ich ihr jetzt sagen muss.

Es war ein selten warmer, sonniger Morgen, als Portia unter dem dünnen lauwarmen Rinnsal stand, das aus der altersschwachen Dusche im Familienbad tröpfelte. Portias Gedanken überschlugen sich. Zur Abwechslung kreisten sie nicht um die gewaltige Bedrohung, die wie ein Damoklesschwert über Davenport Hall hing. Nein, im Augenblick gestattete sie es sich, über Andrew nachzugrübeln. Er hatte am letzten Abend durch Abwesenheit geglänzt, was, gelinde gesagt, merkwürdig war. Außerdem hatte er auch nicht angerufen, um ihr mitzuteilen, dass er nicht kommen würde – und das war angesichts der Tatsache, dass sie seit einigen Wochen praktisch wie siamesische Zwillinge herumliefen, schlicht und ergreifend unhöflich.

Allerdings durfte sie nicht vergessen, dass sie alles nur noch wahrgenommen hatte wie durch einen Nebel, nachdem Steve die Bombe hatte platzen lassen. Sie erinnerte sich, dass sie mit ihm in der Laube gesessen und geweint hatte, spürte seine Arme um sich und roch den Duft seines Rasierwassers. Verschwommen wusste sie noch, dass er sie anschließend in ihr Zimmer und zu Bett gebracht und sie dann allein gelassen hatte, damit sie ein wenig Ruhe fand. Die Schlaftablette hatte schnell gewirkt. Wenige Minuten später war sie ins Koma gefallen. Sie hatte zwar tief, aber unruhig geschlafen und chaotische Träume von Andrew gehabt.

Sie hatte geträumt, sie trüge ein Hochzeitskleid und säße in der Kirche von Ballyroan, um mit anzusehen, wie Andrew Edwina heiratete. Seltsam. Und noch seltsamer war es, dass sie die ganze Zeit über das Gefühl gehabt hatte, er läge neben ihr im Bett.

Irgendwann hatte sie die Arme ausgestreckt, um sich zu vergewissern, dass er wirklich da war. Er war zu spät gekommen, lieferte ihr Unbewusstes die Erklärung, und hatte sich gleich nach oben zu ihr gelegt. Seine Seite des Bettes fühlte sich sogar warm an, aber da war niemand gewesen.

Vielleicht ruft er ja später an, schloss sie ratlos, stieg aus der Dusche und wickelte sich ein Handtuch um, bevor sie barfuß in ihr Zimmer zurückkehrte. Oder, noch besser, er kam wahrscheinlich einfach vorbei, wie er es seit ihrer ersten Begegnung jeden Tag tat. Mit einem tiefen Seufzer blickte sie aus dem Fenster, wo das Filmteam fieberhaft den neuen Drehtag vorbereitete.

Wenn ich ihn je notwendig gebraucht habe, sagte sie sich, dann heute.

Inzwischen öffnete sich die Tür von Daisys Schlafzimmer, und ein Mensch spähte um die Ecke. Die Luft war rein. Sehr gut. Ein T-Shirt, die Innenseite nach außen, über den Kopf ziehend, schlich der Mensch vorsichtig den Flur im zweiten Stock entlang, wobei er sorgfältig diejenigen Dielenbretter mied, die besonders laut knarzten.

»Oh Paddy, wie reizend, Sie zu sehen. Ich wusste gar nicht, dass Sie Frühaufsteher sind.«

»AHHHHHHH, MEIN GOTT!« Der arme Paddy machte vor Schreck einen Riesensatz, als Lucasta, mit leeren Weinflaschen beladen, plötzlich hinter ihm auftauchte.

»Äh, Eure Majestät, wie geht es Ihnen?«, erwiderte er verdattert. »Ich wette, Sie fragen sich jetzt, was ich hier mache, und, tja, die Wahrheit ist … äh …« Er hielt inne und zermarterte sich das Hirn nach einer glaubhaften Ausrede.

»Es ist mir völlig egal, was Sie hier machen«, erwiderte Mylady. »Doch da ich Sie jetzt schon mal getroffen habe, könnten Sie mir einen Riesengefallen tun, Schätzchen.«

Zwanzig Minuten später stand Paddy vor dem Pförtnerhäuschen am Haupttor des Hauses, wo sich seit gestern etwa ein Dutzend Journalisten, Radioreporter und ein Team eines landesweiten Nachrichtensenders versammelt hatten. Da im Juni in puncto Nachrichten Sauregurkenzeit herrschte, war die Geschichte eines halb verfallenen Hauses, in dem sich ein Filmteam aus Hollywood tummelte, natürlich eine ganz heiße Sache. Insbesondere wenn eine Filmlegende wie Ella Hepburn mit von der Partie war; allein ein Foto von ihr konnte einem Fotografen gut und gerne zehntausend Euro einbringen.

Lucasta hatte auf ihrer ständigen Jagd nach dem schnellen Geld sofort erkannt, dass sich diese Situation finanziell ausschlachten ließ.

Also war sie trotz ihres gewaltigen Katers schon früh am Morgen zum Tor gefahren, um einen Picknicktisch mit Flaschen voller Davenport-Wasser aufzubauen. Als die Journalisten wieder eintrafen, lauerte sie ihnen schon auf und nickte Paddy wie ein Wackel-Dackel zu – sein Zeichen, um wie zufällig zum Tisch hinüberzuschlendern.

»Guten Morgen, Mylady«, deklamierte er wie ein Laienschauspieler, immerhin laut genug, dass die Jungs von der Presse ihn auch wirklich hören konnten. »Ella Hepburn, der berühmte

Star, bekannt aus Film, Funk und Fernsehen, schickt mich, um ein paar Flaschen von Ihrem weltbekannten Eau de Davenport zu kaufen. Sie sagt, sie würde nur dieses Wasser trinken und auf alles andere scheißen … Oh, Scheiße! Tschuldigung, Majestät.«

Paddy flüsterte die letzten Worte, denn es war ihm schrecklich peinlich, dass er vor laufenden Fernsehkameras Kraftausdrücke benutzt hatte.

»Jungs, diesen Teil zeigt ihr aber nicht, oder?«, rief er den versammelten Medienvertretern zu. »Meine Ma bringt mich um, wenn sie rauskriegt, dass ich im Fernsehen schmutzige Wörter sage.«

»Mach weiter, Schätzchen, das ist ganz große Klasse«, zischte Lucasta ihm zu.

»Und was die anderen Leinwandlegenden betrifft, Montana Jones und Guy van der Post«, fuhr Paddy fort, während sich ein Blitzlichtgewitter in sein Gesicht entlud, »sie finden Eau de Davenport so gut, dass sie sich sogar damit waschen würden.«

Mit einem engelsgleichen Lächeln in die Kamera riss Lucasta den Korken aus einer der Flaschen und reichte sie Paddy mit einer anmutigen Geste.

»Wie reizend von Ihnen«, sagte sie. »Sie müssen selbst etwas von meinem Eau de Davenport kosten.«

Wie zuvor eingeübt, nahm Paddy ein paar Schlucke aus der Flasche, bevor er sich wieder zur Kamera umwandte, wobei er darauf achtete, dass das Etikett auf jeden Fall ins Bild kam.

»Ach, es ist wirklich ein Wunder, ich kann kaum glauben, dass es keinen Alkohol enthält«, verkündete er in gespieltem Erstaunen.

»Und nun vergessen Sie den Slogan nicht«, forderte Lucasta ihn leise auf.
»Ach ja, gar nicht mehr dran gedacht«, erwiderte er. Dann hob er seine Stimme noch um ein paar Dezibel und verkündete: »Eau de Davenport. Wahrhaft ein Getränk der Könige.«
»Ausgezeichnet!«, lobte Lucasta, erfreut über den Erfolg ihrer kostenlosen Werbeveranstaltung.
Dann wandte sie sich an die versammelten Medienvertreter und meinte: »Also, Kinder, wie viele Flaschen möchten Sie denn gerne bestellen?«

Serge war außer sich. Gerade hatte Caroline an die Tür der Maske getrommelt und zu erfahren begehrt, warum er noch nicht angefangen habe, Ella Hepburn zu schminken. »Die Wiedersehensszene zwischen Mutter und Sohn wird in einer Stunde gedreht. Ich fasse es nicht, dass Sie sie noch nicht kamerafertig gemacht haben.«
Nervös klopfte Serge sich auf die Brust und wedelte mit den Händen, womit er Caroline mitzuteilen versuchte, dass er Atembeschwerden hatte. »Einatmen, ausatmen«, keuchte er immer wieder und holte dabei so kontrolliert Luft wie ein Yogameister.
»Fehlt Ihnen etwas?«, fragte Caroline, inzwischen besorgt. »Kann ich Ihnen helfen?«
Serge nickte und wies auf eines seiner Schminketuis, das offen vor ihm auf dem Tisch lag. Caroline wühlte darin herum und förderte nach einer Weile ein Fläschchen Rescuetropfen zutage, das Serge ihr sofort aus der Hand riss. Ohne sich mit der kleinen Pipette aufzuhalten, entfernte er einfach den Schraubverschluss und nahm einen kräftigen Schluck.

»Oh, jetzt geht es mir gleich viel besser«, sagte er, als er spürte, wie ihn die Wärme des in den Tropfen enthaltenen Alkohols durchströmte. »Schätzchen, Sie haben ja gar keine Ahnung, wie très difficile das für mich ist. Ella Hepburn! Ich habe mir ihre Filme schon angeschaut, als ich noch in den Windeln lag. Meinen ersten Kuss bekam ich in einem Autokino, während sie in *Cleopatra Zwei, Die Wiederkehr der Mumien* auftrat. In L.A. ist sie Kult pur. Sie haben ältere Leute bestimmt oft sagen gehört, sie erinnerten sich noch genau, was sie gerade gemacht haben, als Kennedy erschossen wurde. Tja, ich weiß noch sehr gut, was ich tat, als sie sich zum zweiten Mal von Kent Douglas scheiden ließ. Und jetzt soll ausgerechnet ich sie schminken! Oh Gott, diese Ehre habe ich doch gar nicht verdient!«

»Sie haben genau eine Stunde Zeit«, entgegnete Caroline, ungerührt von seinen Divenallüren.

Serge holte tief Luft, griff nach seiner Schminktasche und machte sich auf den Weg zu Miss Hepburns Wagen. Unterwegs hielt er kurz inne, um sich zu fassen und sein Mantra zu wiederholen.

»Lebende Legenden stehen auf tönernen Füßen. Lebende Legenden stehen auf tönernen Füßen«, flüsterte er vor sich hin, ehe er anklopfte.

»Ja!«, ertönte von innen die Antwort.

Nach einem weiteren tiefen Atemzug öffnete Serge die Tür und trat ein. »Oh, Miss Hepburn, ich weiß, ich bin nicht würdig, Ihr Make-up aufzutragen, aber sprechen Sie nur ein Wort und …«

»Ja! Ja! Ja!«

Serge wäre beinahe in Ohnmacht gefallen. Ella Hepburn befand sich nackt im Bett. Auf ihr lag Guy und vögelte sie nach Leibeskräften.

»Ja! Ja!«, stöhnte er, kurz vor dem Höhepunkt und ohne auf Serge zu achten, der mit sperrangelweitem Mund in der Tür stand.

»Tja, das wird der Mutter-Sohn-Szene vermutlich eine ganz neue Dynamik verleihen«, meinte Serge, der sich die Pointe einfach nicht verkneifen konnte, und schlug die Tür hinter sich zu.

Später an diesem Morgen fand in der Bibliothek von Davenport Hall eine ganz andere Szene statt.

»Jetzt hören Sie mir mal gut zu«, sagte Mrs. Flanagan drohend zu Steve, als ob er schuld an der ganzen Misere sei. »Auch wenn ich ein bisschen doof bin, bin ich doch nicht total auf den Kopf gefallen. Sie können hier von Grafschaftsräten und Planungskommissionen und Neuerschließungen quatschen, soviel Sie wollen. Ich kann mir einfach nicht vorstellen, dass Shamie Nolan so was mitmacht, obwohl er ein kleiner Idiot ist.«

Müde rieb sich Steve mit den Handflächen die Augen. Er fragte sich, ob außer Portia überhaupt jemand auch nur ein Wort von seinen Ausführungen verstanden hatte. Lucasta starrte ihn nur entgeistert an, Daisy war bereits in Tränen ausgebrochen. In weiser Voraussicht hatte Portia mit dieser Reaktion gerechnet und drückte ihr nun dicke Packen Kosmetiktücher in die Hand.

»Steve versucht uns nur zu erklären, dass wir in dieser Sache überhaupt nichts mitzureden haben«, begann sie mit betont ruhiger Stimme. »Shamie Nolan hat bereits einen Antrag bei der Planungsbehörde in Dublin gestellt, um unser Land zu Baugebiet erklären zu lassen. Wenn er das schafft und mit seinem Antrag durchkommt, brauchen sie uns nur noch eine Zwangsverkaufsverfügung zuzustellen. Dann bleibt uns nichts anders übrig, als zu verkaufen.«

»Aber Liebling, das verstehe ich nicht ganz«, wandte Lucasta, immer noch erschrocken, ein. »Wie kann uns jemand zwingen, unser Zuhause und unser Land zu verkaufen, wenn wir das nicht wollen? Können wir ihnen nicht einfach sagen, sie sollen sich zum Teufel scheren?«

Steve warf Portia einen Blick zu, denn er wusste, dass einer von ihnen beiden alles noch einmal von vorne würde erläutern müssen.

»Eine Zwangsverkaufsverfügung wird vom Grafschaftsrat nur für ein Gebäude ausgestellt, das bereits für baufällig erklärt wurde«, meinte er so einfühlsam wie möglich.

»Es würde doch niemand Davenport Hall für baufällig erklären«, empörte sich Lucasta über den bloßen Gedanken. »Es ist unser Zuhause. Es ist ein Teil des nationalen Kulturerbes! Das können die doch nicht einfach so machen …«

»Mummy, darf ich dich daran erinnern, dass Daisy erst gestern beinahe durch das Dach gefallen wäre und sich den Hals gebrochen hätte? Wir müssen realistisch sein. Es ist überhaupt kein Problem, das Haus schnurstracks für baufällig zu erklären.«

»Oh, Portia, wie kannst du nur so grausam sein!«, schluchzte Lucasta und griff nach den Kosmetiktüchern.

»Aber können wir denn gar nichts machen?«, schniefte Daisy und wiegte sich, außer sich vor Kummer, auf ihrem Stuhl hin und her.

»Es gibt noch einen Hoffnungsschimmer«, fuhr Steve fort. »Allerdings nur einen ganz kleinen. Euer Vater ist offizieller Eigentümer des Hauses. Wenn wir ihn also erreichen und überzeugen könnten, das Haus unter gar keinen Umständen zu verkaufen, besteht die Chance, die Baufälligkeitserklärung so lange hinauszuzögern, bis das Haus entsprechend den Sicherheitsbestimmungen der Planungskommission renoviert ist. Woher wir das Geld dafür nehmen sollen, steht allerdings auf einem anderen Blatt.«

Ein wenig besserer Stimmung, beugte Daisy sich vor. »Steve, du bist ein Genie!«, verkündete sie. »Natürlich! Das ist die Antwort! Daddy wäre in einer Million Jahren nicht damit einverstanden, Davenport Hall zu verkaufen, ganz gleich, wie viel Geld man ihm auch dafür anbietet. Nicht in einer Million Jahren!«

»In einer Million Jahren hätte ich ja wohl nie gedacht, dass Black Jack so schnell verkaufen würde«, sprach Shamie in die Telefonmuschel. Wegen der schlechten Verbindung zwischen Las Vegas und Ballyroan musste er beträchtlich die Stimme erheben.

»Du bist ein wunderbarer Mann«, erwiderte Bridie, die gemütlich in ihrer nach Maß gefertigten Küche saß. »Ich bin ja so stolz auf dich, Shamie. Donald Trump hätte es nicht besser gekonnt. Und für wie viel hat er verkauft?«

»Jetzt kommt das Beste, Liebling. Hoffentlich sitzt du gut«, brüllte Shamie, der vor Freude kaum noch an sich halten konnte. »Zwei Millionen. Nur zwei Millionen! Wenn wir erst einmal eine Baugenehmigung für das Land haben, ist allein der Grund zehn Mal so viel wert.«

»Und hast du dir alles auch schriftlich und mit Brief und Siegel geben lassen?«

»Mit Brief und Siegel«, entgegnete ihr Mann, der sehr zufrieden mit sich war. »Black Jack hat mir den Scheck aus der Hand gerissen, noch ehe die Tinte getrocknet war. Und jetzt sag mal, Liebling, wie fühlt man sich als neue Herrin des Hauses?«

17

Edwina hatte keine Schwierigkeiten, Mrs. de Courceys Zimmer zu finden.

Als sie, einen handgebundenen Strauß Sternlilien in der Hand, auf ihren Jimmy-Choos den Flur des Kildare General Hospital entlangstöckelte, war sie sich der bewundernden Blicke einer vorbeigehenden Gruppe von Medizinstudenten voll bewusst. Einer von ihnen, der wohl ahnte, dass diese hinreißende Frau den Weg nicht kannte, erbot sich sogar, sie bis hinauf in die Intensivstation im zweiten Stock zu begleiten, wo auf einem Schild an der Tür stand: »Zutritt nur für Familienangehörige«.

Ohne sich darum zu kümmern, drückte Edwina kräftig auf die Glocke, und kurz darauf öffnete eine mürrisch wirkende Krankenschwester die Tür.

»Kann ich Ihnen helfen?«

»Ja, danke, ich möchte gern Mrs. Susan de Courcey besuchen.«

»Sind Sie ihre Tochter?«

Edwina grinste. »Gewissermaßen ja. Könnten Sie mich also reinlassen?«

»Es tut mir sehr Leid, nur für enge Familienangehörige«, entgegnete die Oberschwester und wollte Edwina schon die Tür vor der gepuderten Nase zuschlagen, als ein männlicher Assistenzarzt den Flur entlangkam. Mit einer geschickten Bewegung riss Edwina sich die Spange aus dem glatten blonden Haar, damit es ihr verführerisch über die nackten Schultern fiel.

»Könnten Sie mir vielleicht helfen?«, fragte sie ihn und schenkte ihm ihr traumhaftestes Lächeln. »Ich bin den ganzen Weg von Dublin hierher gefahren, um eine Freundin zu besuchen, und ich wollte auch wirklich nicht lange bleiben. Ich möchte ihr nur die hier geben«, flötete sie und zeigte auf die Blumen.

Er sah sie an und konnte selbstverständlich nicht widerstehen. Das gelang nur wenigen Männern, wenn Edwina sich richtig ins Zeug legte. »Oh, ich glaube, da können wir eine Ausnahme machen, oder, Oberschwester?«, meinte er und hielt ihr die Tür auf.

Edwina rauschte an ihm vorbei und machte sich, nun, da sie ihr Ziel erreicht hatte, nicht einmal die Mühe, sich bei ihm zu bedanken.

»Edwina, mein Schatz, es ist ja so reizend von dir, dass du mich besuchst«, sagte Mrs. de Courcey mit schwacher Stimme und versuchte vergeblich, sich im Bett aufzusetzen.

»Warte, ich helfe dir«, erbot sich ihre pflichtbewusste Wunsch-Schwiegertochter und klopfte hastig die Kissen in ihrem Rücken zurecht. »Wie fühlst du dich, du Arme?«

»Danke, ein bisschen besser, aber immer noch miserabel«, antwortete Mrs. de Courcey mit einem leidenden Ausdruck im bleichen Gesicht.

»Und wissen sie inzwischen, was es ist?«

»Irgendeine Vergiftung. Aber die Bluttests waren alle ohne Befund, also hat niemand eine Ahnung, woran es liegt. Ich erinnere mich nur noch, dass ich mich topfit gefühlt habe. Und kaum hatte ich Davenport Hall betreten, da wurde mir schon so speiübel, wie in meinem ganzen Leben noch nicht. Michael hat zwanzig Minuten gebraucht, nur um mich zum Auto zu tragen. Was soll ich dir sagen, meine Liebe? Ein Abend in diesem Irrenhaus, und ich möchte am liebsten sterben. Offen gestanden, wäre mir der Tod sogar willkommen gewesen, nur um von dort zu entfliehen.«

»Weißt du, dass dein Foto in der Zeitung ist?«, erwiderte Edwina. Sie kramte aus den Tiefen ihrer Hermes-Kelly-Tasche einen Stapel von Zeitschriften und Zeitungen hervor und breitete sie auf dem Tisch aus. »Ja, schau nur, da bist du in einer Menschenmenge. Und ist das da in der Mitte nicht Ella Hepburn?«

»Na, die arme Frau tut mir wirklich Leid«, meinte Susan und klang dabei so schwach wie eines von Lucastas Kätzchen. »Wenn sie nicht eine Konstitution wie ein Ochse hat, sollte sie sich besser auch gleich ein Bett hier reservieren.«

»Es war ein großer Tag für die Presse«, fuhr Edwina fort. »Inzwischen wird über Davenport Hall mehr geschrieben als über eine Scheidung im Königshaus. Oh, schau dir das an«, rief sie dann aus, und ihre Miene erhellte sich, als ihr Adlerauge auf ein grob gerastertes Schwarz-Weiß-Foto im *Spion* fiel. »Man kann es nur schwer erkennen, aber ist das nicht Portia Davenport mit irgendeinem Mann?«

Susan fuhr im Bett hoch und riss Edwina fast die Zeitschrift aus der Hand.

Es war tatsächlich eine verschwommene Weitwinkelaufnahme von Portia und Steve in der Gartenlaube am Abend des Mittsommernachtsballs. Offenbar war das Foto aus großer Entfernung geschossen worden, doch man konnte trotzdem erkennen, dass sie an ihm lehnte und dass er sie fest in den Armen hielt.

»SODOM UND GOMORRHA IN DER PROVINZ!«, verkündete die Schlagzeile. »IN DIESEM ABGELEGENEN WINKEL VON KILDARE WIRD ES WILDER GETRIEBEN ALS IM ROTLICHTBEZIRK VON AMSTERDAM!«

»Für jemanden, der so unscheinbar aussieht, hat sie wirklich eine Menge Verehrer«, überlegte Edwina laut. »Wahrscheinlich müssen sich hässliche Frauen einfach stärker ins Zeug legen.«

»Ja, richtig, ich habe sie mit jemandem beobachtet«, sagte Susan, die sich sofort viel besser fühlte. »Das war kurz bevor mir übel wurde. Edwina, Schatz, macht es dir etwas aus, wenn ich diese Zeitschrift behalte? Andrew kommt nämlich bestimmt später vorbei. Normalerweise würde er in den *Spion* ja nicht einmal seine Pommes einwickeln, doch in diesem Fall …« Sie lehnte sich mit einem schwachen Lächeln im Bett zurück und war fast so weiß wie die gestärkten Kissenbezüge, auf denen ihr Kopf ruhte.

Edwina nahm ihre Hand und tätschelte sie tröstend und erfreut. »Du armes, armes Ding. Es muss einfach schrecklich für dich sein, Susan! Aber weißt du was? Ich bin nicht den ganzen weiten Weg gefahren, um dir zu sagen, was in der Zeitung steht. Ich habe eine Nachricht, die dich sicher aufmuntern wird.«

Daisy konnte es nicht mehr ertragen. Nun verbrachte sie schon den dritten Tag am Stück mit Portia und Steve im Büro und versuchte panisch herauszufinden, wo Black Jack sich zuletzt aufgehalten hatte.

Wie Daisy sich erinnerte, hatte er ihr eine Postkarte aus dem Caesar's Palace in Las Vegas geschickt. Doch als sie dort anriefen, teilte man ihnen mit, er sei ausgezogen.

Wörtlich sagte die Empfangsdame: »Oh, ja, wir hatten so ein Pärchen hier. Er hätte ihr Großvater sein können, stolzierte herum und behauptete, ein irischer Herzog oder Lord zu sein. Aber solche Spinner haben wir öfter. Ist er irgendwo ausgebrochen?«

Währenddessen versuchte Steve, jedes Mitglied des Grafschaftsrats von Kildare County an die Strippe zu kriegen, das er erreichen konnte, um zu erfahren, wie weit die Bearbeitung des Antrags inzwischen gediehen war. Portia saß ihm gegenüber an dem großen Walnussschreibtisch, machte sich Notizen und steuerte hin und wieder einen hilfreichen Vorschlag bei. Daisys einziger Beitrag zu dem Unternehmen bestand darin, im Raum auf und ab zu tigern und jedes Mal in Tränen auszubrechen, wenn Black Jacks Name fiel, was etwa alle fünf Minuten der Fall war. Nach einigen Stunden hätte sie am liebsten losgeschrien.

Steve, der mit dem Vorsitzenden des Grafschaftsrats sprechen wollte, war eine Ewigkeit lang auf Warteschleife geschaltet worden und sollte gerade durchgestellt werden, als Daisy endgültig der Kragen platzte. »Was sitzt ihr beide hier rum und telefoniert, wenn jeden Moment die Bulldozer vor der Tür stehen und unser Haus dem Erdboden gleichmachen könnten?«, jammerte sie.

Ein ärgerlicher Ausdruck huschte über Portias Gesicht, doch sie zwang sich rasch zur Ruhe. »Liebes, Steve und ich tun alles Menschenmögliche, um die Katastrophe abzuwenden. Wenn du uns helfen möchtest, gern; wenn nicht, geh lieber raus und schnapp ein bisschen frische Luft.«

Daisy überlegte kurz und nahm den Vorschlag dann an. Sie fühlte sich wie von einer Neutronenbombe getroffen und sehnte sich verzweifelt danach, mit Guy zu sprechen und ihm zu erzählen, was geschehen war. Vielleicht wusste er ja einen Ausweg.

Seit sie am Abend des Balls aus der Bibliothek gestürmt war, hatte sie ihn nicht mehr zu Gesicht bekommen. Es war fast, als ginge er ihr aus dem Weg. Anscheinend verbrachte er jede freie Minute in Ella Hepburns Wagen und … wer konnte wissen, was er dort trieb? Vielleicht wollte er sich ja nur aus Mitleid um sie kümmern, oder weil … tja, schwer zu sagen. Doch es gab ja einen Weg, das herauszufinden.

»Aber behalt es für dich, Liebes!«, rief Portia ihr noch nach. »Es wimmelt hier von Journalisten, und wir wollen schließlich, dass es in der Familie bleibt.«

»Ja, in letzter Zeit erfahre ich nur noch aus den Zeitungen, was bei euch so läuft«, witzelte Steve und grinste Daisy an, um die Situation ein bisschen aufzulockern. Allerdings ging der Schuss nach hinten los.

Daisys große blaue Augen füllten sich mit Tränen, als sie sich daran erinnerte, wie der *Spion* über sie und Guy berichtet hatte. Insbesondere hatte der Verfasser sich nicht mehr beruhigen können, was für ein hübsches Paar sie abgaben. (»SCHAUEN SIE SICH DIESEN HINTERN AN« hatte es tatsächlich in einer Schlagzeile geheißen, und dennoch dachte Daisy so liebevoll daran, als hätte es sich um eine weich gezeichnete romantische Liebesgeschichte in *Hello!* gehandelt.)

»Daisy, ich wollte dich nicht kränken …«, sagte Steve, als sie ihre Krücken nahm und erbost aus dem Zimmer stampfte.

»Schon gut«, flüsterte Portia ihm zu. »Lange Geschichte.«

Als Daisy sich die Treppe hinunterquälte, hörte sie, wie in der Bibliothek das Telefon läutete. Und läutete. Zum Kotzen, dass es in diesem Haus noch nicht einmal ein schnurloses Telefon gibt, dachte sie zornig. Kurz blieb sie stehen und beschloss dann mit einem tiefen Seufzer, besser an den Apparat zu gehen. Vielleicht war es ja ein wichtiger Mensch vom Grafschaftsrat von Kildare County, der einen von Steves Anrufen erwiderte und im Büro nicht durchkam, weil dort ständig besetzt war.

»Hallo, Davenport Hall.«

»Daisy? Ich bin's, Andrew.«

»Oh, hallo«, erwiderte sie mürrisch, ohne zu ahnen, dass es zwischen ihm und ihrer Schwester kriselte. »Willst du Portia sprechen?«

»Ja, ist sie da?«

Ehe sie antwortete, blickte Daisy zufällig aus dem Fenster und stellte fest, dass das Filmteam im alten Obstgarten eine Szene aufbaute.

In der Ferne erkannte sie Guy und Ella; er trug seinen verdammten cremefarbenen Leinenanzug, sie eine viktorianische Kreation mit Reifrock. Ihr Gehirn arbeitete sofort auf Hochtouren. Sie war nicht der Typ Frau, der still dasaß und darüber nachgrübelte, was wohl im Kopf eines Mannes vorging, sondern eher eine Verfechterin der Schule, die erst abdrückte und anschließend Fragen stellte. Diese Herangehensweise hatte sie zwar schon öfter in Schwierigkeiten gebracht, aber das war ihr egal. Schließlich hatte sie nichts mehr zu verlieren und beschloss deshalb, einfach auf Guy zuzumarschieren – oder besser zu hinken – und eine Erklärung von ihm einzufordern.

Nur einen Moment noch lenkte Andrews körperlose Stimme sie von ihrem Vorhaben ab. »Daisy?«, erkundigte er sich. »Bist du noch dran?«

»Äh … hör mal, es passt jetzt gerade nicht«, murmelte sie hastig, um ihn so schnell wie möglich loszuwerden. »Sie ist oben mit Steve beschäftigt. Ich richte ihr aus, sie soll dich anrufen, okay?«

»Es ist dringend, absolut lebensnotwendig, Daisy. Versprichst du mir, es ihr zu sagen?«

»Ja, ja, schon gut.« Mit diesen Worten knallte Daisy den Hörer hin und hatte den Anruf schon vergessen, als sie nach draußen eilte.

Als sie an der Kantine vorbeihinkte, wurde sie von Serge entdeckt, der sofort seine laktose-, gluten- und kohlehydratfreie Mahlzeit stehen ließ und ihr nachstürzte.

»Na, Kleines, wie geht's der Kriegsverletzung?«, fragte er und deutete auf ihren Knöchel.

»Gut, danke«, gab sie zurück. Sie war nicht zum Plaudern aufgelegt. »Serge, wird gerade gedreht?«

»Ja, der Schluss der Mutter-Sohn-Szene.« Dann ließ ihn der stählern-entschlossene Ausdruck in ihren Augen hinzufügen: »Schätzchen, du kannst nicht einfach in den Obstgarten spazieren, wenn gedreht wird …«

Doch Daisy war schon auf und davon, ohne das Ende seines Satzes abzuwarten. Serge, nicht der Mann, der sich einen ordentlichen Streit entgehen ließ, folgte ihr in sicherem Abstand.

»Mutter, warum bist du mir den ganzen Weg aus Atlanta zum Landgut der O'Maras, hierher ins Land der Heiligen und Gelehrten, gefolgt?«

»Weil ich, mein lieber Junge, nicht dulden kann, dass du dich wieder auf diese Frau einlässt, die doch schon so viel Schande über die Familie Charleston gebracht hat! Oh, Brent, mein geliebter Sohn, wann wirst du endlich erkennen, dass … Magnolia nichts weiter ist als eine Hure?«

»Schnitt!«, brüllte Jimmy D. aus Leibeskräften. »Jemand läuft durch das gottverdammte Bild!«

»Dem reiße ich eigenhändig die Eingeweide raus …«, begann Johnny, brach aber ab, als er feststellte, dass es Daisy war. Sie hatte die Abkürzung durch die Seitenpforte in den Obstgarten genommen und hinkte nun auf Guy und Ella zu – und zwar ohne zu bemerken, dass gerade gedreht wurde.

»Guy, Gott sei Dank …«, keuchte sie atemlos.

»Hoffentlich bist du jetzt mit dir zufrieden«, fiel Guy ihr, rasend vor Wut, ins Wort. »Ella und ich proben diese Szene schon seit Stunden, und wir haben sie gerade perfekt gespielt. Jetzt müssen wir wieder von vorne anfangen. Und offen gestanden glaube ich, dass ich mich nicht noch mal zu solch einem Höhepunkt aufschwingen kann.«

»Aber Guy, du verstehst nicht«, erwiderte Daisy. »Wir hatten gerade eine schreckliche Nachricht, was das Haus betrifft. Sie wollen unser ganzes Land als Baugrund freigeben und uns zwingen, alles zu verkaufen, und …«

Er lachte grausam auf. »Weißt du, je früher du dich der Tatsache stellst, dass dieses Haus eine gottverdammte Bruchbude ist, desto besser. Du solltest dankbar dafür sein, wenn sich überhaupt ein vernünftiger Mensch findet, der bereit ist, es zu kaufen. Es ist ein Dreckloch!«

»Ein Trümmerhaufen«, ergänzte Ella Hepburn mit ihrer dunklen, heiseren Raucherstimme, die ersten Worte, die Daisy sie seit ihrer Ankunft sagen hörte.

»Weißt du, ich würde dieses Gespräch lieber nicht in Anwesenheit von Lucrezia Borgia führen«, meinte Daisy, inzwischen den Tränen nah.

»Kümmere dich nicht um sie«, sagte Guy herablassend zu Ella. »Ich habe mich nur mit ihr abgegeben, weil Brent Charleston es genauso getan hätte.«

»Komm mit, Kindchen«, meinte Serge, der hinter Daisy aufgetaucht war, und legte ihr beschützend den Arm um die Schultern. »Ich bring dich hier weg.«

Zu erschüttert, um sich zu wehren, ließ sie sich von ihm davonführen, wohl wissend, dass die Augen des gesamten Filmteams auf sie gerichtet waren. Als sie noch einen Blick über die Schulter warf, bereute sie es sofort. Guy und Ella spielten die Szene noch einmal von vorne, nur dass er diesmal die Hand anzüglich auf ihrem Hintern liegen hatte, was ein eigenartiges Licht auf die Mutter-Sohn-Beziehung warf.

»Jetzt mach dir mal keine Sorgen, Liebelein«, sagte Serge und kramte in seinem Bus herum. »Jetzt kriegst du erst mal ein Schlückchen von meinem Zauberkaffee, und dann reden wir über alles. Wozu braucht man einen Psychiater, wenn man einen Friseur hat? Das war schon immer mein Motto.« Mit diesen Worten griff er nach einer frisch aufgebrühten Kanne, die in einer Ecke leise vor sich hin geblubbert hatte, schenkte eine große Tasse zur Hälfte voll und füllte den Rest mit Brandy auf.

»Jetzt trink das erst mal, Schätzchen, und dann erzählt dir dein Onkel Serge ein paar Horrorgeschichten über die männliche Spezies«, meinte er und reichte Daisy die Tasse.

Sie sah mit ihrem kreidebleichen Gesicht und der Decke über den Schultern aus, als wäre sie gerade einem Bombenattentat entronnen.

»Weißt du, bei mir hat mal ein Ex per SMS Schluss gemacht. Kannst du das fassen?«, fuhr er fort, während er ihr die Hände massierte. »Und dabei waren wir schon seit drei Monaten zusammen! Eine miese SMS, die lautete: ›Willkommen in Laufpasshausen. Bevölkerung: Du.‹«

Sie wurden von einem leisen Klopfen an der Tür unterbrochen.

»Herein«, antwortete Serge so ruhig und pietätvoll, als säßen sie in einem Beerdigungsinstitut. Montana stand in der Tür. Sie hatte einen Rosenstrauß in der Hand und sah sehr verlegen aus.

»Daisy, ich weiß, dass das jetzt ein blöder Zeitpunkt ist, aber auf dem Set reden alle über Guy und Ella, und ich wollte dir nur das da geben und dir sagen, wie Leid mir alles tut.«

Daisy starrte sie sprachlos an.

»In der letzten Zeit habe ich mich dir gegenüber absolut mies verhalten«, fuhr Montana fort und setzte sich neben sie. »Und dabei warst du von Anfang an so nett zu mir. Dafür, wie ich auf dem Ball mit dir geredet habe, gibt es keine Entschuldigung. Ich war nur sauer, weil du mit diesem Arschloch Guy zusammen warst. Du hast wirklich etwas viel Besseres ver-

dient als ihn. Glaubst du mir jetzt endlich, was für ein Mistkerl er ist?«
Daisy nickte schwach. »Es tut nur so schrecklich weh«, schluchzte sie. »Es tut so weh.« Der Brandy in Serges Kaffee begann zu wirken, und allmählich flossen die Tränen. »Aber weißt du, vielleicht hat er sie ja irgendwann satt, merkt, dass er einen Fehler gemacht hat, und kommt zur mir zurück. Was denkt ihr?«
»Ach herrje«, sagte Serge und massierte ihr liebevoll die Schultern. »Jetzt klammerst du dich an jeden Strohhalm, Kleines. Weißt du, ich finde, dass Meg Ryan an allem schuld ist.«
»Meg Ryan?«, verwunderte sich Montana. »Was hat denn Meg Ryan damit zu tun?«
»Soll das heißen, dass ihr das da nicht kennt?«, entgegnete Serge und wies auf ein zerfleddertes Stück Papier, das auf der Innenseite der Bustür klebte. Er stand auf, nahm den Zettel ab und las ihn den beiden Mädchen laut vor. »Es ist nur eine kleine Liste, die ich zusammengestellt habe. Sie trägt den Titel: ›Die Filme von Meg Ryan und ihre Verbrechen gegen die Menschlichkeit.‹
Erstens: Ihre Filme verbreiten die Auffassung, dass jede einfühlsame und sensible allein stehende Frau irgendwann die wahre Liebe findet.
Zweitens – und das trifft auf dich zu, Schätzchen –: Ihre Filme fördern die Einstellung, dass man mit dem Mann seiner Träume ruhig auf dem falschen Fuß anfangen kann. Selbst wenn er dich mit deiner besten Freundin betrügt, spielt das keine Rolle, da die Sache ohnehin unvermeidlich in einer Ehe münden wird.
Drittens: Wie können ihre Filme es wagen, allein stehende

Frauen zu dem Irrglauben zu verleiten, dass alle ihre männlichen Kumpel, ganz gleich welcher sexuellen Ausrichtung, zu haben sind?‹«

Montana warf einen Blick auf Daisy, die ihre Tränen kurz vergessen hatte. Serge gehörte zu den Leuten, die am komischsten waren, wenn sie es eigentlich ernst meinten.

»Und über Miss Ella Hepburn will ich lieber gar kein Wort verlieren!«, fuhr Serge, inzwischen so richtig zum Schimpfen aufgelegt, fort. »Als ich sie heute Morgen geschminkt habe, hatte ich Gelegenheit, sie mir aus der Nähe anzusehen. Kinder, kaum zu fassen, wo die überall umgearbeitet ist. Bei irgendeinem Schönheitschirurgen steht bestimmt ein Eimer mit dem Großteil ihres echten Gesichts rum.«

Der Anflug eines Lächelns huschte über Daisys schönes, müdes Antlitz. Montana bemerkte das und beschloss, dass dieser Augenblick günstig war, um das Thema zu wechseln.

»Ach, übrigens, soll ich dir was sagen? Ich muss mich noch richtig bei dir bedanken, Daisy«, verkündete sie. »Ich hatte ganz vergessen, es dir zu erzählen! Meine Laborergebnisse sind aus L.A. zurück. Deine Freundin Kate Slater hat es wirklich geschafft. Ich bin blitzsauber und gesünder als je zuvor!«

Trotz ihrer misslichen Lage begann es Daisy innerlich zu schütteln, und große Tränen liefen ihr die Wangen hinunter, diesmal vor Lachen. All ihre Sorgen schienen plötzlich wie weggewischt, und sie lachte und lachte, ohne eigentlich zu wissen, warum. Serge und Montana stimmten beide ein, bis die Geräuschkulisse im Bus an die Lachkonserve einer amerikanischen Comedy-Serie erinnerte.

»Tränen lachen«, meinte Serge. »Mein Lieblingsgefühl.«

Etwa um die gleiche Zeit rumpelte Shamie Nolans Jaguar durch die Schlaglöcher die Auffahrt von Davenport Hall entlang.

»Du heiliger Strohsack, Mickey, wenn ich noch mal an dieser Horde bescheuerter Journalisten vorbeimuss, krieg ich einen Anfall«, beschwerte sich Bridie bei ihrem Schwager. »Die ganze verdammte Woche schon kampieren sie vor dem Tor und fotografieren alles, was sich bewegt. Inzwischen weiß ich, wie Prinzessin Diana sich gefühlt haben muss.«

»Denk nur an die Sensation, die du ihnen liefern kannst, wenn diese Geschichte rauskommt, Bridie. Oder darf ich schon Mylady zu dir sagen?«

Sie lachte herzhaft über diese Bemerkung, als sie den Wagen vor der Vordertür zum Stehen brachte. »Komm, Mickey«, meinte sie dann und hievte ihre beleibte Gestalt aus dem Wagen. »Bringen wir's hinter uns. Hast du alles Nötige dabei?«

»Ich glaube schon«, erwiderte er und nahm seinen Architekten-Skizzenblock, ein Maßband und eine kleine Leiter aus dem Kofferraum. »Also los, auf geht's.«

Ohne Umschweife marschierten sie die Treppe hinauf, wo Bridie Sturm klingelte.

»Behalten Sie Ihr Höschen an«, konnte man Mrs. Flanagans Standardbegrüßung deutlich durch die Tür hören. Dann öffnete sie und erkannte die Besucher. »Ach, hallo, Bridie, was führt Sie denn hierher?« Und dann, ein wenig argwöhnisch: »Ist Shamie denn nicht dabei?«

»Nein, der ist geschäftlich in den Vereinigten Staaten«, entgegnete Bridie, ohne mit der Wimper zu zucken. »Das ist sein Bruder Mickey, der mitgekommen ist, um mir einen Gefallen zu tun.«

»Tja, wenn Sie Lady Davenport suchen, fürchte ich, dass sie zu beschwipst ist«, sagte Mrs. Flanagan, der das Ganze langsam spanisch vorkam. »Aber Portia ist oben im Büro. Möchten Sie mit ihr sprechen?«

»Ja, in der Tat«, gab Bridie zurück. Und dann konnte sie nicht mehr an sich halten: »Richten Sie ihr aus, die neuen Eigentümer wären hier.«

18

»Ich habe in meinem Leben schon jede Menge beschissener Dreckskerle getroffen, aber Black Jack Davenport bricht verdammt noch mal alle Rekorde«, sagte Mrs. Flanagan zum wohl zehnten Mal in ebenso vielen Minuten und starrte dabei niedergeschlagen ins Leere.

Niemand widersprach ihr.

Es ist wie eine Szene aus dem letzten Akt eines Tschechow-Stücks, huschte Portia durch den Kopf. Das verfallene Gutshaus, das der Familie vor der Nase weg verkauft wird, obwohl sie schon seit Generationen darin lebt. Die schöne, schlanke jüngste Tochter, die den ganzen Tag lang um Irland weint. Und die Dame des Hauses, betäubt vom Alkohol. Sie alle sitzen in versteinertem Schweigen um den erkalteten Kamin und fragen sich, was wohl aus ihnen werden soll. Es fehlt nur noch, dass eine dämliche Möwe über uns kreist, fügte sie im Geiste spöttisch hinzu.

Dieser Tag hatte einen vernichtenden Schlag nach dem anderen gebracht. Sie und Steve hatten sich wie die Wahnsinnigen abgemüht. Zuerst um ihren Vater zu kontaktieren, in der vergeblichen Hoffnung, ihn von einem Verkauf abbringen zu können. Dann, als das gescheitert war, hatten sie sich der gewaltigen Aufgabe gewidmet, jedes Mitglied des Grafschaftsrates einzeln davon zu überzeugen, das Haus nicht für baufällig zu erklären … und all das umsonst. Als Bridie Nolan, einen Architekten im Schlepptau, auf der Schwelle erschienen war, konnten sie die Bemühungen einstellen.

Bridie und ihr Schwager hatten den Nachmittag damit verbracht, vergnügt durchs Haus zu spazieren, zu beschließen, was getan werden musste, und das Schicksal des Gebäudes Zimmer für Zimmer festzulegen.

»Ach, um Himmels willen, Mickey, dieses Ungetüm muss erst mal weg«, verkündete sie beim Anblick des riesigen viktorianischen Esstischs im roten Speisezimmer. »Reiß das ganze Zeug raus, vor allem die scheußlichen Steinfratzen an der Decke, die erinnern mich an Shamies Mutter. Der beheizte Pool könnte dann hier hinein. Den gammeligen alten Boden entfernen wir, und der Pool kriegt dann eine Abdeckung, die auf Knopfdruck zurückgleitet wie in den James-Bond-Filmen.«

»Aber, Bridie, in deiner Familie kann doch niemand schwimmen«, wandte Mickey ein.

»Das ist nicht der Punkt, Blödmann. Glaubst du, es wäre möglich, tropische Fische darin zu halten? Das wäre doch fantastisch. Und was das da betrifft«, fuhr sie fort und wies auf die Orchesterempore im Ballsaal, »so würde ich es sofort abreißen, wenn ich könnte. Was zum Teufel soll man denn damit? Da oben kriegt man doch nicht mal eine Karaoke-Anlage rauf.«

Nicht einmal die Bibiothek, wahrscheinlich der einzige ansehnliche Raum im Haus, der schließlich eine beträchtliche Anzahl in Leder gebundener Erstausgaben enthielt, fand Gnade vor ihrer spitzen Zunge.

»Morgen, Mickey, lässt du als Erstes diese staubigen alten Bücher, die den Davenports gehören, in Umzugskartons verpacken, für den Glückstag, an dem sie endlich von hier verschwinden. Dann nehmen wir alle Regale raus und bauen einen Tresen mit mexikanischem Dekor ein. Was diese schauerlichen Dinger betrifft«, sprach sie weiter und zeigte auf die original georgianischen, aus fünfzehn Scheiben bestehenden Bleiglasfenster, »je früher wir die loswerden, desto eher kriegen wir eine Doppelverglasung.«
Nachdem die Besichtigung etwa eine Stunde lang auf diese Weise vonstatten gegangen war, erfolgte der endgültige Todesstoß. Mickey richtete sich zu seiner vollen Größe von eins fünfundfünfzig auf und fällte sein abschließendes Urteil.
»Ich habe mir den Laden für dich jetzt gründlich angeschaut, Bridie, und ich muss dir sagen, dass ich in meinem Leben schon einige Bruchbuden gesehen habe. Aber Davenport Hall hat eindeutig die Goldmedaille verdient. Du und Shamie, ihr würdet nur euer Geld zum Fenster rauswerfen, wenn ihr dieses Haus renoviert. Es ist hoffnungslos. Es nur einigermaßen wiederherzustellen würde euch mindestens zehn Millionen Euro kosten. Allein die Trockenlegung ist eine Sache von mehreren Millionen.«
»Was schlägst du also vor, Mickey?«
»Die Bude so schnell wie möglich abzureißen, sobald das Gelände als Baugrund freigegeben ist. Dann könnt ihr euch an dieser Stelle euer Traumhaus bauen und es von Davenport Hall in Shamie Joe Nolan Junior Hall umbenennen.«
Begeistert von dieser Vorstellung, dachte Bridie einen Moment nach. Dann jedoch schüttelte sie bedauernd den Kopf. »Vergiss die bescheuerten Denkmalschützer nicht, Mickey, die

würden sich die Finger danach lecken. Du kennst doch diese Umweltidealisten. Shamie sagt immer, die sollte man alle mit dem Bulldozer niederwalzen.«

»Du bist zwar eine kluge Frau, Bridie, aber jetzt liegst du falsch. Du und Shamie, ihr seid nun die rechtmäßigen Besitzer des Hauses und könnt es deshalb für gutes Geld versichern lassen. Stell dir mal vor, was passiert, wenn jemand in der staubigen alten Bibliothek eines Abends eine brennende Zigarette liegen lässt und die ganze Bude in Flammen aufgeht … manchmal gibt es eben merkwürdige Zufälle.«

»Wisst ihr, ich hatte an meinem Hochzeitstag so eine Vorahnung«, sagte Lucasta. Sie rauchte eine Zigarette und blickte ins Leere. Portia, Daisy und sogar Mrs. Flanagan starrten sie – vorübergehend aus der Niedergeschlagenheit gerissen, die sich wie ein Nebel über sie gelegt hatte – erstaunt an. Bis jetzt war es noch nie vorgekommen, dass Lucasta über ihren Ehemann sprach. Dank ihrer Begabung, alles Unangenehme aus ihrem Leben wegzuretuschieren, hätte man allen Ernstes glauben können, sie sei schon seit mindestens zwanzig Jahren verwitwet.

»Was ist passiert, Mummy?«, fragte eine sehr rotäugige Daisy mit der zittrigen Stimme einer Vierjährigen.

»Tja, am Morgen der Hochzeit brachte dein Großvater mich zur Kirche, und zwar auf dem Sozius seiner neuen Vespa, die er gerne ausprobieren wollte. Als wir uns am Haus meiner Eltern auf den Weg machten, überfuhr er meinen Lieblingskater, Fidelity, und der Arme war auf der Stelle tot. Als wir dann an der Kirche ankamen, hat eine Elster genau über meinen Schleier ihr Geschäft gemacht. Und dein Vater war natürlich

noch gar nicht da, weil sein Auto nicht angesprungen war und er per Anhalter fahren musste. Er kam dann mit einem Leichenwagen, der zufällig in dieselbe Richtung musste. Während ich also gerade die Scheiße von meinem Schleier schrubbte, sah ich etwas, das ich für eine Trauergesellschaft hielt, nur dass es leider der Bräutigam war. Dann verfing sich ein schwarzer Rabe in den Haaren deines Großvaters, so dass er stürzte und sich an den Steinstufen vor der Kirche den Kopf anschlug. Als ich hinlief, um ihm aufzuhelfen, tropfte das Blut von seiner Kopfwunde über mein Hochzeitskleid. Anschließend rutschte ich auf der Blutpfütze aus und fiel aufs Steißbein, so dass ich in die Kirche getragen werden musste. Und zu guter Letzt wurde dem Fotografen beim Anblick des ganzen Blutbades übel, und er fing an, sich auf den Altar zu übergeben. Deshalb gibt es von der Hochzeit auch keine Fotos. Es war ein Albtraum.«
»Aber Mummy, wie konntest du die Hochzeit trotzdem durchziehen? Für mich hört es sich an, als hätte man dir genauso gut ein Plakat vorhalten können, auf dem stand: ›Lucasta, du darfst Black Jack nicht heiraten.‹ Die Zeichen hätten nicht deutlicher sein können.«
»Zeichen? Was für Zeichen meinst du, Kind?«, erwiderte Lucasta verdattert. »Glaubst du, dass ausgerechnet ich die Zeichen nicht erkannt hätte, wenn ich meine Hochzeit besser hätte absagen sollen?«
Portia fing Daisys Blick auf, und die beiden grinsten einander an.
»Nein, Kinder«, fuhr Lucasta fort. »Meine Vorahnung war kristallklar. Wir verließen die Kirche und kehrten zu unserem Hochzeitsempfang zurück nach Davenport Hall, als ich zu

dem Feld hinter dem Haus hinüberschaute. Und da stand er: ein Traktor.«

»Sie haben einen Traktor gesehen«, meinte Mrs. Flanagan, die da nicht ganz mitkam. »Auf einem Feld, mitten im Sommer, auf einem Landgut mit acht Hektar Grund. Und deshalb hatten Sie eine Vorahnung … Warum?«

»Weil ich es in diesem Moment wusste. Und ich erinnere mich, wie ich mich zu dem Mann umwandte, mit dem ich seit zehn Minuten verheiratet war, und sagte: ›Denk an meine Worte, Jack. Der Tag wird kommen, an dem der Plebs in Davenport Hall einzieht.‹«

»Ach, Sie sollten besser ins Bett gehen«, erwiderte Mrs. Flanagan. »Finden Sie nicht, dass wir schon genug Sorgen haben?«

Portia wusste, dass sie in dieser Nacht kein Auge würde zutun können. Sie hatte sich mit ihrer Mutter ein paar Gin Tonic genehmigt, was ungewöhnlich für sie war, und verspürte nun ziemlich üble Nebenwirkungen. Als sie auf ihrem Bett lag, schien sich das ganze Zimmer in einem Schwindel erregenden kaleidoskopischen Muster um sie zu drehen. Die Sorge bohrte in ihren Eingeweiden und drohte ihr den Atem zu rauben. Was um alles in der Welt sollten sie jetzt tun? Die Davenports hatten schon öfter in der Klemme gesteckt, insbesondere wenn es um Geldangelegenheiten ging. Doch verglichen mit der jetzigen Situation waren das nur Kleinigkeiten gewesen. Nach Portias Auffassung hatte man Black Jack noch nie als Vater des Jahres bezeichnen können. Aber als sie nun hellwach im Bett lag, sah sie vor ihrem geistigen Auge deutlich sein Gesicht und wurde von einer bislang unbekannten Wut ergriffen. Er hatte seine Familie und alles, was zu ihr gehörte, für zwei Millionen verkauft und sich typischerweise nicht einmal die Mühe gemacht, seine Frau und seine Töchter anzurufen, um es ihnen selbst mitzuteilen. Klar – er war schon immer ein Mensch gewesen, der die Drecksarbeit lieber anderen überließ. Nachdem Portia zornig die Bettdecke mit den Füßen weggeschleudert hatte, ertappte sie sich bei der Frage, wie lange er mit diesem Geld wohl am Black Jack-Tisch auskommen würde. Wäre er in dieser Nacht jedenfalls zur Tür von Davenport Hall hereinspaziert, sie hätte ihn – davon war sie felsenfest überzeugt – umgebracht. Und kein Geschworener im Land hätte sie dafür ins Gefängnis gesteckt.

Fünf Uhr morgens. Das Sonnenlicht kroch bereits durch die Spalten der hölzernen Fensterläden ihres Schlafzimmers. Von draußen konnte sie hören, wie das Filmteam sich auf den neuen Tag vorbereitete, insbesondere Serge, dessen Stimme auch noch jenseits des Grand Canyon wahrzunehmen gewesen wäre: »Wisst ihr, wenn ich nichts Heißes kriege, komme ich morgens einfach nicht in die Gänge, und damit meine ich Koffein, viel Koffein. Also klopft in den nächsten zehn Minuten bitte niemand bei mir an.«
Portia drehte sich um. In all den Jahren, die sie allein, unabhängig und selbstgenügsam gewesen war, hatte sie sich zu einer Frau entwickelt, die die Zuwendung eines anderen Menschen nicht brauchte. Doch nun, und wäre es nur für diesen einen Morgen, sehnte sie sich danach, dass Andrew im Bett neben ihr lag. Nur um seine starken Arme um sich zu spüren und zu wissen, dass es wenigstens etwas gab, das ihr niemand wegnehmen konnte. Seit der Party hatte sie kein Wort von ihm gehört. Überhaupt nichts. Dabei waren sie seit ihrer ersten

Begegnung kaum getrennt gewesen. Nicht seit der ersten Nacht, in der sie sich geküsst, und dann der zweiten, in der sie sich wieder geküsst und sie ihn schüchtern an der Hand in ihr Schlafzimmer geführt hatte, wo er sanft, aber mit Nachdruck die Tür hinter ihnen schloss.

Etwas war da im Busch. Sie wusste nicht genau, was es war. Aber die Sache kam ihr mehr als seltsam vor.

19

In den nun folgenden schrecklichen Tagen erwies sich Steve als wahrer Heiliger. Er schuftete sich für die Davenports ab wie ein Berserker und suchte im Zusammenhang mit dem Verkauf des Hauses nach Schlupflöchern, um doch noch zu verhindern, dass die Familie ausziehen musste.

»Das Haus steht unter Denkmalschutz, Steve, es darf nicht abgerissen werden«, sagte Portia, während sie unablässig im Büro auf und ab lief. »Auch wenn es uns über den Köpfen zusammenstürzt, es ist nationales Kulturerbe, und die Davenports wohnen schon seit über zweihundert Jahren hier. Zählt das denn gar nicht? Gibt es denn keine Behörde, an die man sich wenden kann?«

Steve, der hinter dem Schreibtisch saß, sah auf, und kurz trafen sich ihre Blicke. Ohne es eigens zu erwähnen, wussten sie beide, dass dieser Vorschlag wohl der unsinnigste in einer langen Reihe von Hirngespinsten war. Alle Hoffnung, die die Davenports in die Regierung hätten setzen können, war schon vor Jahren zunichte gemacht worden – und zwar an dem Tag, an dem Black Jack dem Amt für Denkmalpflege einen beträchtlichen Zuschuss abgeschwatzt hatte, mit dem Versprechen, mit diesem Geld zumindest einen Teil des Hauses zu restaurieren. Als ein Kontrolleur der Behörde einige Monate später sehen wollte, was aus dem Scheck geworden war, musste er feststellen, dass Black Jack das Geld für ein Rennpferd ausgegeben hatte, das den treffenden Namen »Monument« trug.

Portia zuckte die Achseln und lächelte Steve wehmütig über den Schreibtisch hinweg an. »War einen Versuch wert«, sagte sie.

Die neuen Besitzer von Davenport Hall hatten gnädigerweise gestattet, die Dreharbeiten im Haus bis zu ihrem Einzug fortzusetzen.

»Wir müssen aufpassen, Bridie«, hatte Shamie, immer noch beflügelt von seiner erfolgreichen Reise nach Las Vegas, argumentiert. »Welchen Eindruck würde es um Himmels willen machen, wenn ich die Filmleute rausschmeiße, bevor sie ihren dämlichen Streifen fertig gedreht haben? Kannst du dir vorstellen, was passiert, wenn die Zeitungen davon Wind kriegen? Mein Gott, ich sehe bereits die Schlagzeilen: ›ABGEORDNETER NOLAN IST EIN FETTER SPIESSER.‹ Und keiner dieser linksradikalen Schauspieler würde mir mehr seine Stimme geben. Dann kriege ich niemals Punkte für Kunst und Denkmalschutz in meinem Wahlprogramm. Nein, lass sie ihren Kram doch fertig filmen, und dann sollen sie sich zum Teufel scheren.«

Jimmy D. atmete unbeschreiblich erleichtert auf und gönnte sich zur Feier dieses Zeitgewinns eine seiner dicksten Havannas. Wenn Shamie Nolan eine Fortsetzung der Dreharbeiten untersagt hätte, hätte das gesamte Filmteam umziehen müssen.

Ein Albtraum. Die Außenaufnahmen waren abgeschlossen, und nun ging es ins Innere des Hauses. Unter anderem sollte eine Ballsaalszene mit so vielen Statisten gedreht werden, dass Cecil B. de Mille unter Angstschreien die Flucht ergriffen hätte. Der Drehtermin war für Ende der Woche angesetzt, was Johnny und den anderen Mitarbeitern die dringend notwendige Zeit gab, das düstere Gemäuer auszuleuchten und in etwas zu verwandeln, das auf der Leinwand nicht wie eine von Müllsäcken überdachte Ruine wirken würde, die allem Anschein nach erst vor wenigen Minuten ausgebombt worden war.

Doch als Jimmy D. an seiner Zigarre zog und es sich in seinem Lieblingssessel in der Bibliothek gemütlich machte, war er so zufrieden wie schon lange nicht mehr. Mit Ella Hepburn klappte es wunderbar, ja, sogar viel besser, als alle zu hoffen gewagt hatten. Mein Gott, dachte er, es war ein Traum, endlich mit einem Profi zusammenzuarbeiten, nachdem er wochenlang als Schiedsrichter in Montanas und Guys Zänkereien fungiert hatte. Ella war eine erstklassige Schauspielerin, machte keine Schwierigkeiten, war pünktlich, konnte ihren Text und tat einfach, was von ihr verlangt wurde. Nicht umsonst gehörte sie seit mehr als fünfzig Jahren zu den Besten ihres Fachs. Und Guy fraß ihr aus der Hand, so viel stand fest. Seit ihrer Ankunft war er lammfromm. Natürlich brodelte die Gerüchteküche am Set wegen der leidenschaftlichen Affäre zwischen den beiden, doch das interessierte Jimmy D. nicht im Mindesten. Filmsets waren nun einmal Brutstätten von Sex und Intrigen, und solange alle seine Schauspieler um fünf Uhr morgens zur Arbeit erschienen, kümmerte es ihn nicht, ob Ella Hepburn mit einem jungen Mann schlief, der ihr Enkel hätte sein können. Die Pressevertreter, die am Tor ihr Lager aufgeschlagen hatten, waren wegen dieser Story ganz aus dem Häuschen, und wie jeder Produzent und Regisseur in Hollywood wusste, war Publicity, ganz gleich welcher Art, nie zu verachten.

Trotzdem ein Jammer wegen Daisy Davenport, überlegte Jimmy D. weiter. So ein hübsches Ding, und Guy hatte sich ihr gegenüber wie ein Schwein verhalten. Falls er glaubte, damit seiner Karriere auf die Sprünge zu helfen, saß er jedoch einem tragischen Irrtum auf. Ella Hepburn war für ihren Männerkonsum verschrien und handelte ganz nach dem beliebten Satz: »Während des Drehs zählt es nicht, Darling.« Verheiratet oder ledig, schwul oder hetero, sie vögelte alles, was atmete, und machte sich aus dem Staub, sobald der Film im Kasten war.

Und nun musste die arme Daisy nicht nur diese öffentliche Demütigung hinnehmen, sondern wurde darüber hinaus mit ihrer älteren Schwester (die sich vom ersten Tag an den Filmleuten gegenüber stets reizend, nett und gastfreundlich gezeigt hatte) und ihrer übergeschnappten Mutter aus dem Haus geworfen, das seit Jahrhunderten das Heim ihrer Familie war. Seufzend zog Jimmy D. noch einmal kräftig an seiner Zigarre und betrachtete den Raum um sich herum, als gehöre ihm das Ganze. Diese Frauen hatten so viel Pech einfach nicht verdient. Bestimmt würde ihm noch etwas einfallen, um ihnen zu helfen.

Daisy hatte sich während ihrer traurigen Schulzeit nie durch besondere Aufmerksamkeit oder akademische Interessen ausgezeichnet. Nun jedoch wollte ihr ein Satz nicht mehr aus

dem Kopf, den ihre Englischlehrerin ihr immer wieder eingebläut hatte: »Wenn die Sorgen kommen, schicken sie keine einzelnen Kundschafter, sondern Bataillone.«
Der Spruch schien momentan großartig zu passen, nun, da das Ende der Welt unmittelbar bevorstand, dachte sie, als sie sich ein Handtuch um den nackten Körper schlang und auf ihrem geschwollenen, blau angelaufenen Knöchel vom Bad zurück in ihr Zimmer hinkte.
In den letzten Tagen hatte sie so viel geweint, dass sie kaum noch geradeaus sehen konnte. Außerdem pochte ihr Schädel so scheußlich, dass sie schon befürchtete, in Ohnmacht zu fallen. Und als wäre das nicht schlimm genug gewesen, war das verdammte Filmteam inzwischen ins Haus übergesiedelt und machte sich überall breit, so dass man nur in seinem eigenen Zimmer Ruhe hatte. Aber wenigstens konnte sie dort nicht Guy und der Oma, mit der er jetzt offenbar ging, in die Arme laufen, dachte sie, als sie die Tür öffnete und in ihr Zimmer schlüpfte.
Beinahe wäre sie vor Schreck umgefallen. Die Vorhänge waren zugezogen, und jede freie Fläche war mit Kerzen bedeckt, so dass das ganze Zimmer funkelte wie die Lichterketten an einem Weihnachtsbaum. Und auf dem Bett, nur mit Boxershorts im Arsenal-Design bekleidet, lag Paddy, umgeben von Dutzenden von Chrysanthemen, die er einfach auf der Überdecke verteilt hatte. Er rauchte eine Zigarette und machte einen Satz, als Daisy ins Zimmer kam.
»Oh mein Gott, hast du mich aber erschreckt«, sagte er und drückte die Zigarette in einer brennenden Kerze aus.
»Ich soll dich erschreckt haben?«, erwiderte sie ungläubig. »Paddy, was machst du da?«

»Ich habe gehört, dass dein alter Herr das Haus verkauft hat, und dachte, du brauchst vielleicht ein bisschen Aufmunterung«, antwortete er grinsend und klopfte auffordernd neben sich auf das Bett. Daisy betrachtete seinen schmalen, mageren, pickligen weißen Körper mit der typischen Bauarbeiterbräune im Nacken, überlegte kurz, ließ dann ihr Handtuch zu Boden gleiten und kuschelte sich an ihn. Was soll's, dachte sie. Im Sturm ist einem jeder Hafen recht.

»Halt mich einfach fest, Paddy«, flüsterte sie, während ihr wieder einmal die Tränen in die Augen traten. »Halt mich fest.«

»Komm her, Liebling«, sagte er und schlang die dünnen Arme um sie. »Ist ja nicht deine Schuld, dass dein alter Herr ein Wichser ist. Und du kannst jederzeit bei mir in Drimnagh wohnen. Natürlich wäre meine Ma dann auch da, aber du verträgst dich bestimmt prima mit ihr.«

Daisy schluckte und überlegte, wie viel sie in letzter Zeit durchgemacht hatte. Komisch, dass dieses freundliche Angebot sie noch mehr zu Tränen rührte als all ihre Schwierigkeiten.

»Quetsch nicht die ganzen Chrysanthemen in die Bettlaken, wenn du dich bewegst«, meinte Paddy und fing an zu niesen. »Ich war bei drei verschiedenen Tankstellen, um sie zu besorgen, und jetzt glaube ich, dass ich allergisch gegen die Dinger bin.«

Im Gegensatz zu ihrer jüngeren Tochter weigerte sich Lucasta, sich kampflos zu ergeben. »Wenn dieser Schweinekerl von einem Ex-Mann meint, dass er mich kleinkriegen könnte, wird er sich noch wundern«, brüllte sie Mrs. Flanagan an. Die beiden saßen am Küchentisch und rauchten Kette. Neben ihnen dümpelten zahllose leere Weinflaschen in Wasserbecken, damit man das Etikett entfernen und sie wie durch Zauberhand in Flaschen mit Eau de Davenport verwandeln konnte. »Ich bin in den Sechzigern als Kindbraut hergekommen, wissen Sie. Sogar ein Hausbesetzer hätte nach so langer Zeit schon Wohnrecht.«

»Ja«, erwiderte Mrs. Flaganan, die nur mit halbem Ohr hinhörte. »Sie könnten den Pressetypen da draußen ja mitteilen, dass wir aus Protest in den Hungerstreik treten. Würde Ihnen nicht schaden, ein paar Pfund abzuspecken.«

Lucasta drehte sich zu ihr um, als hätte sie soeben eine Erleuchtung gehabt. »Mrs. Flanagan!«, rief sie erstaunt aus. »Sie sind ja ein Genie, und der Himmel weiß, dass ich nur selten Gelegenheit habe, das zu sagen.«

»Jetzt erzählen Sie mir bloß nicht, dass Sie mit Ihrem Eau de Davenport in den weltweiten Vertrieb einsteigen wollen.«

»Die Presse am Tor! Das ist die Antwort! Ich werde sofort zu den Journalisten gehen und einen Appell an sie richten. Wie Jeanne d'Arc, die sich an die Truppen wendet.«

»Eher wie Joan Rivers. Vor ihrer Schönheitsoperation.«

»Ach, verschonen Sie mich. Ich stamme aus einer alten Familie von Rebellen. Meine Großmutter war Suffragette, und ihre Schwester hat 1916 für die Unabhängigkeit Irlands gekämpft.«

»Mit Pádraic Pearse und den anderen? Und wurde sie auch mit ihnen erschossen?«

»Äh … nein. Sie wollte eigentlich nur eine Briefmarke besorgen und hat nicht bemerkt, dass gerade Revolution war. Deshalb ist sie zufällig ins Kreuzfeuer geraten. Ich frage mich oft, wie viele Fälle es in der Geschichte gibt, in denen jemand wie sie gestorben ist: Nur weil sie ihre Radiozulassung verlängern und eine Zwei-Penny-Marke kaufen wollte. Wie dem auch sei. Die Sache ist doch die, dass die Fernsehkameras und die Reporter vor unserem Tor wie eine PR-Goldader sind, die buchstäblich danach schreit, ausgebeutet zu werden.«

Seit sechs ganzen Tagen hatte Portia nun nichts mehr von Andrew gehört. Nicht einmal ein Flüstern. Da sie so beschäftigt war, tat sie ihr Bestes, um nicht an ihn zu denken, doch sosehr sie sich auch bemühte, ihre Gedanken kreisten ununterbrochen um ihn. Nachdem sie wieder einen erschöpfenden Tag lang mit Steve im Büro Blut und Wasser geschwitzt hatte, um doch noch einen Weg zu finden, das Unvermeidliche abzuwehren, fühlte sie sich total am Ende.

»Schau dich bloß an«, sagte Steve zu ihr, als sie ihn zu seinem Jeep begleitete, der auf dem Hof stand. »Du wirst vor Sorge und Erschöpfung noch krank. Du musst eine Weile hier raus, um wieder einen klaren Kopf zu kriegen.« Besorgt musterte er ihr geisterhaft bleiches Gesicht. Portia lächelte ihn schwach an, stellte sich auf die Zehenspitzen und küsste ihn auf die Wange, bevor er davonfuhr.

Er hat ganz Recht, dachte sie. Es gibt nichts Besseres als einen ordentlichen strammen Spaziergang, damit ich wieder auf andere Gedanken komme. Aber als sie sich gerade auf den Weg machen wollte, fiel ihr ein, dass die dämlichen Presseleute immer noch vor dem Tor kampierten und liebend gerne etwas Neues von dem bescheidenen Hausmädchen erfahren hätten, das hinter dem Earl von Irland her war. Inzwischen stürzten sie sich auf alles, was sich auf dem Grundstück bewegte, und Portia war nicht in der Stimmung, als Futter für die Boule-

vardpresse zu dienen. Wer braucht das schon?, dachte sie sich, als sie stattdessen in den Mini Metro stieg und eine Sonnenbrille aufsetzte, die sie im Handschuhfach gefunden hatte. Ich fahre einfach nach Ballyroan und besorge ein paar Kleinigkeiten im Supermarkt, wenn ich schon einmal dort bin.
Sie schaffte es ungehindert durch das Tor. Zwar entlud sich ein Blitzlichtgewitter, doch die Sonnenbrille war eine gute Tarnung, und außerdem drang die Bemerkung an ihr Ohr: »Ich bezweifle, dass Ella Hepburn in so einer Schrottlaube herumkurvt.«
Als sie das Tor hinter sich ließ und in Richtung Stadt fuhr, überschlugen sich ihre Gedanken. Vielleicht hatte sie Andrew ja verärgert, ohne es zu wissen. Doch ganz gleich, was es auch sein mochte, er würde Klartext mit ihr reden müssen. Sie hatte inzwischen nicht mehr die geringste Ahnung, worum es sich bei ihrem »Zwist« eigentlich handelte. Es kam ihr jedenfalls ziemlich merkwürdig vor, dass sie einen Moment praktisch wie siamesische Zwillinge gewesen waren und er sich im nächsten einfach in Luft auflösen konnte. Und dabei machte er eigentlich gar nicht den Eindruck eines Mannes, dem so etwas zuzutrauen war. Allerdings sehe ich nicht gerade aus wie Madonna, sagte sie sich dann. Und ich kann auch nicht auf einen umfangreichen Katalog vergangener Beziehungen zurückgreifen, um Vergleiche anzustellen. Womöglich ist so ein Verhalten absolut normal und der Situation angemessen. Aber es fühlte sich nicht normal an.
Allmählich machte sich ein flaues Gefühl in ihr breit, ein bohrender Zweifel, den sie in den letzten Tagen verdrängt hatte und der sich nun ungehindert Bahn brach. Wenn sie es sich genau überlegte, kannte sie Andrew ja kaum. Sie wusste, dass

er weltgewandt war und dass ihm das schnelle Leben lag, das er jahrelang in New York geführt hatte. Vielleicht ist er einfach so, dachte sie. Er war spontan von Manhattan nach Ballyroan gezogen und saß nun vorübergehend in der Provinz fest, bis seine Junggesellenwohnung im James-Bond-Stil fertig war. Vielleicht hatte er sich einfach unruhig und gelangweilt gefühlt … und dann war das Mädchen von nebenan auf der Bildfläche erschienen. Portias Herz begann zu klopfen, als ihr die grausame Wirklichkeit klar wurde. Sie war nur Amüsement für ihn, jemand, mit dem man die Zeit totschlug, nicht mehr und nicht weniger. Daisy pflegte oft zu sagen, dass Männer, wenn sie könnten, es sogar mit einem Baum treiben würden. Nur Frauen neigten dazu, das Thema mit Gefühlen zu vernebeln. Und genau das hatte sie, Portia, jetzt getan. Die gemeinsame Zeit, die ihr so viel bedeutet hatte, war für ihn offenbar nicht mehr gewesen als eine flüchtige Affäre. Aber Andrew hatte doch gar nicht wie ein Typ gewirkt, dem es nur auf Frauenverschleiß ankam …

Ich schaffe das schon, sagte sie sich und fühlte sich auf einmal stark. Wenn er sich aus dem Staub gemacht hat, komme ich damit klar. Genauso, wenn es sich nur um ein riesiges Missverständnis handelt. Auch das kriege ich hin. Nur die Ungewissheit war es, die sie um den Verstand brachte. Sie zuckte zusammen, als ihr der traumhafte Blumenstrauß einfiel, den er ihr am Tag nach der grässlichen Party bei seiner Mutter geschickt hatte. Seitdem schien ein Jahr vergangen zu sein, so viel war inzwischen geschehen. Er hatte ihr damals eine Karte geschrieben und seine Mobilfunknummer darauf vermerkt. Portia ertappte sich bei dem sehnlichen Wunsch, dass diese Karte in dem Chaos, das zurzeit im Haus herrschte, nicht weggeworfen worden war. Tja, das ist die Antwort, dachte sie. Wenn ich nach Hause komme, rufe ich ihn einfach an. Er soll zumindest wissen, dass man uns das Haus unter dem Hintern weg verkauft hat. Ihr Instinkt sagte ihr jedoch etwas völlig anderes.

Wenn er noch Interesse an ihr gehabt hätte, hätte er dann nicht selbst angerufen oder sie, wie sonst jeden Tag seit ihrer ersten Begegnung, besucht?

»Es tut uns allen ja so Leid, dass das Haus verkauft wird«, bemitleidete Lottie O'Loughlin Portia, während sie die Einkäufe für sie in eine Plastiktüte packte. »Aber wenigstens sind es Leute von hier und nicht irgendwelche Rockstars aus Dublin. Shamie und Bridie Nolan werden das Haus sicher in Ehren halten. Und sie werden eine Stange Geld investieren. Seien wir doch mal ehrlich, im Moment ist es nicht gerade der Buckingham Palace.«

Portia konnte nicht antworten. Sie nickte nur und ergriff dann so schnell wie möglich die Flucht.

Als sie wieder im Auto saß und den Zündschlüssel umdrehte, wurde sie endgültig von Verzweiflung ergriffen: Da war es wieder, das allzu vertraute Tuckern, das der Wagen immer von sich gab, wenn er sich weigerte anzuspringen. Mit einem müden Seufzer stieg sie aus, um die Wasserflasche aus dem Kofferraum zu holen und etwas Wasser in den Kühler zu gießen, was normalerweise immer wirkte. In diesem Moment hielt ein schwarzes BMW-Coupé neben ihr, und ein Fenster wurde elektrisch heruntergelassen.

»Autopanne?«, fragte Susan de Courcey, die hinter dem Steuer saß. »Kann ich Ihnen vielleicht helfen?«

»Nein, vielen Dank«, antwortete Portia erschrocken, aber mit

bemüht ruhiger Stimme. »Das passiert immer wieder. Der Wagen braucht nur ein bisschen Wasser.«
Schweigen folgte, als die beiden Frauen einander musterten. Portia war hin- und hergerissen. Sollte sie sich nach Andrew erkundigen: Wohnte er noch bei ihr? Hatte sie ihn gesehen? Was war los? Sie hätte sich über jede Information gefreut. Aber ihr Stolz und ihre Würde hinderten sie daran. Warum soll ich dir die Genugtuung bereiten, überhaupt seinen Namen auszusprechen?, dachte sie.
»Hoffentlich hat es Ihnen auf der Mittsommernachtsparty gefallen«, war alles, was sie herausbrachte.
»Wie – meinen Sie, abgesehen von der Tatsache, dass ich mit einer schweren Vergiftung im Krankenhaus gelandet bin? Nein, das ist kein Abend, an den ich mich gern erinnere«, entgegnete Mrs. de Courcey und klopfte mit ihren elegant manikürten Nägeln aufs Lenkrad. Dabei starrte sie Portia provozierend an, als wolle sie sie zu einer weiteren Frage herausfordern.
»Es tut mir sehr Leid, das zu hören«, antwortete Portia. »Hoffentlich geht es Ihnen inzwischen besser.«
»Viel besser«, gab Mrs. de Courcey zurück und gestattete sich ein leichtes Lächeln, denn das Gespräch entwickelte sich ganz in ihrem Sinne. »Michael und ich haben eine wundervolle Nachricht erhalten, die mich sehr aufgemuntert und meine Genesung unbeschreiblich beschleunigt hat.«
Portia wurde flau im Magen.
»Ja, wir schweben beide im siebten Himmel. Andrew und Edwina sind wieder zusammen, und ihre Hochzeit findet statt wie geplant.«

20

Portia wusste nicht mehr, wie sie nach Hause gekommen war und es geschafft hatte, sich in ihr Zimmer zurückzuziehen, doch irgendwie war es ihr offenbar gelungen. Zitternd wie Espenlaub saß sie an ihrem Frisiertisch und hörte kaum, wie es leise an die Tür klopfte. Ehe sie sich versah, stürmte Daisy herein. Sie trug ein geblümtes Nachthemd und ließ sich sofort aufs Bett fallen.

»Ich habe dich kommen hören, Schwesterherz. Ich muss mit dir reden. Ich habe was wirklich Dummes angestellt, und jetzt bin ich ganz durcheinander …«, begann Daisy und brach schlagartig ab, als sie die Miene ihrer Schwester bemerkte. »Mein Gott, was ist denn mit dir passiert?«

Portia konnte nicht länger an sich halten. Seit sie vom Verkauf des Hauses erfahren hatten, war sie die Selbstbeherrschung in Person gewesen, hatte ihrer Mutter und ihrer Schwester Kraft gegeben und sich keinen Moment lang gehen lassen.

Doch nun war es zu viel. Die letzten Tage, in denen sie sich das Hirn zermartert hatte, wie die Obdachlosigkeit noch abzuwenden sei, hatte sie überstanden. Daisys Verzweiflung wegen Guy hatte sie aufgefangen, ebenso wie die Unfähigkeit ihrer Mutter, irgendetwas anderes zu tun, als die Lage noch zu verschlimmern. Aber jetzt war Schluss. Sie ließ sich in Daisys Arme sinken und erzählte ihr schluchzend die ganze Geschichte. Daisy drückte sie an sich und wiegte sie sanft hin und her.

Kurz darauf erschien Lucasta in der Tür. Sie trug ihre Wachsjacke über einem schmutziggrauen Nachthemd. »Ich dachte, ich hätte Geheule gehört. Mädchen, was ist denn los?«, fragte sie und stellte erstaunt fest, dass es diesmal Portia war, die ihren Gefühlen freien Lauf ließ, während Daisy die Trösterrolle übernommen hatte.

»Pssst, Mum«, erwiderte Daisy und bedeutete ihrer Mutter, sich aufs Bett zu setzen; Portia schluchzte weiter. »Sie hat Susan de Courcey, die alte Hexe, in der Stadt getroffen. Und die hat ihr erzählt, Andrew wäre wieder mit seiner Ex zusammen und die Hochzeit würde jetzt doch stattfinden. Dieser Dreckskerl, dieses Schwein. Er ist auch nicht besser als die anderen.«

»Das soll wohl ein Witz sein«, meinte Lucasta, nahm eine Zigarettenschachtel aus der Tasche und zündete sich eine an.

»Ich fürchte, es stimmt«, schniefte Portia. »Das erklärt eine ganze Menge, oder?«

»Er war doch schon praktisch hier eingezogen, und ihr beide wart unzertrennlich. Ich kann mir nicht vorstellen, dass er einfach mit einer anderen abgehauen ist.«

»Es ist ja nicht irgendeine andere, sondern die Frau, die er eigentlich diesen Sommer heiraten wollte. Sie haben jahrelang zusammengelebt.«

»Tja, ich glaube es trotzdem nicht«, entgegnete Lucasta im Brustton der Überzeugung. »Er war absolut verrückt nach dir, Portia, absolut verrückt nach dir. Außerdem hat er mir versprochen, in mein Eau de Davenport zu investieren. Ich kapiere das einfach nicht. Was ist heutzutage bloß mit den Männern los?«

»Wenn du seine Ex-Freundin gesehen hättest, würdest du es verstehen«, antwortete Portia, inzwischen ein wenig ruhiger. »Sie ist eine richtige Schönheit, und es gibt keinen Grund, warum er nicht mit ihr glücklich werden sollte. Die Sache klingt vollkommen vernünftig.«

»Du bist auch eine Schönheit, Kind. Du könntest zwar eine Brustvergrößerung vertragen, aber sonst siehst du reizend aus.«

Portia traten wieder die Tränen in die Augen, so wenig war sie an Freundlichkeit und Mitgefühl, ausgerechnet von ihrer Mutter, gewöhnt.

»Was ist nur los mit uns Davenport-Mädchen, dass uns immer die Männer davonlaufen?«, fuhr Lucasta fort und drückte ihre Zigarette auf dem Dielenboden aus. »Es gibt nur eine logische Erklärung: Ganz bestimmt lastet ein Fluch auf uns. Das muss es sein. Eine andere Ursache kommt nicht in Frage. Dagegen hilft nur ein Zauberspruch.«

»Oh, Mummy, aber versuch nicht wieder, Eisen in Gold zu verwandeln. Ich habe vom letzten Mal noch einen fiesen grünen Ring um den Hals«, sagte Daisy.

»Oh nein, Kindchen, diesmal muss die Kavallerie ran.«

Und Lucasta hielt Wort. Am nächsten Morgen bei Sonnenaufgang wurde Mrs. Flanagan zu der versammelten Presse an der Auffahrt geschickt, um eine Einladung zu übermitteln.

»Guten Morgen, Jungs«, lauteten ihre einleitenden Worte. »Sie können sich die Mühe sparen, mich zu fotografieren, ich bin nämlich nicht geschminkt. Wenn Sie so freundlich wären, mir alle ins Haus zu folgen. Lady Davenport hat den Knaller des Jahrhunderts für Sie.«

Große Verwirrung entstand, als das Pressecorps darüber nachgrübelte, was wohl geschehen sein mochte. Aber Tony Pitt und die hartgesotteneren Kollegen ließen sich nicht zweimal bitten. Sie wurden tatsächlich ins Haus eingeladen! Vielleicht sprangen ja ein paar Sensationsfotos von Ella Hepburn und Guy van der Post dabei heraus.

Schließlich trotteten etwa ein Dutzend Reporter und Kameraleute ins Haus und wurden von Mrs. Flanagan in die Bibliothek geführt. Dort auf einer Chaiselongue lag Lucasta und sah so zart und zerbrechlich aus, dass Elizabeth Barrett Browning sich ein Beispiel daran hätte nehmen können.

»Ich habe Ihnen etwas mitzuteilen, und ich bitte Sie um Ihre ungeteilte Aufmerksamkeit«, begann sie, nachdem sie sich vergewissert hatte, dass die Fernsehkameras liefen. Dann warf sie einen möglichst schmachtenden Blick zur Decke und fuhr fort. »Ich spreche zu Ihnen nicht mehr als Produzentin von Eau de Davenport, sondern als ehemalige Besitzerin von Davenport Hall. In den vergangenen Tagen ist ein Unglück von gewaltigen Ausmaßen über uns hereingebrochen.« Sie klang wie in einem Fernsehappell, doch bitte für die hungernden Kinder in Somalia zu spenden. »Dieses altehrwürdige Anwesen, dieses Juwel in der architektonischen Krone von County Kildare wurde grausam den liebenden Armen der Familie entrissen, die seit neun Generationen hier lebt und das Land bestellt. Die Davenports waren niemals hochnäsige Gutsbesitzer und haben sich auch während Irlands Kampf um die Unabhängigkeit nicht aus dem Staub gemacht. Oh nein. Sie standen Schulter an Schulter mit den Menschen von Kildare und gingen mit ihnen durch dick und dünn. Und nun neigt sich unsere ruhmreiche Geschichte ihrem Ende zu. Das Haus ist gegen unseren Willen verkauft worden, und ich und meine Töchter werden bald obdachlos sein. Während ich hier zu Ihnen spreche, sammeln sich draußen schon die Bulldozer wie Gewitterwolken und warten darauf, das Land zu zerstören, für das unsere Vorfahren ihr Lebensblut geopfert haben. Und weshalb? Damit hier eine billige Neubausiedlung errichtet werden kann? Damit eine Schnellstraße diese idyllische Landschaft entweiht?« Sie erwärmte sich für ihr Thema und klang inzwischen wie Winston Churchill bei einer flammenden Rede vor den Truppen. »Ich flehe Sie an, uns beizustehen! Hören Sie auf meinen Appell und helfen Sie uns, damit wir trotz aller Widrigkeiten den Sieg erringen. Bitte schenken Sie Davenport Hall all Ihre Unterstützung und fördern Sie unseren Kampf gegen die Barbaren, die uns unser Zuhause wegnehmen wollen!« Dann sank sie mit einem tränenerstickten Seufzer auf die Chaiselongue zurück, als hätte die leidenschaftliche Ansprache ihr die letzten Kräfte geraubt. Kurz war höflicher Applaus zu hören, den Lucasta mit einer Handbewegung gnädig entgegennahm.

»Bevor Sie gehen, gibt es für jeden eine Flasche Eau de Davenport auf Kosten des Hauses«, verkündete Mrs. Flanagan und verteilte Flaschen aus einer Kiste an der Tür.

»War ich gut?«, zischte Lucasta leise.

»Sie waren wie Prinzessin Diana bei ihrem Auftritt in *Panorama*«, erwiderte sie. »Kein Auge ist trocken geblieben.«

»Wer hätte gedacht, dass Mummy so eine tolle Schauspielerin ist?«, meinte Daisy, als sie und Portia in der Küche saßen und sich Lucastas Darbietung in den Mittagsnachrichten in TV4 ansahen. »Schön, dass all die Jahre, in denen sie sich die Weihnachtsansprachen der Königin angeschaut hat, keine verschwendete Zeit waren.«

»Stimmt. Und jetzt wieder an die Arbeit«, entgegnete Portia, griff nach einem Stapel Zeitungen und fuhr fort, das Porzellanservice sorgfältig zu verpacken.

»Ach, muss das denn sein?«, beklagte sich Daisy. »Ich verstehe nicht, warum wir überhaupt packen müssen. Wenn Mummy mit ihrem Appell Erfolg hat, dürfen wir dann alles wieder auspacken.«

Portia hob schweigend die Augen zum Himmel und arbeitete weiter.

Steve hatte auf wundersame Weise in letzter Minute eine Abmachung mit den Nolans erwirkt, die es den Davenports gestattete, im Haus wohnen zu bleiben, bis die Dreharbeiten abgeschlossen waren – nur noch eine Frage von Monaten. Anschließend konnten sie im Pförtnerhaus unterkommen, bis sie eine dauerhafte Bleibe gefunden hatten. Und das war der nächste Albtraum, dem Portia sich würde stellen müssen. Wohin sollten sie ziehen? Und wovon sollten sie dann um Himmels willen leben? Sie hatte zwar den Großteil des Geldes, das Romance Pictures ihnen für die Benutzung des Hauses bezahlt hatte, auf die hohe Kante gelegt, doch das würde nicht ewig reichen. Abgesehen von ein paar Dutzend Flaschen Eau de Davenport, die Lucasta anderen Leuten aufgenötigt hatte, verfügte die Familie über keine Einkommensquelle – nun, da ihnen das Haus nicht mehr rechtmäßig gehörte.

Und schau mich an, dachte Portia verbittert. Welcher Mensch, der noch klar bei Verstand ist, würde mich einstellen? Ich besitze nicht die geringsten Qualifikationen, und meine Berufserfahrung beschränkt sich auf das Herunterwirtschaften von Landgütern. Ich bezweifle, dass es da eine große Nachfrage gibt.

»Hey, vielleicht kriegen wir ja einen Job als Hausmädchen hier, nachdem die Nolans eingezogen sind«, meinte Daisy, als hätte sie Portias Gedanken gelesen. »Oder noch besser: Wir werden Bridie Nolans Modeberaterinnen, das hätte sie bitter nötig. Hast du gesehen, was sie bei der Mittsommernachtsparty anhatte? Paddy wollte drauf wetten, dass sie früher mal in einem Stripteaseschuppen gearbeitet hat.«

»Paddy?« Portia hielt einen Moment im Einwickeln inne. »Paddy, der Tontechniker?«

Daisy verzog das Gesicht und stürzte sich plötzlich mit Feuereifer ins Verpacken.

»Moment mal, meine Liebe, möchtest du mir nicht verraten, was da los ist?«

»Tja …« Daisy überlegte, wie sie die Situation wohl erklären sollte. »Du weißt ja, wie Männer sind. Da braucht man sich ja bloß Guy anzuschauen! Kaum hatte er Ella Hepburn, das alte Miststück, gesehen, war ich nur noch Luft für ihn. Also hatte ich eben so was wie Gnadensex … eigentlich nur Übergangsvögeln, damit man nicht einrostet, weißt du …« Ihre Stimme erstarb. Doch zu ihrem Glück wurde sie von einem Klingeln unterbrochen, und Mrs. Flanagan kam keuchend hereingewatschelt.

»Mein Gott, ich glaube, ich bin die Einzige, der es überhaupt nicht Leid tun wird, dieser Bruchbude den Rücken zu keh-

ren. Ich bin schon ganz erledigt, so lange suche ich nach Ihnen«, meinte sie zu Portia.
»Ist etwas passiert, Mrs. Flanagan?«, erkundigte sich diese.
»Ein Anruf für Sie in der Bibliothek. Es ist Andrew, und er sagt, es wäre dringend.«
»Oh, Mist«, rief Daisy aus und schlug sich verzweifelt an die Stirn. »Ich wusste doch, dass ich vergessen hatte, dir etwas auszurichten. Er hat letztens schon mal angerufen.«
Portia überlegte einen Moment und spürte, wie die beiden sie erwartungsvoll anstarrten.
»Danke, Mrs. Flanagan. Könnten Sie ihm sagen, dass ich nicht da bin?«

21

Lucastas leidenschaftlicher Fernsehappell hatte ziemlich unerwartete Konsequenzen. Nicht nur, dass tatsächlich ein paar kleine Spenden eingingen (»Damit können wir ja nicht mal eine Woche Urlaub in Torremolinos verbringen!«, stöhnte Mrs. Flanagan), es hatte auch eine nicht ganz unwichtige Person den Auftritt offenbar mit großem Interesse verfolgt. Etwa eine Woche später kam Steve, bereits zu spät zu einem Termin, in seine Kanzlei gestürmt, als seine Sekretärin ihm eine Telefonnotiz reichte.

»Der Oberste Richter Michael de Courcey sucht Sie. Er sagt, er müsse unbedingt noch heute mit Ihnen sprechen.«

Steve betrachtete die Telefonnummer, bedankte sich und stieß die Tür zu seinem Büro mit dem Fuß zu, bevor er den Anruf tätigte. Dabei fragte er sich, was denn wohl so dringend sein mochte.

»Michael? Steve hier. Man hat mir gesagt, Sie wollten mich sprechen.«

»Ja, ja, in der Tat«, dröhnte die Antwort durch den Telefonhörer, so dass man sie vermutlich bis nach Cavan hören konnte. »Ich habe heute den ganzen Tag bei Gericht zu tun, aber was halten Sie davon, wenn wir uns abends auf ein Schwätzchen treffen würden? Passt Ihnen das?«

»Leider habe ich heute Abend schon etwas vor. Wie wäre es mit morgen? Ich könnte abends bei Ihnen vorbeikommen, wenn Sie tagsüber bei Gericht sind.«

»Ich fürchte, das geht nicht. Hier haben die Wände Ohren. Ich bedaure ja schrecklich, Ihnen Umstände zu machen, aber wir müssen uns in Dublin treffen, und zwar noch heute Abend. Es duldet keinen Aufschub.«

Steve hatte an diesem Abend tatsächlich schon etwas vor und wollte nur sehr ungern absagen. Es handelte sich um den jährlichen Jägerball, der im Four Seasons Hotel in Dublin stattfand und zu dem er die Damen Davenport jedes Jahr begleitete.

Trotz der Schwierigkeiten, in denen die Familie steckte, sollte es in diesem Jahr nicht anders sein. Sie würden wie immer hingehen. Daisy hatte zwar gejammert, es sei der langweiligste Abend des Jahres und sie könne sich die öden Jäger und Fischer jetzt schon vorstellen, wie sie die bedauernswerten Davenports von oben herab behandeln würden. Portia hatte sie jedoch freundlich, aber unerbittlich darauf hingewiesen, dass sie sich um eine neue Unterkunft für ihre Pferde kümmern müssten, bevor sie auszögen. Und wo wäre das besser möglich als auf einem Jägerball?

Als Steve Portia später am Tag anrief, um abzusagen, war sie ihm nicht böse. Aber ihre Neugier war geweckt.

»Versprichst du mir, dass du mir erzählst, was das alte Nebelhorn wollte?«, flehte sie.

Steve schmunzelte nur und schwieg. Er wusste, dass da etwas

im Busch war, ahnte aber nichts von der Situation zwischen Andrew und Portia.
Auch Lucasta ließ sich im letzten Moment entschuldigen, allerdings aus einem ganz anderen Grund. Jimmy D. hatte – ebenso wie das halbe Land – ihren bühnenreifen Auftritt in den Fernsehnachrichten gesehen und ihr eine Rolle angeboten. Er hatte schon lange etwas tun wollen, um seinen Gastgeberinnen zu helfen, und hielt eine Rolle in seinem Film für die ideale Möglichkeit, ihnen ein bisschen Geld zukommen zu lassen. »Eine ganz besondere Rolle«, nannte er es, was ein höflicher Ausdruck dafür war, dass sie nur eine Zeile Text würde sprechen müssen. Doch Lucasta fühlte sich bereits wie ein großer Star.
»Nun ist mir klar, wie es Lana Turner gegangen sein muss!«, rief sie, außer sich vor Begeisterung. »Wisst ihr, dass sie entdeckt wurde, als sie irgendwo in Amerika in einer Eisdiele arbeitete? Ganz bestimmt stehe ich am Anfang einer traumhaften Karriere! Ich könnte die neue Greta Garbo werden.«
»Denken Sie nur an die schauspielerische Erfahrung, die Sie bereits haben. Schließlich haben Sie schon so oft dem Gerichtsvollzieher etwas vorheulen müssen«, erwiderte Mrs. Flanagan, nicht wenig erbost, dass man nicht sie ausgesucht hatte – es handelte sich nämlich um die Rolle der Haushälterin.
»Ach, Schwachsinn. Sie sind ja bloß neidisch. Was kann ich denn dafür, dass ich diese wundervollen Wangenknochen habe, die förmlich danach schreien, auf Zelluloid gebannt zu werden?«
Und um das Maß voll zu machen, beschloss Lucasta, sich einen Tag lang an Mrs. Flanagans Fersen zu heften. Sie wollte

einer Haushälterin bei der Arbeit zuschauen, damit sie sich richtig in ihre Rolle einleben konnte. Allerdings gab sie diesen Vorsatz schon nach zehn Minuten auf.

»Sie bringen mich überhaupt nicht weiter. Mein Gott, Sie tun ja nichts anderes, als auf Ihrem Hintern zu sitzen und in die Glotze zu stieren.«

»Verpissen Sie sich aus meiner Küche und kommen Sie erst wieder, wenn *Oprah* vorbei ist!«, brüllte Mrs. Flanagan, die es nicht mehr ertragen konnte.

Das Verhängnis nahm seinen weiteren Lauf, als Portia und Daisy sich später am Abend auf den Weg machen wollten. Eigentlich hatten sie mit Steve in seinem komfortablen großen Jeep nach Dublin fahren wollen, doch da er abgesagt hatte, blieb ihnen nichts anderes übrig, als den Mini Metro zu nehmen. Kaum hatte Portia den Zündschlüssel umgedreht, war das nur allzu bekannte Tuckern zu hören.

»Großer Gott! Was ist denn jetzt schon wieder?«, stöhnte Daisy auf.

»Habt ihr Probleme mit der alten Rostlaube?« Das war Paddy, der gerade einige Kabelrollen ins Haus schleppte.

»Oh, Mist!«, zischte Daisy. »Hat er mich bemerkt?«

»Ihr beide seht heute Abend richtig spitze aus«, sagte Paddy und beugte sich ins Wagenfenster. Er konnte den Blick nicht von Daisy abwenden, die in ihrem trägerlosen Kleid aus blauem Pannesamt einfach hinreißend wirkte. Portia war einfach in das einzige vorzeigbare Kleid geschlüpft, das sie besaß, nämlich das weiße, das sie auch zur Mittsommernachtsparty getragen hatte. Ihr Haar hatte sie zu einem Pferdeschwanz zusammengefasst und sich die Mühe mit dem Schminken gespart. Wozu auch?, dachte sie.

»Lasst mich mal schauen«, schlug Paddy vor, forderte Portia auf auszusteigen und setzte sich dann selbst hinters Steuer. Nachdem er ein paar Mal den Anlasser betätigt hatte, streckte er den Kopf aus dem Fenster. »Ja, ich glaube, ich weiß, was das Problem ist«, verkündete er wie ein Arzt, der eine Diagnose stellt. »Die Kiste ist im Eimer. Kommt, ich fahre euch hin.«

»Paddy, das geht doch nicht!«, protestierte Daisy erschrocken. »Was ist denn mit der Szene, die ihr heute Abend dreht? Wird man dich nicht vermissen?«

»Ich bin zurück, bevor die überhaupt bemerkt haben, dass ich weg war«, erwiderte er und starrte sie an wie ein Teenager seinen ersten Schwarm.

Wenn sie ihn um ein Päckchen Fruchtpastillen gebeten hätte, er wäre wohl auf den Mars geflogen, um sie ihr zu besorgen. Bevor die beiden widersprechen konnten, saßen sie schon nebeneinander auf dem Vordersitz seines weißen Hiace-Transporters, der mit jedem von Arsenal je auf den Markt gebrachten Fanartikel dekoriert war, und brausten die Schnellstraße entlang nach Dublin.

Als sie vor dem Four Seasons eintrafen, war den beiden Schwestern sofort klar, dass ihr Wagen zwischen den Mercedes-Limousinen und BMWs der einzige Transporter auf dem Hotelparkplatz war. Die Davenports bleiben sich eben treu, dachte Portia.

»Paddy, du musst mit reinkommen und etwas mit uns trinken«, sagte sie, während sie vom Beifahrersitz kletterte. Sie achtete nicht auf die finsteren Blicke, die Daisy ihr zuwarf.

»Ach, Junge, cool. Ich könnte sterben für ein Glas Bulmers«, antwortete Paddy, dem die Richtung, in die der Abend sich entwickelte, sehr genehm war.

»Musste das unbedingt sein?«, knurrte Daisy ihre Schwester kurz darauf auf der Damentoilette an. »Jetzt haben wir ihn den ganzen Abend auf dem Hals.«

»Schätzchen, er hat uns den weiten Weg hierher gefahren, und es wäre bodenlos unhöflich gewesen, ihn als Taxi zu missbrauchen.«

»Aber er hat nicht einmal einen Anzug an! Wir werden unangenehm auffallen.«

Dem konnte man wirklich nicht widersprechen. Als die beiden Schwestern in die Bar kamen, stellten sie fest, dass Paddy auf eine mit Diamanten behängte Frau und einen Mann mit schwarzer Fliege einredete. Paddy war wirklich nicht zu übersehen, denn er trug ein Arsenal-T-Shirt, Jeans und Turnschuhe, die an den Fersen reflektierten. Als Portia und Daisy näher traten, konnten sie gerade noch das Ende des Gesprächs hören.

»Also reiten Sie?«, fragte die Diamantendame.

»Ach, Gnädige, das ist doch ein bisschen zu persönlich!«, erwiderte Paddy lachend.

»Wo haben Sie Ihre Pferde stehen?«, erkundigte sich ihr Mann.

»Äh, wo ich herkomme, haben wir eigentlich keine Ställe und so. Es laufen zwar überall jede Menge Pferde rum, aber die meisten spazieren einfach über die Wiesen auf unserem Landgut.«

»Ja, dann, danke noch mal fürs Mitnehmen, Paddy, aber wir gehen jetzt besser rein zum Essen. Wir sehen uns später zu Hause«, zischte Daisy, die ihn unbedingt loswerden wollte.

»Kommt gar nicht in Frage, dass ich meine Freundin den ganzen Weg zurück zum Arsch von Kildare per Anhalter fahren lasse. Vor allem nicht in diesen Klamotten. Andere Typen könnten sich davon angesprochen fühlen. Nein, geh nur rein zum Essen, ich warte einfach hier draußen auf dich. Ich hab zwar auch furchtbar Kohldampf, aber es gibt in so einem tollen Laden bestimmt Erdnüsse oder so was. Oder ich besorge mir auf dem Heimweg einen Döner«, erwiderte er Mitleid heischend.

Daisy starrte wütend ins Leere, doch auf Portia wirkte emotionale Erpressung stets wie ein Zauberspruch.

»Paddy, wir würden natürlich nicht im Traum daran denken, dich hier allein verhungern zu lassen. Eigentlich wollte Steve ja heute mitkommen, aber er musste absagen. Also ist an unserem Tisch ein Platz frei. Möchtest du uns nicht Gesellschaft leisten?«

»Ach du lieber Himmel, das ist aber nett von dir«, antwortete er erfreut. »Und mach dir keine Sorgen. Ich werde mich schon benehmen. Du musst nur beim Essen deine Hände bei dir behalten, Daisy, ha, ha, ha!«

Als sie in den voll besetzten Speisesaal kamen, ging Paddy zu einer Anschlagtafel hinüber, wo die Sitzordnung hing. Die Schwestern blieben einen Moment allein zurück. »Warte nur, bis wir zu Hause sind, Portia, dann bringe ich dich eigenhändig um. Wie konntest du ihn nur einladen? Er bildet sich sogar ein, dass wir ein Paar sind. Hast du nicht gehört, dass er das F-Wort benutzt hat?«, fauchte Daisy.

»F?«

»Freundin, du Idiotin!«

»Ich hätte dich nie für so einen Snob gehalten, Liebes. Er ist zwar unpassend angezogen, aber er war immerhin so nett, uns den ganzen Weg hierher zu fahren. Außerdem hast du mir selbst erzählt, du hättest mit ihm geschlafen«, gab Portia, die Unbestechliche, zurück.

»Du bist ja so was von blauäugig. Und überhaupt hast du keine Ahnung von Trostsex! Ich war so verzweifelt wegen Guy, dass ich jeden gevögelt hätte.«

»Wir sitzen an Tisch neunundsechzig, aber lass dich davon nicht etwa auf komische Gedanken bringen, Baby«, sagte Paddy heranschlendernd und tätschelte Daisy anzüglich den Hintern. Auf dem Weg zum Tisch warf Daisy Portia noch einen finsteren Blick zu, doch diese war mit ihrem Kopf woanders. Gesellschaftliche Anlässe wie heute waren stets unbeschreiblich langweilig, weshalb man nur hoffen konnte, wenigstens nette Tischgenossen zu haben. Sie hatten Glück. Portia atmete erleichtert auf, als sie Agnes und Lucy Kennedy sah, zwei ältere unverheiratete Schwestern aus Newbridge in Kildare, die Portia gut aus der Zeit kannte, als sie noch selbst zur Jagd geritten war.

»Meine Liebe, wie reizend, Sie zu treffen«, meinte Agnes und stand auf, um sie liebevoll auf die Wange zu küssen.

»Und wie gut Sie aussehen!«, ergänzte Lucy. »Da ist ja die niedliche kleine Daisy, Sie werden immer hübscher! Und wen haben wir hier?«

»Ich bin Daisys Typ, wie geht's, wie steht's?«, stellte Paddy sich selbst vor.

»Oh, wir sind ja so froh!«, riefen sie im Chor aus. »Wir haben nämlich alles in der Zeitung verfolgt. Die Dreharbeiten in Davenport Hall. Und wir waren entsetzt, als wir erfuhren, dass dieser Guy … wie immer er auch heißen mag …«, erwiderte Lucy.

»Van der Post«, beendete Daisy den Satz.

»Ja, genau! Tja, wir konnten es gar nicht fassen, als in der Zeitung stand, dass er mit unserer lieben kleinen Daisy Schluss gemacht und etwas mit Ella Hepburn angefangen haben soll, die alt genug ist, um seine Großmutter zu sein!«
»Weißt du noch, wir haben sie während des Krieges im Kino gesehen, und zwar in *Rover, komm nach Hause* im alten Ambassador Filmtheater in Bray. Erinnerst du dich, Aggie? Daddy hat uns im Daimler hingefahren, und wir beide haben am Schluss so geweint …«
»Oh ja, Lucy, ich erinnere mich. Und weil Krieg war, konnten wir wegen der Lebensmittelmarken keine Süßigkeiten oder Schokolade kaufen, und so hat uns Daddy stattdessen Schwarzbrotkanten gegeben …«
»Das wird ein langer Abend«, flüsterte Paddy Daisy zu und zündete sich eine Zigarette an. »Und die beiden alten Schrapnelle sind Schwestern, richtig?« Daisy nickte. »Überleg mal, Liebling. Wenn ich nicht gekommen wäre, wärt ihr in zweihundert Jahren auch so geendet, Portia und du.«
»Und deshalb freuen wir uns so, dass Sie einen anderen reizenden Gentleman kennen gelernt haben, liebe Daisy«, zirpte Lucy und lächelte strahlend über den Tisch. Dass Daisy am liebsten die Flucht ergriffen hätte, kam ihr nicht in den Sinn.
»Ja, ich freue mich auch«, antwortete Paddy. »Ich nenne sie meine Lady Chatterley, wenn Sie verstehen, was ich meine.«
»Und was ist mit unser lieben Portia?«, fragte Agnes und tätschelte ihr die Hand. »Wann ist es denn bei Ihnen so weit?«
»Oh, hast du es denn vergessen, Liebes?«, fiel Lucy ihr ins Wort. »Portia geht doch mit diesem traumhaft aussehenden jungen Mann, den die Zeitungen den Earl von Irland nennen. Was haben wir gelacht!«

»Oh ja, Liebes, und wir haben auch viele Fotos von Ihnen beiden gesehen. Sie geben ja so ein hübsches Paar ab, Sie mit ihrer traumhaft schlanken Figur; er sieht ein wenig aus wie Edward der Achte, als er Prinz von Wales war; natürlich sind Sie alle viel zu jung, um sich daran zu erinnern, aber er war der George Clooney seiner Tage. Weißt du noch, liebe Aggie … Oh, schau, da ist er ja!«

»George Clooney?«, fragte Portia, die Agnes' verschlungenen Gedankengängen nicht ganz hatte folgen können.

»Nein, meine Liebe, Ihr Freund, der ›Earl von Irland‹. Da drüben an der Tür, schauen Sie!«

Sie hatte Recht. Als Portia hinsah, erkannte sie Andrew. Er war mit einer Gruppe von Männern zusammen, die sie alle nicht kannte. Offenbar waren sie gute Freunde und lachten über einen Scherz, den einer von ihnen gemacht hatte.

Bleib kühl, bleib ruhig, sagte ihre innere Stimme. Er hat dich nicht bemerkt. Und selbst wenn, es kann dir nichts passieren. Zu ihrer eigenen Überraschung war sie Susan de Courcey für ihren absichtlichen Versprecher plötzlich dankbar. Nicht auszudenken, wenn ich das mit Edwina nicht gewusst hätte und es hier und jetzt von ihm aus erster Hand erfahren würde. Eine grauenhafte Vorstellung. So war sie wenigstens vorgewarnt und konnte sich wappnen.

Daisy hatte Andrew ebenfalls entdeckt, beugte sich zu Portia hinüber und flüsterte: »Verdammt, ich glaub's nicht. Was hat der denn hier zu suchen?«

Portia flehte sie mit einem Blick an, still zu sein, und setzte ihre Plauderei mit Agnes und Lucy fort, als wäre nichts geschehen. Vorspeise und Hauptgericht waren bereits serviert worden, aber Andrew hatte sie immer noch nicht wahrgenommen. Vielleicht ja doch, dachte Portia. Kann sein, dass er mir auch aus dem Weg geht. Sie war nun doppelt erleichtert, neben den Kennedy-Schwestern zu sitzen, deren laut vorgetragener innerer Monolog keine Unterbrechung duldete.

Bald war die Mahlzeit vorbei, und der Tanz begann. Agnes und Lucy hatten sich freundlicherweise bereit erklärt, Daisys Pferde im Notfall in ihren Stallungen unterzubringen, so dass ihre Mission erledigt war und sie eigentlich so schnell wie möglich hätten verschwinden können. Doch als sie gerade aufstanden, um sich zu verabschieden, fing Paddy einen vorbeieilenden Kellner ab.

»Das Essen war toller als das, was meine Ma zu Weihnachten kocht, aber ich hab's nicht ganz aufgekriegt. Könnten Sie mir den Rest vielleicht einpacken?«

Der Kellner musterte ihn eine Weile und fragte sich sichtlich, ob dieser Gast es ernst meinte. Noch nie in der Geschichte des Four Seasons hatte sich jemand die Reste einpacken lassen. Dann jedoch meldete sich seine ausgezeichnete Ausbildung, und er bat Paddy höflich um ein wenig Geduld, während er die Lage sondierte.

Als die Band ein Potpourri von Elvis-Songs anstimmte, konnte Paddy nicht mehr stillstehen. »Der King! Komm, Liebling, worauf wartest du?« Ohne ihr Zeit zum Luftholen zu lassen, zerrte er Daisy auf die Tanzfläche und begann sich wie ein Wilder zu winden, obwohl sie ihm verzweifelt zurief, dass ihr Knöchel noch nicht ganz einsatzbereit sei.

Verflixt, dachte Portia, die sich so unbemerkt wie möglich hatte aus dem Staub machen wollen.

»Und wie geht es Ihrer lieben Mutter?«, erkundigte sich Agnes. »Ist sie immer noch so exzentrisch wie früher? Ich weiß noch, dass ich einmal nach Davenport Hall kam und dort eine Séance störte, die sie gerade veranstaltete. Das hat sie mir nie verziehen ...«

Portia wollte etwas antworten – und da stand wie aus heiterem Himmel plötzlich Andrew hinter ihr.

»Oh, schaut, da ist er ja, der Earl von Irland höchstpersönlich. Wie geht es Ihnen?«, meinte Lucy mit reizendem Lächeln.

Portia spürte, wie ihr die Knie weich wurden. Aber sie zwang sich, kerzengerade dazustehen und seinen Blick zu erwidern.

»Offenbar sind wir hier in der Gegend schon berühmt«, meinte sie errötend.

Er antwortete nicht, sondern fuhr sich nur nervös mit den Fingern durchs Haar und scharrte mit den Füßen. Nach einer schieren Ewigkeit sah er ihr endlich in die Augen. »Nur mal rein aus Neugier gefragt: Rufst du andere Leute denn nie zurück?«

»Andrew, ein Gespräch zwischen uns ist überflüssig. Wir haben nichts mehr zu bereden. Ich möchte dir nur sagen, dass ich mich sehr für dich freue.« Sie war froh, dass sie es zuerst erwähnt hatte. Hoffentlich hatte ihre Stimme dabei nicht gezittert.

»Ich wünschte, ich wäre so großzügig wie du. Aber eins muss ich dir zugestehen: Du lässt wirklich nichts anbrennen.«

Sein Tonfall war eindeutig barsch und verbittert, und Portia verstand beim besten Willen nicht, was er meinte. Man hätte doch glauben können, dass er glücklich war, wieder mit seiner Ex vereint zu sein. Aber stattdessen klang er, als sei alles genau andersherum. Sie wollte sich gerade erkundigen, was er mit dieser Bemerkung bezweckte, als er erneut – sanfter und wieder fast der Alte – das Wort ergriff.

»Portia, ich muss wirklich mit dir reden. Darf ich dich morgen anrufen? Vielleicht können wir uns treffen, wenn du Zeit hast? Es ist nur, dass …«

»Andrew, Liebling, da bist du ja.« Als Portia sich umdrehte, sah sie Edwina vor sich, die, makellos wie immer, an seine Seite geglitten war. »Und Sie sind Portia, richtig?«, schnurrte sie und streckte eine perfekt manikürte Hand aus. »Ich glaube, wir sind uns schon einmal begegnet.«

»Ja, hallo.« Mehr brachte Portia nicht heraus, und sie hätte sich ohrfeigen können, weil sie heute auf Make-up verzichtet hatte. Neben Edwina, die einfach göttlich aussah, wirkte sie sicher wie eine dicke, ungeschrubbte Kartoffel. Schweigen entstand, während sie sich verzweifelt das Hirn nach einer beiläufig-kühlen Bemerkung zermarterte. Doch es fiel ihr einfach nichts ein. Panisch und auf der Suche nach Rettung sah sie sich nach Paddy und Daisy um, doch die beiden tanzten noch, wenn man das in Paddys Fall so bezeichnen wollte.

»Wissen Sie, Ihr Foto war ja in allen Boulevardzeitungen«, brach Edwina das Schweigen mit klimpernder Cocktailpartystimme. »Was haben wir gelacht, nicht wahr, Andrew? Da stand, Sie wären Dienstmädchen in irgendeinem schauerlichen Spukhaus. Und dann war da noch das Bild, auf dem Sie sich an irgendeinen Typen rangeworfen hatten …«

Obwohl Portia nicht ganz verstand, worauf sie hinauswollte, wusste sie, dass sie es nicht länger ertragen konnte. Ein Familienstammbaum von zehn Generationen verlieh ihr Würde, als sie sich zu voller Größe aufrichtete. »Sie sollten vielleicht nicht alles glauben, was in der Zeitung steht«, entgegnete sie herablassend und machte auf dem Absatz kehrt.

Sie schaffte es bis in die luxuriöse Damentoilette, wo sie sich so lange verstecken wollte, bis Paddy sein Herumgespringe auf der Tanzfläche beendet hatte und sie sich in die Geborgenheit seines Transporters flüchten konnte. Ihr Herz klopfte, und sie spürte, wie ein Brausen und ein Schwindelgefühl in ihr aufstiegen.

Sie war zwar nicht allein, aber wenigstens entdeckte sie niemanden, den sie kannte, was ihr die Qual ersparte, auch noch Smalltalk betreiben zu müssen. Allerdings irrte sie sich, wenn sie glaubte, es für heute Abend ausgestanden zu haben. Denn als sie sich gerade angenehm kühlendes Wasser über die Handgelenke rinnen ließ und auch großzügig ihre Schläfen damit benetzte, wurde die Tür aufgerissen, und Edwina rauschte herein. Sie gurrte in ihr Mobiltelefon, damit auch alle mithören konnten.

»Kate, Liebling, du musst mich verstehen. Ich weiß, dass es ein Uhr morgens ist, aber du bist meine Hochzeitsplanerin, und ich bezahle dich dafür, dass du vierundzwanzig Stunden am Tag abrufbar bist. Ich sitze gerade bei einer grässlichen Party im Four Seasons fest, und jetzt haben wir einen Notfall! Sie benutzen hier genau die gleichen cremefarbenen Leinenservietten, die ich mir für meinen Empfang ausgesucht hatte, und zwar mit genau den identischen burgunderroten Schleifen dran. Ja, ich bemühe mich, ruhig zu bleiben, aber du musst morgen sofort bei Brown Thomas anrufen …« Die Damentoilette war so gut besucht, dass es Portia gelang, unbemerkt nach draußen zu schlüpfen. Tja, wenigstens ein Mal Glück gehabt, dachte sie, als sie sich auf den Weg zum Parkplatz machte, um dort auf die anderen zu warten. Sie war froh, mit heiler Haut davongekommen zu sein. Und sie wäre niemals auch nur im Traum darauf gekommen, dass es sich bei Edwinas Auftritt um ein Ein-Personen-Stück handelte, das eigens ihr zu Ehren aufgeführt worden war.

Die lange, holprige Heimfahrt in Paddys Transporter bedeutete auch keine Entschädigung für den katastrophalen Abend. Daisy hatte sich den Fensterplatz gesichert, um so viel Abstand wie möglich zu Paddy zu gewinnen, und schlief prompt ein.

Portia wünschte sich nichts sehnlicher als ein wenig Ruhe, um ihre Gedanken zu ordnen, doch die war ihr nicht vergönnt. Sie saß dicht gedrängt neben Paddy, so dass seine Arsenal-Maskottchen sie ständig am Kopf stießen. Und Paddy selbst freute sich wie ein Schneekönig über diese wunderbare Gelegenheit, sich bei dem einzig zurechnungsfähigen Familienmitglied seiner Angebeteten beliebt zu machen. Sie waren schon in Newlands Cross und hatten den halben Heimweg somit fast hinter sich, als er zum ersten Mal eine kleine Pause zum Luftholen machte.

»Also, ich muss wirklich sagen, dass 1998 die glücklichste Zeit meines Lebens war. Natürlich hatte Arsenal nicht zum ersten Mal die Meisterschaft gewonnen, 1971 hatten sie es schon mal geschafft. Aber damals war ich noch gar nicht geboren, deshalb nützte es mir nichts. Also, Daisy, sag mal, was hältst du von Arsène Wenger als Manager?«

»Sie schläft«, erwiderte Portia.

»Während ich über Arsenal rede? Bist du sicher?«, fragte er, ohne den Blick von der Straße abzuwenden.

»Ja, absoluter Knock-out«, antwortete sie und beneidete Daisy wieder einmal um ihre Fähigkeit, sich überall auszuklinken.

»Ach, übrigens, ich wollte dir schon lange mal was sagen: Danke, dass du so fair gewesen bist.«

»Verzeihung?« Portia verstand die Welt nicht mehr.
»Beim Ball … erinnerst du dich nicht? Ich war total blau, voll wie eine Strandhaubitze. Ich war absolut sturzbesoffen, hackedicht …«
»Ein bisschen beschwipst. Also?«
»Du sagst es, Schätzchen. Ich wollte dir nur sagen, dass du für dein Alter echt toll aussiehst und so. Mein Gott, du bist wirklich spitzenklasse, wenn man sich überlegt, dass du auf die vierzig zugehst.«
Portia beschloss, das zu überhören.
»Ja, ich hab eine Schwester in deinem Alter, die ist gerade Oma geworden … und das ist nicht gelogen!« Paddy lachte. »Jedenfalls liegt es nicht daran, dass ich dich für dein Alter nicht hübsch finde, aber ich wollte mich entschuldigen, dass ich in dieser Nacht in deinem Bett eingepennt bin. Und ich schwöre, ich habe meine Hände bei mir behalten.«
Schlagartig fiel es Portia ein. Das war die Nacht, in der Steve ihr vom Abriss des Hauses erzählt hatte. Sie war so außer sich gewesen, dass er ihr eine Schlaftablette gegeben hatte, damit sie endlich Ruhe fand. Vage erinnerte sie sich, dass jemand neben ihr im Bett gelegen und dass sie irrtümlicherweise gedacht hatte, es sei Andrew.
»Ich hab mich auf dem Weg zu Daisys Zimmer ein bisschen verlaufen, weißt du?«, sprach Paddy weiter. »Das Haus ist wie ein gottverdammter Irrgarten. Aber sobald ich aufgewacht bin und gesehen habe, dass ich bei der falschen Schwester im Bett liege, habe ich mich sofort verpisst. Es ist also nichts passiert, Schätzchen, das schwöre ich auf Sven Goran Eriksons Glatze. Aber ich würde es Daisy gegenüber lieber nicht erwähnen.«

»Natürlich nicht.«

»Hey, du bist klasse. Ich wusste ja, dass du es cool sehen würdest. Aber stell dir vor, wenn wirklich was passiert wäre? Zwei Schwestern in einer Nacht? Das wär ja wie in einer Folge von *Eastenders*. Und stell dir vor, wenn uns jemand gesehen hätte …«

22

Bridie Nolans Tag hatte nicht gut angefangen, denn sie hatte einen ganzen Vormittag im Architekturbüro ihres Schwagers vergeudet, um Pläne für die Zukunft von Davenport Hall zu schmieden.

»Wie oft muss ich es dir noch sagen, Bridie?«, meinte Mickey, während er den Kaffee aufwischte, den ihr fünfjähriger Sohn Hughie über seine Blaupausen gekippt hatte. (Zufällig sein jüngster Entwurf für das Mausoleum von Davenport Hall, das völlig entkernt und zur Bowlingbahn umgebaut werden sollte.) »Tu dir einen Gefallen und halt ein gottverdammtes Streichholz an die Bude. Dann können wir ganz von vorne anfangen. Ich schufte mich mit den Plänen für eine Fertighaussiedlung auf dem Davenport-Land ab, und du ruinierst alles, indem du die hässliche alte Falle mitten auf dem Grundstück stehen lassen willst.«

»Na ja, Shamie muss sehr auf seine Position achten. Er hat mir gestern Abend einen Riesenvortrag darüber gehalten, dass Cäsars Frau über jeden Verdacht erhaben sein sollte, und lauter solchen Mist. Wahrscheinlich hat er diesen Film, *Gladiator*, zu oft gesehen. Jedenfalls hat er schon genug Ärger mit dem

Finanzamt, um sich auch noch eine Anzeige wegen Brandstiftung anhängen zu lassen. Nein, ich habe eine viel bessere Idee.«

»Und die wäre, Bridie?«

»Das Davenport-Hall-Wiederaufbauprojekt. Ich werde ein Dokumentarfilmteam anheuern, das mir durch die Bruchbude folgt und filmt, wie ich, Shamie und die Kinder dem Haus liebevoll unseren Stempel aufdrücken. Shamie hat einen Kumpel, einen Produzenten bei RTE, der für uns die Regie führen wird. Wenn alles fertig ist, werde ich Führungen durchs Haus veranstalten, um zu zeigen, wie es vorher und nachher aussah. Jackie Kennedy hat das im Weißen Haus auch gemacht, und es hat ihr ganz bestimmt nicht geschadet. Außerdem wird es uns viele Stimmen einbringen. Dann kann Jeremy Irons mit seinem rosa Schloss in Cork einpacken.«

Als sie und Hughie gerade das Büro verließen, trafen sie auf der Main Street von Ballyroan Lottie O'Loughlin.

»Ach, hallo, Titelmädchen«, sagte Lottie erfreut. »Es wundert mich, dass du noch nicht bei mir warst, um dir gleich zehn Ausgaben zu sichern.«

»Wovon redest du?«, fragte Bridie verdattert.

»Komm in meinen Laden und schau's dir an«, erwiderte Lottie und überquerte die Straße, als könne sie nicht schnell genug die Flucht ergreifen. »Ich mache jetzt Mittagspause. Leg das Geld einfach auf die Theke.«

Ein weniger dickfelliger Mensch hätte fast den Eindruck gewinnen können, dass Lottie hier jemandem aus dem Weg gehen wollte, doch übertriebenes Einfühlungsvermögen hatte noch nie zu Bridies Fehlern gehört. Also schleppte sie Hughie in den Supermarkt und bestach ihn mit dem Versprechen, ihm ein Eis zu kaufen, wenn er sich zwei Minuten lang benehmen würde. Rasch ließ sie ihr Argusauge über die Titelseiten aller Zeitschriften im Regal schweifen, entdeckte aber nichts. Doch als sie sich dann dem Zeitungsstapel in der Ecke zuwandte, wäre sie fast in Ohnmacht gefallen. Da war es, in leuchtendem Technicolor: das Foto, das die Reporter von ihr gemacht hatten, als sie am Abend der Mittsommernachtsparty im Auto die Strumpfhose gewechselt hatte. Man sah nicht nur ihr entsetztes Gesicht, als das Blitzlicht losging. Im Vordergrund leuchteten ihr Zwickel und ihre schwammigen, wabbeligen Oberschenkel, die sich gegen das Armaturenbrett pressten.

»DIE NEUE HERRIN DES HAUSES!«, verkündete die Schlagzeile. »BRIDIE NOLAN ERKLIMMT DIE KARRIERELEITER.«

»UMFRAGE DES TAGES: IST DIESER HINTERN GRÖSSER ALS DER GRAND CANYON? IST DIESER HINTERN DELLIGER ALS HÜTTENKÄSE? FÜR »JA« WÄHLEN SIE: 1850-123123, FÜR »NEIN«: 1850-223344.«

Ohne nachzudenken, riss Bridie ihr Mobiltelefon aus der Tasche und drückte die Schnellwahltaste.

»Hallo, hier spricht Shamie Joe Nolan Junior.«

»Shamie, eine gottverdammte Katastrophe ist passiert! Lass alles stehen und liegen und ruf sofort deinen Anwalt an! Du wirst dir mit den Unterlassungs- und Beleidigungsklagen, die wir anstrengen werden, die Wände tapezieren können.«

»Das glaube ich nicht, Schatz«, erwiderte Shamie nervös. »Ich muss dir nämlich auch etwas erzählen.«

Inzwischen war Lucastas großer Moment gekommen. Sie hatte einen sehr angenehmen Vormittag verbracht und sich von dem bedauernswerten Serge, dem man die Aufgabe aufgebürdet hatte, sie in eine Haushälterin aus dem neunzehnten Jahrhundert zu verwandeln, verwöhnen und verschönern lassen.
»Herausforderungen halten jung, das sage ich meinen Lovern immer«, hatte dieser am frühen Morgen fröhlich zu Jimmy D. gemeint. »Aber ich glaube, ich werde mindestens zwei Stunden brauchen, bis sie kamerafertig ist. Ich möchte zwar nicht übertreiben, doch ich glaube, du wirst für diese Szene eine Menge Weichzeichner brauchen.«
Für Lucasta bedeutete es nicht unbedingt eine Qual, im Mittelpunkt zu stehen, und als Serge ihr verfilztes Haar geduldig wusch und auskämmte, fühlte sie sich wie im siebten Himmel.
»Also, Lady Davenport, wann waren Sie denn das letzte Mal beim Friseur?«
»Ach, Schätzchen, sagen Ihnen die Worte *Sergeant Pepper's Lonely Hearts Club Band* etwas?«, erwiderte sie lachend. Serge lächelte zurück, ohne zu verstehen, was sie damit meinte.
Genau zwei Stunden später klopfte Caroline kräftig an die Tür der Maske, um Lucasta zum Drehort, dem umgestalteten Ballsaal, zu begleiten. »Ach du meine Güte, man erkennt Sie ja kaum wieder«, meinte sie, als sie Lucasta im Frisierstuhl sitzen sah. Serge zog mit einem Ruck den Plastikumhang von ihren Schultern, um sein Meisterwerk zu enthüllen.
Die Verwandlung war tatsächlich wundersam. Lucasta trug die Tracht einer viktorianischen Haushälterin, die aus einem langen schwarzen Reifrock und einer engen, schwarzen, am Hals hochgeschlossenen Bluse bestand, die nur von einer schlich-

ten Kameenbrosche geziert wurde. Serge hatte ihr langes Haar sorgfältig geglättet und es, streng nach historischem Vorbild, über den Ohren aufgerollt. Ein Korsett verschmälerte Lucastas ausladende Taille und verlieh ihr eine fast mädchenhafte Eieruhr-Figur.

»Lady Davenport, Sie sehen wundervoll aus!«, rief Caroline in einem für sie seltenen Anfall von Begeisterung aus.

»Danke, meine Liebe, aber ich fürchte, ich muss mich jetzt in meine Rolle hineinfühlen. Also wäre ich Ihnen sehr dankbar, wenn Sie mich von nun an mit Mrs. Murphy ansprechen würden«, erwiderte Lucasta, wobei sie ihr Bestes tat, um wie Meryl Streep zu klingen.

Als sie von der Maske ins Haus und von dort aus in den Ballsaal traten, fehlten sogar Lucasta, die sonst nie um einen Spruch verlegen war, die Worte.

Die Szenenbildner hatten wirklich Wunder gewirkt, und das Ergebnis war kaum zu glauben. In nur wenigen Tagen hatten sie die hohe Gewölbedecke gestrichen, sämtliche mit Klebeband daran befestigten Müllsäcke entfernt und alle Löcher im Dach zugespachtelt. Anschließend hatten sie alle Töpfe und Pfannen entfernt, die auf dem Boden herumstanden, um das Regenwasser aufzufangen, und das Parkett so lange poliert, bis es – vermutlich zum ersten Mal seit hundert Jahren – schimmerte. Außerdem hatten sie üppige Samtbahnen an den Wänden drapiert, die nicht nur die feuchten Stellen verdeckten, sondern auch den Hall dämpften, der in diesem Raum sonst herrschte. Vervollständigt wurde der Eindruck durch das Licht der Kerzen, die in geschmackvoll im Raum verteilten Leuchtern funkelten.

»Ach, du Scheiße, ich erkenne die alte Bruchbude kaum wieder!«, keuchte Lucasta. »Wir sind doch in Davenport Hall, richtig?«

Jimmy D. schlenderte durch eine Gruppe von Statisten, die auf der Tanzfläche Walzerschritte übten, und küsste Lucasta auf beide Wangen.

»Sie sind ja wirklich schick, Lady Davenport«, sagte er grinsend und zog an seiner Zigarre.

»Ich habe mich in meine Rolle hineingefühlt, mein Lieber, und reagiere von nun an nur noch auf Mrs. Murphy. Aber Sie haben hier ja Erstaunliches vollbracht. Ich fühle mich wie auf einer Reise in die Vergangenheit, in ein früheres Leben, was bei mir häufig geschieht. Doch Sie brauchen sich keine Sorgen zu machen. Ich bin in der viktorianischen Zeit ganz zu Hause. Und ich habe die Geister all unserer Vorfahren angerufen, damit sie mir helfen. Also, Sie sind der Regisseur. Geben Sie mir meine Anweisungen.«

»Diese Szene ist ein Kinderspiel. Brent und seine Mutter Blanche tanzen mit den anderen Paaren Walzer, während Magnolia bedrückt aus dem Fenster schaut. Wenn Johnny Ihnen das Stichwort gibt, tun Sie Folgendes: Sie stehen draußen auf dem Flur, und auf Ihr Stichwort stürmen Sie mitten auf die Tanzfläche und rufen aufgebracht nach Ihrer Arbeitgeberin. Magnolia kommt dann auf Sie zu und fragt Sie, was los ist. Sie sprechen Ihren Text, und dann ist Schnitt. Verstanden?«

»Oh ja, ich denke schon«, antwortete Lucasta, die nicht ganz hatte folgen können. »Ich bin nur ein wenig nervös, sonst nichts. Sie wissen ja, die berufliche Umorientierung und so.«

Jimmy D. nickte Johnny zu. Dann schlenderte er zu seinem Regiestuhl hinüber, wo Ella und Guy ins Gespräch vertieft saßen. Montana, die sich schüchtern hinter ihnen niedergelassen hatte, zeigten sie die kalte Schulter. Guy redete und redete, während Ella mit gelangweilter Miene an ihrer Sobranie-Zigarette zog.

»Ein Wunder, wie man einen Raum mit ein bisschen Mühe verändern kann, nicht wahr, Liebling?«, sagte Guy im Südstaatenakzent. Ella nickte fast unmerklich, allerdings ohne ihn eines Blickes zu würdigen.

»Weißt du, Liebes, wenn jemand diese alte Bude übernehmen und ein bisschen Geld hineinstecken würde, könnte man wirklich etwas daraus machen. Ein romantisches irisches Liebesnest, so weit weg von L.A. wie nur irgend möglich, was?«, fuhr er fort und strich ein Haar von dem bauschigen Reifrock ihres Ballkleides. Nun hatte er sich offenbar ihre Aufmerksamkeit gesichert, denn in dem Blick, den sie ihm zuwarf, glomm ein winziger Funke von Interesse auf.

»Ach, Majestät, wie geht es?«, begrüßte Paddy Lucasta vergnügt, denn er freute sich, sie zu sehen.

»Jetzt nicht, Schätzchen, ich habe mich gerade in meine Rolle hineingefühlt«, antwortete sie geistesabwesend. »Ich muss mich tief in mein emotionales Reservoir versenken, um mich auf diese Szene vorzubereiten.«

»Oh ja, richtig«, sagte Paddy, der gewöhnt war, dass sich Schauspieler wie eigenverliebte Spinner benahmen. »Und was denken Sie gerade?«

»Wir schreiben das Jahr 1982. Ich habe gerade Daisy auf die Welt gebracht«, erwiderte Lucasta mit geschlossenen Augen wie in Trance. »Ich liege im Bett und stille das Baby, als mein Mann hereingestürmt kommt und sie mir wegnimmt, um sie in einem Pokerspiel einzusetzen, das er gerade verliert.«

»Mein Gott, Sie müssen ja ständig Ärger mit dem Jugendamt gehabt haben«, entgegnete Paddy mitfühlend.

»Okay, alle auf ihre Plätze. Wir fangen an!«, schrie Johnny aus voller Kehle. Allgemeine Unruhe entstand, als das Team seine Positionen einnahm und die Statisten, alle in prachtvollen viktorianischen Abendkleidern, auf die Tanzfläche traten.

Stille senkte sich über das Set – nur unterbrochen davon, dass in der Ferne ein Telefon läutete.

»Steckt das gottverdammte Telefon aus, während wir drehen!«, brüllte Johnny.

»Es kommt aus der Bibliothek«, meinte Caroline und eilte hinaus. »Keine Sorge, ich kümmere mich darum.« Kurz darauf kehrte sie zurück und bedeutete Johnny mit einem Nicken, das das Problem erledigt war.

»Okay, Leute«, sagte Johnny. »Es geht los. Das ist keine Probe. Ton an.«

»Läuft!«, rief Paddy.

»Kamera an.«

»Läuft.«

»Klappe!«

»Szene neunundsiebzig, die erste.«

»Und … Action.«

Ein unsichtbares Streichquartett stimmte einen Walzer von Strauß an, und die Statisten begannen zu tanzen. Herren mit weißer Fliege wirbelten ihre Partnerinnen in den gewaltigen Reifröcken elegant über die improvisierte Tanzfläche. Lucasta trat hinaus auf den Flur, um auf ihren Auftritt zu warten. Ihre Hand umklammerte eine zerfledderte Drehbuchseite, auf der nur ein einziger Satz stand.

»Sie sehen ja verboten aus«, meinte Mrs. Flanagan, die rein

zufällig beschlossen hatte, ausgerechnet heute, zum ersten Mal in mindestens dreißig Jahren, die Fußbodenleisten vor dem Ballsaal zu scheuern.

Lucasta antwortete nicht, lief stattdessen im Flur auf und ab und murmelte dabei ihre Textzeile vor sich hin wie ein Mantra.

»Wollen Sie sie etwa so aufsagen?«, fragte Mrs. Flanagan und wrang einen Schwamm über einem Putzeimer aus.

»Verschwinden Sie. Sonst falle ich Ihretwegen noch aus der Rolle.«

»Ich meine damit doch nur, dass ich noch nie eine Hausangestellte getroffen habe, die so einen überkandidelten Akzent hat. Sie klingen ja wie die Königinmutter.«

Bevor Lucasta Gelegenheit zu einer Erwiderung hatte, winkte Johnny ihr hektisch durch die Tür zu.

»Stichwort!«, formte er mit den Lippen.

»Oh, mein Gott«, erwiderte sie, kurz erschrocken, und setzte dann zu ihrem großen Auftritt an. Zielstrebig marschierte sie mitten auf die Tanzfläche und rempelte die armen Walzer tanzenden Statisten dabei fast zur Seite, um ihren Satz abzuliefern.

»Miss Magnolia! Bei den Kartoffeln wird es sicher eine Missernte geben! Ich sage Ihnen, eine Hungersnot steht bevor. Und die verarmten Bauern rufen an der Hintertür nach Ihrem Blut!«, verkündete sie in einem glasklaren Akzent, der einer Debütantin aus den dreißiger Jahren alle Ehre gemacht hätte.

»Schnitt!«, rief Jimmy D. und stand von seinem Regiestuhl auf. »Pause, Leute. Lady Davenport, kann ich mal kurz mit Ihnen reden?«

»Ja, natürlich, mein Lieber«, erwiderte Lucasta, als er sie beiseite nahm.
»Das war eine … äh … sehr interessante Interpretation der Rolle, aber ich glaube, dass die Figur mehr nach Arbeiterschicht klingen muss.«
»Finden Sie mich zu aristokratisch? Ja, das habe ich schon öfter gehört«, entgegnete Lucasta mit einem wissenden Nicken.
»Das habe ich ihr draußen auch schon gesagt, aber sie wollte ja nicht auf mich hören«, mischte sich Mrs. Flanagan ein, die, wie der Zufall es wollte, inzwischen den Boden direkt unter ihren Füßen schrubbte. »Und da wäre noch etwas: Das Drehbuch ist historisch ungenau, glauben Sie mir.«
»Wie das?«, verwunderte sich Jimmy D.
Mrs. Flanagan hob das zerfledderte Stück Papier auf, das Lucasta draußen auf dem Flur fallen gelassen hatte.
»Kann sein, dass ich da was falsch verstanden habe, aber ich denke nicht, dass es 1864 schon Hoover-Staubsauger gab.«
»Wie bitte?«, meinte Jimmy D. und griff nach der Seite.
»Schauen Sie. Da! Da steht: *Magnolia Hoovers at the window*. Damals hatten sie zwar bestimmt schon Besen und Kehrbleche, aber ganz sicher noch keine Staubsauger.«
»Es heißt: ›*Magnolia hovers at the window* – Magnolia verharrt am Fenster‹, Sie dumme Kuh!«, zischte Lucasta ihr zu.
»Und was ist mit ihrem Akzent? Ich habe ja schon viele Filme gesehen, aber noch nie einen, in dem eine einfache Haushälterin so dahergeredet hätte. Sie klingt ja noch hochgestochener als Königin Victoria.«
Lucasta wollte Mrs. Flanagan schon ins Gesicht springen, als Jimmy D. meinte: »Hmmm, interessant. Ich sag Ihnen was, Lady Davenport. Tolle Arbeit, wir haben Sie im Kasten. War-

um gehen Sie nicht mit Serge zurück in die Maske und lassen sich abschminken. Sie müssen nach dieser Profileistung doch völlig erschöpft sein.«

»Soll das heißen, ich bin fertig?«

»Sie haben es hinter sich. Gut gemacht!«, erwiderte er und rief mit einem Fingerschnippen Serge herbei, der Haltung annahm und Lucasta hinausbegleitete.

»Ich muss sagen, es war überraschend einfach«, hörte man sie auf dem Weg aus dem Ballsaal noch zu Serge sagen. »Die Schauspielerei ist eigentlich Kinderkram. Warum machen Schauspieler nur so ein Tamtam darum?«

»Weil sie nicht alle so viel Talent haben wie Sie«, antwortete Serge, und ihre Stimmen entfernten sich.

Sobald sie außer Sichtweite waren, brüllte Jimmy D. aus Leibeskräften: »Garderobe! Steckt diese Frau sofort in ein Kostüm! Alle auf ihre Positionen. Wir fangen noch mal von vorne an!« Dann lächelte er Mrs. Flanagan zu, die starr vor Schreck dastand. »Also. Sind Sie wie eine gute kleine Zweitbesetzung bereit, ins Rampenlicht zu treten?«

23

Steve war der letzte Mensch, mit dem Portia jemals gedacht hätte in Streit zu geraten, doch genau das war jetzt geschehen. Sosehr sie ihn auch am Telefon angebettelt und angefleht hatte, er war nicht bereit gewesen, ein »Nein« zu akzeptieren. Und so saß sie nun, obwohl sie es für unklug hielt, auf dem Beifahrersitz seines Jeeps und war unterwegs zu einer Besprechung, die ausgerechnet im Haus des Obersten Richters Michael de Courcey stattfinden sollte.

»Ich verstehe dein Problem nicht«, sagte Steve, als sie die Auffahrt entlangrasten. »Du kannst dir ja gar nicht vorstellen, was er uns damit für einen Gefallen tut. Er kann nur etwa eine halbe Stunde erübrigen, und es ist unglaublich anständig von ihm, uns so bereitwillig seine Zeit zu opfern.«

»Aber hast du die Angelegenheit nicht schon bei eurem Treffen in Dublin mit ihm erörtert? Ich begreife einfach nicht, warum ich unbedingt dabei sein muss«, beharrte Portia.

»Vertrau mir. Es muss sein. Pass auf. Sag mir, ich soll mich zum Teufel scheren, wenn ich mich in Dinge einmische, die mich nichts angehen, aber hat dein Sträuben zufällig etwas mit Andrew de Courcey zu tun?«

Ausnahmsweise war Portia froh über die Unterbrechung durch die Horden von Reportern und Kameraleuten, die sich am Tor drängten.

Als sie weiterfuhren, teilte sich die Menge ein wenig, und das übliche Blitzlichtgewitter entlud sich in ihre Gesichter. Inzwischen hatte Portia sich an die Fotografen gewöhnt und nannte einige von ihnen sogar beim Vornamen – ganz im Gegensatz zu Steve.

»Eines Tages wird einer dieser Mistkerle noch einen Unfall verursachen«, schimpfte er leise. »Weißt du, was mir meine Sekretärin letztens erzählt hat? Offenbar war in einem dieser miesen Schmierblätter ein Foto von uns beiden abgedruckt. Sie hat mir deshalb ordentlich Vorhaltungen gemacht.«

»Ach, zerbrich dir nicht den Kopf darüber«, erwiderte Portia. »Wer interessiert sich schon für die Boulevardzeitungen? Und außerdem sind die Reporter große Fans von Mummy, seit bekannt wurde, dass die Nolans uns das Haus quasi unter den Füßen weggekauft haben. ›Rettet Davenport Hall‹, ›Das Schicksal von Davenport Hall‹ und so weiter. Daisy und ich vermuten, dass sie sich jeden Tag bei Morgengrauen hierher schleicht, um ihnen die neuesten Geschichten zu erzählen. Dieser Frau ist alles zuzutrauen.«

Ein Lächeln huschte über Steves Gesicht, als er Daisys Namen hörte. »Und wie geht es ihr nach dem Debakel mit Guy van der Post?«, erkundigte er sich schüchtern.

Portia warf ihm einen Seitenblick zu, unsicher, ob sie ihm verraten sollte, dass Paddy inzwischen das Rennen um Daisys Gunst anführte.

Sie entschied sich dagegen, schließlich war Diskretion eine Tugend.

Allerdings würde sie Daisy brühwarm berichten, dass Steve sich halb tot schuftete, um der Familie zu helfen – und dabei wahrscheinlich hauptsächlich an sie dachte.

Tja, das ist der Unterschied zwischen ihm und Andrew, überlegte sie weiter.

Steve betet eindeutig jedes Stück Erde an, das Daisys Füße berührt haben, und er tut ihr zuliebe sein Menschenmöglichstes für uns. Während Andrew … Überflüssig zu erwähnen, dass sie seit dem Jägerball vor zwei Tagen kein Wort mehr von ihm gehört hatte.

Portia hatte sich zwar immer für eine gute Menschenkennerin gehalten, doch nun musste sie sich eingestehen, dass sie sich gründlich in ihm geirrt hatte. Wenn sie sich an all seine Versprechen erinnerte, geriet ihr Blut in Wallung. Sie dachte an den Abend, als sie bis zum Morgengrauen zusammen im gelben Salon gesessen und Pläne geschmiedet hatten, wie sich das Haus renovieren und in ein Luxushotel verwandeln ließe. Andrew hatte sogar angeboten, das Projekt finanziell zu unterstützen. So etwas nennt man wohl ein Lippenbekenntnis, dachte sie.

Nein, ganz gleich, wie sie es auch betrachtete, es gab nur eine logische Erklärung für sein Verhalten: Er hatte sie benutzt, um die Zeit totzuschlagen. Er und Edwina waren ganz eindeutig wieder ein Paar, daran bestand nicht der geringste Zweifel. Also blieb ihr nichts anderes übrig, als sich damit abzufinden, dass sie nur ein belangloser Zeitvertreib für lange Sommernächte gewesen war, während er bei seinen Eltern wohnte und wartete, bis seine Penthouse-Wohnung fertig wurde. Und wenn Portia an Andrews Mutter dachte, konnte man ihm eigentlich keinen Vorwurf daraus machen, dass er sich nach

Davenport Hall geflüchtet hatte, um dieser alten Hexe zu entrinnen.

Ihre Augen wurden feucht, als sie sich bewusst wurde, welch ein Pech es gewesen war, sich in einen Mann zu verlieben, der so offensichtlich in einer anderen Liga spielte.

Besonders seine Gedankenlosigkeit machte ihr wieder und wieder zu schaffen. Dieser Mann hatte ihr den Kopf verdreht und sie in dem Glauben gewiegt, dass sie wirklich eine gemeinsame Zukunft hatten. Und dann … bye, bye, baby … war mit einem Schlag alles vorbei. Ganz gleich, ob es ihr nun gefiel oder nicht, sie musste sich der rauen Wirklichkeit stellen. Er hatte gerade eine achtjährige Beziehung hinter sich gehabt und sich offenbar noch ein letztes Mal austoben wollen, bevor er zu Edwina, dem Sinnbild der Vollkommenheit, zurückkehrte.

Portia warf einen Seitenblick auf Steve, der sich auf die Straße konzentrierte. »Woran liegt es nur, dass ich diese Strecke mindestens vier Mal pro Woche fahre und trotzdem immer wieder in dieselben Schlaglöcher gerate?«, riss er sie aus ihren Grübeleien. Kurz war sie versucht, ihn zu fragen, ob es normales Männerverhalten war oder ob sie mit Andrew einfach nur Pech gehabt hatte. Aber sie entschied sich dagegen, da ihr einfiel, dass Steve seit einer Ewigkeit nicht mehr mit einer Freundin gesehen worden war. Lucasta hatte auf ihre taktvolle Art bereits angefragt, ob er vielleicht schwul sei. (»Ich finde, du und Serge, ihr würdet prima zusammenpassen!«, lautete ihr jüngster Ausspruch.)

Verrückt, dass sie solche Angst gehabt hatte, wegen dieser dämlichen Besprechung bei seinen Eltern hereinzuschneien. Inzwischen war sie ziemlich sicher, dass die Wahrscheinlichkeit, ihm zu begegnen, recht gering war. Die Wohnung in Dublin musste doch mittlerweile fertig sein. Was also sollte er noch in Ballyroan wollen? Allerdings gab es angesichts des grässlichen Zwischenfalls im Four Seasons für nichts eine Garantie.

Tja, aber wenn er wirklich zu Hause war, so war er es, der allen Grund hatte, im Erdboden zu versinken.

Portia hatte Glück. Im makellosen Vorgarten war keine Spur von Andrews Mercedes zu sehen. Erleichtert atmete sie auf, während sie mit Steve über den knirschenden rosa Kies der Auffahrt schritt.

Sie erinnerte sich an ihren letzten Besuch hier – wie Andrew sie ritterlich zum Auto begleitet und ihr geholfen hatte, Lucasta und Daisy in den Wagen zu verfrachten. Und dann hatte er am nächsten Tag Blumen geschickt ... Sie zwang sich, den Gedanken beiseite zu schieben. Das war damals gewesen. Jetzt war heute.

Während Steve an der Tür läutete, machte Portia sich erschöpft auf eine neuerliche Begegnung mit Mrs. de Courcey gefasst, doch der Oberste Richter öffnete persönlich.

»Kommen Sie rein, kommen Sie rein«, begrüßte er sie, während er sich damit abmühte, ein Paar goldene Manschettenknöpfe an seinem Seidenhemd zu befestigen. »Bitte folgen Sie mir in mein Arbeitszimmer.«

Portia und Steve gehorchten. Der Richter führte sie in einen wunderschönen, mit Eiche vertäfelten Raum, der links von der Vorhalle abging. Wieder einmal stach Portia der gewaltige Unterschied zwischen Davenport Hall und dem puren und offen zur Schau gestellten Luxus dieses ultramodernen Palastes ins Auge. Fast wäre sie auf Zehenspitzen über den dicken weißen Teppich geschlichen, solche Angst hatte sie, Spuren darauf zu hinterlassen.

Und sie stellte fest, dass es Steve ähnlich erging. Davenport Hall dürfte für diese Leute nicht mehr als eine Lehmhütte sein, sagte sie sich.

»Bitte setzen Sie sich«, meinte der Oberste Richter, zur Abwechslung mit gesenkter Stimme. Dann wandte er sich mit einem freundlichen Lächeln an Portia. »Meine liebe junge Dame, ich muss mich für die Heimlichtuerei in Zusammenhang mit diesem Treffen entschuldigen, aber wie ich letztens schon zu Steve sagte, befindet sich die Angelegenheit in einer kritischen Phase, weshalb wir nicht vorsichtig genug sein können. Deshalb habe ich auch darauf bestanden, die Besprechung hier abzuhalten, wo wir uns unbelauscht unterhalten können.«

Portia sah ihn entgeistert an und hatte keine Ahnung, worauf er hinauswollte.

»Sie und Ihre Familie hatten es, wie ich gehört habe, in letzter Zeit nicht leicht«, begann er und ließ sich in einen mit Leder bezogenen Drehstuhl sinken.

»Ja, richtig«, erwiderte sie, wobei sie sich fragte, welches Ass er wohl gleich aus dem Ärmel zaubern würde. Es hatte doch ganz bestimmt nichts mit Andrew zu tun. Nein, dachte sie, dann wäre Steve ja nicht hier.

»Ich möchte Sie nicht erschrecken, meine Liebe, aber ich habe eine Neuigkeit, die für Sie und Ihre Familie von größter Wichtigkeit sein dürfte…«

Daisy pflegte häufig zu sagen, dass die Moderatoren der Reality-Show *Wie sauber ist Ihr Zuhause?* wohl einen Schock erleiden würden, sollten sie je einen Fuß in ihr Landhaus setzen. Ihr eigenes Zimmer war der Beweis für diese Theorie; jedes Mal, wenn sie die Tür öffnete, glaubte sie im ersten Moment an Einbrecher, so groß war das Durcheinander. Nun jedoch erlitt sie wirklich den Schrecken ihres Lebens.

Angetrieben von Portia, hatte sie eine Weile versucht, ihre Sachen zu packen – oder besser, sie hatte alle ihre Kleider aufs Bett geworfen, um sie anschließend in Müllsäcke zu stopfen. Doch da sie nun einmal nicht mit großem Durchhaltevermögen gesegnet war, gab sie schon nach fünf Minuten gelangweilt auf und zog los, um auf Kate Slater auszureiten. Und als sie ein paar Stunden später zurückkehrte, traute sie ihren Augen nicht.

Jedes Kleidungsstück war ordentlich weggeräumt worden. Das Bett war gemacht, und jemand hatte – zum ersten Mal, seit sie sich erinnern konnte – tatsächlich die Fenster geputzt. Den Bruchteil einer Sekunde lang fragte sich Daisy, ob Mrs. Flanagan nun völlig den Verstand verloren und beschlossen hatte, das Haus noch kurz vor dem Auszug gründlich zu säubern.

Dann jedoch bemerkte sie den CD-Spieler auf ihrer Frisierkommode und daneben einen Stapel Metallica-CDs. Über dem Bett hing ein lebensgroßes Poster von Elvis Presley. Und am Bettpfosten baumelten Arsenal-Boxershorts …

»Wo ist er?«, kreischte sie, ohne sich darum zu kümmern, wer sie hören konnte. »Jetzt mach ich ihn kalt!«

»Und was hältst du davon?«, erkundigte sich Steve leise bei Portia, als der Oberste Richter kurz den Raum verlassen hatte, um an die Tür zu gehen.

Portia rieb sich die Schläfen und versuchte, wieder zu Atem zu kommen.

»Wenn es die Handlung eines Films wäre, fände ich sie unglaubwürdig«, brachte sie nur heraus.

»Es gibt noch eine Menge zu erledigen, aber wenn wir uns keinen Fehler erlauben, kriegen wir ihn dran.«

»Und wie geht es jetzt weiter?«

»Wie Michael gerade erklärt hat, hängt viel von seinem Kontaktmann bei der Planungsbehörde ab, beziehungsweise davon, was dieser bereit ist, offiziell auszusagen. Doch selbst wenn er nicht kooperiert, haben wir genug in der Hand, um eine gerichtliche Untersuchung …«

»Zum Teufel damit!«, unterbrach der Oberste Richter, der gerade ins Arbeitszimmer zurückgekehrt war und seine Smokingjacke anzog. »Das genügt mindestens für einen hübschen, saftigen Prozess. Das ›De-Courcey-Tribunal‹. Klingt das nicht prima? Dann könnte ich mich nach ein paar Jahren im Dublin Castle als wohlhabender und glücklicher Mann zur Ruhe setzen, und zwar in dem Wissen, dass ich dazu beigetragen habe, Shamie Nolan dorthin zu bringen, wohin er gehört: nämlich hinter Gitter.«

Portia lächelte.

»Was ist?«, erkundigte sich Steve.

»Ach, nichts. Ich habe mir nur gerade vorgestellt, wie Bridie Nolan ihn im Mountjoy-Gefängnis besucht und dabei eines ihrer tollen Kleider trägt.«

Steve lachte. »Spitze! Seine Mitgefangenen werden glauben,

dass er seine Frau aus einem russischen Partnervermittlungs-Katalog hat.«

»Es wird passieren, glauben Sie mir«, meinte der Oberste Richter. »Weder seine Kumpel noch seine Golffreunde in der Regierung können ihn da wieder rausholen. Die Tatsachen sind schlicht und einfach so: Ein Parlamentsmitglied in gehobener Position hat das Davenport-Land billig gekauft, und zwar in dem Wissen, dass der Antrag auf Umwidmung zu Baugrund so gut wie genehmigt ist, so dass sich der Wert des Grundstücks verdreifacht. Unglaublich!«

Mit tränennassen Augen drehte Portia sich zu ihm um. »Sie waren so nett zu uns. Ich weiß gar nicht, wie ich Ihnen danken soll.«

»Ich kann Ungerechtigkeit nun mal nicht ausstehen, meine Liebe. Eigentlich mache ich nur meine Arbeit. Allerdings würde ich Ihnen ewig dankbar sein, wenn Sie einen Weg fänden, mich der reizenden Ella Hepburn vorzustellen. Ich bin ein großer Fan von ihr, wissen Sie. Seit sie in diesem fantastischen Hitchcock-Thriller *Mental* aufgetreten ist.«

Als sie ihn anlächelte, bemerkte sie zum ersten Mal, dass er und Andrew genau die gleichen eisblauen Augen hatten. »Das ist doch das Mindeste, was ich für Sie tun kann.«

»Damit würden Sie mich wirklich glücklich machen«, erwiderte er, und Portia fragte sich kurz, warum sie ihn bei ihrer ersten Begegnung bloß so unsympathisch gefunden hatte. Wie hatte sie sich nur so in ihm verschätzen können? »Und nun muss ich, wie ich fürchte, sehr unhöflich sein und mich entschuldigen«, fuhr er fort. »Der, der da eben geläutet hat, war mein Fahrer. Ich muss jetzt wirklich los. Ich bin sowieso schon zu spät dran.«

»Sind Sie eingeladen?«, fragte Steve auf dem Weg zur Tür höflich.

»Ins Unicorn in Dublin«, antwortete er. »Zu einem Hochzeits-Probeessen. Eine schreckliche Zeitverschwendung, wenn Sie mich fragen. In meiner Jugend hatte man einen Hochzeitstag und damit basta. Aber heutzutage bürgern sich hier immer mehr amerikanische Sitten ein – Junggesellenabschiede, Probeessen und Babypartys. Aber die Braut besteht nun mal auf einem rauschenden Fest, das drei Tage dauert. Sie ist ein ziemlich bekanntes Model, vielleicht haben Sie ja schon von ihr gehört: Edwina Moynihan.«

24

IHRETWEGEN IST MEINE KARRIERE JETZT NICHTS WEITER ALS EIN HAUFEN SCHEISSE, SIE BLÖDE ALTE SCHLAMPE!« Lucastas Gebrüll war wahrscheinlich bis nach Ballyroan zu hören.

»So ist das eben im Showbusiness, meine Liebe«, entgegnete Mrs. Flanagan kühl. Sie stand in der Tür des Wohnwagens, den man ihr zur Verfügung gestellt hatte, um sich zwischen den Szenen auszuruhen. »Da müssen Sie sich dran gewöhnen, verdammt.«

Dann rief sie mit lauter Stimme, an niemanden im Besonderen gewandt: »Sicherheitsdienst, könnten Sie diese Person bitte entfernen? Ich muss heute Nachmittag noch ein paar Szenen drehen, und die da stört meine Konzentration.«

»Ist alles in Ordnung, meine Damen?«, fragte Johnny, der sich gerade in der Kantine etwas zu essen holen wollte, ahnungslos.

»Nein! Es ist überhaupt nichts in Ordnung!«, kreischte Lucasta. »Jetzt weiß ich genau, wie Bette Davis sich in *Alles über Eva* gefühlt haben muss, als eine miese, hinterhältige Schlampe ihr skrupellos die Karriere kaputtgemacht hat.«

»Verzeihung, da wären noch ein paar Dinge, die ich in meinem Wagen brauche, Johnny«, sagte Mrs. Flanagan, ohne auf sie einzugehen. »Könnten Sie mir eine glutenfreie Mahlzeit bringen, und dann noch eine Schale Smarties, aber ohne die braunen … und …« Sie hielt inne und überlegte, welche abstrusen Forderungen Rockstars normalerweise vor ihren Auftritten stellten, wenn man den Klatschzeitschriften glauben konnte. »Und zwanzig, nein, vierzig John Player Blue und einen tragbaren Fernseher mit Zwölf-Zoll-Bildschirm. Ach ja, und: kein Schnee, keine Show, was immer das bedeuten mag. Also besorgen Sie mir bitte eine Schüssel Schnee. Vielleicht sollte ich gleich einen Leibkoch anheuern.«

Johnny verdrehte die Augen zum Himmel. »Man will jemanden zum Star machen, und es wird ein Ungeheuer draus. Das habe ich schon Tausende von Malen erlebt«, flüsterte er in Lucastas Richtung. »Äh, ja, sicher, ich werde sofort jemanden damit beauftragen!«, rief er dann Mrs. Flanagan zu, die immer noch in der Tür ihres Wagens stand und die Titelmelodie von *A Star is Born* vor sich hin summte, nur für den Fall, dass sie Lucasta noch nicht genug provoziert haben sollte.

»Bei allen hohen Meistern des Universums.« Lucasta funkelte sie finster an. »Ich schwöre Ihnen: Nach den Gesetzen des Erdkreises rollt ein wahrer Felsbrocken schlechtes Karma auf Sie zu.«

»Oh, und noch etwas«, rief Mrs. Flanagan Johnny nach, der sich rasch entfernte. »Ich hätte gern noch Mineralwasser mit rausgequirlter Kohlesäure. Und bloß nicht dieses fiese Eau de Davenport. Damit würde ich nicht mal mein Klo runterspülen.«

»Dürfte ich vielleicht erfahren, was zum Teufel du dir dabei gedacht hast?«

»Liebling, du stehst mir in der Sonne. Kannst du ein bisschen zur Seite gehen?«

Daisy machte zornig einen Schritt nach rechts und blickte erbost zu Paddy hinunter, der zu ihren Füßen ein Sonnenbad nahm.

Er hatte sich bis zur Taille entkleidet, und sein magerer Körper rötete sich von Minute zu Minute mehr.

»Hast du wirklich geglaubt, du könntest einfach bei mir einziehen, ohne es mir vorher zu sagen?«, brüllte sie, ohne sich um die Blicke des übrigen Filmteams zu kümmern, das während der Mittagspause den Sonnenschein genoss.

»Jetzt werd nicht gleich sauer, Baby, wie soll man sich da erholen?«, erwiderte er und stützte sich auf einen Ellenbogen, um sich eine Zigarette anzuzünden. »Das ist nur der natürliche Lauf unserer Beziehung. Es wäre doch wirklich dämlich von mir, weiter Kohle in dieser bescheuerten Pension in der Stadt rauszuschmeißen, wenn wir sowieso zusammen pennen. Hoffentlich stört dich das Elvis-Poster nicht. Mit meiner letzten Freundin habe ich Schluss gemacht, weil sie an *Jailhouse Rock* rummäkeln musste.«

»Deine letzte Freundin interessiert mich nicht die Bohne! Hast du mir überhaupt zugehört? Ich verlange, dass Elvis Presley mitsamt dir sofort aus meinem Zimmer verschwindet!«

Ungerührt ließ Paddy sich wieder ins Gras sinken. »In Ordnung. Ich wusste nicht, dass du ein bisschen altmodisch bist und noch nicht mit mir zusammenleben möchtest. Natürlich respektiere ich das.«

»Wenn dein Kram nicht innerhalb der nächsten fünf Minuten

verschwunden ist, Paddy, fliegt er aus dem Fenster! Ich warne dich«, tobte sie und marschierte zurück zum Haus.
Paddy zog ungerührt an seiner Zigarette. »Hat anscheinend nicht geklappt. Dann ist jetzt Plan B dran.«

Alle Furien der Hölle zusammengenommen hätten in Sachen Wut nicht mit Lucasta mithalten können, als sie auf die Hausbar in der Bibliothek zustürmte. Sie schwor gerade ewige Rache, als wieder einmal das Telefon läutete.
»Wer immer es auch sein mag, der Zeitpunkt ist jetzt besch…!«, schrie sie in den Hörer.
»Lucasta? Hier ist Andrew de Courcey am Apparat. Ich wollte nur fragen, ob ich kurz mit Portia sprechen könnte. Es ist wirklich wichtig.«
»Sie haben vielleicht Nerven, hier anzurufen. Lassen Sie uns gefälligst in Ruhe, bevor ich meine Katzen auf Sie hetze, Sie Widerling!« Sie knallte den Hörer hin, schenkte sich einen dreifachen Gin Tonic ein, zündete mit zitternder Hand eine Zigarette an und ging hinaus.
Kurz darauf läutete das Telefon erneut, doch es war niemand da, der es hörte.

»Wenn du glaubst, dass ich einfach die Kinder nehmen und mich auf der Isle of Man verkriechen werde wie ein gottverdammter Flüchtling, bist du schief gewickelt, Shamie Nolan.«
»Äh, so einfach ist es nicht, Liebling«, erwiderte Shamie und rutschte verlegen in seinem Lehnsessel herum. »Du würdest es nicht verstehen. Es ist zu kompliziert.«
Jetzt war er endgültig ins Fettnäpfchen getreten.
»Soll das heißen, dass du mich für blöd hältst? Soll es das, ja?

Mich, die ich dich von einem Niemand erst zu etwas gemacht habe? Dafür habe ich also die letzten beschissenen zwanzig Jahre meines Lebens damit verbracht, Hände zu schütteln, Bäume zu pflanzen und mir in irgendwelchen Sälen den Hintern abzufrieren, während du eine deiner öden Reden geschwungen hast!«

»Aber, Liebling, so schlimm ist es nun auch wieder nicht. Die Jungs im Grafschaftsrat werden doch einen alten Kumpel nicht einfach hängen lassen, richtig? Schließlich hätte keiner von ihnen ein Ferienhaus in Marbella oder Kinder auf einer Privatschule, wenn ich ihnen nicht hin und wieder einen braunen Umschlag zugesteckt hätte. Die Planungsbehörde in Dublin kann da rumstochern, soviel sie will, es ist und bleibt eine Tatsache, dass man auf andere Weise in diesem Land nichts erledigt kriegt.«

»Ich bete zu Gott, dass du dir eine bessere Ausrede einfallen lassen wirst, du Blödmann«, entgegnete seine liebende Gattin. »Sonst sieht es nämlich ganz schön schaurig für uns aus.«

»Klar, Liebling, diese Tribunale werden doch schon seit Jahren veranstaltet, und jedermann weiß, dass am Ende nichts dabei herauskommt. Vielleicht ein paar Jammerbriefe in der Zeitung, in denen sich jemand über die Verschwendung von Steuergeldern beschwert. Aber das war's dann auch schon. Ich versuche doch nur, so viel wie möglich außer Landes zu schaffen, solange es klappt. Nur für den Fall.«

»Für welchen Fall?«

»Ach, zerbrich dir nicht den Kopf darüber, Liebling. So weit wird es schon nicht kommen.«

Mrs. Flanagan war ein Naturtalent. Nach der ersten Aufnahme kam sogar Montana auf sie zugelaufen, um ihr zu gratulieren. »Sie sind ja so spitzenklasse in dieser Rolle!«, begeisterte sie sich. »Es ist wirklich selten, dass ein Schauspieler so mit seiner Rolle verschmilzt. Ein wunderschöner Anblick.«
»Bei einigen Leuten, die sich als Schauspielerin bezeichnen, wartet man noch heute darauf«, bemerkte Guy spitz zu Montana. »Es sei denn, diejenige dürfte einen versoffenen Pornostar spielen.«
»Wissen Sie, Sie waren so realistisch, als Sie sagten, dass eine Missernte und eine Hungersnot drohen«, meinte Montana und beschloss tapfer, nicht auf seine Seitenhiebe zu achten, »ich hätte beinahe auch gleich Hunger gekriegt.«
»Huch, sie hat Hunger, sperrt die Salatblätter weg«, stichelte Guy weiter. »Und schließt besser auch die Hausbar ab.«
Montana errötete, sagte aber nichts.
»Bis jetzt war mir gar nicht klar, was für ein Wichser er ist«, meinte Mrs. Flanagan kopfschüttelnd. Dann flüsterte sie Montana verschwörerisch zu: »Passen Sie auf, falls Sie mal Lust auf einen hübschen Gin Tonic haben, sind Sie bei mir richtig. Ich kümmere mich darum.«
Da Mrs. Flanagan ein Neuling in der Welt des Films und der dort herrschenden Hackordnung war, brach sie dann, ohne es zu wissen, die wichtigste ungeschriebene Regel von allen, indem sie zu Ella Hepburn hinüberschlenderte und sie einfach ansprach.
»Wahrscheinlich haben Sie mich in dieser Verkleidung gar nicht erkannt, was?«, begann sie.
Ella starrte einfach geradeaus und ignorierte sie.
»Übrigens haben wir beide mehr gemeinsam, als Sie glauben«,

fuhr Mrs. Flanagan fort, in der irrigen Annahme, dass es ihr gelungen war, das Eis zu brechen. »Wussten Sie, dass wir im gleichen Jahr geboren sind?«

Ella, deren Alter ein streng gehütetes Staatsgeheimnis war, drehte sich um und blickte sie finster an.

»Ja, es stimmt! Natürlich sehen Sie viel besser aus als ich, weil Sie eine Menge an sich haben machen lassen, aber ich hoffe, Sie nehmen es mir nicht übel, wenn ich sage, dass Ihre Hände Sie verraten, meine Liebe. Wissen Sie, wenn Sie mal tot sind, kann man Ihr Alter wahrscheinlich nur bestimmen, indem man Sie zersägt und die Ringe zählt.«

Montana musste sich auf die Lippe beißen, um einen Lachanfall zu unterdrücken.

»Kommen Sie, Mrs. Flanagan, stehen wir den anderen nicht im Weg herum, jetzt wird nämlich die Umkehrperspektive aufgebaut«, meinte sie und schob sie hastig aus der Schusslinie.

»Die Umkehrwas?«

»Ach, eigentlich wiederholen wir das Ganze nur noch einmal, nur dass die Kamera und der Ton jetzt auf der gegenüberliegenden Seite sind. So kann Jimmy D. die Szenen später ineinander schneiden«, erklärte Montana geduldig.

»Mein Gott, ich dachte, der Typ würde nur rumsitzen, Zigarren rauchen und ab und zu mal ›Action‹ brüllen. Verraten Sie mir mal was, Kindchen. Wie kommen Sie damit klar, dass die Medien dauernd in Ihrem Leben rumstochern? Ich frage das nur, damit ich mich darauf vorbereiten kann«, ergänzte Mrs. Flanagan, als trenne sie nur ein Anruf davon, die Titelseite des *Vanity Fair Magazine* zu zieren. »Ach ja, und noch etwas: Haben Sie vielleicht einen Tipp für mich, wie ich damit umgehen soll, wenn andere Leute neidisch auf meinen Erfolg werden? Ich glaube, das habe ich dringend nötig.«

Das war kein Scherz. Denn etwa eine Stunde später, als die Szene endlich in der Umkehrperspektive gefilmt werden sollte, kam es zur Katastrophe.

Ton und Kamera liefen, und Mrs. Flanagan setzte gerade zu ihrem Monolog über die verarmten Bauern an, die an der Hintertür nach Blut schrien, als der Boden unter ihnen zu wackeln anfing. Er zitterte nicht nur, sondern bebte mit einer Heftigkeit, die gewiss nach der Richterskala gemessen werden konnte. Die Fenster begannen zu klirren, als wollten sie jeden Moment zerspringen, und die Kristallkronleuchter schwankten bedrohlich.

Mrs. Flanagan fuhr mit ihrem Text fort, obwohl inzwischen die Wände vibrierten und ein durchdringendes Jaulen wie von tausend Nebelhörnern die Luft erfüllte.

»Erdbeben!«, rief Jimmy D. von seinem Regiestuhl. »Räumt das Gebäude!«

»Erdbeben? Im letzten Eck von Ballyroan?«, schrie Johnny zurück. »Wir sind doch hier nicht in San Francisco.«

»Alle raus!«, befahl Jimmy D., ohne auf ihn zu achten.

»Nein! Weiterdrehen!«, kreischte Mrs. Flanagan, die sah, wie ihr die Karriere zwischen den Fingern zerrann. »Das sind nur die Wasserleitungen. In ein paar Minuten hört es auf! Lasst die Kamera einfach weiterlaufen!«

»Bewahren Sie die Ruhe und verlassen Sie das Gebäude durch den Haupteingang … ach nein, haut einfach ab, so schnell ihr könnt!« Jimmy D. hatte Mühe, sich seine Panik nicht anmerken zu lassen. Und da es klang, als würde das Haus jeden Moment zusammenbrechen, konnte man ihm das nicht verübeln.

In wilder Flucht stürmten Statisten und Mitarbeiter zur Tür hinaus, so dass die arme Mrs. Flanagan allein mitten auf der Tanzfläche zurückblieb.
Zwanzig Minuten später kam sie in die Küche marschiert, wo Lucasta in aller Seelenruhe eine Zigarette rauchte und die Pfoten einer ihrer Katzen in Desinfektionsmittel einweichte.
»Sind Sie schon fertig?«, erkundigte sie sich mit Unschuldsmiene. »Wie ist es denn gelaufen?«
»Als wenn Sie das nicht wüssten, Sie hinterhältige alte Hexe.«
»Wovon reden Sie, Sie schwabbeliges, vertrotteltes Frauenzimmer?«
»Jemand hat auf geheimnisvolle Weise alle Wasserhähne aufgedreht und jede verdammte Toilette im ganzen Haus gleichzeitig runtergespült, als ich gerade meinen Sch…Text sprechen wollte.«
»Wissen Sie, manchmal mache ich mir wirklich Sorgen um Sie, Mrs. Flanagan. Es ist unmöglich, dass Sie in nur einem einzigen Leben so viel Wut in sich aufgestaut haben. Sicher tragen Sie noch Verbitterung aus einem früheren Dasein mit sich herum.«
»Sie sollten sich lieber Sorgen um Ihr gegenwärtiges machen.«
»Wollen Sie mir etwa drohen?«, entgegnete Lucasta und hielt dem Kätzchen die winzigen Ohren zu, als könnte das Tierchen den Streit verstehen und durch die schlechten Schwingungen Schaden nehmen.
Ein tückisches Funkeln trat in Mrs. Flanagans Augen. »Ich wollte nur sagen, dass Sie inzwischen bestimmt zwei Dutzend Katzen haben. Es dürfte schwierig oder sogar unmöglich sein, sie alle ununterbrochen zu bewachen.«

»Letzter Aufruf an alle Passagiere des Flugs BA Drei Sechs Eins Neun. Sie werden aufgefordert, sich umgehend zu Flugsteig B Siebenundzwanzig zu begeben.«

Die Mitarbeiterin des Bodenpersonals von British Airways stand ungeduldig am Flugsteig, während die letzten Nachzügler an ihr vorbeitrotteten. Nur ein jüngerer Mann war noch übrig. Unter normalen Umständen hätte sie ihn mit einem finsteren Blick bedacht, weil er, das Mobiltelefon am Ohr, immer noch im Wartebereich hin und her ging. Doch dieser Mann war anders. Erstens sah er einfach traumhaft aus, war groß und blond und hatte atemberaubend blaue Augen. Und zweitens schien er sich gerade am Telefon zu streiten. Eigentlich wollte sie ihn nicht unterbrechen, aber sie wusste, dass sie den Flug in wenigen Minuten würde schließen müssen.

»Vermittlung, Sie müssen es noch einmal versuchen, es ist ein Notfall!«, rief er. »Ich versuche jetzt schon seit Stunden, diese Nummer zu erreichen. Sie kann nicht außer Betrieb sein. Es ist eine Nummer in Kildare, 045-37210. Ja, Davenport Hall.«

»Es tut mir ja schrecklich Leid, Sir«, sagte die BA-Mitarbeiterin mit kokettem Augenaufschlag. »Aber das war wirklich die letzte Aufforderung zum Einsteigen.«

»Kein Problem«, erwiderte der Mann, schaltete das Telefon aus und steckte es in die Jackentasche.

»Dürfte ich bitte Ihren Pass und Ihre Bordkarte sehen?«, fragte sie und bemerkte, als er ihr die gewünschten Dokumente reichte, dass er keinen Ehering trug. Bevor sie ihm alles zurückgab, prägte sie sich seinen Namen ein.

»Vielen Dank. Einen schönen Flug, Mr. de Courcey.«

25

Portia hatte klugerweise beschlossen, die Nachricht des Obersten Richters de Courcey erst weiterzugeben, wenn die ganze Familie versammelt war. Deshalb war es schon kurz nach zehn, die Dreharbeiten waren inzwischen für diesen Tag beendet, als sie sie endlich alle in der Küche zusammenrufen konnte. (Das hatte den zusätzlichen Vorteil, dass Lucasta inzwischen genug Alkohol intus hatte; nach ein paar Gin konnte man nämlich besser mit ihr reden.)

Natürlich ahnte Portia nichts von dem Zerwürfnis, zu dem es an diesem Tag zwischen ihrer Mutter und Mrs. Flanagan gekommen war, und so fragte sie sich, aus welchem besonderen Grund sich die beiden standhaft weigerten, sich gemeinsam in einem Raum aufzuhalten.

»Ich habe den ganzen Tag damit verbracht, meine Kätzchen zu suchen, damit diese böswillige Schlampe ihnen nichts antun kann, und jetzt bin ich völlig erschöpft«, jammerte Lucasta. »Wisst ihr, Mädchen, ich hatte also doch Recht. Frauen, die im Zeichen des Schützen geboren sind, sind miese, elende Drecksweiber.«

»Ich bin sicher, dass sie mich beschimpft«, rief Mrs. Flanagan vom Küchengarten herein. »Ihre Lippen bewegen sich nämlich.«

Portia seufzte erschöpft auf. Sie hatte auch so schon genug um die Ohren.

»Was ist los, Schwesterherz?«, fragte Daisy. »Ich bin nicht sicher, ob ich es überhaupt hören will, wenn es eine schlechte Nachricht ist. Für heute ist mein Quantum nämlich schon erreicht.«

»Tja, es ist eine Nachricht«, erwiderte Portia. »Ob du sie gut oder schlecht findest, musst du selbst entscheiden.«

Höhnisches Gelächter war aus dem Garten zu hören, wo Mrs. Flanagan rauchend auf einer Bank saß.

»Achtet nicht auf sie«, befahl Lucasta. »Das meine ich ernst. Ihr beide redet nicht mit diesem fetten Trampel im Garten.«

»Ich fühle mich, als würde ich mir eine Folge von *Poirot* anschauen«, verkündete sie dann laut, um sich Gehör zu verschaffen. »Mein Gott, Portia, jetzt brauchst du nur noch einen französischen Akzent und einen Schnurrbart. Und als Nächstes sagst du bestimmt: ›Vermutlich fragen Sie sich, warum ich Sie alle hier zusammengerufen habe.‹«

»Steve und ich hatten heute eine Besprechung mit Michael de Courcey«, begann Portia.

»Andrews tollem Vater?«, hakte Lucasta, deren Miene sich sichtlich erhellte, nach. »Was zum Teufel wollte er denn?«

»Mummy!«, zischte Daisy. »Lass sie doch weitererzählen!«

»Er wollte über Shamie Nolan reden.«

»Ach, ich arbeite gerade an einem Bannfluch, um diesen Schweinekerl damit zu belegen«, meinte Lucasta. »Nur, damit er auch kriegt, was er verdient.«

»Das könnte wirklich passieren«, fuhr Portia fort. »Offenbar untersucht die Planungsbehörde in Dublin einige Unregelmäßigkeiten. Es geht um Grundstücke, die der Grafschaftsrat zu Bauland umgewidmet hat, nachdem er von Shamie bestochen worden ist. Laut Michael betreibt Shamie das schon seit Jahren und verdient dabei ein Vermögen.«

»Aber was hat das mit Davenport Hall zu tun?«, fragte Daisy.

»Michael sagt, Shamie Nolan hat längst dafür gesorgt, dass jeder Quadratmeter unseres Landes zu Baugrund erklärt wird, bevor er es Daddy abgekauft hat. Steve war bei der Sitzung, in der Nolan den Grafschaftsrat von Kildare County dazu gebracht hat, die Umwidmung zu beantragen. Und du weißt ja, dass Steve sich schon seit einiger Zeit ein Bein für uns ausreißt.«

»Mit anderen Worten, er hat es Daddy abgekauft, während er schon wusste, dass es später zehnmal so viel wert sein würde«, sagte Daisy, deren Wut wuchs.

»So ein fieser kleiner Dreckskerl«, ließ sich Mrs. Flanagan aus dem Garten vernehmen.

»Kurz zusammengefasst«, sprach Portia weiter, »hat Michael uns erzählt, sein Kontaktmann in der Planungsbehörde habe ihm verraten, unser Grund sei für eine dicht besiedelte Fertighausanlage vorgesehen.«

»Was soll das heißen? Kleine wackelige Ferienhäuschen?«, rief Mrs. Flanagan. »Glaubt Shamie Nolan allen Ernstes, er kann dieses Land hier in eine Betonwüste verwandeln?«

»Genau das. In Dublin besteht eine so große Nachfrage nach bezahlbaren Wohnungen, dass er hier etwa vierhundert Wohneinheiten errichten will. Einfamilienhäuser mit drei oder vier Zimmern, Doppelhäuser und sogar einen Wohnblock. Das wäre ein ganzes Dorf, hier auf dem Land der Davenports.«

»Ach, du heiliger Strohsack!«, entsetzte sich Lucasta.
»Und werden sie das Schwein dafür drankriegen?«, fragte Daisy mit Tränen in den Augen.
Portia lächelte sie an. »Wenn das Leben nur so wäre, Liebes. Steve sagt, es sei ziemlich unwahrscheinlich, dass er seine Karokappe an einer Zellentür des Mountjoy-Gefängnisses aufhängen muss. Nein, Michael de Courcey wird vermutlich ein Tribunal einsetzen, das alle seine geschäftlichen Umtriebe und die braunen Umschläge untersucht, die er den Ratsherren zugesteckt hat. Sie brauchen nur der Spur des Geldes zu folgen.«
»Und wie wird er dann bestraft?«, erkundigte sich Daisy. »Oder kommt er einfach ungeschoren davon?«
»Im Fall einer Untersuchung vor einem Tribunal wird sein Name in allen Zeitungen stehen. Er wäre in der Öffentlichkeit ruiniert, und Steve meint, er müsste dann seinen Sitz im Dáil aufgeben. Ganz bestimmt wäre es das Ende der politischen Karriere, die er sich offenbar erhofft hat.«
Daisy kicherte schadenfroh.
»Stell dir nur vor, seine grässliche Frau erscheint so aufgetakelt wie immer zu den Anhörungen im Dublin Castle. Die Leute werden glauben, er ist mit einem Transvestiten verheiratet.«
»Ja, aber da wäre noch etwas«, meinte Mrs. Flanagan, immer noch vom Garten aus. »Shamie Nolan mag der größte Schweinehund sein, der je auf Erden gewandelt ist, aber – und verbessern Sie mich, wenn ich falsch liege – er ist leider jetzt der rechtmäßige Eigentümer von Davenport Hall.«
Portia nickte.
»Wenn Sie also heute Abend im Lotto nicht sechs Richtige mit Zusatzzahl und Superzahl getippt haben, so dass wir das

Haus zurückkaufen und bis ans Ende unserer Tage glücklich darin leben können … verstehe ich nicht, warum das eine gute Nachricht sein soll.«

Viele Stunden später, als Portia hellwach im Bett lag und an die Decke starrte, dachte sie über Mrs. Flanagans Worte nach. Natürlich hatte sie absolut Recht. Die grässlichen Nolans waren immer noch Besitzer des Hauses und von allem, was dazugehörte. Ganz gleich, welche öffentliche Schande auch über Shamie hereinbrechen mochte, auf das Schicksal des Hauses würde sich das nicht auswirken. Das Einzige, was die Davenports mit Gewissheit sagen konnten, war, dass ihr Land – wie Mrs. Flanagan es ausdrückte – nun doch nicht in eine Betonwüste verwandelt werden würde. Allerdings hinderte das die Nolans nicht daran, das Haus am Ende des Monats wie geplant zu übernehmen.

Die Großvateruhr in der Halle unter Portias Zimmer schlug vier Uhr morgens, und sie wälzte sich immer noch ruhelos hin und her.

Sie hatte tapfer den Tag damit verbracht, an etwas anderes als an Andrew zu denken, doch nun musste sie sich geschlagen geben. Sosehr sie es auch versuchte, Michael de Courceys Worte wollten ihr nicht aus dem Kopf. In einer Woche würde Andrew verheiratet sein. Ihr erster gemeinsamer Abend, als sie im strömenden Regen am Killiney Beach Pommes gegessen und dabei gekichert hatten wie die Teenager, stand ihr noch deutlich vor Augen. Sie rief sich ins Gedächtnis, was er über Edwina gesagt hatte, darüber, wie unglücklich er mit ihr in New York gewesen sei, und über all seine Gründe, die Hochzeit platzen zu lassen.

Und nun war das alles nichtig. Es gab nichts, was sie dagegen tun konnte.

Paddy überließ nichts, nein, absolut nichts dem Zufall. Selbst wenn es bedeutete, mit einem Menschen sprechen zu müssen, den er hasste wie die Pest.

»Herein!«, rief eine körperlose Stimme aus der Maske.

»Äh … danke … äh, Mr. van der Post, vielen Dank«, erwiderte Paddy und trat ein. »Ich wollte Ihnen nur das Mikro für die nächste Szene bringen, wenn es Ihnen recht ist.«

»Nur zu«, antwortete Guy, während Serge sorgfältig eine falsche Narbe an seinem Brustkorb befestigte.

»Was ist denn das?«, fragte Paddy und klemmte das Mikrofon an das Taillenbündchen des cremefarbenen Leinenanzugs.

»Gefällt es dir?«, meinte Serge. »Das war Jimmy D.s Idee, damit Brent ein bisschen machomäßiger aussieht, weißt du? Ein wenig mehr wie ein Alphamännchen. Als ob er in einer Kneipenschlägerei gewesen wäre oder so …« Er verstummte, als er Guys gekränkten Blick im Spiegel bemerkte. »Das heißt natürlich nicht, dass es nicht absolut männlich wäre, wie Sie die Rolle spielen, nur …«, machte er panisch einen Rückzieher.

»Nimm deine Scheißflossen von mir weg, genug mit der Schminkerei«, brüllte Guy ihn an, sprang auf und knallte die Tür hinter sich zu.

»Mein Gott, ich wusste ja, dass er ein Arschloch ist, aber gleich so eins!«, entsetzte sich Paddy.

»Ach, Schätzchen, da könnte ich ein Buch drüber schreiben«, entgegnete Serge ruhig und trank einen Schluck Eau de Davenport. »Und eines Tages tu ich es auch. Es wird ein Bestseller werden, und ich nenne es *Hinter den Kulissen*. Glaub mir,

dann kommt alles ans Licht. Ich habe ja schon mit vielen Ungeheuern zusammengearbeitet, aber Guy van der Post ist verglichen mit ihnen Godzilla.«
»Blöd, ich wollte ihn nämlich was fragen.«
»Tja, vielleicht kann ich dir ja helfen?« Serges Neugier war geweckt.
Paddy musterte ihn einen Moment und überlegte, ob man ihm trauen konnte. Ach, was soll's, dachte er dann.
»Eigentlich geht es um Daisy.«
»Ach, da bist du an den Richtigen geraten. Setz dich und berichte mir alle schäbigen Details.«
»Jetzt mach nicht gleich so ein Tamtam. Es ist nur, dass ich versucht habe, bei ihr einzuziehen. Aber sie hat alle meine Sachen in Müllsäcke gestopft und rausgeschmissen. Vielleicht ist sie ja noch nicht bereit für die feste Bindung, die ich ihr bieten kann. Es könnte ja sein, dass sie sich noch nicht von diesem Idioten Guy erholt hat.«
Serge nickte wie ein Oberarzt, der sich die Symptome eines Patienten anhört.
»Also dachte ich mir, gut, sie ist möglicherweise ein bisschen altmodisch und möchte nicht ohne Trauschein mit mir zusammenleben. Warum sollte ich also nicht …«
Serge schlug beide Hände vor den offenen Mund. »Oh, mein Gooott! Sag jetzt bloß nicht, dass du ihr einen Heiratsantrag machen willst.«
Paddy errötete. »Doch. Und da wollte ich mir ein bisschen Rat holen, wie man dabei vorgeht und so.«
»Das ist ja so romantisch«, begeisterte sich Serge und lief aufgeregt hin und her. »Es muss eine große Geste werden, etwas, woran die Glückliche sich ihr Leben lang erinnert!«

»Bei mir in der Familie sagt der Typ normalerweise: ›Was bist du? Tja, dann werden wir wohl heiraten müssen.‹«

»So geht das aber auf keinen Fall!« Inzwischen überschlug sich Serges Stimme fast. »Zuerst musst du die Beute kennen lernen, Schätzchen. Vergiss nicht, dass Daisy eine Adelige ist. Bei ihr in der Familie heiratet man vermutlich schon seit dreihundert Jahren die eigenen Cousins – das sieht man doch, wenn man sich ihre Mutter anschaut. Junge, wenn eine Familie frisches Blut dringend nötig hat, dann sind das die Davenports.«

»Spitze«, meinte Paddy, der sehr zufrieden mit seinem Ratgeber war. »Denn ich habe mir schon ein bisschen Sorgen gemacht, wegen dem Klassenunterschied und so. Ich meine, ich weiß ganz sicher, dass ich in ihre Welt passe. Das Problem ist nur: Passt sie in meine?«

»Sie wäre dann mit einem Mann zusammen, der sie wirklich liebt«, antwortete Serge mit Tränen in den Augen. »Was kann sich ein Mädchen mehr wünschen?«

»Also, was sagst du? Wie soll ich sie fragen?«

Serge holte tief Luft. »Am besten tust du es morgen Abend beim Essen, wenn alle zusammen sind. Ich finde, du solltest bis nach dem Essen warten, und dann … Oh! Oh! Ich hatte gerade eine Inspiration! Du sorgst dafür, dass die verrückte Haushälterin ihr zum Nachtisch Mousse au Chocolat serviert, in der du zuvor den Verlobungsring versteckt hast!«

»Eine tolle Idee!«, rief Paddy aus. »Mein Gott, bin ich froh, dass ich dich gefragt habe. Du bist wirklich ’ne halbe Frau. Aber du hältst es doch geheim, oder? Ich will, dass es eine Überraschung wird.«

»Schätzchen, wenn du einen noch diskreteren Mann auf der

nördlichen Erdhalbkugel kennst, gib mir sofort seine Telefonnummer.«

Genau zehn Minuten später kam Serge in Daisys Zimmer gestürmt, ohne anzuklopfen, und ließ sich auf ihr Bett fallen. Sie war gerade dabei, ihre Reithose einzupacken – beziehungsweise sie in einen Müllsack zu stopfen – und sah ihn erstaunt an.

»Du wirst mir einmal dafür dankbar sein«, verkündete Serge. »Lass es mich einmal so ausdrücken: Mir wurde soeben ein großes Geheimnis anvertraut, doch mein Mitteilungsbedürfnis ist einfach zu stark.«

»Serge, wenn du schon hier rumsitzen und Mist erzählen willst, könntest du dich wenigstens nützlich machen und mir beim Packen helfen.«

»Nicht in einer Million Jahren wirst du es mir entlocken können, aber ich gebe dir einen winzig kleinen Hinweis, du Glücksgeschöpf. Der Ringfinger an deiner linken Hand wird nicht mehr lange nackt sein!«

26

Nach einer weiteren schlaflosen Nacht kämpfte sich Portia um sechs Uhr morgens aus dem Bett. Das Filmteam hatte gerade mit den Vorbereitungen für den Tag begonnen. Selbst wenn Portia hätte schlafen können, wäre dies nun wegen des Lärms, der aus dem Ballsaal hinaufdrang, unmöglich gewesen. Man braucht nicht eigens zu erwähnen, dass die kleine, aber zentrale Charakterrolle von Mrs. Murphy, der Haushälterin, ohne viel Federlesens gestrichen worden war.

»Ihre Mutter und Mrs. Flanagan sind zwei wirklich starke Persönlichkeiten«, hatte Jimmy D. Portia am Vorabend erklärt. »Und ich fühle mich davon überfordert, den Schiedsrichter zwischen den beiden zu spielen. Ich glaube, das wäre sogar Kofi Annan zu viel. Also werden wir im Interesse der Gewaltfreiheit die Rolle ganz weglassen.«

Portia hielt das für eine salomonische Entscheidung.

Sie zog ihre letzte saubere Jeans an, band ihr Haar zu einem Pferdeschwanz zusammen und schlüpfte in eine warme, kuschelige Fleecejacke, um die Kälte abzuhalten. Obwohl es Juli war und zur Abwechslung einmal die Sonne schien, verharrten die Temperaturen im Inneren von Davenport Hall starrsinnig um den Gefrierpunkt. Während sie leichtfüßig die Treppe hinuntereilte, ging sie im Geiste die Dinge durch, die sie heute würde erledigen müssen. Das Packen war eine gewaltige Aufgabe und wurde nicht unbedingt dadurch erleichtert, dass Daisy und Lucasta jedes Mal unweigerlich in Tränen ausbrachen, wenn sie ihr zu helfen versuchten. Portia war überzeugt, dass sie laut losschreien würde, wenn sie sich noch einmal das Gejammer über die Ungerechtigkeit ihrer Lage würde anhören müssen. Gewöhnt euch daran, erklärte sie ihnen geduldig immer wieder, wobei ihr der Gedanke an Andrew niemals fern war. Wo steht geschrieben, dass das Leben gerecht ist?

Als sie die Küchentür öffnete, schlug ihr ein übermächtiger Geruch nach Speck und Kohl ins Gesicht. Hustend griff sie nach dem Kessel, um Tee zu machen, als Mrs. Flanagan, etwa fünf Pfund roher Würste in den Händen, aus der Speisekammer kam.

»Ach, hallo, meine Liebe, in der Kanne ist frischer Tee«, meinte sie bei Portias Anblick. »Ich bereite nur alles für das heutige Abendessen mit dem ganzen Team vor.«

Dieses Abendessen war, wie Jimmy D. erläutert hatte, die einzige Gelegenheit, abgesehen von der Abschlussparty, dass sich Ensemble und Mitarbeiter gemeinsam an einen Tisch setzten. Der große gesellschaftliche Anlass sollte im roten Speisezimmer stattfinden, wo sechzig Personen bequem Platz fanden. (Laut Montana bestand die goldene Regel dieser Abendessen darin, nie zu früh oder zu spät zu kommen. Wer zu früh kam, musste neben dem Regisseur sitzen, während Nachzügler irgendwo zwischen den Kostümbildnern landeten.)

»Riecht ja mächtig interessant«, log Portia. »Was gibt es denn?«

»Dublin Coddle: gekochten Speck und Würste in Milch. Wird langsam Zeit, dass diese abgemagerten Filmleute was auf die Rippen kriegen.«

»Tee?«, fragte Portia und wollte zwei Tassen von der Anrichte nehmen.

»Nein danke, meine Liebe, aber ich muss sagen, dass es schön ist, mal zur Abwechslung ein freundliches Wort von einem Mitglied dieser Familie zu hören. Ich frage mich, ob es Ihrer Mutter überhaupt auffallen würde, wenn ich eines Tages nicht mehr da wäre.«

Portia wusste, was Mrs. Flanagan jetzt brauchte: »Aber, aber, wie kommen Sie nur darauf. Sie sind schon hier, seit ich ein Baby war, Mrs. Flanagan. Sie haben so viel getan, um diese Familie zusammenzuhalten, und jetzt sind wir mehr auf Sie angewiesen denn je«, meinte sie beruhigend.

»Ich frage mich oft, wie Sie mit zwei Verrückten als Eltern so normal werden konnten«, schniefte Mrs. Flanagan. »Ich schwöre bei Gott, wenn diese Frau mir noch mal auf die Füße tritt, war es das. Dann bin ich weg. Dann kann die dumme alte Kuh sehen, wie sie ohne mich die Hühneraugen loswird.«

Erschöpft setzte Portia sich an den Küchentisch. Sie war an die Hassliebe zwischen den beiden Frauen und das ständige Gezänk inzwischen gewöhnt. Das geht vorbei, dachte sie. So ist es doch immer. Im nächsten Moment fiel ihr Blick auf eine Ausgabe des Kildare Boten, der aufgeschlagen dalag. Dabei war es nicht die Schlagzeile, die ihr ins Auge gestochen war (»ELLA HEPBURN TREIBT ES FÜNF MAL PRO NACHT« verkündete diese, begleitet von einem neuen Foto, das die Genannte und Guy darstellte. Woher in Gottes Namen hatten die Journalisten nur ihre Informationen?), sondern die

Tatsache, dass die Seite mit den Stellenangeboten herausgerissen war. Mrs. Flanagan hatte einige von ihnen etwas zittrig mit knallrotem Filzschreiber eingekringelt.

»Ich habe schon schlimmer in der Scheiße gesteckt, und nie konnte mir jemand was anhängen«, verkündete Shamie Nolan, als er und Bridie nebeneinander in der Bar des Dáil saßen. Die Regierungsgeschäfte dieses Tages waren abgeschlossen, und in der Bar wimmelte es von Abgeordneten, die sich an den zollfreien Getränken gütlich taten und nicht in Eile schienen, nach Hause zu fahren. Im Hintergrund dudelte ein Fernseher, in dem gerade der Werbeblock vor den Abendnachrichten lief.

»Hörst du mir um Gottes willen endlich zu, Shamie?«, ereiferte sich sein Bruder und Wahlkampfmanager Tommy und knallte sein Bierglas auf den Tresen. »Wir sollten verdammt noch mal verschwinden, bevor die Nachrichten kommen. Ich sagte doch, dass ich gerade mit einem Kumpel telefoniert habe, dessen Cousin einen Nachbarn hat, dessen Kumpel Intendant von RTE ist, und der konnte auch nichts tun, um es zu stoppen.«

»Tommy Nolan, jetzt hörst du mir mal zu«, entgegnete Bridie herrisch. »Glaubst du wirklich, ich und Shamie würden uns verstecken wie gewöhnliche Verbrecher? So, als ob wir etwas getan hätten, dessen wir uns schämen müssten? Nur über meine Leiche, verdammt. Wir bleiben hier und schauen uns die Nachrichten an, und zwar hoch erhobenen Hauptes. Sollen sie doch berichten, was sie wollen, zum Teufel.«

Tommy rutschte auf seinem Stuhl herum und wünschte sich sehnlich an einen weniger öffentlichen Ort als ausgerechnet die Bar des Dáil. Alle alten Freunde und Kumpel seines Bruders standen herum, ein Auge auf Shamie, das andere auf den Fernseher gerichtet. Schließlich war die Werbung vorbei, und die Erkennungsmelodie der Nachrichtensendung dröhnte durch den Raum. Der Barkeeper war so umsichtig, zur Fernbedienung zu greifen und die Lautstärke zu erhöhen, nur für den Fall, dass sich in der Bar ein Marsbewohner aufhalten sollte, der noch nichts von den jüngsten Entwicklungen mitbekommen hatte.

»Schwitzen Sie schon, Nolan?«, rief ein Witzbold von der Ecke des Tresens.

»Wollen hoffen, dass Sie Ihren BMW nicht gegen einen Lada eintauschen müssen, Bridie!«, höhnte eine andere körperlose Stimme.

»Glaub bloß nicht, dass mich so eine Bemerkung kränken könnte«, zischte Bridie ihrem Mann zu. »Aber wenn diese unschöne Sache ausgestanden ist, sorgst du dafür, dass dieser Idiot fliegt.«

Die Hauptmeldung befasste sich mit einer Autobombe, die im Irak explodiert war und ein Dutzend Todesopfer gefordert hatte. Der Bericht beanspruchte gute vier Minuten Sendezeit. Die nächste Meldung drehte sich um ein vermisstes Schulmädchen, das gerade wohlbehalten zu seinen verängstigen Eltern zurückgebracht worden war. Shamie wollte schon erleichtert aufatmen, als der Nachrichtensprecher mit ernster Stimme verkündete: »Und weiter geht es mit den Lokalnachrichten. Shamie Joe Nolan, Abgeordneter von Kildare, South Central, musste heute zu einer Reihe von Vorwürfen im Zusammenhang mit Unregelmäßigkeiten bei der Vergabe von Baugrundstücken Stellung beziehen. Ein Bericht, der Ende der Woche veröffentlicht werden soll, lässt vermuten, dass Mr. Nolan in seiner Funktion als Regierungsmitglied wiederholt an der illegalen Umwidmung von Privatgrund zu kommerziellen Zwecken beteiligt war. Wir schalten um zu unserem Korrespondenten Richard McHugh.«

Die Kamera schwenkte zu einem Reporter, der vor dem Eingang von Davenport Hall stand. (Im Hintergrund war deutlich ein Graffiti mit dem Wortlaut »Virgin Megastore« an der Mauer zu erkennen.)

»Es fällt heute schwer, es zu glauben, aber Davenport Hall galt einst als Leinsters architektonische Krone. Allerdings ist nicht daran zu rütteln, dass das Haus auf mehr als acht Hektar Land steht, das sein Gewicht in Gold wert ist«, sagte der bedauernswerte Reporter, der aussah, als wünsche er sich ganz weit weg. »Und dieses Land steht nun im Mittelpunkt der Kontroverse um Shamie Nolan, Abgeordneter für das umliegende Kildare. Ein Bericht der Planungsbehörde in Dublin weist Quellen zufolge eindeutig darauf hin, dass Mr. Nolan in eine Korruptionsaffäre im Zusammenhang mit der Umwidmung dieses Landes zu Baugrund verwickelt ist, die ihre Kreise bis in die höchsten Regierungsebenen zieht. Dem Vernehmen nach hat Mr. Nolan wissentlich das Haus und die dazugehörigen Ländereien erst gekauft, nachdem ein Antrag auf Umwidmung des Landes vom Grafschaftsrat von Kildare County bereits genehmigt worden war.«

Die Kamera schwenkte zurück ins Studio, wo der Nachrichtensprecher sagte: »Also, Richard, was bedeutet das für Shamie Nolan? Können wir mit einem weiteren Tribunal rechnen?«

»Das ist wahrscheinlich«, entgegnete der Reporter, als die Kamera wieder auf Davenport Hall schwenkte. (Diesmal konnte man im Hintergrund erkennen, wie Mrs. Flanagan den Mini Metro durch das Tor lenkte und wie eine Wilde in die Kamera winkte.) »Der Oberste Richter Michael de Courcey hat durchblicken lassen, man habe ihm bereits den Vorschlag unterbreitet, Mr. Nolans Geschäftspraktiken zu untersuchen. Das Gesetz der Ehre würde es eigentlich gebieten, dass Shamie Nolan sofort seinen Sitz im Dáil zur Verfügung stellt und wartet, bis das Tribunal seine Arbeit aufnimmt. Natürlich kommt in diesem Zusammenhang auch noch die Frage der Gerichts- und Anwaltskosten zum Tragen, die sicherlich beträchtlich sein werden.«

Dann war wieder der Nachrichtensprecher an der Reihe: »Danke, Richard. Wir konnten vorhin Mr. Nolan vor dem Leinster House sprechen, und er hatte uns Folgendes zu sagen.«

Die Kamera zeigte nun eine Nahaufnahme von Shamie, der verlegen und heftig schwitzend vor dem Regierungsgebäude stand.

»Jetzt hören Sie mir doch mal richtig zu. Wenn Sie das finanzielle Gebaren jedes Politikers hier drin unter die Lupe nehmen wollten, hätten wir so viele Tribunale, dass wir das Geld des Steuerzahlers bis zum Tag des Jüngsten Gerichts zum Fenster hinauswerfen könnten. Es gibt keinen Abgeordneten im ganzen Regierungsgebäude, der nicht jeden Januar von einer seiner Offshore-Banken auf den Cayman-Inseln einen Werbekalender erhält …«

»Und nun zu weiteren Nachrichten des Tages …«

Der Barkeeper schaltete den Fernseher ab. In dem dröhnenden Schweigen, das nun folgte, schienen die Augen aller Anwesenden auf Shamie zu ruhen.

»Sie haben dieses verdammte Zitat absolut aus dem Zusammenhang gerissen, Jungs!«, stammelte dieser. »Diese Dreckskerle haben das meiste, was ich gesagt habe, einfach rausgeschnitten! Ich würde doch niemals schlecht über euch reden …«

Im hinteren Teil der Bar begann jemand, langsam zu klatschen, und bald hatte das Geräusch eine ohrenbetäubende Lautstärke erreicht. Die ersten Buhrufe wurden von lautem Gejohle abgelöst, und man konnte deutlich den Ruf »Rück-tritt! Rück-tritt! Rück-tritt!« hören.

Es war, als stimmten sämtliche Abgeordnete in das Geschrei ein und stampften angewidert mit den Füßen. Wenigstens erschien es Bridie so, während sie reglos dasaßen, hoch erhobenen Hauptes.

27

Obwohl Steve eigentlich an die alltägliche Dramatik und das Chaos in Davenport Hall gewöhnt war, traf ihn das Ereignis völlig unvorbereitet. Da er an diesem Abend zum gemeinsamen Essen mit dem Filmteam eingeladen war, war er schon ein wenig früher aufgebrochen, um der Familie das Neueste in Sachen Shamie Nolan mitzuteilen. Gerade näherte er sich dem Haus, als er ein nacktes Paar Beine erblickte, die oben in einem hellblauen Höschen endeten und aus einem Fenster im ersten Stock baumelten; beinahe hätte er einen Unfall gebaut. Beim Näherkommen erkannte er Daisy, die sich mit letzter Kraft an ein Sims krallte, während sich ihr Rock um ihren Hals bauschte. Sofort stoppte er den Wagen und stieg aus.

»Brauchst du Hilfe?«, rief er zu ihr hinauf.

»Na, wonach sieht es wohl aus, verdammt?«, zischte sie. »Steve, ich sitze hier fest!«

Steve konnte sich die Bemerkung nicht verkneifen. »Bist du seit neuestem Montanas Stunt-Double? Bitte nimm es nicht persönlich, aber wenn es kein Porno werden soll, wäre es besser, wenn du dich anziehst.«

»Steve«, jammerte sie, wenig amüsiert. »Hilf mir einfach runter!«
»Okay. Ich komme rein und zieh dich hoch. In welchem Zimmer bist du denn?«
»Du kannst nicht reinkommen! Kannst du mir nicht so runterhelfen?«
»Nur, wenn du springst.«
»Mein verstauchter Knöchel ist noch nicht ganz heil. Diesmal würde ich mir bestimmt das Kreuz brechen.«
»Nein, wirst du nicht. Es sind höchstens drei Meter. Ich fange dich auf. Vertraue mir.«
»Oh Gott, warum passieren immer nur mir solche Sachen!«
»Hör zu, Daisy, du kannst nicht ewig da oben an diesem Sims hängen. Außer du willst, dass die Jungs von der Presse ein Foto von deinem reizenden Höschen machen. Ich sehe die Schlagzeilen schon vor mir: ›BLUE MOON‹.«
Daisy entschied sich für das geringere Übel und sprang.
Steve hatte Recht. Es waren höchstens drei Meter, und er fing sie in seinen starken Armen auf. Kurz blickten sie einander in die Augen, während Daisy keuchend nach Luft schnappte. Steve sah heute wirklich verblüffend gut aus, und Daisy ertappte sich dabei, dass sie vor Erstaunen zusammenzuckte. Offenbar hatte er sich Mrs. Flanagans Rat, er müsse etwas für sein Äußeres tun, noch weiter zu Herzen genommen und trug nun einen schicken marineblauen Leinenanzug und ein leuchtend weißes Hemd, alles im Knitterlook und ziemlich sexy.
»Fahr los«, meinte sie nach einer Weile und befreite sich aus seinen Armen. »Lass uns einfach in dein Auto steigen und losfahren.«

»Wohin?«
»So weit weg wie möglich.«

Mrs. Flanagan hatte sich selbst übertroffen und legte nun vergnügt letzte Hand an den Tisch für das wichtige Abendessen. Leinenservietten waren in Davenport Hall zwar unbekannt, aber sie war eigens nach Ballyroan gefahren, um Papierservietten zu kaufen, ein nicht unbeträchtlicher Unterschied zu der üblichen Küchenrolle. Sie hatte sogar ein paar Kerzen hervorgekramt, um den Tisch damit zu dekorieren. (Leider waren sie nicht geschmackvoll weiß, sondern grün, weiß und orange wie die irische Flagge und trugen in Gold die Aufschrift »Weltmeisterschaft Italien 1990«. Mrs. Flanagan hatte sie für besondere Gelegenheiten aufgespart.)
Gerade war sie vom Tisch zurückgetreten, um ihr Werk zu bewundern, als sie über sich ein Quietschen hörte. Als sie aufblickte, sah sie eines von Lucastas Lieblingskätzchen, Uri Geller, das offenbar in einem Arm des Kristallkerzenleuchters hängen geblieben war. Ach, du dämliches Katzenvieh, wie bist du bloß da raufgekommen?, fragte sie sich. Allerdings war es zwecklos, den kleinen Kater herunterlocken zu wollen. Hilflos schaute er zu ihr herab, während der Kerzenleuchter bedrohlich hin und her schwankte. Also blieb Mrs. Flanagan nichts anderes übrig, als den Besen zu nehmen, der zum Glück in Griffweite stand. Und da die Decke zehn Meter hoch war, musste sie damit auf den Esstisch klettern und das Tierchen schubsen, bis es sprang.
In diesem Moment kam Lucasta herein, bemerkte, was sich da tat, und zog – wie üblich – sofort eine falsche Schlussfolgerung.

»Lassen Sie das unschuldige kleine Tier in Ruhe, Sie Mörderin!«, kreischte sie.

»Ich versuche doch nur, ihm runterzuhelfen, Sie blödes Stück!«, erwiderte Mrs. Flanagan und fuhr fort, den armen Uri Geller mit dem Besenstiel zu bedrängen.

»Behaupten Sie jetzt bloß nicht, Sie hätten keine Mordgedanken!«

»Die Katze lebt doch noch! Was glauben Sie, was ich vorhabe? Das Vieh totfegen?«

»Tja, das würde ich Ihnen durchaus zutrauen«, entgegnete Lucasta kampfeslustig. »Und dürfte ich außerdem erfahren, was die ›Italien-1990‹-Kerzen hier sollen? Sie wissen doch, dass das Sammlerstücke sind, die nicht benutzt werden dürfen. Jack Charlton würde sich im Grabe herumdrehen, wenn er schon tot wäre.«

»So, jetzt reicht's mir, verdammt!«, verkündete Mrs. Flanagan, schleuderte den Besen zu Boden und kletterte vom Tisch. »Seit fünfunddreißig Jahren …«

»Ach, wirklich?«, fiel Lucasta ihr ins Wort. »Deshalb habe ich Ihren Anblick wohl so satt.«

»Ich habe mir genug von Ihnen gefallen lassen«, zischte Mrs. Flanagan. »Sie behandeln mich wie Dreck, reden mit mir nur Dreck und bezahlen mich dreckig. Suchen Sie sich doch eine andere Idiotin, die Sie ausbeuten können. Ich gehe!«

Lucasta starrte sie an wie nach einer Ohrfeige. »Seien Sie doch nicht albern …«, stammelte sie erschrocken. »Sie können doch nicht einfach …«

»Tja, ich bedauere es zwar schrecklich, aber genau das werde ich tun, verdammt!«

»Aber … aber … Sie wohnen doch hier! Und Sie arbeiten

hier. Und wo in Gottes Namen wollen Sie denn hin?« Nun, da man sie endlich beim Wort genommen hatte, bekam es Lucasta mit der Angst zu tun.

Mrs. Flanagan watschelte auf sie zu und baute sich vor ihr auf. »Offen gestanden war ich heute bei einem Vorstellungsgespräch, und ich habe die Stelle gekriegt. Ich werde mich beruflich umorientieren.«

»Als was? Jetzt sagen Sie bloß nicht, Sie werden das neue Gesicht von L'Oreal.« Inzwischen war Lucasta hochrot angelaufen.

»Wenn Sie es unbedingt wissen wollen – ich habe jetzt einen Job im *Crown and Glory* in Ballyroan. Sie haben gemeint, ich könnte gleich anfangen. Eigentlich wollte ich ja wieder absagen, aber ich lasse mir diese Nummer einfach nicht länger von Ihnen gefallen!«, rief Mrs. Flanagan, und Tränen traten ihr in die Augen.

»Im Frisiersalon? Was um alles in der Welt verstehen Sie vom Frisieren?« Lucasta brüllte zwar immer noch, aber ihre Stimme zitterte dabei.

Mrs. Flanagan musterte sie zornig von oben bis unten. »Ich weiß, der Gammel-Look ist out. Also könnten Sie gleich einpacken.«

»Das sagt die Richtige, so wie Sie rumlaufen!«, schrie Lucasta Mrs. Flanagan nach, die an ihr vorbei zur Tür watschelte. »Das wird wahrscheinlich der einzige Frisiersalon im Umkreis, wo man sich von der Friseuse Läuse holt!«

»Nur dass Sie das nie herausfinden werden, weil wir Althippies nicht bedienen!«, entgegnete Mrs. Flanagan und knallte die Tür hinter sich zu.

Eine Weile stand Lucasta schweigend da.

In nur wenigen kurzen Monaten hatte sie den Verlust ihres Ehemannes und ihres geliebten Zuhauses verkraften müssen und hatte nicht die leiseste Ahnung, wovon sie und ihre Töchter nun leben sollten. Aber nun weinte sie zum ersten Mal.

»Willst du mir nicht endlich erzählen, was los ist?«
Anstelle einer Antwort starrte Daisy geradeaus ins Leere.
»Als ich dich zum letzten Mal aus einem Fenster klettern sah, warst du etwa vierzehn und wolltest in einen Nachtclub in Kildare.«
»Und Daddy hatte mir Hausarrest gegeben und gesagt, Nachtclubs wären nur etwas für Schlampen. Also bin ich aus dem Fenster des Billardzimmers gestiegen«, erwiderte Daisy und erinnerte sich grinsend. »Ein Typ aus meiner Schule wollte mit mir hin, und ich war absolut verrückt nach ihm. Ich glaube, ich hätte mir einen Fluchttunnel gegraben, nur um zu entkommen. Dann, als wir zu dem Club kamen – ich glaube, er hieß Galleria oder Gonorrhoe oder so –, lief ich natürlich sofort Daddy mit einer seiner Freundinnen in die Arme.«
Steve warf ihr einen Seitenblick zu, um sicherzugehen, dass sie nicht wieder den Tränen nah war. An schlechten Tagen genügte die bloße Erwähnung von Black Jacks Namen, um einen hysterischen Anfall bei ihr auszulösen, aber diesmal schien alles in Ordnung zu sein. Ein angenehmes Schweigen entstand, als sie dasaßen und die Aussicht genossen. Daisy hatte Steve gezwungen, den ganzen Weg bis zum Mausoleum zu fahren, und er hatte ihr als wahrer Gentleman natürlich nicht widersprochen.
»Das ist mir der liebste Platz auf unserem ganzen Anwesen«,

sagte sie. Er nickte zustimmend. Die Aussicht hier war wirklich spektakulär, insbesondere an einem klaren Tag wie diesem.

»Wusstest du, dass die grässlichen Nolans das Mausoleum abreißen und stattdessen eine Bowlingbahn bauen wollten?«, fragte sie. »Mummy findet, allein dafür sollte Shamie Nolan als Klobürste wiedergeboren werden.«

Er schmunzelte, wie immer amüsiert über Lucastas Einfälle.

»Steve, darf ich dich was fragen?«

»Schieß los.«

»Sind eigentlich alle Männer entweder absolute Mistkerle oder winselnde Spanner? Ist es so? Oder ist die mangelnde Auswahl hier der Grund?«

Er wollte ihr schon antworten, als sie weitersprach. »Ich meine, da war zuerst Guy, auf den ich wirklich total scharf war. Aber er wollte mich nur vögeln, bis etwas Besseres kam. Wenn man die dämliche Ella Hepburn als was Besseres bezeichnen kann«, fügte sie erbittert hinzu. »Ich bin vielleicht kein Hollywoodstar, aber dafür etwa sechzig Jahre jünger als sie und nicht in Gefahr, mir jedes Mal beim Aufstehen die Hüfte zu brechen. Und meine Titten sind auch meine eigenen. Und dann ist noch Paddy, der sich aufführt, als könnte er ohne mich nicht leben. In seiner verdrehten Paddywelt glaubt er tatsächlich, dass wir ein Paar sind, obwohl gar nichts passiert ist, was ihn auf diesen Gedanken hätte bringen können.«

»Wirklich gar nichts?«

»Gut, ich habe mit ihm geschlafen, zwei Mal oder so, aber nur aus Einsamkeit. Du weißt doch, wie das ist«, erwiderte Daisy, erstaunt, wie offen sie mit ihm reden konnte. »Und jetzt verfolgt er mich. Er lässt mich keine zwei Sekunden am Stück allein. Er benimmt sich wie in einem Experiment zum Thema männliche Psyche: Je mieser ich ihn behandle, desto mehr klammert er. Deshalb bin ich ja aus dem Badezimmerfenster geklettert. Ich darf nicht einmal mehr in Ruhe aufs Klo! Er stand direkt vor der Tür und hat mir eines seiner Liebesgedichte vorgelesen.«

»Daisy, wenn du meinen Rat hören willst, ist es wohl das Beste, wenn du ihm einfach die Wahrheit sagst. Erklär ihm, du fühltest dich zwar geschmeichelt, hättest aber kein Interesse.«

»Aber du weißt noch nicht alles!«, schrie sie auf. »Jemand vom Filmteam hat durchblicken lassen, dass er mir einen Heiratsantrag machen will. Heute Abend bei diesem dämlichen Essen! Vor allen Leuten! Was soll ich nur tun?«

Obwohl Steve nicht daran gewöhnt war, dass man ihn in Herzensangelegenheiten um Rat fragte, begann er sich geistig mit voller Kraft dem anstehenden Problem zu widmen.

Daisy trat mit den Fersen gegen die mit Moos bewachsene Steinbank, auf der sie saßen, als ihr plötzlich der zündende Gedanke kam. »Ich hab's!«, verkündete sie und strahlte ihn mit funkelnden blauen Augen an.

Er erwiderte ihr Lächeln. »Was?«

»Eigentlich ist es ganz einfach«, erwiderte sie. »Aber … äh … Steve, könntest du mir einen Gefallen tun?«

Mrs. Flanagan hielt Wort. Nur eine Stunde später hatte sie ihre Sammlung von Kittelschürzen in einen zerfledderten Koffer gestopft und diesen auf den Rücksitz des Mini Metro geschleudert. Portia stand neben ihr im Hof und war vom vielen Betteln, sie möge es sich doch noch anders überlegen, schon ganz heiser.

»Wenn es nur um Sie und Daisy ginge, meine Liebe, würde ich gerne den Rest meiner Tage hier verbringen. Aber … Ich weiß, dass sie Ihre Mutter ist und so, aber diese blöde Kuh gibt mir den Rest. Ich arbeite so schwer, und niemand weiß es zu schätzen …« Sie brach ab, und Tränen strömten ihr über das faltige Knittergesicht.

»Oh, Mrs. Flanagan, ich weiß ja, wie sie ist, aber ich flehe Sie an, es noch einmal zu überdenken. Sie gehören doch zur Familie, und ich kann mir gar nicht vorstellen, wie wir ohne Sie klarkommen sollen. Ich bin sicher, dass Mummy das alles nicht so gemeint hat. Manchmal kann sie wirklich ziemlich verletzend sein, aber im nächsten Moment ist alles schon vergessen. Mich beschimpft sie ja auch mindestens zwanzig Mal am Tag, und fünf Minuten später ist sie dann wieder Mutter Teresa.«

Mrs. Flanagan tupfte sich die Augen ab. »Nachdem ich mich fünfunddreißig Jahre lang für sie krumm geschuftet habe, kann ich es einfach nicht mehr ertragen, wie sie mich niedermacht. Wenn sie sich nur bei mir entschuldigt hätte, hätte man ja vielleicht noch mal drüber reden können, aber als ich ihr erzählt habe, dass ich bereits einen anderen Job hätte, ist sie so gemein geworden. Einfach nur gemein.«

Portia umarmte sie fest und fühlte sich selbst den Tränen nah. »Wissen Sie was? Ich wette, sie sitzt jetzt oben, bereut jedes Wort, das sie gesagt hat, und wünscht sich ebenso wie ich, dass Sie bleiben.«

»Meinen Sie?« Mrs. Flanagans Entschlossenheit geriet ins Wanken.

»Ich bin ganz sicher«, antwortete Portia beschwichtigend. »Tief in ihrem Herzen hat sie Sie sehr gern, sie drückt es nur manchmal ein wenig seltsam aus.«

Mrs. Flanagan betrachtete sie aus geröteten, tränennassen Augen und schien kurz davor zu sein, ihre Meinung zu ändern, als hinter ihnen ein Kreischen ertönte. Als sie aufblickten, sahen sie, dass Lucasta den Kopf aus einem Fenster im dritten Stock steckte.

»Möge der Fluch des Apollo auf Sie herniederfahren, Sie treulose Dienerin!«, verkündete sie im Singsangton. »Ach, vergiss es, möge Apollo aus luftigen Höhen auf Sie und Ihre Nachkommen herunterpinkeln!«

Mrs. Flanagan warf einen letzten Blick auf Portia und sagte: »Tja, leben Sie wohl, meine Liebe. Und wenn Sie je zum Waschen und Föhnen kommen wollen, wissen Sie ja, wo. Und danke, dass Sie mir das Auto leihen.«

»MÖGE EINE HEUSCHRECKENPLAGE AUF IHRE DÄMLICHEN FRISEUSEN HERABKOMMEN, UND MÖGEN SIE IM TODE JÄMMERLICH NACH EINEM PRIESTER RUFEN!« Lucastas Gekreische steigerte sich zu einem Crescendo, als der Mini Metro, von Fehlzündungen geschüttelt, die Auffahrt hinunterknatterte.

Portia sah nur noch, dass Mrs. Flanagan das Fenster herunterkurbelte, die Hand hinausstreckte und ihnen mit zwei Fingern zuwinkte.

28

Man braucht nicht eigens zu erwähnen, dass das Abendessen zu einer einzigen Katastrophe zu werden drohte. Nach Mrs. Flanagans Abschied blieb Portia nichts anderes übrig, als Daisy zu Küchendiensten einzuspannen und zu versuchen, etwas zusammenzubrutzeln, was man den Gästen vorsetzen konnte. Doch angesichts der Tatsache, dass sie mit ihren Kochkünsten Nigella Lawson wohl niemals ernsthaft Konkurrenz machen würde, war das einfacher gesagt als getan.

»Aber Mrs. Flanagan hat doch bestimmt etwas vorbereitet, bevor sie gegangen ist«, jammerte Daisy. »Wo sollte der ekelhafte Geruch denn sonst herkommen?«

»Dublin Coddle«, erwiderte Portia und warf das Ganze in den Mülleimer.

»Warum schmeißt du das Zeug denn weg? Ich weiß, dass es stinkt wie eine Kloake, aber könnten wir es nicht trotzdem nehmen?«

»Gekochte Würste mit Speck? Für eine Horde von Vegetariern?«

Die Schwestern sahen einander an, und kurz schwebte Panik in der Luft.

»Könnten wir nicht in Ballyroan Pizza bestellen?«, schlug Daisy voller Hoffnung vor.
»Wenn sonst alles scheitert, ja. Aber es sind doch bestimmt Zutaten für irgendein Essen im Haus. Wir müssen jetzt strategisch vorgehen. Du siehst im Kühlschrank nach und ich in der Gefriertruhe«, ordnete Portia an. Die beiden setzten sich in Bewegung.
Zwanzig Minuten später hatten sie eine Lösung gefunden – mehr oder weniger zumindest. In der Speisekammer hatten sie etwa zwei Dutzend Eier und fünf Familienpackungen gefrorene Pommes entdeckt.
»Was um alles in der Welt sollen wir damit anfangen?«, fragte Portia.
»Ganz einfach«, erwiderte Daisy, die sich gerade eine Schürze verkehrt herum umband und aussah wie die unfähigste Köchin der Welt. »Wir erzählen ihnen einfach, die Eier seien ein traditionelles Gericht der Familie Davenport, die es nur zu besonderen Anlässen gibt … weil … äh …«, improvisierte sie weiter. »Ach, jetzt weiß ich es! Weil die Davenports und ihre Bauern während der Hungersnot nur aufgrund der Hennen auf unserer Farm überlebt haben. Und deshalb gibt es seitdem bei uns Eier nur noch am St. Patrick's Day oder wenn wichtiger Besuch kommt.«
»Und wie erklären wir die Backofenpommes, Frau Professor? Sollen wir behaupten, dass die Davenports auch während der Kartoffel-Missernte immer noch Zugriff auf gefrorene Pommes hatten?«
»Fällt dir vielleicht was Besseres ein?«

Das Abendessen war zwischen halb acht und acht angesetzt, und so fiel Portia vor Schreck fast um, als die Türglocke schon um halb sieben ein nebelhornartiges Jaulen ausstieß. Das Essen – wenn man es denn so nennen wollte – war noch längst nicht fertig. Daisy und sie fragten sich starr vor Angst, wer es wohl sein mochte. In diesem Moment streckte Montana den Kopf zur Tür herein. »Hallo, meine Damen! Ich wollte nur wissen, ob ihr vielleicht Hilfe braucht.«

»Das ist ja so nett von dir«, erwiderte Daisy, die gerade Zwiebeln hackte. »Könntest du vielleicht an die Tür gehen?« Seit Guy ihr öffentlich den Laufpass gegeben hatte, benahm Montana sich ihr gegenüber wie ein Engel. Und in Zeiten wie diesen hatten sie ein wenig Anteilnahme bitter nötig.

»Bin gleich zurück«, entgegnete Montana und trippelte die Hintertreppe zur Eingangshalle hinauf. Dort stellte sie sich auf die Zehenspitzen, um den riesigen Riegel zu erreichen und die schwere Eichentür zu öffnen. Zu ihrer Überraschung stand Paddy vor ihr. Er trug einen *Miami-Vice*-Anzug im Stil der achtziger Jahre und hatte einen kleinen Strauß Tankstellen-Nelken in der Hand.

»Ach, hallo, Schönster, sind die für mich?«, neckte sie ihn.

»Vergiss es«, erwiderte er verlegen und unbehaglich.

»Schon gut. Ich glaube, Lady Davenport serviert in der großen Galerie die Aperitifs. Wenn du also gleich raufgehen möchtest …«, erwiderte sie, ein wenig schockiert, weil ein Mitglied des Teams so mit ihr sprach.

»Äh … ja … vielen Dank«, antwortete er, eilte an ihr vorbei und blieb vor dem goldgerahmten Spiegel über dem Kamin stehen, um sein gegeltes Haar zurückzustreichen und einen Pickel auszudrücken, der ihn schon länger störte. Nachdem er sich vergewissert hatte, dass an seinem Äußeren nichts auszusetzen war, holte er tief Luft und stieg die große Treppe hinauf. Beim Gehen summte er ein paar Akkorde von »I'm Getting Married in the Morning« vor sich hin.

»Wer war das?«, fragte Portia, als Montana sich wieder zu ihnen in die koreanische Ausbeuterfabrik gesellte, in die sich die Küche inzwischen verwandelt hatte.

»Ach, dieser Tontechniker ... wie heißt er noch mal?«, erwiderte sie.

»Paddy. Mein Gott, ist der aber früh dran«, meinte Portia.

Daisy sagte gar nichts, rührte nur weiter in einer großen Schüssel voller Eier herum und errötete ein bisschen.

»Er hat sich voll in Schale geworfen.« Kichernd griff Montana nach einem Geschirrtuch und band es sich geschickt um die Taille. »Eigentlich sah er ganz niedlich aus. Also, was soll ich tun?«

»Könntest du ein paar Knoblauchzehen zerquetschen?«, fragte Portia.

»Natürlich. Darf ich dich mal was fragen, Daisy? Hast du vor, die Eier totzuschlagen?«

»Ich mache ein Omelett«, rechtfertigte sie sich.

»Ach, Schätzchen, gib mal her. Ein Omelett möchte man essen, nicht die Wände damit verspachteln. Moment, ich zeige dir, wie es geht.«

Die beiden Schwestern hielten in ihrer Arbeit inne und starrten sie überrascht an.

»Schaut nicht so erschrocken«, lachte Montana. »Ich war jahrelang arbeitslose Schauspielerin in L.A., und das ist ein anderes Wort für Bedienung. Haben wir Schnittlauch da?«

Eine knappe halbe Stunde später hatte Montana alles im Griff. Sie hatte sogar Spargel im Küchengarten entdeckt und schrubbte ihn nun in der Spüle, um ihn zu einer Vorspeise zu verarbeiten. »Mit ein bisschen Zitronensaft schmeckt das köstlich, vertraut mir«, sagte sie zwischen zwei Klatschepisoden, die von Guy und Ella handelten. Die neueste Enthüllung (wenn man dem guten, alten, zuverlässigen *Spion* trauen konnte) bestand angeblich darin, dass sie Reagenzgläschen mit Blut ausgetauscht hatten, die sie nun als Liebesbeweis um den Hals trugen.

»Igitt, ist das fies!«, entsetzte sich Portia.

»Und wisst ihr was? Das mit den fünf Mal pro Nacht stimmt laut Serge offenbar«, fuhr Montana fort. »Er schwört, er hätte kein Glas an die Tür des Wohnwagens gehalten, aber ich würde es ihm durchaus zutrauen.«

»Tja«, meinte Daisy, die wegen Montanas Tüchtigkeit inzwischen nutzlos in der Küche herumstand. »Falls der *Spion* mir einmal Geld für meine Geschichte anbieten sollte, werde ich singen wie ein Kanarienvogel. Seht ihr das da?«, fragte sie und hielt eine winzige gefrorene Babykarotte hoch. »Das ist in etwa die Größe von Guy van der Posts Schniedel. Und wenn sie eine Schlagzeile brauchen, kein Problem, dann kriegen sie eine. Ich sehe sie schon vor mir: ›ALS ICH GUY ZUM ERSTEN MAL NACKT SAH, DACHTE ICH, DER CHIRURG, DER SEINEN PENIS VERLÄNGERT HAT, SOLLTE SEIN HAUPT MIT ASCHE BESTREUEN.‹«

Die drei krümmten sich vor Lachen, insbesondere Portia, die nur selten Gelegenheit bekam, von Frau zu Frau über Sex zu lästern, und schon seit Wochen nicht mehr herzhaft gelacht hatte.

»Und was ist jetzt eigentlich mit dir?«, fragte Montana sie ahnungslos. »Was ist denn aus dem anbetungswürdigen Typen geworden, der in den Zeitungen der Earl von Irland hieß? Wart ihr nicht schon beim Küssen?«
»Ja, aber dann war es auch schon wieder vorbei«, erwiderte sie knapp.
»Was ist denn passiert, Schätzchen? Willst du drüber reden?«, beharrte Montana, als leite sie eine Gruppentherapie-Sitzung.
»Da gibt es, fürchte ich, nicht viel zu reden. Keine Schlagzeilen für den *Spion*. Er hat sich wieder mit seiner Ex-Verlobten zusammengetan, und jetzt wird geheiratet. Als wir uns kennen lernten, hatten sie sich gerade getrennt; wahrscheinlich hat er mich nur benutzt, um sich über sie hinwegzutrösten.«
»Liebling, du darfst nicht so streng mit dir sein. Du bist eine wunderschöne Frau mit Stil, und er ist ganz bestimmt ein durchgeknallter Spinner, so etwas wie dich laufen zu lassen. Das ist die einzige Erklärung, die für mich Sinn ergibt.«
Portia musterte sie einen Moment. »Weißt du, wenn eine Frau fallen gelassen wird, sagt sie immer, der Kerl sei entweder ein bindungsunfähiger Psychokrüppel oder ein mieser Schweinehund. Aber Andrew ist keins von beiden. Er ist ein wunderbarer Mann, der nur einfach nicht mit mir zusammen sein will.«

Inzwischen hatten sich die meisten Gäste in der großen Galerie versammelt und labten sich an außergewöhnlich großen Gläsern Gin Tonic, die Lucasta zusammengemischt hatte. »Wenn man vorhat, mieses Essen auf den Tisch zu bringen«, lautete ihr Credo, »ist das Geheimnis, die Gäste vorher so un-

ter Alkohol zu setzen, dass sie es nicht merken.« Das war auch der Grund, warum sie sich nie mit gutem Wein abgab. Ihrer Ansicht nach wirkte er einfach nicht schnell genug, während man von billigem Gesöff viel rascher blau war.
Anstatt am Flügel ein Lied aus einem Broadway-Musical zu verunstalten, wie es sonst ihre Art war, hatte Lucasta heute Abend beschlossen, die mit Füßen getretene Arbeitgeberin zu spielen, die von ihrer treulosen Hausangestellten im Stich gelassen worden war. Schon seit einer Stunde stand sie rauchend am Buntglasfenster und beklagte sich bei dem armen Steve über die Ereignisse des Tages.
»Weißt du, Schätzchen«, sagte sie und drückte ihre Zigarette am Fensterbrett aus, »in solchen Zeiten wünsche ich mir wirklich einen Hund.«
»Aber Lucasta, du hast etwa vierzig Katzen«, erwiderte Steve geduldig.
»Ich weiß, Schätzchen, doch ich hätte so richtig Lust, jemandem in den Hintern zu treten.«
»Mrs. Flanagan ist erst seit zwei Stunden weg. Wenn sie zum Großeinkauf gefahren ist, hat sie dich länger allein gelassen.«
Inzwischen hatte Portia sich zu ihnen gesellt. Sie lehnte den Gin Tonic ab, den Steve ihr anbot, und hörte ihre Mutter gerade noch sagen: »Ach, es schmerzt mehr als der Biss einer Schlange, dass ich solche Untreue an meinem Busen genährt habe. Niemand wird je verstehen können, wie sehr im Stich gelassen und allein ich mich fühle!«
»Aber Mummy, du hast doch noch uns«, wandte Portia ein.
»Genau das meine ich ja!« Inzwischen hatte Lucasta gut getankt, und der Alkohol löste ihr die Zunge.
»Was wäre denn so schlimm daran, zum Telefon zu greifen

und dich bei ihr zu entschuldigen? Sie wohnt bei Lottie O'Loughlin, bis sie etwas anderes findet. Du könntest sie also gleich anrufen, wenn du sie so sehr vermisst«, schlug Portia vor.

»Entschuldigen? Bei diesem Stück Dreck. Lieber würde ich den kleinen Schnappi als Aschenbecher benutzen!«, schniefte Lucasta und schaffte es, gleichzeitig empört und verloren auszusehen.

In diesem Moment kam Daisy herein, die das Unvermeidliche nun nicht mehr umgehen konnte. Paddy lauerte schon seit längerem und verrenkte sich jedes Mal fast den Hals, wenn die Tür sich öffnete, um seine Angebetete bloß nicht zu verfehlen. Als sie nun endlich erschien, sprang er sofort auf sie zu.

»Du gütiger Himmel« – sie hatte seinen Anzug bemerkt – »das muss Don Johnson sein!«

»Gefällt er dir? Ich trage ihn nur zu besonderen Gelegenheiten.«

»Wahrscheinlich war die erste deine Konfirmation«, gab sie, so zickig wie möglich, zurück.

»Nein, als Arsenal die Meisterschaft gewonnen hat. Aber weißt du, Daisy, ich muss dich was fragen, und es kann einfach nicht warten.«

Da sie ahnte, was nun kommen würde, ging sie sofort in die Offensive.

»Stopp! Hör sofort auf, Paddy! Bevor du nur ein Wort sagst, solltest du etwas über mich wissen. Wir Davenports heiraten nur unsere Cousins. Wir leiden total an Inzucht. Was glaubst du, warum bei uns Adeligen die Augen so eng zusammenstehen?«

»Ach, mehr ist es nicht, Liebling? Ich bin ja auch nicht gerade das Beste, was der Genpool hervorgebracht hat.«

»Und von allen unsinnigen Einrichtungen der Welt halte ich die Ehe für die allerdämlichste«, fuhr Daisy mit panikschriller Stimme fort. »Und … ach, ja, ich bin total unmoralisch. Zwei Jahre lang habe ich in einem Massagesalon in Thailand gearbeitet!«

»War das zufällig im Lucky Chang? Ich war auch mal da, vor vielen Jahren, als wir den schlimmsten aller Schanghai-Filme gedreht haben.«

Verzweifelt sah Daisy ihn an. Inzwischen sprach sie sehr laut und wusste, dass alle im Raum sie anstarrten.

»Paddy, du hörst mir überhaupt nicht zu! Ich will niemals heiraten! Erstens …« Sie zermarterte sich das Hirn nach einer guten Ausrede. »… weil ich keine Kinder bekommen kann. Ich habe keine Gebärmutter!«

»Liebling, ich habe dank meiner vielen Schwestern etwa dreißig Nichten und Neffen, und es würde mich gar nicht stören, wenn ich nie wieder babysitten müsste. Offen gestanden bin ich sogar erleichtert.«

»Also, jetzt reicht's!«, rief sie aus und griff zu ihrer allerletzten Verteidigungstaktik. »Du zwingst mich, die Wahrheit zu sagen. Ich wollte nicht, dass du es auf diese Weise erfährst, aber nun bleibt mir nichts anderes übrig. Ich liebe einen anderen Mann und will nur mit ihm zusammen sein.«

»Wo ist das Schwein? Den mach ich fertig!«

Steve, der diskret in der Kulisse gewartet hatte, ahnte, dass das sein Stichwort war.

Er trat auf Daisy zu und legte ihr schüchtern den Arm um die Taille.

»Da bist du ja, Liebling«, begrüßte sie ihn und stellte sich auf die Zehenspitzen, um ihn auf die Wange zu küssen.
»Der?«, entsetzte sich Paddy. »Ich dachte, der sei schwul! Schließlich habe ich ihn mal in einem rosa gestreiften Hemd gesehen.«
»Liebling, gehen wir zu Tisch«, meinte Daisy, hakte Steve unter und schob ihn in Richtung Esszimmer. »Ich weiß, das war ein scheußlicher Auftritt, Steve«, flüsterte sie ihm zu, als sie die große Galerie verließen. »Aber manchmal muss man eben grausam sein, um jemanden nicht noch mehr zu verletzen.«
Paddy stand wie angewurzelt da und starrte auf den Nelkenstrauß, den er nicht mehr hatte überreichen können. Serge und Montana, die am Kamin gestanden hatten, schlenderten zu ihm hinüber.
»Weißt du, was ich immer sage, Schätzchen«, flötete Serge. »Rein im Zorn, raus in Liebe.«
»Entschuldigt, Leute, ich bin gerade ein bisschen … ihr wisst schon … emotional …«, erwiderte Paddy. »Ich glaube, ich muss mein Gefühl der Zurückweisung jetzt in einem Lied ausdrücken.«
»Du könntest auch mitkommen und dir trotz allem einen schönen Abend machen«, schlug Montana hoffnungsvoll vor. »Wenn du magst, kannst du neben mir sitzen.«

Es war schon lange nach fünf Uhr morgens, als sich die letzten Gäste verabschiedeten. Für Davenport Hall war das ungewöhnlich früh (denn hier konnte eine ordentliche Sause bis zu drei Tage dauern, was sowohl von der verfügbaren Alkoholmenge als auch von der Laune der Gastgeberin abhing). Allerdings war Lucasta den ganzen Abend ungewöhnlich kleinlaut und weigerte sich sogar zur allgemeinen Überraschung – und zur großen Erleichterung mancher – zu singen, als sie dazu aufgefordert wurde. (Guy hatte gedroht, die Buntglasfenster Scheibe um Scheibe zu zerschmettern, falls sie es wagen sollte, den Mund aufzumachen.)

Daisy hatte den ganzen Abend brav neben Steve gesessen und die Rolle der liebenden Freundin gespielt. Zu ihrer eigenen Überraschung hatte sie sich viel besser amüsiert, als sie gedacht hatte. Auch wenn er nicht so gut aussehend und glamourös war wie Guy, war er wenigstens normal – und nicht depressiv oder zwanghaft wie der arme alte Paddy. Und angesichts dessen, was sie durchgemacht hatte, war ein bisschen Normalität gar nicht zu verachten. Steve war den ganzen Abend so nett zu ihr gewesen. Man konnte sich wirklich gut mit ihm unterhalten, und ... alles war so einfach. In seiner Gegenwart fühlte man sich warm, geborgen und sicher; er war fast die menschliche Entsprechung einer tröstenden Mahlzeit, wenn man einen Kater hatte.

Sie begleitete ihn über den Kiesplatz zu seinem Jeep, als der Morgen graute und ein zarter Dunstschleier aus den Feldern rings um das Haus aufstieg. Der Mond stand noch am Himmel, tauchte das Haus in einen silbrigen Schein und ließ es wie ein prächtiges Geisterschiff aus der Dunkelheit aufragen.

»Das gute alte Davenport«, sagte Steve und ließ die Schönheit dieser frühen Morgenstunde auf sich wirken. »Ich werde es genauso vermissen wie du.«

»Sprich nicht darüber. Sonst fange ich wieder zu weinen an. Weißt du, dass ich erst jetzt, da wir es verlieren sollen, bemerke, wie viel es mir bedeutet?« Daisy begann in der kalten Morgenluft zu zittern, so dass Steve, ohne nachzudenken, sein

Sakko auszog und es ihr sanft über die nackten Schultern legte.

»Danke für alles heute Abend, Steve.«

»Keine Ursache.«

Eine beklommene Pause entstand. Ein »Sollen-wir-oder-sollen-wir nicht«-Moment, der die Verlegenheit noch steigerte. Schließlich wich Steve zurück und murmelte etwas von einem langen Tag.

Sie stellte fest, dass sie ihm zum Wagen folgte, erstaunt, dass er sie nicht geküsst hatte – erstaunt und auch ein wenig enttäuscht.

»Gute Nacht, Daisy Davenport«, sagte er, steckte den Schlüssel ins Zündschloss und ließ den Motor an.

»Wir sehen uns morgen, oder?«, rief sie ihm nach, als sein Jeep die Auffahrt entlangjagte.

Aber es war zu spät. Er war fort.

29

Zum ersten Mal überhaupt betrachtete Shamie Nolan es als einen Glücksfall, dass es in Davenport Hall von Filmstars wimmelte, und zwar aus dem einfachen Grund, dass das Medieninteresse auf diese Weise wenigstens sporadisch von ihm abgelenkt wurde. Allerdings verhinderte das nicht, dass sein Mobiltelefon alle fünf Minuten läutete und Reporter von diversen Radiosendern und Nachrichtenprogrammen immer wieder dieselben Fragen stellten. »Da Sie nun Ihren Sitz im Dáil endgültig zur Verfügung gestellt haben, Mr. Nolan, möchten Sie uns sicher etwas über das bevorstehende Tribunal sagen, das Ihre verschiedenen geschäftlichen Transaktionen untersuchen wird. Der Oberste Richter Michael de Courcey hat durchblicken lassen, dass er jedes Detail, sämtliche Akten und alle Hinweise auf Unregelmäßigkeiten bei der Baulandvergabe mit allen gesetzlich zur Verfügung stehenden Mitteln überprüfen wird.«

Von seinem juristischen Beraterteam ausführlich instruiert, gab Shamie allen Nachfragern dieselbe Standardantwort: »Ach, macht mal 'nen Punkt, Jungs. Ich habe nicht den geringsten Grund, mich vor dem Tribunal zu fürchten. Nein, ich freue mich sogar auf die Gelegenheit, meinen guten Ruf wiederherzustellen, den die Medien in den letzten Wochen so in den Schmutz gezogen haben.«

Nachdem er sich anschließend vergewissert hatte, dass sein Telefon auch wirklich abgeschaltet war, wandte er sich wieder der Krisensitzung zu, die gerade an seinem Küchentisch stattfand.

»Wer war es diesmal?«, fragte sein Anwalt Harry Smith und zog dabei einen weiteren Aktenberg aus seinem Koffer.

»Ach, ein verdammter Idiot von Channel Six. Ich schwöre bei Gott, wenn dieser Mist vorbei ist, knöpfe ich mir den Programmdirektor vor, dass ihm Hören und Sehen vergeht. Dieses linksradikale Arschloch soll nicht mal mehr auf der Gesellschaftsseite der dämlichen *Tallaght Tribune* schreiben dürfen. Wenn ich nur daran denke, wie viel ich diesem Sender im Laufe der Jahre zugesteckt habe!«

»Mr. Nolan, genau diese Art Bemerkung wird beim Tribunal ganz eindeutig keinen guten Eindruck machen«, entgegnete Harry kühl. »Wenn wir uns jetzt wohl wieder mit der Schadensbegrenzung befassen könnten.«

»Meinetwegen«, sagte Shamie und nahm Platz. »Sind Sie sicher, dass es keinen anderen Weg gibt?

»Ich fürchte nicht.«

»Bridie wird in die Luft gehen, wenn sie das erfährt …« Shamie brach ab, da die Erwähnte höchstpersönlich, schwer bepackt mit Einkaufstüten, zur Küchentür hereinkam.

»Shamie Nolan, ich habe dir gerade ein Vermögen gespart!«, rief sie aus, ihre übliche Formel, wenn sie, wie so häufig, bei einem ihrer Einkaufsbummel wieder einmal eine vierstellige Summe ausgegeben hatte. »Wie geht's, Harry? Möchten Sie eine Tasse Tee?« Sie bückte sich, um in einer der unzähligen Tüten herumzuwühlen.

»Ja, danke«, erwiderte er höflich, doch Bridie war geistig bereits ganz woanders.

»Schaut euch das an!«, jubelte sie und zog eines der schauerlichsten Gewänder hervor, die je angefertigt worden waren. Selbst ein Meister der Übertreibung wie Gianni Versace wäre angesichts des fluoreszierenden Grüns, der Fledermausärmel und der riesigen Glitzerinsekten, die jeden Zentimeter Stoff bedeckten, vor Entsetzen erbleicht. Bridie hielt sich das Kleidungsstück stolz an und sagte: »Na, Jungs, da fallen euch wohl die Augen aus dem Kopf.«

»Sehr hübsch«, meinte Harry, der ein geschickter Lügner war. »Wie … äh … brasilianischer Regenwald.«

»Es würde sich am ersten Tag des Tribunals bestimmt großartig machen«, fuhr sie fort. »Erinnert ihr euch an Jeffrey Archers Verhandlung? Der Richter warf einen Blick auf seine elegante Frau und ließ ihn frei. Na, wartet, bis Michael de Courcey mich darin sieht. Und wisst ihr was? Es eignet sich bestimmt auch prima für die Empfänge, die wir geben werden, wenn wir erst einmal in Davenport Hall wohnen …«

»Ja, Davenport Hall«, begann Harry, erleichtert, dass sie selbst mit diesem unangenehmen Thema angefangen hatte. »Darüber haben Ihr Mann und ich gerade gesprochen.«

Portia gestand sich voller Reue ein, dass sie Mrs. Flanagans harte Arbeit nie wirklich zu schätzen gewusst hatte – und jetzt war es zu spät. Sie und Daisy hatten den Vormittag damit verbracht, nach den Feierlichkeiten der letzten Nacht sauber zu machen, was keine leichte Aufgabe war.

»Kannst du fassen, wie viel Wein wir verbraucht haben?«, gähnte Daisy, während sie wieder ein Tablett mit leeren Flaschen füllte, um es in die Küche zu schleppen.

»Ich weiß. Gott sei Dank hat Mummy den Gedanken aufgegeben, Eau de Davenport weltweit zu vertreiben. Sonst würde sie uns dafür umbringen, dass wir all diese Flaschen wegwerfen.« (Lucasta hatte, wie so oft, ihre Geschäftsidee von heute auf morgen wieder fallen gelassen, da sie sie zu langweilen begann.)

»Wo steckt sie eigentlich?«, fragte Portia, während sie einen weiteren halb getrunkenen Gin Tonic in einen Putzeimer kippte.

»Noch im Bett. Sie liegt da wie aufgebahrt und weigert sich aufzustehen. Angeblich kommuniziert sie mit dem Jenseits, um die Lösung für all unsere Probleme zu finden. Mir hat sie gesagt, sie sei in Kontakt mit einem Geist, der versprochen habe, Shamie Nolan für uns in den Hintern zu treten.«

»Ich bin neugierig, wessen Geist das wohl sein könnte. Der von Al Capone vielleicht?« Daisy kicherte.

»Du bist heute Morgen so vergnügt«, meinte Portia weiter. »Gibt es dafür einen besonderen Grund?«

»Nicht den geringsten«, antwortete sie und schüttete den Inhalt eines überquellenden Aschenbechers in den Mülleimer.

»Also«, ergriff Portia die Initiative. »Ich muss nach Ballyroan, um bei Mrs. Flanagan das Auto abzuholen. Hast du Lust, mich auf einen Spaziergang zu begleiten?«

»Geh nur, ich bleibe hier und mache weiter sauber. Und richte ihr bloß aus, wie verzweifelt wir sie alle vermissen. Wurde mir die Schönheit in die Wiege gelegt, damit ich Zigarettenkippen in Mülleimer leere?«, fügte sie melodramatisch hinzu.

Portia warf spielerisch mit einem Geschirrtuch nach ihr und lief nach oben, um ihre Tweedjacke zu holen. Auf dem Weg durch den oberen Flur hörte sie Gesang, oder besser Gekreische, aus dem Zimmer ihrer Mutter. Die Tür stand offen, und Lucasta, immer noch in ihrem langen grauen Nachthemd, ging wie in Trance auf und ab.

»Ich bete zu dir, ich flehe dich an, oh Gütiger, in der Stunde unserer größten Not komm uns zu Hilfe und reinige dieses Haus von den dunklen Mächten, die uns in diesem Augenblick bedrohen.«

»Brauchst du etwas aus der Stadt, Mummy?«, fragte Portia und steckte den Kopf zur Tür hinein.

»Dunkle und böse Geister umwölken mich, und nur deine Hilfe kann uns jetzt noch retten!«, fuhr Lucasta fort, ohne auf Portia zu achten. »Ich rufe dich an, damit du uns aus der Dunkelheit und ins Licht führst, und HOL TONIC WATER IM SUPERMARKT, WIR HABEN NICHTS MEHR ZUM MIXEN«, rief sie Portia nach, ohne ihre Trance zu verlassen.

Es war ein kalter, feuchter und scheußlicher Vormittag, und Portia beneidete das Filmteam nicht, das den ganzen Tag im gelben Salon würde drehen müssen. Eigentlich waren es ja Innenaufnahmen, doch was den Nordwind betraf, der durch die großen Löcher im Mauerwerk pfiff und die Temperaturen in arktische Regionen sinken ließ, hätte man genauso gut im Freien arbeiten können. Zum Glück regnet es nicht, dachte sie, als sie die Vordertür hinter sich zuschlug. In diesem Zimmer tropft es derart von der Decke, dass sie sonst gleich unter den Niagarafällen filmen könnten.

Sie freute sich auf einen schönen, langen und vor allem ungestörten Spaziergang (in letzter Zeit war es nahezu unmöglich, im Haus auch nur eine Minute Ruhe zu finden) und war doch erst bei den Ställen, als Daisy ihr schon atemlos nachgelaufen kam.

»Ich habe es mir anders überlegt, ich begleite dich«, keuchte sie. »Ich muss hier raus. Mein Gott! Wann ist dieser Film endlich fertig?«

»Was ist denn jetzt schon wieder los?«, erkundigte sich Portia.

»Ich war gerade dabei, den Boden zu schrubben, als ginge es ums irische Vaterland, als dieser dämliche Paddy sich von hinten an mich angeschlichen hat wie eine eklige, fiese Schlange. Fast hätte ich vor Schreck einen zwei Meter hohen Satz gemacht, und dann hat er mir das da in die Hand gedrückt«, verkündete Daisy und zog ein handgeschriebenes Gedicht aus der Tasche ihrer Wachsjacke.

Als Portia es genauer betrachtete, stellte sie plötzlich fest, dass das Machwerk sogar einen Titel trug: »Oh, du Gemeinste aller Frauen«.

»Mach schon, du kannst es ruhig lesen«, sagte Daisy. »Dann wirst du endgültig erleichtert darüber sein, dass du solo bist.«

Portia erkannte auf den ersten Blick, dass das Poem mindestens genauso lang war wie *Das verlorene Paradies* von Milton, wenn auch nicht so hoch literarisch. Eine Strophe, die ihr besonders ins Auge stach, lautete:

Du bist so mies
Und so gemein
Du bist so fies
Du bist ein Schwein
Ich hab gedacht, du hast mich lieb,
Doch alles war nur Lüge.

Stattdessen brachst du mir mein Herz,
du blöde alte Ziege.

»Tja, ich glaube nicht, dass er dafür den Nobelpreis kriegt, aber worauf er hinauswill, ist unmissverständlich.«
»Ich sage dir, der Typ spinnt. Er ist die männliche Version von Glenn Close in *Gefährliche Liebschaften*. Wenn ich nach Hause komme, hat er bestimmt meine gesamte Unterwäsche zerfetzt«, ereiferte sich Daisy und schwenkte theatralisch den Zettel. »So, so, so, so etwas ...«
»Was ist?«
»So etwas sorgt dafür, dass man plötzlich ganz normale Männer zu schätzen weiß, so wie zum Beispiel ... äh ... Steve. Ach, das war nur so dahingesagt ...«, beendete sie verlegen den Satz.
Angesichts dessen, wie gemein Daisy in der Vergangenheit oft über ihn gelästert hatte, wäre Portia fast in Gelächter ausgebrochen, doch inzwischen waren sie am Haupttor angelangt.
An gewöhnlichen Tagen stand nur eine Hand voll Reporter mit bedrückter Miene hier herum und jammerte. In den letzten Wochen hatten sich die Davenports mehr oder weniger mit der Presse angefreundet, die inzwischen beinahe zur Familie gehörte. Dabei fragte Portia sich weiterhin, wie die Reporter bloß an die Informationen über die Aktivitäten im Haus herankamen. Woher wussten die Journalisten zum Beispiel, dass Ella Hepburn Hellmann's Mayonnaise als Kurspülung benutzte oder dass sie sich jeden zweiten Tag einem chemischen Peeling unterzog? (»IM ABFALL LIEGT MEHR VON ELLAS HAUT, ALS SIE IM GESICHT HAT«, hatte die Schlagzeile gelautet.) Sie schienen sogar über die vertrau-

lichen Details von Montanas Menstruationszyklus informiert zu sein. (»HORMONELL IST MONTANA WIEDER AUF DEM AUFSTEIGENDEN AST«, hatte es in einer anderen Schlagzeile geheißen.) Portias persönliche Theorie war, dass sie die Mülleimer durchwühlten. Aber wie sie aus so wenig Material solche Schlussfolgerungen ziehen konnten, war ihr dennoch ein Rätsel. Offenbar verschwendeten sie im Journalismus ihre Talente und wären beim Geheimdienst oder als Waffeninspektoren im Nahen Osten besser aufgehoben gewesen.

Doch die Lieblingsdarstellerin der Medien in dieser selbst erfundenen Seifenoper war Lucasta, die als liebenswerte Mischung aus Barbara Cartland und Joyce Grenfel porträtiert wurde. Sie wurde in letzter Zeit so häufig in der Zeitung erwähnt, dass sie sich zu einer kleinen Berühmtheit entwickelt hatte, und Fotos von ihr, wie sie Kätzchen mit der Flasche fütterte, erschienen in allen Klatschspalten. In jüngster Zeit druckte man sogar Fotos von Lucasta und Bridie nebeneinander. »WEN SÄHEN SIE LIEBER ALS HERRIN VON DAVENPORT HALL? DIE DAME ODER DIE SCHLAMPE?«, lautete die Bildüberschrift. Wenn man bedachte, dass die meisten Menschen noch vor sechs Monaten nicht hätten sagen können, wo sich Davenport Hall überhaupt befand, war der Bekanntheitsgrad des Hauses nun erstaunlich. So dass Andrew, wie Portia oft dachte, doch unmöglich nicht wissen konnte, was sich hier tat. Und genau das brachte sie immer wieder unweigerlich zu der Schlussfolgerung, dass es ihm offenbar herzlich gleichgültig war.

Die beiden Schwestern traten durch das rostige Tor und hielten einen kleinen Plausch mit den Journalisten.

»Wie geht es denn Ihrer Erkältung?«, erkundigte sich Daisy bei einem von ihnen. »Hat der Trank, den Mummy Ihnen geschickt hat, etwas geholfen?«

»Viel besser«, erwiderte der Mann. »Dürften wir den Damen ein paar Fragen stellen?«

Portia und Daisy wechselten erstaunte Blicke. »Natürlich«, entgegnete Portia. »Wenn es nichts Persönliches ist.«

Plötzlich wurden aus allen Richtungen Kameras auf sie gerichtet, und man hielt ihnen Mikrofone ins Gesicht. Grelle Scheinwerfer leuchteten sie an, so dass sie beide kurz erschraken. »So muss sich Posh Spice fühlen«, witzelte Daisy, aber niemand lachte. Verdammt, dachte Portia, was ist denn da los? Sie bereitete sich innerlich schon auf ein kurzes »Kein Kommentar« vor. Daisy hatte nicht einmal Zeit, sich die Haare glatt zu streichen, als der Reporter schon losplatzte.

»Können Sie uns etwas über den bevorstehenden Verkauf von Davenport Hall sagen?«

Alle waren sichtlich erleichtert, als Portia für beide antwortete.

»Selbstverständlich sind wir erschüttert, das Zuhause unserer Familie verlassen zu müssen. Aber die Nolans ziehen Ende August ein, sobald der Film abgedreht ist, ob es uns nun gefällt oder nicht.« Obwohl die Kameras sie ein wenig nervös machten, schoss ihr durch den Kopf, dass es sich hierbei wohl kaum um die Neuigkeit des Tages handeln konnte. Schließlich hatten die Nolans das Haus schon vor Wochen gekauft.

Der Reporter hielt inne und formulierte die Frage anders.

»Vielleicht haben Sie es noch nicht gehört. Shamie Nolans Anwälte haben eine Presseerklärung herausgegeben. Angesichts der fragwürdigen Umstände, unter denen der Kauf des

Hauses zustande gekommen ist, und der Tatsache, dass Mr. Nolan mit Anwalts- und Gerichtskosten in siebenstelliger Höhe rechnen muss, hat er zu seinem Bedauern seine Absicht bekannt geben müssen, sich von Davenport Hall zu trennen. Sofort. Das Haus steht wieder zum Verkauf.«

Edwinas Vormittag hatte bereits schlecht angefangen und wurde immer scheußlicher.

»Sind Sie lernbehindert?«, fuhr sie die bedauernswerte Näherin an, die die Aufgabe hatte, ihr Kleid an der Taille enger zu machen. »Ich nehme ein paar Kilo ab, und Sie können nicht einmal ein Kleid ändern, ohne die gesamte Linie zu verderben. Schließlich handelt es sich hier nicht um eine Gehirnoperation. Und ich verlange auch nicht, dass Sie einen Tunnel unter dem Ärmelkanal graben.«

Kate Egan, ihre Hochzeitsplanerin, trat diskret vor, denn sie wusste, dass nervöse Bräute für gewöhnlich schnippisch und reizbar waren. Insbesondere, wenn der bedeutsame Tag näher rückte. Und vor allem bei einer großen Hochzeit wie dieser. In einem solchen Fall war es deshalb wichtig, die Wogen so schnell wie möglich zu glätten. »Oh, Edwina«, flötete sie deshalb, ganz Profi. »Du siehst einfach göttlich aus! Ja, du hast ein bisschen abgenommen, aber wenn man den Saum hier ein klein wenig rafft, ist das Problem erledigt. Dein Zukünftiger hat wirklich großes Glück«, fügte sie noch hinzu. Nicht umsonst verdiente sie mit ihrer Dienstleistung sechsstellige Summen pro Jahr.

Edwina stieg von dem Podest, auf dem sie mitten im Atelier der Modistin gestanden hatte, wobei sie Acht gab, nicht auf ihre drei Meter lange Schleppe zu treten.

»Ich muss mit dir reden«, zischte sie Kate drohend zu. »Ich versuche ja mein Bestes, ruhig zu bleiben, aber siehst du denn nicht, was ich sehe?«

Sie wies mit dem Kopf auf das andere Ende des Raums, wo ihre beiden halbwüchsigen Nichten gerade als Brautjungfern ausstaffiert wurden.

»Sind sie nicht reizend?«, war das Einzige, was Kate dazu einfiel.

»Kate, lass mich eines absolut klarstellen«, entgegnete Edwina herrisch. »Als ich die beiden als Brautjungfern ausgesucht habe, war das in dem vollen Wissen, dass keine von ihnen je einen Schönheitswettbewerb gewinnen würde. Ich war bereit, über ihre Unvollkommenheit hinwegzusehen, da mein eigenes Äußeres dadurch nur hervorgehoben wird. Aber jetzt schau sie dir einmal an, verdammt!«

Gehorsam warf Kate einen Blick durch das Atelier. Die Mädchen sahen in der Tat zum Fürchten aus. Das Korallenrot ihrer trägerlosen Kleider betonte die Eiterpusteln in ihren von Akne bedeckten Gesichtern, und das von der Modistin sorgsam eingearbeitete Mieder verlieh ihren Hängebrüsten nicht die geringste Stütze, so dass sie bei jeder Bewegung wabbelten. Vermutlich wäre sogar ein Wäschehersteller für Übergrößen mit der Aufgabe überfordert gewesen, ihren Vorbau schwankungsfest zu fixieren.

»Es ist der wichtigste Tag in meinem Leben«, schniefte Edwina, den Tränen nah. »Und es wird aussehen, als hätte ich Transsexuelle als Brautjungfern. Wenn ich den Mittelgang entlangschreite, werden sich alle fühlen wie in der *Rocky Horror Picture Show.*«

»Überlass das nur mir«, erwiderte Kate ruhig. »Ich fürchte,

die Kleider der beiden Brautjungfern werden von Grund auf umgearbeitet werden müssen«, meinte sie dann zu der Näherin. »Und wenn Sie die ganze Nacht arbeiten, damit Sie rechtzeitig fertig werden. Jetzt ist es sechzehn Uhr. Wir haben noch genau vierundzwanzig Stunden bis zum Auftritt.«

30

Die Nachricht verbreitete sich wie ein Lauffeuer. Als Portia und Daisy in Ballyroan ankamen, begegneten sie sogleich Steve, der gerade auf dem Weg nach Davenport Hall war, um die Nachricht zu überbringen.

»Was um alles in der Welt hat Shamie Nolan dazu gebracht zu verkaufen?«, erkundigte sich Portia.

»Geld«, erwiderte er. »Was sonst? Ich hatte gerade einen Anruf von Michael de Courcey, der mir mitteilte, er sei heute Morgen beim Minister gewesen. Das Tribunal nimmt in den nächsten Wochen seine Arbeit auf, und er glaubt, die Anhörungen könnten sich mindestens achtzehn Monate hinziehen, wenn man bedenkt, wie viele Beweise gegen Nolan gesichtet werden müssen. Also kommen astronomische Kosten auf ihn zu.«

»Und überhaupt fände es die Presse sicher sehr interessant, wenn er und Bridie Millionen für die Renovierung des Hauses ausgeben würden, während der Vorgang noch nicht abgeschlossen ist«, überlegte Portia laut. »Wie viel, glaubst du, ist das Haus auf dem freien Markt wert?«

»Schwer zu sagen«, entgegnete er, nahm eine sehr schick aussehende Designer-Sonnenbrille ab und hängte sie in seinen Hemdausschnitt. »Nolan hat es für zwei Millionen gekriegt, aber das war ein absoluter Schnäppchenpreis. Wenn du nach Hause kommst, hat er wahrscheinlich schon einen Immobilienmakler geschickt, der alles besichtigt und den höchstmöglichen Preis als Verhandlungsbasis ansetzt.« Er warf einen Blick auf Daisy, die sofort errötete. »Und was haltet ihr beide davon?«

»Tja, da keiner von uns heute Abend im Lotto gewinnen wird, wüsste ich nicht, inwieweit uns das betreffen sollte«, antwortete Portia, ohne darauf zu achten, dass Daisy inzwischen so rot wie eine Tomate war. »Wir sind nicht mehr die rechtmäßigen Eigentümer, und unsere Zeit läuft ab. Falls du also nicht ein paar Millionen irgendwo versteckt hast, die du uns leihen könntest …«

Schmunzelnd wandte sich Steve ab.

»Nein, ich dachte auch gar nicht, dass Anwälte so viel verdienen«, neckte ihn Portia. »Aber wenigstens ein Gutes hatte die Sache. Wer immer das Haus auch kauft, kann auf keinen Fall so grässlich sein wie die Nolans. Nicht in einer Million Jahren. Wer weiß, vielleicht haben die neuen Besitzer ja Mitleid mit uns und geben uns einen Job auf dem Anwesen.«

Steve nickte weise und wechselte dann plötzlich das Thema, indem er fragte, ob er sie nach Hause bringen könne.

»Nein, danke«, erwiderte Portia für sie beide. »Wir müssen unser Auto bei Mrs. Flanagan abholen.«

»Ich würde mich gern von dir nach Hause fahren lassen«, sagte Daisy wie aus der Pistole geschossen. »Es ist so feucht und regnerisch, und ich möchte mir nicht die Stiefel kaputtmachen.«

Portia musterte sie leicht verdattert, als sie in Steves Auto stieg.
Daisy hatte Gummistiefel an.

Auch Mrs. Flanagan hatte es schon gehört. In dem knistrigen Transistorradio im Frisiersalon waren gerade die Mittagsnachrichten gelaufen, weshalb die Wahrscheinlichkeit hoch war, dass die ganze Stadt es inzwischen wusste. Kaum hatte Portia das *Crown and Glory* betreten, als Mrs. Flanagan schon auf sie zuwatschelte, um sie zu umarmen. Auch Portia drückte die vertraute Gestalt fest an sich, und ihr wurde wieder klar, wie sehr sie Mrs. Flanagan vermisste.
»Na, das freut mich aber, dass Shamie Nolan, der alte Deckskerl, endlich kriegt, was er verdient«, verkündete Mrs. Flanagan. »Sich nach Las Vegas zu schleichen, um Ihrem übergeschnappten Vater das Haus abzuschwatzen. Allein dafür gehört er schon hinter Gitter. Und was die alte Kuh angeht, mit der er verheiratet ist: Die lässt sich hier immer die Haare nachfärben und gibt nie Trinkgeld.«
»Pssst«, zischte Portia, die fürchtete, dass die anderen Kundinnen sie belauschen könnten.
»Haben Sie Angst, jemand könnte uns hören?«, meinte Mrs. Flanagan lachend und begab sich hinter die unbesetzte Empfangstheke. »Wo, in Gottes Namen, glauben Sie, dass Sie sind? Bei Vidal Sassoon?«
Als Portia einen Blick über die Schulter warf, stellte sie fest, dass der Salon menschenleer war.
»Also. Hat sie schon nach mir gefragt?«, begann Mrs. Flanagan und zündete sich eine Zigarette an. »Oder ist ihr überhaupt aufgefallen, dass ich weg bin?«

Portia hielt einen Moment inne, bevor sie antwortete, denn sie wusste, dass jetzt all ihr Takt und ihr diplomatisches Geschick gefragt waren. Den Großteil des gestrigen Tages hatte sie damit verbracht, ihre Mutter anzuflehen, sich bei Mrs. Flanagan zu entschuldigen – allerdings vergeblich. »Lieber würde ich mir die linke Titte abschneiden und zum Abendessen verspeisen, als mich bei diesem Dragoner zu entschuldigen«, hatten ihre Worte gelautet. Und wenn Lucasta erst einmal beschlossen hatte, stur zu bleiben, war daran nicht mehr zu rütteln.

»Wir vermissen Sie alle schrecklich und würden uns so sehr freuen, wenn Sie wieder nach Hause kämen. Besteht denn wirklich überhaupt keine Möglichkeit, Sie zu überreden …«

»Hören Sie mir gut zu, Kindchen. Bevor ich wieder für diese Verrückte arbeite, wird eher die Hölle gefrieren. In den Mittagsnachrichten hieß es, dass Shamie Nolan für das Haus fünf Millionen haben will. Tja, richten Sie Ihrer Mutter aus, dass sie ganz schön lange vor dem Kildare Arms anschaffen gehen kann, bis sie so viel Geld beisammen hat.«

Das Interesse an Davenport Hall war phänomenal. Eamonn Cassidy, der Immobilienmakler, der den Verkauf betreute, hatte so etwas noch nie erlebt. Sobald das Anwesen auf dem Markt war, wurde sein kleines Büro in Kildare Town von Anrufen, E-Mails und Faxen überschwemmt, die bis aus Kanada kamen. Shamie Nolans Anweisungen waren knapp und unmissverständlich gewesen: »Holen Sie so viel Kies raus, wie es nur geht. Und zeigen Sie bei den Besichtigungen um Himmels willen nicht zu viel von der Bruchbude. Wenn ein Interessent den wahren Zustand des Hauses sieht, nimmt er nämlich sofort die Beine in die Hand.«

Und so griff Eamonn zu der genialen Ausrede, die sich ihm einfach aufgedrängt hatte.
»Natürlich würde ich Ihnen Davenport Hall nur zu gerne zeigen«, meinte er am Telefon zuckersüß zu den potenziellen Käufern. »Doch leider wird dort derzeit ein Film gedreht, weshalb Teile des Anwesens nicht besichtigt werden können.«
Und so führte er die Interessenten immer erst einmal durch die Ländereien. Wenn dann das Innere des Hauses an der Reihe war, sparte er die heruntergekommensten Teile aus und konzentrierte sich stattdessen auf den Ballsaal, den einen Raum, den das Filmteam für die Innenaufnahmen einigermaßen hergerichtet hatte. Außerdem war er so schlau, Besichtigungen nur nach Einbruch der Dunkelheit durchzuführen, wenn die Interessenten undichte Decken und verrottete Bodendielen nicht so leicht bemerken würden. Zu guter Letzt achtete er stets darauf, dass es am jeweiligen Tag nicht regnete, da eine Besichtigung in diesem Fall dem Ausdruck »fließendes Wasser« eine völlig neue Bedeutung verliehen hätte.
Natürlich hatte Eamonn auch alle Hände voll zu tun, um tatsächliche Kaufinteressenten von neugierigen Touristen zu unterscheiden, die sich nur ins Haus einschleichen wollten, um vielleicht einen Hollywoodstar zu sehen. (Seine Faustregel lautete, dass ein Kunde, der mit Kamera und Autogrammheft bewaffnet am Haus eintraf, vermutlich nicht die erforderlichen paar Millionen Euro locker hatte.)
Allerdings gab es auch einige ehrlich interessierte Personen, unter denen sich sogar ein echter Prominenter befand. Billy Toner, Leadsänger von Irlands berühmtester Rockband, *The Living Dead,* war im Helikopter eingeflogen, um sich das Haus

zu betrachten, und schien davon ganz hingerissen zu sein. Da es dunkel war und er kein einziges Mal sein Erkennungszeichen, eine tiefschwarz getönte Sonnenbrille, abnahm, war ihm der Anblick der schlimmsten architektonischen Schrecken erspart geblieben. Billy Toner nannte die stolze Zahl von sage und schreibe neun Kindern sein Eigen – alle von unterschiedlichen Müttern – und war deshalb zu dem Schluss gekommen, dass in diesem Haus wenigstens jeder Sprössling sein eigenes Zimmer haben würde.

»Ja, Mann, klar ist es ein bisschen vergammelt«, meinte er in seinem angelernten Atlantikküsten-Akzent. »Aber ich möchte, dass meine Kinder lernen, was es bedeutet, in Armut aufzuwachsen, so wie ich es musste. Dieses Haus ist das Beste in Richtung Slum, was ich ihnen bieten kann.«

Ein anderer ernsthaft interessierter Bewerber war der Führer einer Sekte mit dem Namen »New Age Loons«. In weiße Gewänder gehüllt, traf er eines späten Abends in Eamonns Begleitung ein und stellte sich bei Lucasta mit seinem spirituellen Namen »Jäger des Mondstrahls« vor. Dann untersuchte er jeden Zentimeter des Hauses und verkündete, die Ley-Linien lägen miserabel. Beim Anblick des Ballsaals meinte er, er würde sich ausgezeichnet als Tempel für die Göttin Isis eignen, müsse aber zuvor nach den Gesetzen des Feng-Shui von Grund auf umgestaltet werden. Jäger des Mondstrahls war auch vom gelben Salon begeistert und sagte, er würde ein wunderbares Zentrum für die Regression in ein früheres Leben abgeben. Zu guter Letzt blieb er mitten in der Eingangshalle stehen und behauptete, eine große Anzahl verlorener Seelen zu spüren, die im Jenseits noch nicht ihren Frieden gefunden hätten.

»Na, hoffentlich kauft dieser Idiot das Haus nicht«, sagte Lucasta mit Nachdruck und knallte die Tür hinter ihm zu. »Ich glaube, der ist nicht ganz richtig im Kopf.«

Auch von völlig unerwarteter Seite bestand Interesse am Haus. Früh eines Morgens, als Guy und Ella zusammen im Bett lagen und eine postkoitale Zigarette teilten, schlug die Inspiration zu.

»Ich habe gewonnen, Liebling«, meinte Guy und warf seine Ausgabe des *Spion* vom Vortag auf den Boden. »Mein Name wird einundvierzig Mal erwähnt, deiner nur sechsunddreißig Mal. Tut mir Leid, Baby, ich habe nachgezählt. Und wenn ich mich nicht irre, liege ich jetzt schon den zweiten Tag am Stück vorne.«

Ella schwieg und pustete nur weiter Rauch hinauf in den Betthimmel.

»Und die Regeln lauten«, fuhr Guy in gedehntem Tonfall fort, »dass du zehn Zusatzpunkte kriegst, wenn sie ein Foto von dir drucken. Aber diesmal ist nur ein Foto von mir drin, wie ich gerade meine Yogaübungen mache. Also wieder verloren, Liebling.«

Ella wandte sich um und bedachte ihn mit einem lodernden Blick.

»Ich weiß genau, was du jetzt denkst, Baby«, meinte Guy lachend. »Natürlich können sie gar nicht anders, als mich zu fotografieren, wenn ich meine Yogaübungen mitten in der Einfahrt mache. Aber dafür werden sie schließlich bezahlt, Liebling. Solange diese Leute Millionen dafür kassieren, dass sie Zeitungen verkaufen, die von meinen Fotos strotzen, dann habe ich im Gegenzug dafür auch ein bisschen Publicity verdient. Wahrscheinlich ist das der einzige Vorteil an dieser verdammten Bruchbude. Die Presse ist bereit, hierher zu kommen. Nicht wie damals, als der arme alte Burt Reynolds seine Ranch in Nevada gekauft hat. Erinnerst du dich, Liebling?«

Ella starrte weiter zur Decke.

»Er glaubte, die Jungs von der Presse würden ihn schon aufspüren« – Guy lachte über seinen eigenen Witz – »damit er sie dann wegscheuchen und auf seine Privatsphäre pochen könnte. Aber alle fanden, dass der Weg zu weit sei, und sparten sich deshalb die Mühe. Burt hat den Laden nach sechs Monaten verkauft. Konnte es wohl nicht ertragen, dass seine Visage so lange nicht in der Zeitung war!« Inzwischen krümmte sich Guy vor Lachen und sonnte sich in der Aufmerksamkeit der Medien. Und im nächsten Moment kam ihm ein Gedanke. Er drehte sich zu Ella um und meinte: »Weißt du was, Baby? Es könnte dir und mir nicht schaden, die Bude hier zu kaufen.«

Offenbar hatte sie ihn verstanden, denn ihre Augenlider flatterten für den Bruchteil einer Sekunde.

»Das ist mein Ernst, Baby«, fuhr er fort, da er diese Geste als Bestätigung deutete. »Ja, im Moment ist es noch ein Dreckloch, aber mit dem richtigen Architekten könnte man wirklich was draus machen. Und denk an die Partys, Baby! Die Kollegen der ersten Garnitur würden flugzeugeweise kommen. Wenn wir einen Golfplatz anlegen, locken wir bestimmt Catherine und Michael hierher. Natürlich bräuchten wir dann Betreuung für ihre Kinder, aber das ist ja kein Problem. Und wenn wir eine typisch irische Bar einrichten, würden uns Leo, Brad und Tom ganz sicher besuchen. Vor allem dann, wenn ich ihnen erzähle, dass die Presse vor dem Tor kampiert. Ein bisschen Urlaub in der wunderschönen irischen Landschaft und ein paar Journalisten, die der Welt davon berichten. Was könnte man sich mehr wünschen?«

Ella streckte den Arm zum Nachttisch aus und löschte ihre Zigarette gleichgültig in einem Töpfchen Vaseline.

»Ich finde die Idee prima, Baby«, sagte Guy und lehnte sich wieder zurück. »Ich bin wirklich froh, dass wir darüber gesprochen haben.«

Es war der Abend vor der Auktion. Noch nie war Portia so erschöpft gewesen. Den ganzen Tag hatte sie damit verbracht, ganz allein die Bibliothek zusammenzupacken und einen staubigen Wälzer nach dem anderen in Dutzenden von Umzugskartons zu verstauen – und sie war noch lange nicht fertig. Jetzt weiß ich, warum Familien viele Generationen lang in diesen großen Häusern wohnen bleiben, dachte sie. Ein Umzug ist einfach zu anstrengend. Als die Großvateruhr in der Vorhalle Mitternacht schlug, hatte sie genug. Sie konnte nur hoffen, dass der Mensch, der am morgigen Tag das Haus kaufte, Mitleid mit den Davenports haben und ihnen ein wenig Zeit lassen würde, um ihre zweihundertjährige Geschichte in Pappkartons zu verfrachten und mit ein wenig Würde auszuziehen.

Müde schleppte sie sich nach unten in die Küche, um sich einen Tee zu machen. In der Vorhalle war es totenstill. Das Filmteam hatte die Dreharbeiten für diesen Tag längst beendet. Lucasta war so sehr damit beschäftigt, die Mächte des Jenseits um Hilfe anzuflehen, dass sie ihr Zimmer kaum verlassen hatte, und Daisy war den ganzen Tag verschwunden geblieben. Portia rieb sich den schmerzenden Nacken und schaltete Mrs. Flanagans Fernseher an. Im Moment war ihr alles recht, um sich von ihren Grübeleien abzulenken, was der nächste Tag wohl bringen würde. Auf Kanal Sieben lief gerade das Ende der Spätnachrichten.

»Und nun das Neueste aus dem Showgeschäft. Heute fand in Dublins Pro-Cathedral die Hochzeit des Jahres statt, als das irische Supermodel Edwina Moynihan zum Altar ...« Wie angewurzelt stand Portia da, als sich die Kamera auf Edwina richtete, die anmutig einem Rolls-Royce-Oldtimer entstieg. Sie wurde von den kläglichsten Brautjungfern begleitet, die die Welt je gesehen hatte. Die Kamera beobachtete eine von ihnen sogar dabei, wie sie in der Nase bohrte. Die Braut versetzte der Unglücklichen einen Klaps aufs Handgelenk, bevor sie den Zuschauern zuwinkte und leichtfüßig die Stufen der Kathedrale hinaufhuschte.

Portia konnte es nicht ertragen. Sie schaltete den Fernseher aus und ließ sich in Mrs. Flanagans zerfledderten Lehnsessel fallen.

Als die Tränen zu fließen begannen, glaubte sie, sie würden nie wieder versiegen.

31

Sehr zu Lucastas Ärger war der Morgen des Auktionstages hell und sonnig. Seit sechs Uhr morgens war sie schon auf den Beinen und betete um Regen, in der Hoffnung, dass das von der Decke herabströmende Wasser die Kaufinteressenten abschrecken würde. Beim Frühstück hielt Portia ihr zwar zum wohl tausendsten Mal vor Augen, dass das Haus so oder so verkauft werden würde, doch das war wie immer reine Zeitverschwendung.

»Heute kann ich keine Negativität ertragen, Kind«, erwiderte Lucasta und ging nach oben, um sich anzuziehen. »Vertrau mir, ich stehe schon die ganze Woche in Kontakt mit den Mächten des Jenseits, und sie sagen, dass alles gut werden wird. Außerdem habe ich auch für ein glückliches Ende gebetet, und wir wissen ja alle, wie wirksam meine Gebete sind.«

Auch Daisy war aufgeregt und nervös und sah ständig auf die Uhr, nur um Portia zwei Sekunden später zu fragen, wie spät es denn sei. Man hatte beschlossen, die Versteigerung in der großen Galerie abzuhalten. Eamonn Cassidy hatte ihnen gesagt, sie müssten mit vielen Besuchern rechnen, und die Galerie war schließlich der größte Raum im Haus. Da die Auktion

mittags stattfinden sollte, hatten sie den Vormittag damit verbracht, Reihen von Stühlen aufzustellen, bis der Raum ein wenig an einen Gemeindesaal erinnerte.
Jimmy D. war sehr verständnisvoll gewesen und hatte sich freundlicherweise erboten, an diesem Morgen die Dreharbeiten einzustellen, bis alles vorbei sei und er sich wieder frei im Haus bewegen könne. Selbst Montana hatte aus ihrem Zimmer eine Grußadresse geschickt: Ich kann es nicht mit ansehen, hieß es darin, doch ich bin in Gedanken bei euch! Ich wünschte, ich würde mit diesem Film genug verdienen, um das Haus zu kaufen und es euch dann zu schenken.
»Sie meint es gut«, sagte Portia, als sie bemerkte, dass Daisy die Tränen in die Augen traten.
»Ich weiß, ich weiß«, erwiderte Daisy und sah sich in der menschenleeren großen Galerie um, als wäre es das letzte Mal. »Das war's dann wohl, richtig?«

Lucastas Benehmen brach wirklich sämtliche Rekorde. Schon um elf Uhr morgens drängten sich die ersten Interessenten im Haus, und die große Galerie war bald überfüllt. Lucasta stellte sich jedem einzelnen Besucher vor und teilte ihm dann mit, das Haus sei verflucht.
»Wehe dem Käufer!«, verkündete sie melodramatisch, schleuderte ihr verfilztes Haar zurück und drückte Schnappi, ihre Lieblingskatze, fest an sich. »Wer eine Familie aus dem Haus ihrer Vorfahren vertreibt, wird noch viele Generationen lang verflucht sein. Dem Bewohner von Davenport Hall wird das Glück versagt bleiben. Sie brauchen sich bloß meine Töchter anzuschauen. Alle beide vertrocknete alte Jungfern.«
Kaum war es Portia gelungen, ihre Mutter von einer Gruppe

Kaufinteressenten wegzulotsen, knöpfte sie sich schon wieder die nächste vor. »Tja, ich hoffe nur, dass es Sie nicht stört, mit ektoplasmischen Manifestationen aus dem Jenseits zusammenzuleben, denn genau das kommt jetzt auf Sie zu. Ihre Kinder könnten bald vom Teufel besessen sein. Oder haben Sie etwa nicht Der Exorzist gesehen?«

Als der arme Billy Toner, mit seiner typischen Sonnenbrille so auffällig wie immer, eintraf, stürzte Lucasta sich sofort auf ihn.

»Wie können Sie auch nur daran denken, uns aus dem Haus unserer Vorfahren zu verjagen? Wir sind die letzten vom Adelsgeschlecht der Davenports. Abgesehen von dem Spross der Familie, der zurzeit im Knast sitzt.« Das war kein Scherz. Cousin Jasper Davenport der Wahnsinnige verbüßte derzeit wegen Veranstaltung einer Demonstration für Tierrechte eine zwanzigjährige Haftstrafe im Hochsicherheitsgefängnis von Portlaoise. (Leider hatte sein Protest darin bestanden, zwei Farmer zu erschießen, weil sie unfreundlich zu ihren Batteriehühnern gewesen waren, wie er später vor Gericht aussagte.) Allerdings vertrat er die Auffassung, im Gefängnis ginge es, verglichen mit Davenport Hall, zu wie in einem Fünf-Sterne-Hotel.

»Wissen Sie, gute Frau, das tut mir schrecklich Leid, und deshalb können Sie alle im Pförtnerhaus pennen, so lange Sie wollen, wenn ich das Haus kriege«, erwiderte Billy.

Schließlich nahm Eamonn Cassidy seinen Platz am Ende der Galerie ein und bat um allgemeine Ruhe.

Portia stand auf der entgegengesetzten Seite und sah sich gerade nach einer Sitzgelegenheit um, als sie feststellte, dass Daisy ihr aus der ersten Reihe wie eine Wilde zuwinkte. »Wir sind hier vorne!«, rief sie, worauf Portia erleichtert die Galerie durchquerte. Es müssen fünfhundert Leute hier sein, dachte sie. Noch nie hatte sie den Raum so überfüllt erlebt. Billy Toner ließ sich, eine Ausgabe der Auktionsbroschüre in der Hand, in der zweiten Reihe nieder. Jäger des Mondstrahls, weiß gewandet und von drei Frauen – alle sehr jung, sehr schön und stark nach Räucherstäbchen duftend – begleitet, nahm ihm gegenüber Platz. Neben Eamonn standen zwei hoch gewachsene attraktive Männer, beide in schwarzen Anzügen. Portia vermutete ganz richtig, dass es sich um Beamte der Abteilung Wirtschaftskriminalität handelte, da Shamie Nolan ja an dem Verkauf beteiligt war. Allerdings verhinderte das nicht, dass sich im Raum das Gerücht breit machte, die Männer seien Mitglieder der Familie Al Maktoum, die das Anwesen kaufen wollten, um hier eine Zuchtfarm einzurichten. (»Tja, dann würde wenigstens mal der Rasen gemäht«, schnappte Portia die Bemerkung eines Witzboldes auf.)

Als sie auf den leeren Platz neben Daisy und Lucasta schlüpfte, bemerkte sie zu ihrer Überraschung Serge, der bei ihnen saß, eine Flasche Rescue-Tropfen öffnete und sie herumreichte. »Mädchen, nehmt einen großen Schluck«, sagte er. »Ich verspreche euch, dass ihr dann nichts spürt.«

»Was machst du denn hier?«, fragte Portia. »Ich dachte, Jimmy D. hätte euch den Vormittag freigegeben?«

»Ja, hat er, Schätzchen. Aber ich liebe nun einmal Geschichten, die das Leben schreibt.«

Wie auf ein Stichwort begann die Großvateruhr in der Vorhalle zwölf Uhr zu schlagen, und im Raum wurde es allmählich still.

»Ach, das ist wie in *Zwölf Uhr mittags«*, meinte Serge. »Ich kann kaum noch an mich halten.«

»Meine Damen und Herren, ich heiße Sie alle zur Versteigerung von Davenport Hall willkommen«, begann Eamonn Cassidy mit lauter Stimme, um sich Gehör zu verschaffen. »Wie Sie der Broschüre in Ihrer Hand entnehmen können, wurde dieses bedeutende Anwesen Mitte des achtzehnten Jahrhunderts von Charles Gandon erbaut und weist inzwischen einige kleine Gebrauchsspuren auf.«

»Hihi, sehr klein«, flüsterte Serge, beeindruckt von den Finessen der Maklersprache.

»Das Haus selbst besteht aus acht Empfangsräumen, einschließlich eines Ballsaals, den einige von Ihnen bereits gesehen haben, einer Bibliothek, einem Billardzimmer und der großen Galerie, in der Sie jetzt sitzen. Dazu verfügt es noch über sechzehn Schlafzimmer, die alle … äh … renovierungsbedürftig sind. Weiterhin gehören zu dem Anwesen mehr als acht Hektar Grund, Wälder, Fischereirechte am River Kilcullen und am Loch Moluag, der sich am Rande der Ländereien befindet. Also möchte ich ohne große Umschweife zum Erstgebot kommen. Höre ich eine Million Euro?«

Portia hörte zwar keine Antwort, doch offenbar hatte jemand geboten, denn schon Sekunden später stieg der Preis auf eins Komma fünf Millionen und erreichte in Windeseile zwei Millionen. Eamonn verkündete stolz, Davenport Hall sei nun »auf dem Markt«. Auf dieses Stichwort hin wurde schnell und heftig geboten, und der Betrag war bald auf drei Millionen gestiegen.

»Es macht mich krank, dass Shamie Nolan, der alte Fiesling, auch noch Profit daraus schlägt«, flüsterte Daisy Portia zu.

Bald kristallisierte sich ein Kopf-an-Kopf-Rennen zwischen Billy Toner, der direkt hinter ihnen saß, Jäger des Mondstrahls und einem dritten Bieter hinten im Raum heraus, den keiner von ihnen sehen konnte. Inzwischen hatten sie die Drei-Komma-Fünf-Millionen-Grenze erreicht, und Lucasta kauerte auf der Stuhlkante, als beobachte sie ein Pferderennen.

»Los, Billy Toner«, kreischte sie. »Du schaffst es!«

Eamonn Cassidy musste die Versteigerung einen Moment unterbrechen und um Ruhe bitten, bevor es weitergehen konnte.

Ausnahmsweise teilte Portia die Ansicht ihrer Mutter. Wenigstens hatte Billy Toner eine große Familie, und es war eine reizende Vorstellung, dass es in Davenport Hall wieder von Kindern wimmeln würde.

»Außerdem engagiert er sich dafür, der Dritten Welt die Schulden zu erlassen«, flüsterte Daisy. »Vielleicht erlässt er uns unsere Schulden ja auch oder gibt uns wenigstens einen Job hier.«

Der arme Eamonn wollte die Versteigerung gerade fortsetzen, als es zu einer weiteren, ausgesprochen unerwarteten Entwicklung kam. Eine Seitentür zur Galerie öffnete sich, und herein schlenderten Guy und Ella, Hand in Hand und mit Mienen, als gehöre ihnen das Haus bereits.

»Jetzt sagen Sie bloß nicht, Sie hätten ohne uns angefangen«, verkündete Guy in den Raum hinein, während sich die Autogrammjäger um Ella scharten. »Ich dachte immer, in Irland wäre man nicht so pünktlich.«

»Hier drüben sind noch zwei Plätze frei, wenn Sie gerne mitbieten möchten«, meinte Eamonn, der sich bei Ella Hepburns Anblick fast überschlug. Sie sah mit ihrer hellblauen Palazzohose und dem passenden Schal um den Kopf wirklich hinreißend aus und hatte ihren winzigen Pekinesen auf dem Arm.

Applaus ertönte, als sie und Guy sich setzten, und sie nahm ihn mit einem leisen Kopfnicken zur Kenntnis.

»Lieber zünde ich Davenport Hall an, als dass ich die beiden hier wohnen lasse«, zischte Daisy, rot vor Wut und ohne sich darum zu kümmern, wer sie hörte.

»Gut, dann gib mir die Streichholzschachtel, wenn du schon mal dabei bist, damit ich ihren dämlichen Hund auch anzünden kann«, erwiderte Lucasta mit einem finsteren Blick auf Ella. »Der kleine Stinker macht mir Schnappi ganz verrückt.«

»Ich fasse es nicht«, jammerte Serge verzweifelt. »Sie dürfen das Haus nicht kaufen. Sie werden es in einen Freizeitpark für alternde Filmschauspieler verwandeln.«

Doch genau das war offenbar ihre Absicht, denn Guy sprang sofort auf und steigerte das Gebot auf drei Komma acht Millionen.

»Los, überbieten Sie ihn!«, zischte Daisy Billy Toner in der Reihe hinter ihr zu. »Vergessen Sie die Dritte Welt! Sie sollten Ihr Geld hier investieren.«

Als sich die Gebote der Grenze von vier Millionen Euro näherten, krampfte Portia die Hände so fest ineinander, dass sie schon fürchtete, sich das Blut abzuschnüren. Inzwischen hatte Jäger des Mondstrahls das Handtuch geworfen und gab Eamonn mit einem Kopfschütteln zu verstehen, dass er aus dem Rennen war.

»Gott sei Dank«, flüsterte Lucasta. »Wer möchte schon, dass diese Bekloppten hier wohnen?«

Eamonn setzte die Versteigerung fort, und Guy trieb den Preis immer weiter in die Höhe, bis er bei vier Komma fünf Millionen Euro angelangt war. Billy Toner gab sich geschlagen.

»Verdammter Feigling«, sagte Daisy, den Tränen nah.

Inzwischen war das Feld auf zwei Teilnehmer geschrumpft: Guy und der Mensch hinten im Raum, der bei jedem Gebot gnadenlos mitging.
»Wir sind jetzt bei fünf Millionen Euro«, verkündete Eamonn. »Höre ich fünf Millionen?«
Guy und Ella konferierten. Eine peinliche Pause entstand, in der man Guy flüstern hörte: »Ich weiß, dass es dein Geld ist, aber ich dachte, wir wären uns einig!«
»Sir?«, erkundigte sich Eamonn, der darauf drängte fortzufahren. Guy verschränkte die Arme, schüttelte den Kopf und warf Ella einen finsteren Blick zu.
»Höre ich fünf Millionen Euro? Ja? Der Herr hinten im Raum. Danke.« Portia und Daisy verrenkten sich die Hälse, um zu sehen, wer es war – unmöglich, bei den Menschenmassen im Saal.
»Fünf Millionen Euro«, verkündete Eamonn. »Zum Ersten, zum Zweiten, und verkauft an den Gentleman hinten im Raum für fünf Millionen Euro.«
Beifall ertönte, bevor Eamonn wieder für Ruhe sorgen konnte.
»Ihr Name, Sir?«, fragte er. Doch die Antwort wurde von dem Tumult übertönt.
»Sir?«, rief Eamonn laut. »Dürfte ich Ihren Namen erfahren?«
»Ach, haben Sie mich nicht verstanden?«, war eine Stimme zu vernehmen. Portia lief ein Schauder den Rücken hinunter.
»Ich fürchte nein, Sir«, entgegnete Eamonn. »Könnten Sie mir bitte Ihren vollen Namen nennen?«
»Davenport. Lord Jack Davenport.«

Portia spürte, wie ihr die Knie nachgaben, und sie musste sich an Daisys Arm festhalten. Lucasta war in Ohnmacht gefallen, und Serge kippte ihr seine Rescue-Tropfen direkt in den Schlund. Kein Irrtum war möglich. Durch die Menschenmenge, die sich um ihn geschart hatte, um ihm zu gratulieren, konnte Portia gerade noch den Hinterkopf ihres Vaters erkennen. Er schüttelte Hände, lächelte und lachte wie ein König, der aus dem Exil zurückkehrte. Steve stand hinter ihm und schien über das Ergebnis ebenso erstaunt zu sein wie sie alle. Inzwischen konnte sie Black Jack besser sehen; wie immer in einem makellos geschnittenen Anzug, war er der Gipfel der Eleganz. Sein pechschwarzes Haar war zurückgekämmt, und seine schwarzen Augen funkelten. Als sie kurz seinen Blick auffing, winkte er ihr und Daisy majestätisch zu und bedeutete ihnen, dass er gleich zu ihnen kommen würde. Doch es lag nicht daran, dass Portias Nerven vibrierten und dass ihr der Atem stockte.

Dicht neben ihm und so hoch gewachsen, sonnengebräunt und attraktiv wie eh und je, stand Andrew.

32

»Daddy!«, kreischte Daisy und sprang ihm wie eine Zehnjährige in die Arme. »Ich wusste, dass du zu uns zurückkommen wirst!«

»Mein liebes Mädchen, hast du wirklich geglaubt, ich würde zulassen, dass Davenport Hall an Fremde verkauft wird? Unser Zuhause, das wir alle so lieben?« Irgendwie gelang es Black Jack stets, so aufrichtig zu klingen wie der Moderator einer Talkshow. Seine Stimme war einschmeichelnd und dunkel, und seine Augen leuchteten beim Anblick seiner Lieblingstochter.

»Ja, genau das haben wir, ehrlich gesagt, geglaubt«, meinte Portia, die keine Lust hatte, sich an dieser Farce zu beteiligen. Sie spürte Andrews Blick auf sich, war aber fest entschlossen, ihn nicht sofort zu erwidern. Allerdings hatte sie keine Ahnung, was er hier zu suchen haben mochte. Verdammt, dachte sie, ich nehme jetzt kein Blatt mehr vor den Mund, und wenn es die letzte Tat meines Lebens ist. »Ich hoffe, du verzeihst mir, dass ich mich nicht an dem Heldenempfang beteiligt habe«, fuhr sie mit zitternder Stimme fort, »aber darf ich dich daran erinnern, dass du es warst, der das Haus verkauft hat? Du hast das Zuhause unserer Familie verspielt, ohne dir die Mühe zu machen, es uns überhaupt zu sagen.«

»Meine liebe Portia«, erwiderte er, »ein Straight Flush mit einem Ass ist kein Spiel. Du siehst so ernst aus, Kind, so bedrückt und blass. Kannst du dich denn nicht freuen, dass du dein Zuhause zurückhast?«

Angewidert sah Portia ihn an. Solange sie sich erinnern konnte, war ihr Vater immer so vorgegangen und hatte sich aus allem herausgeredet. Der Mann besaß in Sachen Charme olympisches Talent und wusste nur zu gut, wie man dieses möglichst gewinnbringend einsetzte. Wie Mrs. Flanagan gerne zu sagen pflegte: »Der Kerl würde sich mit seinem Charme noch aus einem Eimer Scheiße rauslabern.« Und jetzt ging es schon wieder los. Stets nach demselben alten Muster.

»Ja, ich habe Shamie Nolans Geld genommen«, fuhr er mit seiner tiefen, nach Zigarren und Cognac klingenden Stimme fort. »Aber ich habe es nur als kurzfristiges Darlehen betrachtet. Ich wusste, dass ich es zurückgewinnen würde, und noch viel mehr, wenn der Einsatz stimmt. Acht Millionen Dollar, um genau zu sein. Man muss nur auf das Schicksal vertrauen, das war schon immer mein Motto.«

»Daddy!«, jubelte Daisy und warf ihren Vater fast um. »Zum ersten Mal im Leben hast du wirklich gewonnen!«

»Und was ist mit deiner Freundin?«, ging Portia jetzt aufs Ganze. »Ist sie noch bei dir? Mummy würde bestimmt gern ein Wörtchen mit dir darüber reden.«

»Du hast allen Grund, böse auf mich zu sein«, erwiderte Black Jack ruhig. »Aber versteh bitte, dass ich wirklich versucht habe, meine Sünden wieder gutzumachen. Ich erwarte nicht, dass du mir verzeihst, Portia, aber du könntest wenigstens diesem jungen Mann danken.« Er wies auf Andrew, der dicht hinter ihm stand.

Zum ersten Mal sah Portia Andrew in die Augen.

Kurz fragten sie sich beide, wer als Erster das Wort ergreifen sollte, und es dauerte eine schiere Ewigkeit, bis Portia es nicht mehr aushielt. »Ich habe nicht mit dir gerechnet«, sagte sie leise.

»Tja, ich bin froh, dass du angefangen hast«, entgegnete er spöttisch. »Ich hatte nämlich schon fast Angst, es könnte klemmig werden.«

»Müssen die kürzesten Flitterwochen der Weltgeschichte gewesen sein«, meinte sie.

»Keine Ahnung, wovon du redest. Ich bin nicht verheiratet.«

Sie spürte, wie sie errötete, und plötzlich wurden ihr die Knie weich.

»Brauchst du frische Luft?«, fragte Andrew.

Anstelle einer Antwort brachte sie nur ein Nicken heraus, so dass er sie sanft durch die Menschenmenge und zur Tür hinaus schob.

Inzwischen war Lucasta dank Serges aufopfernder Pflege wieder zu sich gekommen.

»Mummy, ist das nicht wundervoll?«, jubelte Daisy, der die Freudentränen die Wangen hinunterliefen. »Er ist zurückgekommen!«

»Ach du Scheiße!«, erwiderte seine adelige Gattin. »Und ich dachte schon, ich hätte es nur geträumt. Du weißt schon, der Zauber, der mich unwiderstehlich für Männer macht. Das war ein riesengroßer, gottverdammter Fehler!«

Es war ein wunderschöner Tag, und sobald sie hinaus in die frische, laue Luft traten, spürte Portia, wie ihre fünf Sinne zurückkehrten. Andrew ging neben ihr her, bis sie die Menschenmenge auf dem Vorplatz hinter sich gelassen hatten und bei dem Trampelpfad durch den Wald anlangten, der zum Loch Moluag führte.

»Fühlst du dich jetzt besser?«, fragte er mit einem raschen Seitenblick.

»Hmmm«, antwortete Portia, immer noch ein wenig wackelig auf den Beinen und zitternd wie Espenlaub.

»Komm, setz dich«, schlug er vor und wies auf eine Holzbank mit Blick auf den See. »Du bist immer noch bleich wie ein Gespenst.«

Sie gehorchte und gab sich Mühe, tief und regelmäßig durchzuatmen. Die Aussicht tat das Ihre. Bei Sonnenschein bot der Loch Moluag wirklich ein traumhaftes Panorama. Die Lichtpunkte, die auf dem Wasser tanzten, hätte kein Maler auf die Leinwand bannen können, und als sie nebeneinander im kühlen Schatten einer Weide saßen, spürte Portia, wie sie sich allmählich wieder beruhigte.

Andrew nahm ein Zigarettenpäckchen aus der Tasche und zündete sich eine an. Auch er wirkte ein wenig nervös, angespannt und angestrengt.

»Die Hochzeit kam im Fernsehen, weißt du«, begann sie, wobei sie ihn absichtlich nicht ansah, sondern die Aussicht zu bewundern vorgab. »Ich habe gestern Nacht in den Nachrichten einen kleinen Ausschnitt davon gesehen.«

»Tja«, antwortete er und zog kräftig an seiner Zigarette. »Ich wünsche Edwina alles Gute. Sie hat eindeutig den Richtigen gefunden.«

Verdattert starrte Portia ihn an.
»Ich habe das denkbar beste Alibi und kann beweisen, dass ich gestern nicht einmal in der Nähe einer Kirche war, um zu heiraten. Ich bin nämlich mit deinem Vater von Las Vegas nach Hause geflogen.«
»Was hast du gesagt?«
»Portia, glaubst du wirklich, dass es reiner Zufall war, dass er ausgerechnet heute hier aufgekreuzt ist wie ein Deus ex Machina? Woher, meinst du, wusste er überhaupt von der Auktion? Wer, denkst du, hat ihn überredet, das Haus für seine Familie zurückzukaufen? Wenn ich in meinen Jahren als Firmenanwalt etwas gelernt habe, dann ist es, andere Menschen zu überzeugen. Sobald mein Vater mir von dem Tribunal erzählt hat, dessen Vorsitz er führen wird, haben wir beide beschlossen, dass es keine andere Lösung gibt. Jemand musste persönlich in die Vereinigten Staaten fliegen und Lord Davenport nach Hause holen. Und da kam ich am ehesten in Frage. Wenn dieser Mistkerl Shamie Nolan ihn ausfindig machen konnte, warum nicht auch ich? Black Jack wird einer der Hauptbelastungszeugen meines Vaters sein.«
»Aber was ist mit Edwina? Deine Mutter hat mir erzählt, du wärst wieder mit ihr zusammen.«
»Das wäre mir neu.«
Portia sah ihn zutiefst verblüfft an.
»Weißt du, ich halte dich trotz allem für einen guten Menschen«, sagte er, zog an seiner Zigarette und blickte auf den See hinaus. »Du bist geradeheraus und treibst keine Spielchen, das muss ich dir lassen. Ich glaube, du wirst nie begreifen, wie heimtückisch manche Frauen seien können, und meine Mutter gehört zu der allerschlimmsten Sorte. Diese Frau ver-

schwendet ihre Talente, indem sie Teekuchen bäckt oder für die Vereinigung irischer Landfrauen Essen auf Rädern ausführt. Stattdessen sollte sie Seifenopern schreiben. Sie hat nämlich die hinterhältigste, manipulativste, verbogenste und ausuferndste Fantasie, der ich je begegnet bin – und ich bin Anwalt.«

»Soll das heißen, sie hat gelogen?« Portia brummte der Schädel. »Aber warum sollte sie das tun? Welchen Grund hat sie, sich diese Mühe zu machen?«

»Sie wollte eben um jeden Preis, dass Edwina und ich wieder zusammenkommen, und das war eine wirksame Methode, dich aus dem Rennen zu werfen. Zweifellos haben die Fotos und Berichte über dich und mich im *Spion* sie noch ein bisschen in ihrem Entschluss beflügelt.«

»Und wen hat Edwina dann geheiratet?«

»Ach, ich vergesse immer wieder, was für ein zurückgezogenes Leben du führst, Mylady«, neckte er sie. »War heute die Brieftaube mit den Nachrichten noch nicht da? Es steht doch in allen Zeitungen.«

Sie grinste zurück, überrascht, dass sie so schnell in ihren alten lockeren Umgangston zurückgefallen waren. »Andrew, falls es dir noch nicht aufgefallen sein sollte – ich war heute Morgen anderweitig beschäftigt.«

»Tja, dann habe ich gute Nachrichten für dich. Erinnerst du dich noch an unseren ersten gemeinsamen Abend, als wir sie zufällig in diesem schrecklich überkandidelten Restaurant getroffen haben?«

Portia kam ihm zuvor. »Nein! Sag jetzt nicht, sie hat Trevor Morrissey geheiratet! Aber der ist doch mindestens vierzig Jahre älter als sie! Und seine Haut hat die Farbe eines Orangenkuchens. Seine letzte Platte war schauerlich, und sogar Mummy singt besser als er.«

»Außerdem ist er Multimillionär, was ihn in Edwinas Augen um einiges attraktiver macht.«

Portia lehnte sich kurz zurück und traute ihren Ohren nicht. »Warum hast du mir das nicht gesagt? Dass du in die Staaten fliegen und Black Jack holen wolltest, und so weiter. Du hast nicht angerufen. Ich war ganz verrückt vor Sorge, und du hast nicht angerufen.«

Andrew bückte sich, um seine Zigarette auszudrücken. »Oh, angerufen habe ich schon. Doch in diesem Haus jemanden erreichen zu wollen ist, als versuche man ins stalinistische Russland durchzukommen. Ich habe bei deiner Mutter und bei Mrs. Flanagan Nachrichten hinterlassen, als beide mir erklärten, du wärst nicht da. Ich glaube, Mrs. Flanagans Worte lauteten: ›Sie sagt, ich soll Ihnen ausrichten, dass sie nicht da ist, Schätzchen.‹ Dann hat Daisy mir mehr oder weniger den Hörer hingeknallt. Offenbar warst du zu sehr mit Steve beschäftigt, um meinen Anruf entgegenzunehmen. Botschaft angekommen! Ich habe versucht, dich zu erreichen, bis ich ins Flugzeug nach Amerika gestiegen bin. Aber offenbar ist euer Telefon außer Betrieb. Als ich dich an jenem Abend im *Four Seasons* in Dublin traf, wusste ich sofort, dass du falsche Schlüsse ziehen würdest, wenn du mich mit Edwina siehst. Und dabei bin ich nur mit ihr ausgegangen, weil wir es schon vor Monaten verabredet hatten. Und du hast mir nicht einmal eine Chance gegeben, es zu erklären.«

Portia antwortete nicht. Er hatte Recht. Sie hatte sich rundheraus geweigert, mit ihm zu sprechen.

»Ich war fair zu dir, Portia. Ich war wegen dem, was du getan hast, wütend auf dich und auch auf mich selbst, weil ich dich so falsch eingeschätzt hatte. Allerdings habe ich wenigstens versucht, dir zu erklären, was mein Problem ist.«

In Portias Kopf begann eine Alarmglocke zu läuten. »Wegen dem, was du getan hast?« Sie zermarterte sich das Hirn, während Andrew weiterredete. Die dritte Zigarette war schon fast aufgeraucht.

»Ich glaube, diese schreckliche Mittsommernachtsparty werde ich mein Leben lang nicht vergessen. Wie ein kompletter Idiot bin ich von meiner Besprechung mit Paul O'Driscoll …«

»Mit wem?«, unterbrach sie ihn.

»Einem einflussreichen Mitglied des Grafschaftsrats von Kildare County, den ich gerade dazu überredet hatte, offiziell zu der Umwidmung des Davenport-Landes auszusagen. Die ganze Nacht habe ich damit verbracht, auf ihn einzureden, und mir für dich ein Bein ausgerissen und mich kaputtgeschuftet. Und als ich herkam, um es dir so schnell wie möglich zu erzählen, sagte Mrs. Flanagan zu mir, du wärst mit jemand anderem ins Bett gegangen.«

»Was?« Portia traute ihren Ohren nicht.

»Genauso habe ich auch reagiert. Also bin ich rauf in dein Zimmer, um mich selbst zu vergewissern. Da habe ich es mit eigenen Augen gesehen. Und was man sieht, ist wahr. Dann entdeckte ich Fotos von dir mit diesem Mann in den Zeitungen und dachte mir: Gut gemacht, de Courcey, du hast wirklich Geschmack.«

Portias Gedanken überschlugen sich. »Oh, mein Gott«, stammelte sie, als bei ihr endlich der Groschen fiel. »Ja, Steve hat etwas von einem schrecklichen Foto von ihm und mir erwähnt, das an dem Abend entstanden und in irgendeiner

Gazette erschienen ist. Aber, ach du meine Güte, ich glaube, du redest von Paddy! Paddy, der Idiot, wenn er jetzt hier wäre, würde ich ihm den Kragen umdrehen.«

»Noch ein Freund, den du praktischerweise zu erwähnen vergessen hast? Wer zum Teufel ist Paddy?«

»Andrew, so hör mich doch an.« Mühsam rang Portia nach Atem. Bitte, lieber Gott, lass es mich richtig erklären, flehte sie. »Paddy ist der Tontechniker bei dem Film und absolut auf Daisy fixiert. Er war nicht mehr ganz auf der Höhe, hat sich auf dem Weg zu ihrem Zimmer verlaufen und ist dann einfach bei mir eingeschlafen. Ich habe ihn nicht einmal bemerkt, weil Steve mir eine Tablette gegeben hatte, die mich für sechs Stunden außer Gefecht gesetzt hat.« Jetzt klinge ich wie eine Zeugin, die im Kreuzverhör in Panik gerät, dachte sie. Sie warf einen Seitenblick auf ihn, aber er starrte auf den See hinaus.

»Also sind wir jetzt wieder bei Steve.« Andrews Tonfall war barsch und schneidend. »Portia, ich habe französische Farcen auf der Bühne gesehen, die weniger kompliziert waren.«

»Glaubst du etwa ganz zufällig, dass ich etwas mit Steve habe? Du spinnst ja! Du hast wohl eine Schraube locker! Er ist ein Freund der Familie und wie ein Bruder für mich. Wie kannst du nur annehmen, dass etwas zwischen uns läuft?«

»Entschuldige, dass ich deine Gedanken nicht lesen kann. Was sollte ich denn bitte sonst denken?«

»Du hättest mir vertrauen können!«

»Und du mir!«

Zorniges Schweigen entstand, und Portia nahm sich fest vor, sich nie wieder auf eine Debatte mit einem Anwalt einzulassen. Es war einfach zwecklos. Andrew drehte ihr jedes Wort im

Mund herum. Zum Teufel damit, dachte sie, jetzt habe ich sowieso nichts mehr zu verlieren.
»Ich dachte, du wolltest dich mit mir nur über deine alte Beziehung hinwegtrösten«, meinte sie, inzwischen ein wenig ruhiger.
Er sah sie an. »Offenbar haben wir uns gründlich missverstanden. Gut, ich lege meine Karten auf den Tisch. Eigentlich wollte ich es dir schon beim Ball erzählen, aber du hast mir ja nicht zugehört. Vielleicht lässt du mich jetzt mal ausreden. Etwas wie das, was zwischen uns passiert ist, habe ich noch nie erlebt, und ich bezweifle, dass es je wieder dazu kommen wird. Ich war in dich verliebt, Portia, bis über beide Ohren verliebt. Vom ersten Moment an, als ich dich im Garten meiner Eltern traf und du dir das Glas Champagner übergeschüttet hast.«
Jetzt war es heraus: »Ich war«. Vergangenheitsform. Portia bekam kaum noch Luft.
»Aber dann hatte ich den Eindruck, dass es dir zu schnell ging«, fuhr er fort. »Und dass Edwina immer noch im Hintergrund lauerte, machte die Sache nicht besser. Außerdem hat meine Mutter dich nicht unbedingt mit offenen Armen willkommen geheißen.«
Portia hielt es nicht mehr aus. Es gab einen Zeitpunkt, um resigniert zu schweigen – und einen, um endlich den Mund aufzumachen!
»Andrew«, sagte sie und wandte sich zu ihm um. »Es ging mir ganz und gar nicht zu schnell. Ich bin absolut verrückt nach dir. Ich meine, ich glaube, ich bin in dich verliebt … das heißt … Oh, Gott, was rede ich bloß für einen Unsinn!«
»Weiter«, forderte er sie auf und musterte sie immer noch eindringlich.

»Ich hatte nur immer das Gefühl, dass ich nicht gut genug für dich bin. Schau dich doch nur an! Du könntest jede Frau haben, die dir gefällt, und ich habe einfach nicht begriffen, was du ausgerechnet von mir willst. Ich wusste, dass du am Tag des Mittsommernachtsfests sauer auf mich warst, und ich hatte vor, mit dir darüber zu sprechen. Doch du warst einfach verschwunden. Ich war völlig fertig und habe gehofft, du würdest eines Tages wieder vor der Tür stehen. Aber nein.«
Inzwischen traten ihr die Tränen in die Augen, und sie fasste endlich ihre aufgestauten Gefühle in Worte.
»Dann sagte mir deine Mutter, dass du wieder mit Edwina zusammen wärst. Ein paar Tage später hatten Steve und ich eine Besprechung mit deinem Vater bei euch zu Hause ...«
»Du warst bei uns zu Hause?«
»Ja. An diesem Tag habe ich von dem Tribunal erfahren. Dein Dad war so reizend und so verständnisvoll. Und zu guter Letzt meinte er, er müsse nun zum Probeessen für Edwinas Hochzeit ...«
»Du solltest nie Juristin werden, Portia. Dein Sinn fürs Detail ist schlicht und ergreifend jämmerlich. Er sagte, er müsse zu einem Probeessen für Edwinas Hochzeit, nicht für meine. Weil ihr eigener Vater schon seit vielen Jahren tot ist, hat sie Dad gebeten, sie zum Altar zu führen. Dad war zu gutherzig, um es ihr abzuschlagen.«
»Aber was sollte ich davon halten, Andrew? Welche andere Möglichkeit hatte ich denn? Ich musste mich eben damit abfinden, dass du so gut wie verheiratet warst, und mein Bestes tun, um dich zu vergessen.«
Liebevoll berührte er ihre Wange und strich eine Haarsträhne beiseite.

»Tja, nach all der Mühe, die ich mir gemacht habe, hoffe ich, dass du das nicht schaffst.«

Sie hielt seine Hand fest, und als sie ihn anlächelte, füllten sich ihre Augen wieder mit Tränen. »Nein«, meinte sie. »Ich erinnere mich noch sehr gut.«

»Dem Himmel sei Dank!«, rief er aus, legte die Arme um sie und fuhr ihr mit den Fingern durchs Haar. Sie klammerte sich so fest an ihn, dass sie glaubte, ihn nie wieder loslassen zu können. Nachdem er noch einmal zart ihre Wange liebkost hatte, beugte er sich hinunter, um sie zu küssen. Sie erwiderte seinen Kuss leidenschaftlich und fühlte sich so erleichtert und glücklich wie schon lange nicht mehr.

»Also, Mylady«, flüsterte er ihr ins Ohr, während er ihren Hals küsste. »Meinst du wirklich, du könntest es mit einem Bürgerlichen wie mir aushalten?«

»Oh ja, bitte«, erwiderte sie leise. »Ja, bitte, bitte.«

Stunden später, als sie Arm in Arm zum Haus zurückschlenderten, blickte Andrew sie an und sagte: »Weißt du was, Liebling, du siehst ein bisschen blass und müde aus. Was hältst du davon, ein paar Wochen wegzufahren? Nur du und ich?«

»Oh, Andrew, das wäre wunderschön«, erwiderte Portia und blieb stehen, um die Arme um seinen Hals zu schlingen und ihn noch einmal fest an sich zu drücken. »Ganz egal wohin, nur weg.«

»Vielleicht an einen exotischen Ort, wo die Sonne scheint?«, fragte er und küsste ihre Stirn. »Wir könnten es ja als Flitterwochen bezeichnen …«

Andrew und Portia wurden beobachtet, ohne dass sie es bemerkten. Als sie einander so leidenschaftlich wie zwei

Teenager küssten, kam Lucasta gerade an einem Fenster im oberen Stockwerk vorbei und entdeckte die beiden.
Sie blieb kurz stehen, um Schnappi aufzuheben, und drehte das Köpflein des Kätzchens zum Fenster. »Schau, Schnappi, ich hatte doch Recht. Meine Gesänge und Zaubersprüche wirken immer. Habe ich dir nicht gesagt, dass alles gut werden wird?«

33

Die Stimmung in Davenport Hall an diesem Abend hätte sich von der am Vorabend nicht grundlegender unterscheiden können.

Als sich alle in der großen Galerie versammelten, um auf die glückliche Wendung anzustoßen, schien Portia vor Glückseligkeit fast zu platzen.

»Schätzchen, du leuchtest ja förmlich«, meinte Serge, als sie ihm erzählte, was geschehen war. »Weißt du, ich habe mal gelesen, dass eine Frau, die wirklich schön sein will, nur ein schwarzes Kleid und einen Mann an ihrer Seite braucht, den sie liebt, und, Baby, du bist der lebende Beweis dafür. Und dieser aufregende Typ muss der berühmte Andrew sein«, flüsterte er, damit der Gemeinte sie nicht hörte. Portia nickte lächelnd. »Ach, warum sind nur alle attraktiven Männer hetero?«, seufzte Serge und schüttelte theatralisch den grünen Haarschopf. »Tja, ich möchte dem glücklichen Paar ja nicht dazwischenpfuschen, aber willst du den neuesten superscharfen Klatsch vom Set hören?«

»Ja, bitte, ich liebe Klatsch«, bettelte Daisy, die sich zu ihnen gesellt hatte, und schlang die Arme um Portias Taille. »Ist das nicht eine wunderbare Nachricht, Serge? Meine große Schwester heiratet!«

»Erst der Klatsch, dann die Jubelrufe«, unterbrach er sie, erfreut, ein Publikum zu haben. »Also, es ist streng vertraulich; erzählt es deshalb immer nur einem nach dem anderen weiter. Ich habe von Caroline gehört, die es wiederum von Johnny Maguire hat, der es von Jimmy D. weiß, dass Paddy und Montana gestern Nacht zusammen verschwunden sind! Ist das nicht schrecklich aufregend?«

»Ich weiß, ich weiß!«, rief Daisy aufgeregt. »Denn als ich vorhin oben war, habe ich gesehen, wie er sich aus ihrem Zimmer geschlichen hat. Als er mich sah, wäre er fast in Ohnmacht gefallen und stammelte eine fadenscheinige Entschuldigung, er hätte ihr für eine Liebesszene, die sie drehen wollen, ein Mikro an einer ganz intimen Körperstelle anbringen müssen. Ich habe so gelacht, dass ich mir fast in die Hosen gemacht hätte.«

»Psst, wenn man vom Teufel spricht«, zischte Serge, als der Erwähnte selbst die große Galerie betrat. Paddy entdeckte sie sofort, kam näher, umarmte Portia und gratulierte ihr auf seine eigene unnachahmliche Art.

»Endlich hast du doch noch einen Kerl abgekriegt, ich freue mich für dich!«, verkündete er. Dann drehte er sich zu Daisy um und flüsterte: »Pass auf, Liebling, hoffentlich hast du das vorhin nicht in den falschen Hals bekommen. Ich hatte mit Montana nur Sex, weißt du. Es war keine Liebe, so wie bei dir.«

»Äh … ach, wirklich?«, stammelte Daisy, während Serge und Portia sich kichernd aus dem Staub machten.

»Bist du immer noch mit ihm zusammen?«, fragte Paddy mit

einer Kopfbewegung zu Steve, der, mit Andrew und Black Jack ins Gespräch vertieft, am Buntglasfenster stand.

»Eigentlich schon«, log Daisy, »aber ich finde, dass Montana großes Glück gehabt hat.«

Paddy grinste sie erfreut an. »Ja, sie ist wirklich eine scharfe Biene. Und mir ist egal, was über sie geredet wird, ihre Lippen sind echt.«

»Was ist? Muss ich immer noch den Liebhaber spielen?«, fragte Steve, der näher kam, sobald Paddy losgezogen war, um sich einen Drink zu besorgen.

»Wäre nicht schlecht«, erwiderte sie. Als sie nach seiner Hand griff, lief er feuerrot an.

Er hielt ihre Hand fest und hatte es nicht eilig loszulassen. Daisy wusste zwar nicht, warum, doch aus irgendeinem Grund fühlte es sich sehr angenehm an, mitten im Raum zu stehen und Händchen mit ihm zu halten. Einfach geborgen.

»Was zum Teufel ist denn passiert, während ich weg war?«, sagte Black Jack mit seiner tiefen, rauen Stimme zu Andrew, als er bemerkte, was um ihn herum vor sich ging. »Ich habe zwei Jungfrauen zurückgelassen, und jetzt .... tja, Sie sind viel zu jung, um sich an die Profumo-Affäre zu erinnern. Es waren zwei scharfe Mädchen dran beteiligt, Christine Keeler und Mandy Rice-Davis. Tolle Beine, das sage ich Ihnen. Ich meine die Mädchen, nicht Profumo.«

Auf Andrews Drängen gab Portia sich Mühe, an diesem Abend höflich zu ihrem Vater zu sein.

»Ich weiß, dass er sich nicht unbedingt gut benommen hat«, erklärte Andrew, »aber er tut wirklich viel, um es wieder gutzumachen. In den letzten Tagen war ich so viel mit ihm zusammen, dass er mir richtig ans Herz gewachsen ist. Gib ihm doch eine Chance, Liebling – wenn man nicht sein Kind ist, ist er wirklich ein recht netter Mann.«

Allerdings war da noch jemand, der ganz und gar nicht darüber erfreut war, dass Lord Davenport wieder im Hause weilte. Zum ersten Mal seit Menschengedenken kam Lucasta nicht in die große Galerie gerauscht, um sich ihren üblichen ordentlichen Gin Tonic vor dem Essen zu genehmigen. Nach einer Weile begann Daisy, sich ein wenig Sorgen zu machen, und flüsterte Steve zu, sie wolle diskret nach ihr sehen. Sie fand sie in der Küche, wo sie vor dem Herd eines von Schnappis Kätzchen mit winzigen Milchtröpfchen fütterte.

»Ist alles in Ordnung, Mummy?«, erkundigte sich Daisy ehrlich besorgt. »Es ist fast neun, und du bist noch nüchtern.«

»Oh ja, Schätzchen«, erwiderte Lucasta, ohne aufzublicken. »Weißt du was, ich glaube, ich verzichte heute aufs Abendessen. Ich habe immer noch Erscheinungen aus dem Jenseits, also ist es wohl das Beste.«

»Mummy«, meinte Daisy streng. »Du kannst ihm nicht bis in alle Ewigkeit aus dem Weg gehen. Irgendwann musst du mit ihm sprechen.«

Seufzend nahm Lucasta ein Päckchen Zigaretten aus der Tasche ihrer Wachsjacke. »Ich weiß, Kind. Es ist nur … tja, als er sich aus dem Staub gemacht hat, war ich natürlich außer mir. Aber dann kamen die Filmleute und alles … tja … die letzten Monate ohne ihn waren einfach so schön! Ich habe mich glänzend amüsiert, Liebling. Und jetzt muss ich wieder die langweilige Lady Davenport spielen, und das ist doch fürchterlich, wenn wir mal ehrlich sein wollen. Warum kann er uns nicht einfach in Ruhe lassen? Falls wir mal seine Unterschrift brauchen, melden wir uns einfach bei ihm.«

»Aber er bleibt nicht hier, Mummy, das ist es ja gerade. Er hat mir gesagt, er wolle nur Portias Hochzeit abwarten und dann sofort in die Staaten zurückkehren. Ich schwöre, er zieht nicht mehr bei uns ein.«

»Bist du sicher, Schätzchen?«, fragte Lucasta, und ihre Miene erhellte sich sichtlich. »Oder hat er das nur behauptet? Ich meine, du kennst Black Jack doch. Der würde sich sogar erdreisten, eine Messe zu lesen. Nicht, dass er ein schlechter Mensch wäre«, verbesserte sie sich, als sie Daisys gekränkte Miene bemerkte. »Ein Dreckskerl, ja, aber kein schlechter Mensch. Glaubst du wirklich, dass er wieder nach Amerika will?«

»Ganz bestimmt. Wahrscheinlich hat er Sehnsucht nach ...« Daisy geriet etwas ins Stottern, da sie nicht wusste, wie ihre Mutter die Nachricht aufnehmen würde, dass ihr Mann immer noch eine Freundin hatte. »Tja, es gefällt ihm eben dort ...«, beendete sie den Satz.

»Das Schönste, was ich heute gehört habe«, verkündete Lucasta erfreut. »Und ich denke, für ihn ist es wirklich das Beste. Ich hatte schon immer das Gefühl, dass Las Vegas die geistige Heimat deines Vaters ist.«

Noch nie im Leben war Portia so glücklich gewesen. Andrew saß neben ihr, streichelte diskret unter dem Tisch ihr Bein und hatte nur Augen für sie.

»Ihr solltet in der Kirche von Ballyroan heiraten.« Black Jack präsidierte am Kopfe der Tafel und ließ Brandy in einem Kristallglas kreisen. Die gesamte Mahlzeit hatte er damit zugebracht, den Tisch nach einem weiblichen Wesen zwischen achtzehn und vierzig abzusuchen, mit dem er flirten konnte, doch abgesehen von Montana, die ganz und gar mit Paddy beschäftigt war, war die Auswahl gering. »Und das so bald wie möglich«, fuhr er, inzwischen gelangweilt, fort. »Es gibt nichts Schlimmeres als eine lange Verlobungszeit.«

»Sir, ich würde Ihre Tochter noch morgen früh heiraten, wenn sie einverstanden ist«, erwiderte Andrew lachend.

»Wenn ich einverstanden bin?«, meinte Portia und beugte sich vor, um ihn noch einmal zu küssen, ohne sich darum zu kümmern, dass alle Welt zuschaute.

Daisy und Steve saßen ein paar Plätze weiter und waren ins Gespräch vertieft.

»Bis jetzt spielst du den Freund recht glaubhaft«, neckte sie ihn, »aber ich glaube, du solltest mich jetzt auch mal küssen, nur damit es realistischer wird.«

»Jetzt?«, entgegnete er und wurde blass.

»Jetzt«, antwortete sie mit Nachdruck, nahm ihm die Gabel aus der Hand und reckte ihr Gesicht zu ihm empor. Nach einem schüchternen Küsschen auf die Wange wollte er zurückweichen, doch Daisy ließ ihn nicht so leicht davonkommen. »Steve, wann hast du zum letzten Mal jemanden geküsst?«

»Lass mich überlegen«, erwiderte er und klang ganz wie ein Anwalt. »Heute ist Freitag, also muss es … äh … 1995 gewesen sein.«

»Tja, seitdem hat sich einiges geändert, also zeige ich dir am besten, wie das heutzutage geht«, gab sie zurück und zog ihn an sich, bis ihre Lippen sich trafen. Sie küsste ihn langsam und zärtlich, und als er gerade Geschmack an der Sache zu finden begann, machte sie sich los. »Hmmm, nicht übel«, murmelte sie. »Aber wir müssen noch viel üben.«

Montana und Paddy saßen ihnen gegenüber und amüsierten sich über den Anblick.

»Verstehst du jetzt, was ich dir sagen will, Liebling?«, meinte Paddy zu ihr. »Die Oberschicht in diesem Land, das sind doch alles Pfeifen.«

Montana zwinkerte Daisy zu und grinste; offensichtlich war sie besser über den Stand der Dinge im Bilde als Paddy.

Lucasta thronte am Fuße der Tafel, also so weit entfernt wie möglich von ihrem Mann. »All diese glücklichen Paare«, flötete sie Jimmy D. zu, der neben ihr saß. »Sie müssten mir eigentlich dankbar sein. Schließlich habe ich die ganze Nacht für dieses Ergebnis gebetet. Und Sie glauben doch nicht im Ernst, dass eines dieser undankbaren Geschöpfe mir dafür einen Gin eingeschenkt hätte!«

Eine Märchenhochzeit war nicht unbedingt Portias Kindheitstraum gewesen, was ein Glück war – denn es wurde kein Fest, an das sie und Andrew sich je mit großer Wehmut zurückerinnern würden. Aber je schrecklicher die Hochzeit, desto schöner die Ehe, wie er im Taxi auf dem Weg zum Flughafen zu ihr sagte. »Weißt du, Liebling, bei unserer goldenen Hochzeit werden wir zurückblicken und uns kaputtlachen.«

Eigentlich hatte der Tag gut angefangen. Serge legte letzte Hand an Portias Frisur und Make-up, während Daisy und Lucasta unten darüber stritten, wer die vergammelte Perlenkette (das einzige Schmuckstück im Haus) würde umlegen dürfen. Serge trat gerade zurück, um sein Werk zu bewundern, als es an der Tür klopfte und Black Jack hereinkam. Er trug einen Morgenanzug und war elegant wie immer – ganz, als kleide er sich tagtäglich so.

»Ich hoffe, es bringt kein Unglück, wenn ich die Braut vor der Kirche sehe?«, fragte er.
»Oh nein, Mylord, kommen Sie ruhig herein«, begeisterte sich Serge. »Ist sie nicht wunderschön?«
»Mein Kind, du siehst atemberaubend aus«, erwiderte er, zur Abwechslung einmal wahrheitsgemäß.
Portias Kleid war aus cremefarbener Seide, lang, schmucklos und schlicht, und betonte formvollendet ihre schlanke Figur. Serge hatte ihr das Haar aufgesteckt, so dass man die Linie des Kleides vom Nacken abwärts bewundern konnte. Mit dem dezenten Make-up und dem Hauch von Lippenstift war sie einfach hinreißend.
»Ich will ja nicht stören«, fuhr Black Jack fort. »Ich dachte nur, dass jetzt der geeignete Moment ist, dir mein Hochzeitsgeschenk zu geben, da Andrew und du ja nach dem Empfang heute Abend wegfahren wollt.« Er griff in seine Brusttasche, zog einen dicken weißen Umschlag hervor und hielt ihn Portia hin.
Portia, die nicht wusste, was sie davon halten sollte, öffnete das Kuvert und wäre fast in Ohnmacht gefallen, als sie das alte Pergament herausholte. Das Bündel war fast fünf Zentimeter dick, vom Alter vergilbt und in Kupferstichtechnik mit lateinischen Buchstaben bedeckt. Verdattert sah sie ihren Vater an.
»Schau es dir genau an«, meinte er. »Das ist die Grundbesitzurkunde von Davenport Hall. Ich weiß, wie sehr du dieses alte Haus liebst, Portia, und ich möchte, dass du und Andrew es bekommt. Es ist das Mindeste, was ich tun kann.«
»Daddy«, rief sie überwältigt aus. »Ich weiß gar nicht, was ich sagen soll.«
»Aber ich«, mischte sich Serge ein. »Los, umarm ihn.«

»Ich würde mich nur freuen, wenn ich eines Tages vielleicht Enkel hätte und dann hier willkommen wäre, um sie zu besuchen«, fuhr er fort.

»Oh, Daddy!«, antwortete Portia tief gerührt und umarmte ihn. »Du weißt doch, dass du uns immer willkommen bist.«

»Und jetzt der Abspann!«, verkündete Serge, außer sich vor Freude. »Oh Gott, ich liebe melodramatische Versöhnungen.«

Dann war da noch Susan de Courcey. Anfangs hatte sie sich geweigert, zur Hochzeit zu kommen, und sie hatte Andrew gegenüber so bösartig über seine zukünftige Braut und die Familie, in die er hineinheiraten würde, gelästert, dass es dazu eigentlich nichts mehr zu sagen gab. Zum Glück vertrat sein Vater eine andere Auffassung und erschien tapfer allein in der Kirche von Ballyroan, wohl wissend, dass ihn nach seiner Rückkehr nach Hause der Dritte Weltkrieg erwarten würde. Doch kaum hatte Susan erfahren, dass Montana Jones und Ella Hepburn mit ihrem Tross an Reportern anwesend sein würden, als sie sofort umdisponierte, sich in ein trägerloses Designerkleid zwängte und in die Kirche gestürmt kam, als das Paar gerade das Eheversprechen abgab.

»Verdammte Zuspätkommer!«, zischte Lucasta, als Portia gerade zum »Ich will« ansetzte.

Auch der anschließende Empfang hätte sich nicht unbedingt für die Mittelseite der Zeitschrift *Hello!* geeignet. Erstens regnete es in Strömen, und als sich die wenigen Gäste in der großen Galerie versammelt hatten, ergossen sich plötzlich Sturzbäche aus der Decke, durchweichten die Anwesenden und vernichteten beinahe das Buffet, das auf einem Beistelltisch angerichtet war. Anschließend geriet Uri Geller, der von Lucastas Katzen am meisten zur Revierverteidigung neigte, in eine heftige Auseinandersetzung mit Ella Hepburns Pekinesen, so dass die beiden mit Wassergüssen aus Eimern getrennt werden mussten. Da sich sonst kein Opfer zum Flirten fand, versuchte Black Jack sein Glück bei Susan und erntete dafür eine schallende Ohrfeige, was ihm wiederum brüllendes Gelächter von Lucasta einbrachte. Portia tat ihr Bestes, um freundlich zu ihrer Schwiegermutter zu sein, prallte aber immer wieder gegen eine Mauer aus Unhöflichkeit, so dass sie es schließlich aufgab. Michael hingegen war der Charme in Person.

»Achte nicht auf das alte Mädchen«, sagte er, als Susan ganz sicher außer Hörweite war. »Sie wird sich schon daran gewöhnen. Warte nur, bis das Tribunal seine Arbeit aufnimmt und die Zeitungen Fotos von ihr bringen, wie sie, jeden Tag in einem anderen Kleid, in Dublin Castle aus und ein geht. Dann wird sie sanft sein wie ein Kätzchen.«

Als das Taxi endlich kam, um Braut und Bräutigam zum Flughafen zu bringen, war schwer zu sagen, wer von den beiden erleichterter war, sich endlich aus dem Staub machen zu können. »Und das war für Davenport-Verhältnisse noch gar nichts«, meinte Portia und kuschelte sich auf dem Rücksitz des Wagens in Andrews Arme. »Hoffentlich ist dir bewusst, wo du da hineingeraten bist.«

Lachend drückte Andrew sie an sich. »Nur keine Bange. Übrigens, Liebling, wenn wir zurück sind, lassen wir als Erstes das Dach reparieren. Mit deiner Mutter und Daisy kann ich leben, mit zwei Dutzend Katzen kann ich leben, aber der Zimmer-Wasserfall muss weg.«

Zum ersten Mal seit Menschengedenken saß Lucasta mutterseelenallein in der Küche. Seit Portias und Andrews Hochzeit waren einige Wochen vergangen, und die beiden befanden sich noch auf ihrer ausgedehnten Hochzeitsreise. Daisy war mit Steve ausgegangen; in letzter Zeit schienen sie unzertrennlich. Die Dreharbeiten waren offiziell abgeschlossen, und das Team war fast so schnell wieder verschwunden, wie es aufgetaucht war. Es ist, als hätte der Zirkus die Stadt verlassen, dachte Lucasta bedrückt. Die Laster und Campingbusse waren einfach die Auffahrt entlanggerollt und bald nicht mehr zu sehen gewesen. Selbstverständlich waren die Filmleute die Höflichkeit selbst gewesen und hatten sich herzlich für die Gastfreundschaft und Hilfsbereitschaft bedankt. Ella Hepburn hatte sie großzügig zur Filmpremiere nach L. A. eingeladen, und Montana hatte sich sofort erboten, ihren Flug zu bezahlen. Jimmy D. hatte ihr als Abschiedsgeschenk ein graviertes Flohhalsband aus reinem Silber für Schnappi geschenkt und versprochen, sie zu besuchen, sobald er mit dem Schneiden des Films fertig war. Und doch – nach dem Tohuwabohu und der Geschäftigkeit der letzten Monate empfand Lucasta die plötzliche Stille, als fiele sie in ein schwarzes Loch.

»Tja, Schnappi, jetzt sind sie alle weg«, meinte sie bedrückt. »Jetzt sind du und ich allein, Schätzchen.« Sie schaltete den winzigen flackernden Fernseher ein, gerade noch rechtzeitig, um das Ende eines Boulevardmagazins mitzubekommen. Der Bericht handelte von einer glamourösen Filmpremiere in Hollywood, und Lucasta erkannte Montana Jones, die gerade den roten Teppich entlangrauschte. Sie trug ein Kleid von Versace und sah hinreißend aus, doch das war nicht der Grund, warum Lucasta ungläubig auf den Bildschirm starrte. Denn da, neben ihr und in einem Abendanzug, stand Paddy und machte den Eindruck, als handle es sich um seine Alltagskleidung. Die Presseleute überschlugen sich, und einer rief: »Hier drüben, Montana! Stimmt es, dass Ihr neuer Freund Ire ist? Und dass Sie ihn drüben bei den Dreharbeiten kennen gelernt haben?« Ein Blitzlichtgewitter entlud sich, als Montana und Paddy sich den Reportern näherten. Montana, die keine Spielverderberin sein wollte, drehte sich einmal um die eigene Achse, um ihr Kleid vorzuführen.

»Ey, Jungs? Entschuldigt, Leute?«, konnte man Paddy deutlich im Hintergrund hören. »Wahrscheinlich hat keiner von euch die Fußballergebnisse mitgekriegt, oder? Arsenal hat nämlich gestern Abend gegen Sunderland gespielt, und ich habe mich bloß gefragt …«

Plötzlich und ohne Vorwarnung läutete es an der Vordertür, so dass das Echo durch das ganze Haus hallte und Schnappi vor Schreck von Lucastas Schoß sprang.

»Was für ein Idiot kann das denn sein?«, schimpfte sie, drückte ihre Zigarette aus und ging nach oben. Da es schon nach elf war, war es stockfinster im Haus.

»Wer ist da?«, rief sie, nun doch ängstlich. »Ich bin bewaffnet, nur damit Sie es wissen«, fügte sie hinzu und nahm einen Regenschirm vom Garderobenständer an der Tür. »Außerdem habe ich eine Wachkatze!«

»Jetzt machen Sie schon endlich die Tür auf, ich erfriere«, war von draußen eine nur allzu vertraute Stimme zu hören. Nachdem Lucasta sich eine Weile mit Schlössern und Riegeln abgemüht hatte, gelang es ihr endlich zu öffnen.

»Also«, stellte sie fest, als sie sah, wen sie vor sich hatte. »Sie kommen zu mir zurück.«

»Ich dachte, Sie könnten ein bisschen Gesellschaft brauchen.«
Tränen traten Lucasta in die Augen. »Und wollen Sie bleiben?«
»Hängt davon ab. Würden Sie mich denn wieder nehmen?«
»Oh, Mrs. Flanagan, natürlich«, erwiderte Lucasta und fiel ihr um den Hals. »Ich habe Sie so vermisst, obwohl Sie so eine blöde alte Kuh sind!«
»Ich habe Sie auch vermisst«, entgegnete Mrs. Flanagan und umarmte sie ebenfalls. »Obwohl Sie eine durchgeknallte alte Hexe sind.«
Lucasta griff nach Mrs. Flanagans Koffer, hakte sie unter und zog sie ins Haus und hinunter in die Küche.
»Wissen Sie, Mrs. Flanagan«, verkündete sie theatralisch, um den Moment bis ins Letzte auszukosten, »ich glaube, das könnte der Beginn einer wundervollen Freundschaft werden.«
Grinsend befreite Mrs. Flanagan sich aus ihrem Griff. »Ach, lassen Sie doch das Gequatsche und schenken Sie uns lieber einen Gin ein.«

Dank

Auch auf die Gefahr hin, dass ich klinge wie ein Starlet bei der Oscarverleihung, muss ich so vielen Menschen danken und weiß überhaupt nicht, wo ich anfangen soll:

Vielen Dank an Marianne Gunn O'Connor; ohne sie würde es dieses Buch gar nicht geben. Ich denke mir oft, dass sie eigentlich ein Schild mit der Aufschrift »Hier werden Träume wahr« an ihre Bürotür heften sollte.

Dank an Pat Lynch von der Agentur, die mit Sicherheit der ruhigste und geduldigste Mensch der nördlichen Erdhalbkugel ist.

Dank an Francesca Liversidge, Sadie Mayne und alle anderen bei Transworld.

Dank an Anita Notaro, Kate Thompson und Patricia Scanlan für ihre ständige Aufmunterung und ihre taktvollen Tipps. Sie sind meine Schutzengel.

Dank an Celia Murphy dafür, dass sie mich die langen Stunden ertragen hat, die wir gemeinsam in verschiedenen Garderoben verbrachten und in denen ich am liebsten meinen Computer an die Wand geworfen hätte.

Dank an alle bei Fair City, vor allem an Niall Matthews, Brien

Gallagher, Ann Myler, Johnny Cullen, Tony Tormey, Tom Hopkins und Zoe Belton für ihre freundliche Hilfe während des letzten Jahres.

Dank an Maureen McGlynn und Eleanor Minihan.

Dank an meine Familie in Schottland, die Hearnes, für ihre Hilfe bei der Recherche zu diesem Buch.

Außerdem habe ich zum Glück die besten Freundinnen und Freunde, die man sich wünschen kann. Ganz besonderen Dank an Karen Nolan, Larry Finnegan, Marion O'Dwyer, Pat Kinevane, Alison McKenna, Lise-Ann McLaughlin, Hilary Reynolds, Sharon Hogan, Madge MacLaverty, Fiona Lalor, Siobhan Miley und Elizabeth Moynihan.